头条是她

周灿 著

湖南文艺出版社
HUNAN LITERATURE AND ART PUBLISHING HOUSE

图书在版编目（CIP）数据

头条是她 / 周灿著. -- 长沙 : 湖南文艺出版社, 2021.5

ISBN 978-7-5726-0146-0

Ⅰ. ①头… Ⅱ. ①周… Ⅲ. ①长篇小说－中国－当代 Ⅳ. ①I247.5

中国版本图书馆CIP数据核字(2021)第071413号

头条是她

TOUTIAO SHI TA

作　　者：周　灿
出 版 人：曾赛丰
责任编辑：李　阔
出版统筹：邓　理
策划编辑：谌　俊
封面插图：gua老师
封面设计：张娅君
内文设计：张娅君
出版发行：湖南文艺出版社
（长沙市雨花区东二环一段508号 邮编：410014）
网 址：www.hnwy.net
印 刷：湖南天闻新华印务有限公司
经 销：新华书店
开 本：710mm×1000mm 1/16
字 数：379千字
印 张：20
版 次：2021年5月第1版
印 次：2021年5月第1次印刷
书 号：ISBN 978-7-5726-0146-0
定 价：42.00元

Contents

目录

第一章

Chapter 1

抄袭风波

夏梵站在吸烟区的落地窗前，看着玻璃上滚动的水珠，往养乐多上插入一根吸管。她留着弯曲的棕色短发，单手揣在风衣里，俯望着窗外的眼神中透着涉世未深的纯真与可爱。

事实上，她今年已经二十六岁了，是我看世界科技有限公司旗下“幻想漫画”APP最年轻的主编。她一手捧红了十几个曾无人问津的漫画作者，其中最火的恶人十八刚刚获选微博年度十大影响力动漫大V和本年度漫画大使。

媒体和粉丝正在外面将恶人十八团团包围，而她作为编辑不仅没去帮忙，竟在这儿躲清闲。

站在一旁抽烟的男人不禁笑了起来。他穿着白色衬衣，露出黑色衣袖和领口，上面写着涂鸦般的英文，休闲又不失得体。

夏梵闻声看去，眯着眼睛笑道：“云一君，我进来的时候，你的粉丝正到处找你呢。”

乔云一将挡在额前的头发往后拢去，原来俊秀的五官顿时变得立体，多了几分生人勿近的冷清。他将烟头摁灭，转身往出口走去。

夏梵没有回头。以她在业内的口碑，他不理她实属正常。毕竟她是出了名的行业毒瘤，纵容手下的作者抄袭、洗稿、卖腐、炒人设，只要能火，她什么都做得出来。

简直是毫无底线。

她无声地笑了起来。

这时，她收到助理发来的照片——她拿着“年度十大影响力漫画机构”的奖杯站在聚光灯下，笑得端庄优雅，没有丝毫窘迫和羞涩。

“拍得很漂亮，谢谢。”她礼貌地回复。

助理是新来的，对她的客气受宠若惊：“主要还是因为梵姐您漂亮。”

这是一句恭维的话，但夏梵一点也没有被夸奖的感觉：“谢谢，但不用叫我梵姐，我比您小两岁，叫主编就可以了。”

助理不出意外地没回复她。

她大概能想象到助理看到那句话时的心情：就像吃了一只苍蝇，死不了人，但很恶心人。想着别人不高兴，她立马就开心了，两只眼睛弯成小月牙，比她拿着奖杯站在台上的时候高兴多了。

“好的，梵姐。”

夏梵沉默了，果然，能派给她的助理都不是善茬。她走出吸烟区，恶人十八正被粉丝簇拥着拍照，助理在帮他维持秩序，忙得不可开交。

她有些幸灾乐祸。

“恶人十八那种卖腐、洗稿的居然还有粉丝，那些女的是瞎了眼吧。”

“云一君比他好看多了，居然会选他做漫画大使，主办方脑子也有问题。”

“谁让人家会炒作呢？而且他的编辑也不是省油的灯，有人发微博说恶人十八洗自己的稿，结果他的编辑直接下场带着粉丝去撕人家，把受害者撕得直接封了笔。你说这都是些什么人？”

夏梵闻声看去，只见几个女生手里拿着“支持云一君”的横幅，不禁笑了起来。

几个女生见她盯着她们，也没有退缩，反而把胸脯一挺：“看什么？我们说错了？”

“那些女的瞎没瞎我不知道，”夏梵露出天真无邪的笑容，“但是我没有亲自下场带粉丝撕过作者哦。”

几个女生顿时猜出了她的身份，一脸见鬼的表情，飞快地转身跑掉了。

夏梵笑得更开心了。

不久后，助理霍霍也看见了她，见她还笑得出来，当场翻了一个白眼：“梵姐，你去哪儿了？你是不知道，十八被粉丝围住，场面差点儿就失控了。”

“你怎么就控制住了呢？”夏梵有些失望，“指不定还能免费上热搜呢。”

霍霍：“……”

她觉得夏梵真不是外界传的什么业界毒瘤，她只是单纯地把自己的快乐建立在别人的痛苦之上而已。

“拍完了吗？要是拍完就赶紧走。”夏梵摸出手机翻看热搜，翻到最下面的上升榜时指尖一顿。

第一个标题便是：恶人十八洗稿。

这都多久的事了，居然还在提？夏梵以为是营销号在博眼球，但点进去以后才发现这件事并不简单。因为导致这件事重回大众视野的原因是——半个小时前，乔云一的微博账号“云一君”转发了那条指控恶人十八洗稿的微博。

他的评论是：创作者对原创应该心存敬畏，洗稿是比抄袭更可耻的行为。

这条微博获得无数圈内作者的响应，转发已近万，可见影响力之大。夏梵脸上的笑容一淡，神色严肃地握着电话独自往楼下走去。无论霍霍如何在后面喊，她都没有回头。

酒店门口，乔云一的助理正准备关车门。夏梵一把将手撑在车门框上：“云一君，有空聊一聊吗？”

乔云一知道她是为什么而来，但不想给她辩解的机会，将头转向窗外：“关门。”

助理一脸为难地看着她：“梵姐。”

“乔云一，你是真的看过两本漫画才认定恶人十八洗稿，还是仅凭那个人的一面之词？”夏梵强调道，“你也是原创作者，应该知道洗稿对于一个原创作者来说是多么可怕的指控。”

闻言，乔云一转头看向她：“夏梵，我是真的看过了那两本漫画才转发的那条微博。”

她根本不信他有那个时间，气得咬牙切齿：“放屁！”

乔云一意味深长地一笑：“不管恶人十八洗没洗过稿，只要大家都说他洗了，那他没洗也是洗了。舆论的力量你应该很清楚吧？”

当年她也是靠着舆论的力量将恶人十八推到如今这个位置，不管他画得好不好，但大家都说好，那就是好了。

他显然是在针对她。

“我一直以为你是一个君子，真没想到你居然是一个小人。”夏梵用力地关上了车门。

乔云一并未将她的指责放在心上，毕竟在看他来，她这个人也不是什么好人，不过是以其人之道还治其人之身罢了。

他走以后，这件事还在微博上持续发酵，到了晚上转发已经破万。无论夏梵如何联系原微博博主，都无人回应。

“梵姐，要起飞了。”霍霍提醒道。

夏梵深吸一口气，放下手机，抬头看向坐在一旁的恶人十八，差点儿没气得吐血。他居然还有心情打游戏？这件事竟一点儿都没影响到他。

“十八，你上点儿心行不行？”

“夏梵，这种事你见得还少吗？”恶人十八不以为意，“不是你跟我说，一个人得到多少，就要承受多少吗？”

“这次不一样。”夏梵有一种预感，更大的风雨还在后面。

飞机抵达北城机场。

夏梵刚打开手机，短信提示音便响个不停。一开网，微信就没停过。而微博上关于恶人十八的话题已经排到前十，排在后面的也都是关于他的负面消息。

“安排人撤热搜。”夏梵来不及看微信，第一时间联系营销部。

营销部的负责人直叹气：“夏梵，不是我们不撤，是根本撤不下来。现在除非哪个明星公布恋情或者丑闻曝光能救恶人十八一命，其他人还真帮不了他。”

“再试试吧。”夏梵道。

“尽力吧。”

夏梵从机场出去，安排霍霍送恶人十八回去后，便第一时间赶去了公司。已近凌晨，属于他们公司的那一层楼却还灯火通明。现在不仅是恶人十八被骂上热搜，公司旗下其他有知名度的漫画作者的微博评论也齐齐沦陷，没一句好听的。

全公司都在为这件事加班。

她走进公司，大家还在开会，就连CEO都没走，还在指望着有人能拿出一个应急方案来。但从他的脸色来看，是都不满意。

夏梵敲了敲会议室的门：“陈总，我有话跟您说。”

陈宇一见她就不自觉地松了一口气，站起身：“去办公室说。”

她跟着陈宇走进办公室，门一关，他便现出原形，往沙发上一躺：“我太难了。”

夏梵也没觉得自己有多轻松，只是自己没有往沙发一躺就把什么事都丢给别人的权力，只能维系着笑容深吸一口气。

“你看热搜了吗？你也上了。”陈宇提醒道。

“还没看。”夏梵打开微博，在热搜榜单的最下面搜到“夏梵 行业毒瘤”的话题，又关掉页面。

“夏梵，你觉不觉得这件事有可能是冲你来的？”陈宇一个翻身从沙发上坐起来。

夏梵并不否认，从乔云一对她的态度来看，就算不全然是针对她，也一定跟她脱不了干系。

“你不说话，代表你也是这样认为的对吧？”陈宇站起身，打开上个月的“APP月活跃用户规模同比增速TOP20”的图，幻想漫画的同比增长率只有0.56，而青柠漫画的同比增长率达到了1.2，“你再看这个，很多用户反映我们的内容越来越差，说我们除了洗稿和抄袭什么都不会。”

如今的漫画圈和娱乐圈殊途同归，她是编辑，也是经纪人，让她操心的不只有作品，还有围绕在漫画家身上如明星般耀眼的光环。

“我觉得这是用户对我们有误解，”夏梵表示不满，“就算青柠上个月的同比增长率高于我们，那也是暂时的，他们的用户留存量和作者量级跟我们完全比不了。”

“不要解释，我不需要听解释。”陈宇一本正经地说道，“你是不是应该检讨一下自己？”

夏梵眼里闪过一抹难以置信的诧异：“我需要检讨什么？”

她允许外界的质疑，但并不代表她就此承认洗稿和抄袭。在大部分的漫画都是由工作室请编剧、画手分工完成的时候，她手下的漫画作者都是自己写脚本走过来的。

尤其是热搜上被指控抄袭的那一本，情节都是她和恶人十八费尽心思设计出来的，从未有过抄袭。现在，只因她站得太高，就要背负莫须有的罪名，她绝不接受。

“你看看青柠漫画最火的两个作者，乔云一和公子清，谁不是口碑和人气齐飞？再看看咱们的作者……”陈宇叹气，“这样吧，夏梵，你先休息一段时间，等风头过了你再回来。”

“是我在纵容那些作者抄袭吗？”夏梵气极反笑，她真没想到陈宇的解决办法是丢掉她，“这就是你费尽心思想出来的解决方案？”

陈宇似乎对此感到愧疚，抿着嘴唇没说话。

夏梵突然明白过来：“是你的意思，还是孔敏的意思？”

陈宇的头不自觉地埋得更低了。

顿时，她全明白了。

孔敏今年刚大学毕业，一进公司便空降为人事主管，不止一次公然表达对夏梵的不满，甚至还怂恿其他编辑架空夏梵。其他编辑畏惧孔敏未来老板娘的身份，敢怒不敢言，只能在夏梵那里旁敲侧击：这外行领导内行做事算怎么一回事？

夏梵看在陈宇的面子上一直让着她，只是没想到会走到今天这一步。

“想我给孔敏让路对吧？”

“夏梵，你别这么想，就是事情刚好撞在一块了。”

“我可以让，”夏梵不想听他解释，“你把钱给我赔够就行了。”

说完，她头也不回地走出办公室，返回会议室，把正在开会的孔敏给叫起来。她板着脸，气场尽显，孔敏做贼心虚，强撑着气势也终是矮了一截。

“干什么？”孔敏靠着椅子，趾高气扬地看着她。

夏梵笑道：“你是想要主编的位置，还是怕我抢了你未来老板娘的身份？”

会议室里的人顿时面面相觑：这种公开的秘密突然摊开到明面上来讲也太刺激了吧！

孔敏一张脸涨得通红，恼羞成怒道：“你瞎说什么呢！”

夏梵不生气，语气轻松：“最好不是。”

孔敏被她的语气彻底激怒，在她的质问里，自己就像一个心思狭隘又缺乏手段的蠢货。她攥紧拳头，想和夏梵一较高下。可后者根本不接招，让她的每一脚都变成无理取闹的空踢，根本就踹不着。

她气急了。可她越是着急，夏梵就越得意，好像自己才是使坏获得胜利的人。

霍霍匆匆赶到公司，看见的便是这一幕——夏梵抱着双臂，得意扬扬地看着孔敏，浑然是占了上风的小学生斗殴现场。

“梵姐，什么情况？”

夏梵耸耸肩，从会议室里退出来：“我被停职了，以后你跟着孔敏干。”

霍霍恍然大悟：“之前就听她跟老板说你工资拿得太高，但做的事还不如普通编辑多，天天就知道在办公室里坐着。老板当时没说话，我还以为他是在维护你呢。”

夏梵没有表态，事已至此，她又能说什么呢？难道仗着跟陈宇开疆扩土的身份胡搅蛮缠？那还真不是她的风格。

她走到办公室，直接收拾了东西，再交了辞职信，出门便让霍霍留步，免得被孔敏看见她和自己走得近，以后会为难她。

霍霍也是个人精，立刻脚步一停，说了声“梵姐慢走”，转身便投入“敏姐”的怀抱，充分展现出一个职场人该断就断的职业素养。

她走出大楼，天空下起淅淅沥沥的雨。雨水落在脸上，她身上的那股蛮横便消失了，剩下的都是沮丧。

她拿出手机，很想对陈宇说点儿什么。可是她打了又删，最终一个字都没留。

第二天，幻想漫画的官方微博“替”她发布了离职声明，声明里尽可能地维护着她的体面，但字字句句都暗示着她就是行业毒瘤的事实。

漫画作者抄袭、洗稿都不是他们的本意，全是她一个人授意的。

正可谓是牺牲她一人，保全千万人，这个“锅”真的背得不要太爽。

陈宇发来微信，让她转发一下官博的声明。那一刻，她是真的被恶心到了，回复道：“还是为彼此留一点儿体面吧。”

陈宇没有回复她。

她看了一下业内的评价，基本是一片叫好，没有谁为她说一句话，就连她带出来的漫画作者也不约而同地沉默了。

她觉得自己和这个行业的缘分已经尽了。

不过也没什么好遗憾的，她用力在脸上擦了一下，就是太恶心人了。

北城，望角大厦，青年科技有限公司。

魏清一言不发地换鞋，许真走进办公室的时候，他正在往西裤下套一双白色的板鞋，配着他的衬衣，将不伦不类发挥到了极致。

“什么事？”见许真进来，他抬起头。

许真鲜有地被他仰视，有些不自在：“看到幻想漫画的官方微博发布的夏梵的离职声明了？”

“我看见了。”

“你不觉得这个操作太匪夷所思了？哪有作者抄袭，拿编辑下手的道理？”

魏清系好鞋带站起身：“人家乐意这么操作，你有什么办法？我出去一下。”

现在正是上班时间，许真有些好奇：“你去哪儿？”

“抢人。”魏清拿着外套走出办公室。

许真一时间没反应过来。

魏清走出公司大楼，将裤腿挽起，露出纤细白皙的脚踝。刘海遮住了光洁的额头，一双狭长的眼睛透出与他气质相似的清冽。

他单薄的身子挺得笔直，宛如旧时的公子，当真是如玉般好看的人。然后他扫了一辆共享单车，骑着自行车不伦不类地驶入车行道。

“老板怎么没开车呢？”他一走，办公室的同事便聚集起来，站在九楼的落地窗前对着他的背影评头论足。

“而且他还专门换了一双板鞋。”

“估计是要去的地方不适合开车吧。”

许真走出办公室，听到这句话，登时明白魏清是要去哪儿了，怪不得他说是去抢人呢。众人一见他，立刻闭上嘴，回到自己的办公桌前。

魏清骑着共享单车，在新城区后的一片老式居民楼里穿梭，弯弯曲曲全是小道，车子根本开不进去。最后他在一条小道尽头的小区门前停下，尽职尽责的门卫大爷拦下他："小伙子，你找谁啊？"

他声音清朗："我找行业毒瘤。"

话音刚落，夏梵拿着包裹从他后面走过来。她身上穿着起球的睡衣，眼睛里有着显而易见的茫然，显然还没睡醒。但在跟他的目光相触的那一刻，她陡然清醒，二话不说，转身就走。

"夏梵，站那儿。"他不紧不慢地骑着车横在她面前，"躲什么呢？"

她能不躲吗？

这位哥哥简直就是她的命中克星，成功道路上的绊脚石，还是一横就几百米长的那种。她上大学那会儿谈过一个富二代，一点儿都不"纨绔子弟"，性格特别好，也乐意让她欺负。结果她这小手还没牵呢，这位哥哥就冲出来了。

"夏梵，你再图钱，也不能找个这么砢碜的啊。离得远点儿看，还以为你跟你爸坐一块儿呢。"魏清眯着眼睛，一本正经，"这离得近点儿，还不如跟你爸坐一块儿呢。"

夏梵坐在那儿，想死的心都有了。但魏清压根儿没看出来，端着一个餐盘，依旧对着她的男朋友评头论足。富二代最后是流着泪走的，他说："夏梵，我真的特别喜欢你，可是你这个哥哥让我觉得自己爱不起你。"

夏梵连叫三声都没把他留住。

于是，她就这样与嫁入豪门的机会擦肩而过。

再后来，她得到一个去大企业面试的机会。可她连公司的大门都还没进，就被这位哥哥骑着摩托车给拦住，强行拉她去给他的乐队当主唱去了。

当时她是流着泪把那首歌唱完的，而他还以为她是被感动的，拍着她的肩膀，感慨万分："瞎感动什么呢？以后我会写出比这更好的歌，别哭了。"

这是他跟她说过的为数不多的一句人话。

可她哪儿是感动呀，她是伤心自己错过了那么好的机会，就为在这种破酒吧陪他们唱一首破歌。

但她不敢说。

魏清的嘴有多毒，拳头就有多硬，她打不过他，还骂不赢他，于是只能认㞞。

此时，她㞞得一如既往，连笑容的弧度都没变一下："啊，哥，好久不见。"

魏清眉梢微挑，俯身靠着扶手，眼神疑惑："我怎么觉得你在躲我呢？"

"我怎么舍得躲你呢？"她笑得谄媚，眼睛眯到一块儿，更像在掩饰什么，"虽然幻想漫画和青柠漫画是竞争关系，但我们绝对不是。"

魏清看破不说破：“没躲是吧？我听说你辞职了，正好来我们公司。”

一句脏话差点儿脱口而出。

夏梵双眸一垂，显得煞有介事：“可是我已经答应我的男朋友要转行了。”

“你又谈男朋友了？”魏清一听她谈对象就来气，年纪轻轻的，眼神不知道怎么那么差，“这次又是哪儿的人渣？”

夏梵：“……”

她在朋友圈里有一个绰号叫“渣男收割机”，因为她的男朋友不管是什么样的，只要经过魏清的嘴一说，就都是渣得万里挑一，千年都难得一见的。

但凡是魏清知道的，就没有一个能撑得过牵手阶段。

“你别这样说，我们俩都领证了。”她说得跟真的似的，“不然我干得好好的为什么要辞职？”

“在陈宇那种傻子手下你能干得好？”对这个“好”，魏清持怀疑态度，但更关心她领证这件事，“是已经领证还是准备领证？”

“已经领了。”其实她已经快三年没谈过恋爱了，工作忙得连轴转，连休息追剧都久得像是上辈子的事。只是她不想再和魏清牵扯上关系，只能想出这个法子。

她觉得这个理由能击退他，他总不能让她离婚吧？

魏清坐起身，将车停稳，下了车，双手叉腰：“离了，赶紧的。”

“哥，你别闹，我真结婚了。”

“没闹。”他特别严肃，偏偏语气又是满不在乎的云淡风轻，让人猜不出他的心意，“夏梵，我认真地说一次，你要是敢跟别人结婚，你试试，老子明天就能让你离婚。”

夏梵被唬得一愣一愣的，也不知道他葫芦里卖的什么药。她不是没怀疑过他对自己有超出友情的想法，但大多数时候他表现出来的态度，就只是把她当“弟弟”。

连一个女的都算不上。

“那我这辈子还能跟谁结婚？”

“我同意你就能结。”

那这句话的意思基本就是别结婚了。

要是放在平时，她也就尿了，可她今天的心情真的是太差了。

“魏清，你不觉得作为朋友，你管得太宽了吗？”

第二章

Chapter 2

她的理想

她第一次见魏清，是在航大的男生宿舍前。他穿着白色运动服，站在澄澈的晨曦里，立在台阶上，神色中透着满不在乎的肆意，浑身散发着不与这个世界同流合污的孤傲。他眯着眼睛向她招手：“你就是蒋澄介绍的那个妞？”

“啊，你是魏清学长吗？“她恍然大悟，“我听学姐说你需要漫画助理，就来试试。”

“你是学什么专业的？”他有点近视，平时又不爱戴眼镜，走近了才看清楚是相貌和身高一样可爱的女孩。然后他特意从台阶上走下去比了一下，女孩足足矮他一个头。

她留着齐肩的短发，一双眼睛又亮又圆，双手不自觉地抓着衣角，浑身充斥着不安和紧张。

“我是学酒店管理的。”

“哦，学习不怎么好？”

夏梵：“……”

虽然她的成绩的确不怎么好，但被他这么直接地点出来，她还是感到一丝窘迫：“也不算太差。”

“那就是不好呗。”他毫不留情地撕开她身上最后一块遮羞布，却眉眼平和，没有任何恶意，倒像是她太过敏感了。

“我看过你的作品，还不错。”他双手揣在兜里，转身往宿舍走去，“你画画多久了？”

许久不见应答，他停下脚步一看，才知道她没有进来。见她一副犹豫不决的样子，他不由得皱眉，退回去道：“你没进过男生宿舍？”

她摇摇头：“学长，你经常带女生进去吗？”

魏清：“……”

魏清一贯嘴毒，鲜有被问得哑口无言的时候。

“我经常见他们带。”他伸出手想拽她一把，但见小姑娘柔柔弱弱的，怕伤着，就没忍心，“上去吧，就跟你们女生宿舍差不多。”

“你还去过女生宿舍呢？”

魏清：“……”

这话说得跟他经验多丰富似的。于是他转过身，说：“猜的。”

夏梵犹豫了一下，但还是跟了上去。结果刚走到二楼，一个只穿着裤衩的男生就冲了出来，她立马背过身去。

只听魏清骂了一声后，她的手臂被一只宽厚的手掌从后面抓住，肩膀也抵上了一个温热的胸膛。他抓着她的手臂，将另一只手覆在她眼前，气急败坏地嚷嚷：“谁允许你们穿着裤衩在外面跑的？都把衣服给老子穿上，听见没有？”

她隐约感觉他还踹了两个从旁边跑过去的人。

“清哥，这是你女朋友啊？”

又是一句脏话。他捂着她的眼睛往楼上走：“以后我带你去工作室那边。”

她耳朵涨得通红，用一种自己都听不见的细若游丝的声音应了一声。

一转眼，七年都过去了。她早已不是被他捂着眼睛就面红耳赤的少女，而是那些人口中刀枪不入、为了成功没有底线的行业毒瘤。

“我还能管得更宽你信不信？”

夏梵：“……”

这么理直气壮地不要脸，她还真就在他身上见过。

“那你是真的结了？”魏清十分在意。

“没有，没有，你满意了吧？”

“夏梵，什么叫我满不满意？”话虽如此，但从他的表情来看，是真的挺满意的，“我就是觉得你当员工挺好使的，你别妄想和我有雇佣关系以外的关系。”

他用了“妄想”这个词。

夏梵双手紧握，强压怒火才没有揍他。

她以前动过一次手，结果人没打着，反被他抓着手堵在墙角，进退不得。从那以后，她即使有再大的火气，也都能把手收回来。

他一点儿都不肯让着她。

两人正在对峙之时，一个骂骂咧咧的声音从后面传来。夏梵听着有点耳熟，转身一看，果然是将车停在门口，一路走进来的陈宇。

陈宇昂贵的皮鞋和裤子上被溅了泥泞，让他从一开始就对这里充满厌恶感。

夏梵半眯起眼睛，等他走近。

魏清顺着她的目光缓缓直起身，语气有些耐人寻味："陈总。"

陈宇抬起头，对他们俩站在一起感到诧异："你们俩认识？"

魏清薄唇微扬，单手搭在夏梵的肩上，眼角眉梢浮现出一丝得意："在她还是小姑娘的时候我就认识她。"

夏梵不明白这有什么可骄傲的。

"我只是想让他明白一件事。"魏清俯身，凑到她的耳边，"夏梵，你是我的，只能是我的。"

又是这奇怪的占有欲。

夏梵难得反驳："从法律层面来讲，只要你付工资，我不辞职，到退休前我都能是你的。"

魏清："……"

"夏梵，我能跟你单独聊聊吗？"陈宇面露难色，"我仔细想过了，觉得自己的做法有些欠妥。"

魏清轻笑出声，在他看来岂止是欠妥，简直是脑子有问题。

幻想漫画能走到今天这一步，夏梵作为主编功不可没。虽然她在业内的口碑很差，都骂她迟早要完，可扪心自问，谁又不想成为她呢?

陈宇居然会因为舆论放弃她。

夏梵不想让魏清知道她是死于公司内斗，轻描淡写道："知道了，我会转发那条微博的。"

"我来找你不是想说那个……"

她打断他，看向魏清："我明天就去你们公司报到。"

魏清对她比了一个"OK"的手势。

"没事我就先走了。"

"走吧，明天见。"

她从头到尾没有再看陈宇一眼，是真的被他伤了心。公司创立之初只有他们四个人，窝在一室一厅的居民楼里，争吵、磨合、妥协，每天都在崩溃的边缘游走。

后来幻想漫画成为国内首屈一指的漫画平台，公司越做越大，员工越来越多，一批批新晋漫画家横空出世，被称为中国漫画的未来。

这些曾经都是她的勋章，如今时过境迁，勋章上生出了潮湿的青苔，连初心都掩埋了。她不禁冷笑，那些为了理想的奋斗也不过是为了钱。

陈宇有些不知所措。

魏清想起多年前他也这么愚蠢地试探过夏梵的底线，以为她会一直那么可靠，包容自己所有的不成熟和不理智，永远做他的退路。

然而事实却是——那个时候的他比现在的陈宇还要惨得多。

他骑上自行车，以过来人的姿态说道：“陈宇，别让你的钱践踏了她的理想。”

陈宇有些听不明白，夏梵的理想不就是钱吗？

夏梵回家后做的第一件事就是转发幻想漫画的官方微博，什么都没说，只有四个字：转发微博。

同时青柠漫画的官博也转发了这条微博，同样只有四个字：欢迎入职。

一个小时后，夏梵的微博和微信都“炸”了。

青柠漫画是行业新生的一股清流，作品很有独特性，最近更是拿到了七位数美元的投资，其中不乏诸多知名大佬跟投。最引人注目的就是青柠漫画CEO魏清的另一个身份——知名漫画作者公子清，在微博有将近五百万粉丝，堪比一个流量小生。

在粉丝和作者眼中，夏梵加入青柠，堪比往清澈的泉水里倒入化工废水，还是源源不断的那种。

到晚上的时候，微博上全是“青柠完了”的相关话题，网友们在微博和论坛里已经掀起了对她的抵制风潮，拒绝让她入职青柠漫画。所有人都觉得青柠漫画会变成下一个幻想漫画——作品俗气、低龄化，作者为吸引粉丝卖腐，除了洗稿和抄袭什么都不会。

她躺在沙发上刷了大部分的评论，越看越觉得魏清是在蹭自己的热搜，全然不顾舆论会将她推到哪一步。

这男人啊，还真没一个好东西。

她放下手机，洗完澡出来，逐渐消停的评论量又开始暴涨。她仔细一看，正当红的昼夏乐队的主唱阿阮看热闹不嫌事大地转发了魏清的微博并评论道：哈哈，阿清，你终于如愿了。

在夏梵看来，这句话的意思是：哈哈，阿清，你终于如愿招到这么好用的员工了。

可在别人看来，这句话的意思是：哈哈，阿清，你终于等到她了。

阿阮的微博评论下面全是吃瓜群众：小姐姐，求科普。

阿阮神秘兮兮地回复：等阿清亲口告诉你们吧。

得，更说不清了。

她忍无可忍地在微信上质问魏清："哥哥，你们这是组团来蹭我的热搜呢？"

魏清没有回复。

青柠漫画编辑部的人一听说她要入职，心态和作者、粉丝的差不多，觉得前途一片灰暗，开始暗中修改简历，以便下次投递。

"还没说到哪个组呢，你们激动什么？"许真从总编办公室出来，看见大部分人都在修改简历，不由得觉得他们有些小题大做。

他和夏梵的接触不多，但从来不觉得她会是行业内谣传的那种人。那时青年科技有限公司只是一个漫画工作室，她也只是个小姑娘，不爱说话，常坐在电脑前，没事的话能坐一天，连厕所都不上。倒是魏清干什么都带着她，公事、私事一概不分，她也不抱怨，就背着包跟着魏清跑上跑下。

大家都特好奇魏清是从哪里找了这么一个长得可爱还任劳任怨的宝贝。

赶活的时候，她也跟着他们一群大老爷们儿熬，从不喊苦，是为数不多的他欣赏的人。

许真一直觉得这是一个有天赋成为漫画家的姑娘。可不知从什么时候起，她再也没来过工作室。魏清解释说：小姑娘去走自己的路了。

他从未质疑过，也一直在等着她的作品出世，却没想到再听到她的名字时，她居然是以编辑的身份出现，而且名声差得惊人。

魏清对此从未评论过。他是真不明白魏清对夏梵到底是一种什么样的态度。说是朋友，却又并非无话不说；说是同事，又多了一层说不清的亲近。更多的关系他也说不出来。

众人一听他说这话，顿时觉得有戏。

青柠漫画分工明确，负责悬疑的就绝对不会插手历史的，负责历史的也绝对不会干预都市的，这也是他们能从一众新生平台脱颖而出的原因。

以夏梵的风格，那肯定是在青春校园组。众人顿时同情地看了青春校园组一眼。

青春校园组的编辑们不以为意，只要她能在这里争得下一处容身之处，也算是她有本事。毕竟他们的主编郭伦是出了名的严格，连许多工作室做这个系列都不想跟他们打交道，直接就丢给其他平台了。

这导致他们这类作品极少，在数据上特别难看。但质量皆上乘，只要有作品出来，基本都能登顶付费榜，版权开发链也是最全面的。

让夏梵来挫挫郭伦的锐气也挺好的。

这样一想，他们不禁有些小期待，停下修改简历的手指，滑动鼠标，关了界面。

魏清打开夏梵的微信消息已是凌晨。他从书房的办公桌前站起来，看了一眼微博，理清了事情的来龙去脉，对夏梵说：“明天去航大门口吃米粉吗？”

“去。”夏梵很快回复。

他嘴角微勾，放下手机，看着窗外的万千霓虹，心中感慨万千：这么多年没见，还以为她真长大了，结果还是个小姑娘。

一碗米粉就能哄好的小姑娘。

以前在工作室的时候，每天早上，不管是刚熬通宵下班还是清晨上班，只要时间允许，夏梵都一定要去航大门口吃碗米粉再走。

魏清不喜欢，觉得味道太淡，大多数时候都是看着她吃。小姑娘先是在汤面上放一勺剁碎的泡椒，再放一勺辣椒油，仪式感特别重，最后撒一把香菜，望着最上面的几大块牛肉，能把眼睛高兴得眯没了。

如今回想起来，他其实很喜欢那一刻的夏梵——有着非常真实的纯真，能摧毁一个人心里所有的戒备。可那时的他也很年轻，把得不到假装成不想要，把对现实的逃避当成与世界对抗的决心，以为不好好说话就是酷，以为不在乎别人的感受是年轻应有的态度。

用现在的话来说，就是特别能装。

他明明很希望时间能停留在那一刻，却总是装出一副不耐烦的样子，不断地晃荡着双腿，催促她吃得再快一点儿。

她本来就已经吃得很快了，被他一催就更急了，急得鼻尖上全是汗。

每次看到她那个样子，他就忍不住想笑。不知道为什么，欺负她总会让他感到格外开心。

他俯视窗外的街景，看着曾经的平房变成高楼，原本荒芜的郊区生出错综复杂的环道。灯光越来越亮，星光越来越暗，一切都在走向一个新的时代。

可这一刻，他的眼睛里全是旧的东西。

跟在他身后任劳任怨的夏梵，当面骂他背后总是夸他的许真，还有那个眼睛长在头顶上，想到什么就说什么的魏清。

他鼻子有些发酸。

那时的他也真的挺能作的，要是换了别人，早就动手了。也就夏梵脾气好，能把他的“中二病”惯得名正言顺。

殊不知不是夏梵想惯着他，而是动了手以后发现打不过，才不得不低头求生。

第二天，夏梵到米粉店后才想起没和魏清约时间。她打电话给他，以为他还没出门，结果刚推开店门，就看到他正和老板大眼瞪小眼。

老板双手环胸，眉头紧锁："我那天看了一个综艺节目，然后听评委说了一句话，就特别想问你。"

"什么话？"

老板问："有没有人说过你特别装？"

魏清差点儿没把头盖骨给他掀了。有些话他自己说可以，别人说就绝对不行："你要是有我这么耀眼，你也可以装。"

老板："……"

在老板还只是一个热血青年的时候，就对魏清充满敌意。如今年近四十，更是变本加厉。

"嗨，潘哥，好久不见。"夏梵一看就知道他不是魏清的对手，怕他遭受更多不必要的伤害，连忙打断。

大潘一见她来，神色立马变得愉悦起来："小夏，好久不见你了，最近在忙什么呢？我前两天还听我媳妇说你上热搜了呢，什么事啊？"

"你媳妇儿还没跟你过腻？她几年前就老说你这个人很无趣。"魏清非常会找时机打击人，"看来婚姻就是忍受啊。"

大潘脸都气绿了。夏梵很想帮他说两句，却又没有帮着外人挤对魏清的勇气，只能找借口把他给支开了。

桌子旁，两个人都没有说话。

"你还是不吃？"夏梵打破僵局。

"我怕他吐口水。"

夏梵有些意外，没想到魏清这么有自知之明。

说话间，米粉已经上桌，散发着热气和香味。夏梵撒上一把香菜，心满意足地吃了一口，整张脸上都是肉眼可见的开心。

他一言不发地看着她。

等到她吃完放下筷子，他才开口："夏梵，你觉得蹭你的热搜能为我带来什么？"

"流量。"夏梵回答得很肯定。

魏清轻笑出声："你认为以你的口碑真的能为青柠带来流量？别说新读者了，原平台的读者都因为你要悲愤出走了。”

“我还以为你不知道呢。”她以为他在讽刺她是行业毒瘤，想都没想便嘲讽回去。

等骂完了，她意识到坐在对面的人是魏清，又赔了一个笑容。

魏清没有笑。

她这是骂他知道自己是行业毒瘤，还上赶着往面前凑，是哪根筋不对呢。

这些都是曾经的夏梵不具备的尖锐和刺，尽管他早有准备，却还是猝不及防被扎了手。没有血，但扯着疼。

他眉头轻皱，觉得她这几年过得挺舒坦，至少很久没因为说话而挨过揍了。

夏梵不敢真得罪他，话锋一转，让他摸不清态度：“不过说真的，哥，我要转行了。昨天答应你也是因为陈宇来了，并不是我改变了主意。”

魏清没说话，眼神平和，充满了“继续说下去”的鼓励。

她顿时来了劲：“青柠能走到这一步很不容易，我不希望因为我的到来而受到影响……”

“屁话！”魏清在她面前对这种词汇一贯克制，此时也是忍无可忍，把衬衣领口的纽扣一解，上前一把用胳膊夹住她的脑袋，死死地夹住，“夏梵，我给那个人说的话全让你听进去了是吧？你再跟我装一下试试？”

夏梵立马犯㞞：“哥，放手，放手，这大庭广众之下，给彼此留点儿颜面！”

他还真是了解她吃哪一套。

就像把见面地点约在这里，他知道她或许会拒绝，却无法抗拒和青春有关的记忆。这里的每一张桌子、门口的每一棵香樟，都值得被缅怀。

魏清要公事公办，不谈交情，那她也能分析利弊，不夹杂任何私人情感。可他一跟她犯浑，她就犯㞞，打心眼里怕他乱来。

“你用脚想想，老子让官博转发那条微博，除了给你撑腰还能是什么？蹭你的热搜？我需要蹭你的热搜？”

“对对对，哥哥你最棒，你先放开我。”她连连拍着他的手臂求饶，“你撑腰就撑腰，你别夹我的头啊。”

他过了几秒才缓缓松开手，将衬衣领口的扣子重新扣了回去。

她摸着重见天日的脑袋：“哥，你别动不动就……骂人。”

她本想让他别动不动就夹自己的脑袋，但被他横了一眼，又连忙把到嘴边的话给咽回去。这好不容易才放出来的脑袋，万一又给夹回去了怎么办？

“你是没见过我骂人是吧？”在她面前，他连到嘴边的脏话都能咽下去。他重新整理好衣服，“别废话，待会儿就跟我去办入职手续。”

夏梵：“……”

他对她还真是一如既往地缺乏耐心，连撒娇和作死的空间都不给她留。

“哥，我最后再确认一下，你确定吗？”

他抬了一下胳膊。

“我知道了，我知道了。”她认真地想过反抗和斗争的结果，最后必然都是自己的脑袋受伤。

既然他对她这么有信心，那她也不能让他失望：“那……我入职的唯一条件就是——把乔云一交给我。”

乔云一的名字跟在夏梵的名字后面在微博热搜上待了将近六个小时。刚撤下热搜不到一个小时，又被夏梵送了上去。

她发布微博：以后还请多多指教啦！@云一君。

粉丝炸了，乔云一也炸了，看到这条提示的第一反应是解约，赔再多钱都要解约。

与此同时，孔敏的微博账号“一朵小花”也发布了她拿着微博颁发的“年度十大影响力漫画机构”奖杯的照片，配着酝酿了几个小时的措辞。结果别说转发了，就连点赞都寥寥无几，所有人都在关注夏梵和乔云一的“爱恨情仇”。

夏梵一直是恶人十八的特别关注，他看见后立刻私聊她：姐姐，你和乔云一？

在她发布离职声明以后，恶人十八曾简单地询问过她的情况。她没细说，他也没追问，寒暄几句之后就祝她前程似锦，然后便结束了对话。

她能感觉到恶人十八的伤感，却也仅仅是伤感而已。

她在职的时候，他们是并肩而行的战友，离职以后就什么都不是了，连朋友都谈不上。

对话框的上一条聊天记录是她的回复：你也是。

转眼间，她便已经牵着他最大的竞争对手站在了他的对面，不由得叹息，真是造化弄人啊。

她还没想好怎么回复，霍霍又发来消息：梵姐，你真的要入职青柠漫画啊？

夏梵对她没什么好隐瞒的：嗯。

她发来一个吃惊的表情：你真的要和老板对着干吗？幻想漫画也是你一手建立的平台，你真的忍心吗？

她连用三个“真的”来确定。

我能建起一个，也能建起另一个。

夏梵不想去思考这话到底出自谁的口，现在她只关心明天上班的路线。毕竟她一次都没去过魏清的公司，光看导航，坐地铁过去最快也要一个多小时。

霍霍一直没回复她。

大约过了半个小时，霍霍才偷偷摸摸打来电话："梵姐，后面那句话不是我问的，是孔敏让我问的。"

夏梵猜也是，不由得冷笑："那你去告诉她，当初她开除我我都不怕，以后我更不会怕。"

霍霍也是个老实人，一上班就立刻原封不动地说给孔敏听。

孔敏气得破口大骂，在办公室里摔东西。

"敏姐，你放心，我当时就告诉她，谁怕了？也就是例行公事地关心她一下，别把自己太当回事了。"霍霍说得惟妙惟肖，让人丝毫察觉不到真实的情况是——她毕恭毕敬地回复夏梵：好的，梵姐，你早点睡，别太累，有需要随时联系。

夏梵到青年科技人事部填完入职资料后，回家躺了好几天，睡得昏天黑地，连门都没出，像是要把这三年的懒觉都补回来。这直接导致她周一出门上班的时候，四肢都快躺退化了，走路腿都发软。

魏清看见她的时候，她刚从地铁站口飘出来，整个人跟没睡醒似的。他就站在大厦门口，等着她走近。

她穿了一件泡泡袖的墨蓝色衬衣，配了一条条纹高腰阔腿裤，单侧的头发挽在耳后，只留了一缕在脸侧，显得干练又不失可爱。

可是她的眼神太迷离了，手上的包跟着她脚下的高跟鞋一晃一晃的，看起来像随时都会摔倒似的。

不仅魏清，周围有好几个认出她的人都在细细打量。

"那不是夏梵吗？看着挺单纯的。"

"长得倒是挺人畜无害的，不过别以貌取人，能爬进公众视野里的有几个是省油的灯？"

众人深以为然。

这时，夏梵也走到了魏清面前，有气无力道："哥，早。"

魏清不说话，转身往前走。她也没放在心上，继续往前。突然，他脚步一顿，伸出一只脚，向着她脚下绊去。

她下意识地避让，结果脚下失衡，身体猛地向前扑去。多亏魏清一把抓住她的手臂，才让她幸免于难。

她顿时睡意全无，惊出一身冷汗。

“你干什么？”夏梵大惊，大清早找不到事干，摔她玩是吧？

“精神点儿。”他若无其事地松开手，在她肩上拍了两下。

夏梵杀人的心都有了。

可她不敢骂他，估计他一个反手就能把她的脑袋夹胳膊下面去。她是真怕，于是只能微笑：“哥，成熟点儿。”

魏清只当没听见。

不远处青柠漫画的人看见这一幕，眼睛都直了。魏清在公司出了名的不苟言笑，从不跟人开玩笑，跟谁都保持着距离，也从不打感情牌。大家私下里都觉得他这个人成熟过了头，刻板又无趣。

万万没想到，他还有这么少年的一面。

看来那些关于他和夏梵有私交的传言是空穴来风。

见他走近，其他人纷纷收回目光，假装没看见。魏清也不跟他们打招呼，抱着双臂独自站在另一侧等候电梯。

夏梵自然地走到他身旁，没有一点儿非要说话不可的尴尬，反而很随意地打量着周围，和其他人面对他时的如坐针毡截然不同。

明明是和平时一样严肃、不苟言笑的魏清，此刻却一点儿也找不到从前的落寞，甚至整个人都放松了，是惬意的。

夏梵走进公司，眼里迷离全无，身上那股子人畜无害的可爱劲也荡然无存，只剩下让人望而生畏的从容。

她光是微笑都充满了攻击性，让人无法随意对待。

就连阅人无数的人事主管都全然没有想给她下马威的冲动，将她带到总编室做好交接后，立刻关门退出。

这夏梵看着人不大，气场倒是挺大的，只是站在那儿，也能给人带来一种不舒服的压迫感。

许真从办公桌后抬起头，看见她后说的第一句话是：“你怎么越来越像魏清了？”

夏梵：“……”

她一时间猜不出这句话是褒义还是贬义。

“像他什么？像他一样会骂脏话，还是像他一样特别能装？”

许真心领神会地一笑，随后又怕魏清知道后会报复他，掩嘴虚咳一声：“不准这样说老板啊，严肃点儿，上班呢。”

“那他的坏话咱们俩下班再说。”夏梵不以为意，“上班就说公事吧，总编，乔云一归哪个组管，我就去哪个组。”

魏清也这样说：“你把乔云一交给她。”

说得跟乔云一真能同意似的。

“你先坐下。”许真深吸一口气，气氛有些凝重，“你应该知道我们前不久拿了一笔七位数的融资吧？”

她当然知道，陈宇为此眼红了许久，常说拿了融资又能怎么样，青柠漫画的人懂得怎么烧吗?

话虽很酸，但并不是全无道理。拿了融资就意味着进入了快车道，要花钱，想尽一切办法让企业快速成长，不可能像融资前那样自行控制公司发展的节奏。

在他们拿到融资前，大多数人对于青柠漫画的印象还停留在只有四格漫画、每天只更新三四部作品的小平台。没想到三年时间，青柠漫画通过微博导流，拿下了天使投资，如一匹黑马再度杀入所有人的视野。但它的作品量和明星作者都太少，至今为止，真正从青柠漫画火起来，能与幻想漫画旗下作者抗衡的，只有乔云一。

如果青柠漫画要迈入快车道，只能快速充实作品库，挖掘更多作者进行创作，而其中的弊端是很有可能成为下一个幻想漫画——为了数量而放弃质量。

夏梵大致猜到他想说什么，但还是礼貌地询问：“怎么了？”

“当年创立公司的时候，魏清是创始人，蒋澄是合伙人。”

“啊。”当初她去给魏清当漫画助理，是一个学姐通过蒋澄介绍的，虽然不熟，但也略有耳闻，人挺好的，就是太功利了，“然后呢？”

“蒋澄主张这一轮结束后就卖掉公司套现。”

夏梵有些吃惊：“魏清能同意？”

“他要是能同意，我们俩就不会坐在这儿了。”

夏梵明白了：“魏清想让蒋澄出局？”

许真觉得她说得太不近人情，纠正道：“是断臂求生。”

夏梵不由得一笑：“你就那么确定蒋澄出局以后，你们能继续把公司经营下去，拿到下一轮融资？”

她相信许真比自己更了解魏清是多么理想主义的一个人。对于魏清而言，青柠漫画要成长，远比挣到钱更艰难，那将是一条布满荆棘的理想之路。可投资方不是慈善机构，不是来为谁的梦想买单的，他们是来赚钱的。

“你觉得呢？”许真也没有贸然回答，将问题像皮球一样又踢给了她。

“我不知道。”

她对许真并不全然信任，这么多年过去，谁知道他和魏清是否真的还像当年那般亲密无间呢？谁又知道他们之间会有怎样的利益纠葛呢？他能和魏清一起把蒋澄踢出去，为什么就不能联手蒋澄把魏清架空呢？在利益面前，挚友、血亲、伴侣，全都要让路。她一来许真就跟她说这些话，明面上是掏心窝子，可暗地里又何尝不是对她的立场的试探？

“不过，你跟我说这些干什么？”她意味深长，“你就那么确定，我一定会捍卫魏清的理想？”

许真有些琢磨不透。他发现她这些年变化真的挺大的，当年一眼就能让人看得明明白白的小姑娘，现在说话却是滴水不漏。

她表现出的态度就是对高层斗争没兴趣，别轻易拉她站队，她就是一个来打工的。这种事要搁旁人身上，估计会拼了命地往前凑，恨不得所有人都知道自己跟老板的关系不一般。她倒好，生怕跟他们扯上什么关系似的。

见她之前，他还觉得大家骂她是行业毒瘤一定是有什么误解。那么单纯可爱的小姑娘，怎么会像他们说的那么不择手段呢？现在，他确定了，她这么拎得清的一个小姑娘，走到这一步纯属必然。

“好的，夏梵，我先带你出去吧。”

青柠漫画，编辑部。

办公室里总共坐着将近二十个编辑，其中还包括实习生和试用期员工。大家明面上都没有说话，但是私聊群里的消息就没停过。

都市组编辑一致表示：只要夏梵敢搞事，她们就集体辞职。

而依照她们对夏梵的了解，她不可能不搞事。所以，一群人已经在拟辞职信了。

校园组现在倒是挺欢迎她的，毕竟乔云一和郭伦都不是什么好伺候的主，一个才高气傲，一个目中无人。她要是敢来跟这两个人正面刚一刚，也算划过黑暗的一颗流星，不枉白走这一遭。

夏梵走出总编办公室，感觉气氛非常凝重，整个办公室只有敲打键盘的声音。

许真将她带到都市组，都市组的主编乔乔一见她就忍不住站起来：“总编，什么情况？”

“夏梵，都认识吧？”

都市组除了主编一共四个人，大家戴着耳机，神情专注，跟没听见似的。但从她们的脸色来看，估计耳机里都没声音。

“当然认识了，”乔乔基本已经猜到许真的下一句话是什么，夏梵到她们组基本是没跑了，“咱们业内最厉害的主编呢。”

夏梵双臂环胸：“你也不差，几部作品入围了金龙奖，就是差了点儿运气。”

乔乔忍了又忍才没骂出声，当年她旗下的作品的确有几部入围，但只是入围而已，一点儿涟漪都没有惊起。而夏梵旗下的作品不仅获得了最佳剧情漫画奖，由恶人十八创作的作品还获得了当年的年度主题大奖。

金龙奖作为国内最有影响力的动漫奖项之一，让她和恶人十八在主流圈一夜成名，从名不见经传的小编辑和小作者被奉为行业标杆。

然后夏梵的人生就像开了挂一样，一帆风顺。当然也越走越黑，从标杆一步一个脚印地走向毒瘤。

乔乔觉得她是在贬低自己以抬高她，对她好感全无：“是啊，谁能有梵姐运气好。”

“那你听过一句话没有？”夏梵眯着眼睛，语气中充满狡猾和意味深长，“运气是强者的自谦之词，命运是弱者的借口。”

两个人之间火星四溅。许真连忙打圆场：“得得得，都别说了，就是简单地介绍一下。夏梵，跟我去下一个组吧。”

她一走，其他人立刻松了一口气，冲乔乔竖起大拇指。乔乔并不为自己敢和她正面刚感到自豪，反而像吃了苍蝇一般恶心。

“真不知道魏清看中她什么了。”一个编辑替乔乔打抱不平。

另一个编辑眉眼轻蔑：“可能是觉得自己这一路太一帆风顺，想增加点难度吧。”

她们都打心眼里瞧不起夏梵。

夏梵跟着许真在编辑部逛了一圈，最后站在了校园组面前。比起其他组的轻视和防备，校园组的人显得平和多了，对她的到来都露出虽然尴尬却又不失礼貌的微笑。

主编郭伦更是跟没听过她的传言似的，淡然地点头接受，然后给她安排了位置和负责带她的编辑，便回到座位上，再没说过一句多余的话。

负责带她的男生显得很紧张，起身后一直用手掌摩擦着牛仔裤两侧的裤缝：“那个，我叫易峰，编辑名叫可乐，你叫我可乐就行了。”

夏梵主动伸出手：“你好，夏梵，叫我名字就行了。”

“好的，梵姐。”

夏梵：“……”

看来她作为“梵姐”的形象还真是深入人心啊。

“我先带你在公司逛一圈吧，然后再去领电脑。”

夏梵点点头，正准备走，郭伦抬起头：“你很闲吗？”

易峰面露尴尬：“那梵姐，你自己去逛一圈可以吗？我这个月报的选题还一个都没通过……”

“没关系的。”夏梵非常理解他的难处，“你加油。”

易峰从她感同身受的眼神里找到了倾诉的欲望，没忍住多说了两句：“啊，今天下午又要开选题会了。”

“有意见吗？”郭伦又问。

“没有。”易峰敢怒不敢言，郭伦这个人看着挺与世无争的，但其实特别小气，对人不对事。夏梵虽然口碑更差，但就目前而言，明显更平易近人。

“那我自己去领电脑，你们先忙。”

郭伦叫住她：“你搬得动吗？”

夏梵觉得他这个人挺有意思的，又要给她下马威，又怕落下话柄：“主编，你给句准话，你到底是希望我搬得动还是搬不动？你要说我搬得动，我就是扛也得给你扛过来；你要说我搬不动，我也准能搬不动，等着你给我出主意。但是你别让我猜行不行？咱们俩又不谈恋爱，别搞这些花里胡哨的。”

郭伦：“……”

易峰差点儿笑出声，咬着嘴唇强装镇定。其他人也好不到哪儿去，都一副憋得很辛苦的样子。

“好笑吗？”他一时拿不准夏梵，准备暂时放弃她，换一个人树立威严，“易峰，你说说。”

“谁笑了？”易峰环视一圈，“这有什么好笑的？”

其他人低着头，更想笑了。

易峰还真是处在食物链最底端，也不知道是哪里得罪了郭伦，凡事都拿他开刀。

“夏梵，我不管你在外面是什么样，既然现在你归我管，就请你放尊重点儿，别伶牙俐齿的。”郭伦自认这番话说得克制，但凡懂点儿分寸的，都会顺着台阶下，不会在入职第一天就给他难堪。

夏梵听明白了。

“主编，”她凑近他，俯身靠在他耳边，“你确定你管得了我吗？”

郭伦：“……”

她说话的时候，气顺着脖子滑进他的衣领里，让他背脊发凉。

夏梵微微一笑，在他肩上轻轻一拍："你说这种话，就是明显不知道我在外面是什么样的。你别惹我，也别想拿我给谁立威，我这个人吃软不吃硬。"

她笑容一敛，气势汹汹地往门外走去。走到门口刚好碰到从办公室出来的魏清，不由得一尿："哥，出去呢？"

魏清打量着她："你去哪儿？"

"我去搬电脑。"

"你搬得动吗？"

又是这个问题，她心里怒火升起："我搬不动，还能让谁帮我搬吗？"

"嗯。"魏清并不觉得这有什么问题，"本来就该行政部门送过来，你只要打个电话就行。"

夏梵："……"

她突然觉得自己有可能误会了郭伦的好意，有些苦恼地捂住额头。

"怎么了？"魏清看出端倪。

"没事，我自己去领电脑，反正也没什么事。"

他眉头一皱："夏梵，你真觉得没什么事？"

第三章

Chapter 3

嗨，云一君

夏梵听出他的言外之意，是嫌她不求上进，从幻想漫画编辑部的一把手沦为青柠漫画里一个连电脑都要自己搬的小编辑，不以为耻，竟反以为荣。

把时间浪费在这种无关紧要的事情上，她还挺沾沾自喜。

“我能有什么事啊？”夏梵假装没听出来，在她眼里，魏清和陈宇是同一种人——都是画一张饼，然后利用她的人。

想当年她为幻想漫画可谓是鞠躬尽瘁，死而后已。结果在幻想漫画成为首屈一指的漫画平台后，陈宇做的第一件事，就是以一个莫须有的罪名把她像破了的皮球一样踢出局。

死不了人，但真够人恶心一阵子的。

“啊，下午有选题会是吧？那我待会儿得去找个选题。”她认真地敷衍着。

魏清眼睛微眯，一把拽住她的手腕，把她拉到自己面前。

“再说一次。”他见不得她这副怡然自得的样子。

“……”

夏梵怕他在众目睽睽之下用胳膊肘夹自己的脑袋，没敢还嘴。

许真从办公室出来，看见的便是两个人拉着手站在走廊上深情地凝视对方。一高一矮，一清一烈，倒也登对。

他咳嗽了一声。夏梵抽回手，跟做贼似的，头也不敢回地跑掉了。

“她怎么回事？”魏清不解，在他的记忆里，夏梵不是这样的。她绝对不是满足于一个普通编辑位置的人，可她现在表现出来的就是没有任何欲望。

真是丧气得要命。

“能怎么回事？”许真耸耸肩，“不高兴呗，不乐意管你呗。”

魏清像是突然明白过来，陷入了沉思。

“为陈宇的幻想漫画付出那么多，结果才刚翻身就被人扫地出门，换了你你能高兴？”许真倒是明事理，“刚才夏梵还反问我，为什么那么确定她一定会捍卫你的理想。我仔细想了一下，估计是怕你走陈宇的老路，不敢为你卖命。”

他说得很委婉，其实把所谓的“不敢为你卖命”换成“不愿意为你卖命”会更为贴切。说白了，在夏梵心里，他魏清不值得。

不知为何，回想起夏梵曾经为魏清鞍前马后的样子，再看看如今面对他时的消极敷衍，许真就特别想笑。一个没忍住，他低头笑了起来，手捏着脸颊，不敢出声。

魏清直视前方，眼前却浮现出陈宇的脸，眉头一拧：“狗日的陈宇。”

陈宇在会议室打了一个喷嚏，孔敏立刻关切地看向他，用眼神询问他是不是感冒了。他轻轻地摇了摇头。

其他人有些反感，一脸冷漠地看着他们俩——老子为了这个破公司，天天加班，男朋友都快加没了，你们俩倒是开个中层会议都能秀恩爱，秀什么呢？

“以后就由孔敏担任编辑部的总编，你们有什么事直接跟她说就行了，不用向我汇报。”陈宇假装没看出众人眼中的不满，波澜不惊地宣布。

副主编冯思昭最先站起来。她本就因夏梵离职对陈宇心存不满，偏偏夏梵还什么都不说，让她好好干。如今一听孔敏要从人事主管转到总编的职位上，她一刻也忍不了：“陈总，当时是你说幻想漫画不需要总编，然后给了夏梵一个主编的位置。但孔主管一来就当总编，她凭什么啊？”

当年夏梵为公司付出那么多，让幻想漫画从无到有，再到行业前列。她做着管理整个编辑部的工作，得到的不过是一个主编的职位。而孔敏什么都没做，一来就全捡现成的，还坐到了总编的位子上。

“冯主编有什么不满意，可以走正规程序反映，没必要在会上说。”陈宇此刻对一切跟夏梵有关的人和物都有着条件反射性的厌恶，这让他感到心烦又焦虑。

“那你开这个会干什么？不如直接出个公告好了。”冯思昭将胸前的工作牌取下来放在桌上，喃喃自语，“跟着这种蠢货有什么出路。”

“你说什么？”孔敏咬着嘴唇，“大声一点儿！”

“我说你是蠢货！蠢货！蠢货！听得清楚吗？听不清楚我去门口给你拉条横幅！

你就是个什么都不懂的蠢货！”冯思昭性格直爽，脾气一上来，全然不顾后果，谁劝都不行，她一脚踢开面前的椅子，“老子不干了，跟着你们这群蠢货有什么未来！”

她声音之大，不仅是会议室，就连外面的人也听见了。大家还没回过味来，冯思昭已经推开门走出来，直接到工位上收拾东西，再申请补休和年假连休，等着假期结束后回来辞职。

陈宇也没有留她，当着众人的面说：“你以为幻想漫画走到今天是因为内容吗？还不是沾咱们平台的光。你以为夏梵真有本事？就她那学历，离开幻想漫画能做什么？也就青柠漫画看她可怜。”

冯思昭恨不得冲上去撕他的嘴，被霍霍拦住，生拉硬拽地出了公司大门。

霍霍叹息：“你干什么呀，何必为了别人的事把自己的工作给丢了呢？”

冯思昭看不上霍霍，觉得她这个人太过势利，也懒得和她说话，从她手里拿过自己的包就进了电梯。她实在气不过，抱着一箱东西，直接坐了将近一个小时的车去找夏梵。她到青柠漫画的时候，夏梵正趴在一个极不起眼的角落里找选题。

那一刻，冯思昭差点儿没哭出来。

上次看夏梵找选题，还是幻想漫画刚刚创立的时候。编辑部就她们两个人，夏梵说：“思思，以后咱们俩的名字一定会让这个行业里所有人都知道的，对吧？”

冯思昭那时刚从大学毕业，凭着一腔热血做事。她说：“那哪儿行呀，得让圈外人都知道咱们俩的名字，让他们知道是谁带领国漫走向未来的。”

说完，两个小姑娘就开始笑。

一转眼，四年过去，幻想漫画带领着国漫走向她们想要的未来，只是与她们再无关联。

“梵姐。”一见她，冯思昭就憋屈得不行。

夏梵这才注意到她：“啊！”

办公室的人都向她们俩望过来。

夏梵拉着她在椅子上坐下：“不准哭，憋回去，有什么事等我下了班再说。”

冯思昭就乖乖抱着一个箱子等她，一米七二的个子，在夏梵面前毫无存在感。

乔乔只看了一眼便收回目光，她以前见过冯思昭，那时她留短发，穿着中性，又高又瘦，是一个非常帅气的女生。她当时和夏梵有说有笑的样子让人十分不爽，至于原因倒也说不上来。可能就是觉得夏梵那样的人就该如过街老鼠，不配有朋友。

一到十二点，夏梵直接拉着冯思昭出门。两个人没坐电梯，径直冲入楼道口的吸烟区。

“怎么回事？”她离开幻想漫画后，便退出了所有工作群，屏蔽了所有与幻想漫画有关的人和物，包括冯思昭。

此时，冯思昭已经平静下来。

她坐在最高的台阶上，将腿伸直，点燃一支烟：“我辞职了。”

当初夏梵离职的时候，她立志要恶心陈宇和孔敏，让他们赔钱主动开除自己，结果到头来还是没熬住。

“太恶心人了。”她下定论道。

夏梵并不意外，在她旁边坐下：“具体说说。”

冯思昭想了想，从她离职后开始讲起：“你走以后，由我暂代主编的位置，协助孔敏管理编辑部。”

对夏梵而言，这是意料之中的事。让她走，本来就是要给孔敏让路。

“孔敏将很多作品下架了，说是平台口碑差，你和我的审核有问题。”

夏梵半眯着眼睛，没说话。

“然后她重新组建了编辑团队，又花重金拉来一帮大神，让运营一个劲地把流量和推荐位给他们，有一种要硬捧的感觉。”

“多高的价格？”

“一格五百，一篇通常三十格到四十格，一本书下来几十万是肯定的。”冯思昭吐出一口烟，“你觉得能回本？除非把版权开发到极致。可是做数据、营销也需要钱啊。”

“烧的是投资人的钱，她怕什么？”夏梵在幻想漫画的时候，无论是老作者还是新作者，一格的价格给得都不高。甚至有新人作者是纯属热爱在创作，没有规定一格多少钱，而是享受订阅分成和不断更的全勤福利及完本福利。因为用钱去砸作者，一旦资金链断裂，根本扛不住。而且版权开发极为耗时，有些需要放几年才能体现出价值。幻想漫画作为暂时还不能盈利的新晋平台，最后肯定扛不住。

“老编辑和我们平台自己捧出来的作者都有意见，但还没到撕破脸的地步，大家也就都没提出来。今天开中层会议的时候，陈宇让孔敏当总编，我就想起那时陈宇跟你说总编和主编就字面上听起来不同，其实都差不多。能差不多吗？事都是一样做，可一个是高层、一个是中层，待遇能一样吗？”

“别这么说，我当初也是为了某种利益才会妥协的。”夏梵不希望冯思昭把自己当成一个不谙世事的小女孩，她其实也不是什么好人。

“可是你没有为了自己的利益去伤害别人啊。”

夏梵不禁莞尔，的确，从这个角度看，她岂止是天真无邪，简直是正气凛然。

“然后呢？”夏梵苦笑，“你就跟他吵了一架？”

“没吵，我单方面碾压孔敏。”她挺得意的，“你是没看见，我骂孔敏蠢货的时候她一句嘴都还不了，脸都憋红了。”

夏梵斜睨她：“我觉得你才像个蠢货。”

冯思昭甩了一个白眼给她。

“这样陈宇更会觉得我在大家心中的地位高于他，指不定哪天我就联手其他人把他给送出去了，让我走简直是明智的决定。”夏梵分析得头头是道，“而且他也更会觉得孔敏天真可爱，被人骂成那样连嘴都不会还，还不知道心疼成什么样。”

“管他心疼不心疼，反正老子骂得很爽。”

“你辞职以后怎么办？”

“先回家躺几天呗。”冯思昭想了一会儿，“不行，房贷还等着我还呢，估计下午就得回去投简历。”

“还做编辑吗？”

“不知道。”她望着前方，眼睛里是少有的茫然，“就是突然不知道坚持的意义在哪儿了。”

夏梵也不知道，勾了一下嘴角，将脸埋到双膝之间，深吸一口气。

过了饭点，许真见魏清还没出来，就去办公室找他。两个人没说几句话，就听到一个女孩的哭声，是那种完全压抑不住而爆发的悲痛。

许真听了一会儿：“好像是夏梵的声音……”

话音未落，他只觉得一阵风从耳畔刮过。等他再回过神的时候，办公桌后面的魏清已经不见了，只剩下一张还在旋转的办公椅。

魏清从没这么慌张过，一时间主意全无，只想快点找到她。他猛地推开楼道的门，发出“砰”的一声闷响，把坐在台阶上的小姑娘吓了一跳。

“魏……魏……魏总，我奶奶去世了……”小姑娘强忍着眼泪，磕磕巴巴地解释。

不是夏梵。

短短五十米的距离，急得他额头上冒出了汗，他背靠着门板说：“那去请假吧。”

小姑娘有些受宠若惊，似乎没想到他居然这么好说话，连连道谢，从他面前跑出去。

他胸口剧烈起伏着，一时间无法平静。

许真从后面走来，看着编辑部的小姑娘从面前跑过，再走到魏清面前，望了一眼空荡荡的楼道才反应过来：“我又没肯定是夏梵，你那么着急干什么？”

魏清跟他解释不清，也懒得解释。

夏梵只在他面前哭过一次，就那一次，让他再也不敢听夏梵哭。

他从楼道口走向电梯。电梯门口，夏梵捧着奶茶走出来，笑意盈盈道：“哥，出去呢？”

魏清看她的眼神极为复杂，似是埋怨又似是庆幸。夏梵一脸困惑。

“好喝吗？”魏清问她。

“好喝啊。”她觉得莫名其妙，“要我帮你买一杯吗？”

他在她头上用力揉了一把：“好喝就行。”

这话说得咬牙切齿，充满了蓄意报复的真切。

夏梵头皮疼，却敢怒不敢言。等魏清走后，她才小声嘟囔：“又是哪颗药吃错了。”

话音才刚落，另一扇电梯门就打开了，一个将圆领套头衫和衬衣叠穿的男人走出来。他穿着鹅黄色的卫衣，领口露出一截黑白格子花纹的衬衣，头发向后梳，露出光洁的额头。他双手揣在深米色的直筒工装长裤口袋里，微微挽起的裤脚下是一双经典款的黑白运动鞋。

夏梵一见他，心里的怒火瞬间烟消云散，眼睛眯得只剩一条缝，主动挥手：“嗨，云一君。”

乔云一听得背脊发凉，但没有回头。

夏梵也不追他，抠着手指甲说：“你这样很没绅士风度吔，明明对人家做了那么过分的事，现在竟然装不认识。这男人还真是爱你的时候叫你小甜甜，不爱的时候……”

乔云一转过身：“夏梵。”

夏梵一脸无辜：“嗯？”

“有意思吗？”

“你觉得没意思吗？”夏梵笑得人畜无害，“可是我很满意呢。”

乔云一最看不惯她这个样子，明明一肚子坏水，却偏偏装出一副不谙世事的样子：“有什么好满意的？”

“你看见我不高兴，我就高兴了。”她将双手背在身后，踮着脚凑近他，“以后我一定会让快乐远离你的。”

她甜美的样子像是在说一句情话。乔云一明白，她入职青柠漫画就是纯粹来恶心报复他的，便也不甘示弱地冷笑：“你就那么确定我看见你会不高兴？”

他长着一双桃花眼，不笑的时候挺高冷的一个人，一笑起来就像坏男人，看谁都蕴含着几分深意。

“是吗？”夏梵伸手在他的下巴上戳了一下，“那你高兴一个给我看看？”

他裤兜里的拳头都攥紧了。

这时，门口的电梯突然打开，魏清冷眼打量着两人。夏梵吓得连连往后退，之前那股子坏劲荡然无存，老老实实道：“哥，你怎么又回来了？”

“你干什么呢？”魏清挡在两人中间，转向她道。

“我在跟他建立感情呢。”

“建立好了吗？”魏清反问。

“还行。”夏梵越过他，拍了拍乔云一的肩膀，“剩下的下次再建立吧。”

乔云一没搭理她。

魏清看破不说破，用食指在她的额头上点了一下。

这一点，在乔云一看来像无奈之余又透着几分心甘情愿的包容。他想起坊间的各类传闻，待夏梵走远后，询问道：“你和她以前就认识？”

“嗯，她以前给我做过几年漫助。”

“几年？”乔云一有些诧异，“那她后来……怎么去幻想漫画了？”

他本来想问她后来怎么变成那样。按理说，魏清看上的人，应该都还是有点本事的。可后来她怎么就专注于炒作、卖腐、抄袭了呢？

魏清没有解释，转移了话题：“你吃饭了吗？”

“还没。”乔云一也没深究，但他能感觉到魏清对夏梵是不一样的。至于哪里不一样，他也说不上来，或许是出于曾经一起奋斗过的友谊吧。

“那等我拿一下手机，我们一起去吃。”

乔云一本想再试探几句，又怕触及他的底线，不轻不重地应了一声。

两个人往前走，路过编辑部办公室，看到夏梵正趴在自己的位子上。魏清停下脚步：“夏梵，你如果觉得冷，可以去我办公室睡。”

工位上还坐着不少人，大家都专注地吃着外卖，假装没听见。

夏梵挥挥手，表示知道了。魏清没有再劝她，眉眼平静得像是一个上级对下级出于人道主义的关心。可是任乔云一怎么看，都觉得对于魏清来说，她是不一样的。

他一刻也没想过要和她撇清关系，甚至生怕别人觉得他们俩没有关系。

乔云一不由得暗叹了一口气——为自己飘浮不定的命运。

夏梵在桌上趴着睡了一会儿，醒来的时候脖子痛得不行，刚扭动两下，便被通知到会议室开选题会。

易峰起身，深吸了一口气。他入职快半年了，过的选题一只手都数得过来。对他来说，开选题会的心情就跟他清明去上坟一样，特别沉重。

会议室里，魏清、许真、乔云一、郭伦已经坐在各自的位子上。夏梵找了个最角落的位置坐下，魏清看了她一眼，她低着头，没有注意到他。

此时，编辑部的编辑们陆陆续续走了进来。

等人来齐了以后，从都市组开始报选题。夏梵频频皱眉，最后索性低头不看。等到易峰报选题时，他还没介绍完，直接就被毙了。

“你连分辨抄袭的能力都没有吗？”魏清转动手中的签字笔。

易峰一脸茫然，显然连这部作品抄袭了哪本漫画都不知道。夏梵手捂着额头，为他的阅读量感到头疼。

“夏梵，说一下。”许真点名。

所有人的目光都落在她身上。乔乔觉得挺好笑的，这种业内抄袭的鼻祖都能被挖到公司来，还在乎人家的作品抄不抄袭。

“你也不能说抄袭，只是市面上全是这种类型的故事，难免有雷同。”夏梵起身解释。

乔乔嗤之以鼻，不愧是抄袭的老手，解释得还真像那么回事。

易峰感激地看了她一眼。

“夏梵，你的选题呢？”魏清不经意间转换了话题，“我看一下。”

乔云一和郭伦抬起头，眼神中充满挑衅，似乎想看看她到底能拿出什么。

她将U盘里的选题接入电脑，投影在大屏幕上。一打开便是一个踮着脚在杂货铺的窗前张望的小女孩，而旁边靠着一个成熟稳重但手里悬浮着一本书的小男孩。温暖明亮的画风让所有人眼前一亮。

无论是光感还是色彩都近乎完美，用一句特别朴实的话来说：一看就特别贵。

夏梵拿着翻页笔沉着冷静地介绍故事内容，但大家都没听进去，光是画风就已经让人沉溺，每一格都如插画般漂亮。

“只有前三章。”夏梵见大家都没有听，加快速度结束后打开灯，“大致就是普通小女孩和有超能力的男孩相互保护和照顾的日常故事。”

乔乔回过神来：“这画风感觉好熟悉，是以前幻想漫画的作者吧？”

郭伦有些难以置信：“这个作者你是从哪里找到的？”

乔乔表示疑惑：“你认识？”

郭伦站起身，目光停留在荧幕上的署名上。作者的名字是：Fairy，直译的意思是仙女。他很多年前看过她的漫画，内容是宅女大学生和朋友们的日常，又搞笑又温馨，还获得了国际上的漫画新人大奖。

他还特地买了全套的漫画书珍藏，一心想着自己成为编辑以后要找她约稿。但后来他在微博上找到这个作者，作者用八个字就回复了他：承蒙喜欢，暂不约稿。

后来，他便再也没看过她的作品。他一度以为她封笔了，并为此遗憾了很久，没想到竟然在夏梵手中再次见到这个作者的作品，他眼睛都瞪大了。

“很多年前的朋友，怎么了？”

郭伦服了。

“你见过她吗？”郭伦表现出鲜有的热情，眼睛亮亮的，一看就别有用心，“本人是不是真的和仙女一样？”

“跟你有什么关系？”夏梵和魏清异口同声。

“我以前是她的粉丝，所以很好奇。”郭伦轻咳一声以掩饰尴尬，“她报价是多少？应该不便宜吧？”

在他的预算里，Fairy一本书肯定是上六位数的，不过也值得。

“一格五十块，一章三十格左右，整本书的价格大概就在几万块左右。”

以Fairy的实力和名气，这个价格基本就是白送。郭伦这一刻不得不重新审视夏梵，就连乔云一都不禁肃然起敬。

魏清一直没说话。

许真猜不透他在想什么，也懒得琢磨：“夏梵，以后你的重点选题先报给主编，主编那里通过了会交给我，最后再拿到选题会上来，知道吗？”

他严肃的语气像是在教育一个初出茅庐的新人。

夏梵恍然大悟：“哦，原来易峰刚才报的选题你们都看过啊？”

许真：“……”

她这是在骂他们连抄袭的作品都看不出来，还有脸来教她如何做事。

众人面面相觑，这姐姐也真的太敢说了，换了在场的任何一个人，在短暂的利弊权衡后，这些话都只会在心里想想，却不会摊到明面上来。

她就像一枝浑身都是刺的玫瑰，稍有不慎，就会被扎得满手是血。

大家不由得看向魏清，可他只盯着夏梵，脸上什么表情都没有，让人看不透。

“夏梵，”魏清双手交叉托着下巴，“你确定Fairy能按时更新吗？”

“能啊，反正她现在也没什么事。”

魏清眼睛一眯，解开衬衣的第一颗纽扣，意味深长地向后靠去。如果他不知道Fairy是谁，可能会和郭伦一样对她心生崇拜。但他不仅知道，还很清楚Fairy当初为何会停笔。

他的嘴角不由得浮现一丝讥讽的冷笑。

众人何时见过他这样？只能闭着嘴，连大气都不敢出，生怕刷出存在感受牵连。

不只他们怕，夏梵也尿。一般魏清露出这种表情就绝对是生气了，再解衬衣纽扣就一定是想对她动手。她不由得退后一步，语气也不像之前那般游刃有余：“那……那这个选题就这样过了，我去拟合同？”

“夏梵，坐下，我待会儿单独跟你谈谈。”

夏梵默默回到座位上，易峰凑近：“你用白菜价挖到了大神，可为什么老板好像不是很高兴？”

“钱太多，嫌我不会用吧。”

易峰：“……”

“郭伦，你和乔云一报新书的选题吧。”魏清坐直了，恢复到之前的不苟言笑。

有Fairy的珠玉在前，郭伦心里其实挺没底的。乔云一虽然在新晋人气作者中算有实力的，但比起Fairy还是有很明显的技术上的差距。

所幸魏清并不在意，甚至有些心不在焉，很快就通过了选题。会议一结束，他直接让夏梵留下。待其他人走后，偌大的会议室里便只剩下他们两个人了。

窗户锁得严严实实，听不见一点儿风声和嘈杂声。

魏清起身关上门：“夏梵，晚上有事吗？”

“啊？”夏梵有些怀疑自己的耳朵，她本以为魏清会兴师问罪，没想到竟是没头没脑的一句话。

魏清还在等着她的回答。

“没……没……没事。”她紧张又戒备地站起身，认真地揣测他话里的深意，不自觉地躲到靠窗边的角落里。

“那我们晚上一起吃个饭吧。”

他的声音太温柔了，反而让夏梵觉得不安：“其实，你有什么话可以直接说。”

“我问了你就会说吗？”魏清的嘴唇紧抿，走向她。她下意识地想躲开，他将她堵在角落里，进退不得。她不得不抬头仰望他。

“尽量吧。”她其实大概能猜到他想问什么，只是在纠结该如何回答。有些话可以跟朋友说，但不一定能向老板坦白。

“你是怎么从幻想漫画离职的？就因为那个作者抄袭的事？”在魏清看来，这未免也太小题大做了。

果然是这个问题，一点儿也没让夏梵意外。

“不仅仅是因为这个。”涉及的东西太多了，夏梵一时也解释不清楚，“幻想漫画的数据下滑，需要给投资人一个交代，显然我就是那个交代。加上陈宇可能对我不满或者有所忌惮，他的女朋友也不喜欢我，就是顺水推舟的事。”

她说得很隐晦，但他结合从各方听来的传闻，也能猜出一个大概。

“那你就这样算了？”魏清觉得以她现在的性格，没理由就这样算了。就单单拿刚才的选题会来说，别人说一句，她就得回一句，陈宇这样恶心她，她居然咽得下这口气？况且从他们出的离职声明来看，完全就是把她往火坑里推，不想她在这个行业混下去。

“来日方长，你急什么？”

夏梵气定神闲的语气让他感觉自己像个瞎上火的太监。他眼睛一眯，整张脸上都写着不满。

“幻想漫画坚持不了多久的，”夏梵慢吞吞地解释，“孔敏特别喜欢纯情漫画，我还在时她就牵线签了不少纯情漫画，并且价格都不低。我跟她吵过不止一次，这类作品虽然容易爆，但版权开发难，回本很难，平台付费也做得并不好。可她一个劲地说能导流，陈宇也由着她，我没办法。今天还听我之前的同事说，她接任了总编的职位，为了挖大神作者花几十万签一本书。恕我直言，这些都是自杀式操作。”

“所以，你是在等着幻想漫画死吗？”

“不然呢？我又没有股份，而且赔偿金我已经拿了，不死还想上市吗？”夏梵冷笑，“我能看着它上市？”

魏清：“……”

他从来没听过她抱怨，一直以为她对陈宇还念着旧情，没想到她却是在下一盘大棋。

“本来我去参加微博红人节前跟其他公司谈好了好多部作品动画化，少数作品影视化，结果我一回来，他就迫不及待让我走，项目也只好搁浅了。不过我之前谈过几本影视开发，有两个项目已经接近尾声，够他们再威风一阵了。”夏梵脸上的嘲讽更甚，“不过也就一阵子。”

“你就那么肯定，你走以后，其他公司就不会和幻想漫画合作了？”

“可能还是会合作，只是不会大面积开发了。”夏梵轻描淡写，“毕竟我现在还能推青柠的漫画给他们。”

意思是，之前青柠没有的人脉和资源，她来了，就有了。

这话自大，但他很喜欢。

魏清不自觉地低头一笑，眉眼间有藏不住的骄傲，一直紧绷的肩膀也松弛下来。不管是从前寡言少语的夏梵，还是如今睚眦必报的夏梵，她一直是她。披荆斩棘，勇往直前，是他茫然无助时可以依靠的肩膀。

“不过说实话，你们的作品数量太少了，同类型的能推的并不多。”她不禁皱眉，“能拿得出的作者也少，除了乔云一，就一个你，结果你还很久没出新作品了。我能怎么办？只能把我以前未发表的作品先拿出来扛一扛了。”

在进入我看世界科技有限公司工作前，她在魏清的工作室担任漫画助理的同时，也是一名漫画家。因为她后来加入了陈宇的创业团队，每天忙得脚不沾地，画漫画的事才搁浅了。

Fairy这个笔名，还是当年吃夜宵的时候，魏清随口胡诌的：“不是有个词叫仙女下凡吗？你看，你叫夏梵，笔名叫仙女，多般配啊。”

那时的她还是一个对他怀揣着崇拜和憧憬的单纯少女，特别天真地望着他：“读者看了会不会说我太自恋？”

“那你换成英文的，Fairy，多高端大气上档次。”

她被唬得一愣一愣的，仍心存顾虑：“可我还是觉得……”

“没什么好犹豫的，你这么可爱的小姑娘，就得配这样的笔名。再说了，还不一定能红呢。”

然后，她就真的乖乖用Fairy的名字发表了第一部作品。没想到一炮而红，获得含金量极高的新人奖，也让大家对她的外貌充满了好奇。这为她徒增了不少负担。

魏清眉毛一挑，敢情她把作品拿出来还是为他呢？可是她说自己很闲，不就是摆明了不会为他尽心尽力吗？

“你不是不管我吗？”

“哇，我白天给你当编辑，晚上还要回去给你当作者，就差把人交给你了。”夏梵气得跳脚，“如果这都叫不管你，那什么叫管？”

魏清绷不住，抿着唇一直笑。

夏梵觉得他这个人看着挺稳重的，但偶尔也跟小孩似的，会被几句话激得跳脚，又被几句话哄得眉开眼笑的，让人好气又好笑。可是她再怎么对人性失望，对他的幼稚失望，也无法阻止她一次又一次地想站在他那边。

就像幻想漫画的官方离职声明一出，他就来找她一样。她也清楚在那篇声明里，自己是一个多么自作孽不可活的人。换了业内任何一家公司，对招聘她这样充满争议的编辑都需要三思而后行。可他就像一直在等她一样，没有丝毫犹豫地站在她面前。

“魏清，”她深吸一口气，声音轻得近乎呢喃，“我怎么可能不管你呢？”

就算明知坐到这个位子上的他或许会和陈宇是同一种人，可是也没有办法对他的事袖手旁观。谁让他是魏清呢？一路扶着她长大，且永远无条件地站在她这边的人。

她对自己真是既生气又无奈，忍不住叹了口气。

魏清垂眸看着她。岁月抹去了她脸上的稚气，给了她成熟的轮廓，可她骨子里还是那个小姑娘。他强忍着想拥抱她的冲动，眼睛里充满了对“兄弟感情”不可逾越的克制：“好好干，哥一定不会让你那么闲的。”

夏梵：“……”

那还真是谢谢他了。

这时，门外响起敲门声，魏清让人进来。言情组的一个实习编辑看了他们一眼，立刻低下头，连连道歉，抱着遗忘在桌上的笔记本电脑跑了出去，耳朵红得像看了什么限制级电影似的。

“夏梵，你这么快坦白，为的就是晚上不和我一起吃饭吧？”魏清背对着门，没有看见实习编辑因想入非非而红透的耳垂。

“主要是为了帮你省钱，”她避开他的目光，再推开他，“没事的话我就先出去了。”

实习编辑从会议室出来，不仅耳朵红了，就连脸也红了，其他人疑惑地看了她一眼：“你怎么了？”

小姑娘没敢对众人说，她好像看见魏清在强吻夏梵，只能摇头说没事。可她这样一看就有事，而且肯定还和留在会议室里的两个人有关。

“怎么？你在里面看见什么限制级画面了？”

小姑娘不会撒谎，只是一个劲地摇头。可她越是这样，就越让人觉得有那么一回事。乔乔给其他人使了一个眼色，众人露出心领神会的笑容，也就没有再追问。

乔云一和郭伦一前一后推开吸烟区的门，未等门完全合上，乔云一就已经忍无可忍：“魏清挖那种人过来到底是什么意思？难道青柠漫画也想走抄袭、洗稿的路子？”

郭伦面露难色：“魏清有他自己的打算吧，而且夏梵能取得Fairy的信任，应该也有点本事。你先别激动，再观察一下吧。”

他能不激动吗？

乔云一都快被气死了，他在微博替原作者维权，不是为了让夏梵来恶心他的，而是希望能够给原创生存的土壤。结果倒像是他错了。

他气极反笑，站在窗边半天没说话。郭伦递给他一支烟，他看了一眼，没有接。

这时，身后的门缓缓被推开，许真嘴里叼着烟，看见他们时有些诧异：“怎么不高兴呢？”

被夏梵那样恶心，能高兴才有鬼。

乔云一深吸一口气，但着实咽不下去：“总编，魏总到底是什么意思？”

“什么什么意思？”他没听明白。

“让夏梵入职青柠漫画是什么意思？”

“啊，”许真恍然大悟，“夏梵啊，那个小姑娘以前不是这样的，我觉得她可能也有苦衷吧。”

“有苦衷就能去剽窃别人的作品吗？”

这一点的确没办法替夏梵洗脱，许真给他和郭伦各递了一支烟，两个人都接了，但没有点燃。

“这个你要去问夏梵，为什么她会做这种事。”

乔云一冷笑：“没有才华呗。”

“不能这样说，在我的印象中，她真的挺厉害的。”许真不想乔云一因为这件事和青柠闹僵，连忙打圆场，“你也没接触过夏梵对吧？关于她的事，也是从网上和别人嘴里听说的。不如等大家有空的时候，坐下来心平气和地聊一聊。”

“不用接触。”乔云一直接回绝。

许真有些尴尬地咳了一声。

郭伦张了张嘴，想说点儿什么缓和一下气氛。但乔云一没有给他机会，直接推门走了，留下他和许真面面相觑。

许真叹了口气：“他这个人什么都好，就是太冲动，是不是白羊座的啊？”

郭伦没有研究星座的爱好：“别说乔云一了，其他作者也在问夏梵是不是要入职青柠。你说，魏总到底图她什么呢？”

“你去问魏清呗。”

他哪敢问魏清，就算铁面如他，见到不苟言笑的魏清也同样有些犯怵：“算了，总不会是想让青柠死呗。”

许真眉头微皱，鼻子里喷出烟雾，让他的眼神变得高深莫测：“还真说不准。”

第四章

Chapter 4

威胁

第二天早上十点，夏梵坐在工位上不到半个小时，就收到通知——她升职为校园组的主编，郭伦去许真的办公桌对面当副总编。

她和郭伦不约而同地直起身子往后靠了一下，两个人的表情都非常复杂。

郭伦觉得升他当副总编有点明升暗降的意味，表面上听着风光，手里却不一定有实权，完全就是为夏梵让路。之前他对夏梵并无偏见，可在伤害到他的切身利益后，他觉得自己真没资格劝乔云一冷静。的确够恶心人的。

夏梵看着“主编”两个字就生理性反胃，但她没有像郭伦一样憋在心里，而是起身去找魏清。

魏清正在处理文件，见她进来，一点儿也不意外。

“抗议无效。”未等她进攻，魏清已经直接将她堵了回去。

“我申请要一个副主编。”

“冯思昭吗？”他表面上对事事都不上心，但其实事事门儿清，“可以，但是Fairy的稿费要再降点儿。”

夏梵：“……”

她上辈子一定是挖了他家祖坟，这辈子才会被他剥削吧？

“你融了那么多钱，不拿来烧，想留在银行里吃利息吗？”

他摇摇头：“钱要花在刀刃上。”

按照他的意思，她属于买一送一，最好一分钱都别要。

夏梵强忍着想要暴打他的冲动：“要是可以，你是不是连工资都不想给？”

他眉头微皱，好似听出了她话里的讽刺："怎么可能不给？那是犯法的。当然，你能少要一点儿最好。"

夏梵抓起手边的抱枕丢过去，刚好砸在他的脸上："魏清，做人可要点儿脸吧！"

未等他回神，她就连滚带爬地从办公室跑了出去。由于转身得太过仓促，险些碰到门上。

许真一把扶住她："你没事吧？"

她连连摆手，没敢停留，生怕魏清追过来拿胳膊夹她的脑袋。

校园组的人都在看她和郭伦的脸色。

郭伦一言不发地开始收拾东西，等着许真正式过来通知就搬过去。要不是他的脸色难看得像家里死了人似的，所有人都以为他期待这个位子已久。

夏梵上前拍了拍郭伦的后背："出去聊聊？"

郭伦应声而起。两个人走到吸烟区，同时长舒一口气。夏梵不抽烟，递了一瓶养乐多给他。他瞅了一眼，觉得那是小孩子喝的东西，摇头拒绝："夏梵，直接说事。"

"你心里是不是觉得挺恶心的？"夏梵将吸管插进养乐多瓶里，再含在嘴里，口齿不清地问。

郭伦也不傻，觉得她就是存心来套话的："你和魏清认识多久了？"

"怎么？你觉得魏清对我挺好？"

"不是挺好，是特别好。我来公司几年，从来没见他对谁这么护着。"

夏梵不禁笑了，她才来几天就说这种话，未免有失公允。

"那是你先入为主了，觉得我和魏清关系好，所以他做什么都像是在护着我。"

这话倒也没错，郭伦平复心绪："说吧，你到底找我出来干什么？"

"我希望你把这件事当成一件好事。"

郭伦没忍住笑了，微微上扬的嘴角透着一丝讥讽："好事？这对你夏梵来说是好事，对我可不一定。"

"好事还是坏事，你和我说了不算，时间才能证明。"夏梵喝完最后一口饮料，将空瓶子丢进垃圾桶里，"给我一个月的时间，如果我没办法向你证明这是一件好事，我自动离职。"

小姑娘的眼睛亮亮的，看着年纪不大，跟孩子似的，眼神却异常坚定。

挺有说服力的。

他眼睛里的讽刺不自觉地淡去一些："好，夏梵，我给你时间。"

夏梵接手校园组后做的第一件事，就是整治。

大家本以为郭伦走后能喘口气，谁知夏梵变本加厉，要求一个编辑每周要报五个选题上来，且通过率必须达到百分之六十，至少要通过二至三个选题。

一群人到处约稿找作者，觉得自己熬不到这个冬天。结果周五的时候发现她的要求并不高，只要流畅就都能过稿。

众人看出来了，她是在扩充作品库，为了数量而放弃质量。

恍惚之间，他们好像看见幻想漫画的将来在向他们招手。而且最重要的是，他们还没得到幻想漫画的流量，偏偏就得了幻想漫画滥竽充数的病。

热搜上骂“青柠漫画迟早要完”还真是一个字都没骂错。

众人估摸着她下一步就是高价从外面挖作者，如此一想，当初修改简历也算是明智之举。

郭伦和许真也看出了她的心思，两个人没作评价。毕竟魏清都同意了，他们说什么也不重要。

“把你们手里所有的作者都统计给我。”夏梵在校园组的编辑群里说，“数据、作品、风格都标注好发到我邮箱，其他的我自己去看。”

众人不禁吐槽，他们都标注好了，那她还有什么好看的?

她又补充了一句：“周一下班前。”

一看时间节点，众人差点儿没当场掀桌。这都周五了，而且距离下班就半个小时，让他们周一下班前拿出来，摆明了就是让他们加班啊。

众人敢怒不敢言，一个个脸色都不好看。

这时，魏清在群里发了消息：这么着急?

夏梵：嗯，我本来想让他们明天下班前就交的，但想着周末我还推迟了两天呢。

众人：……

瞧着这个尾音还挺心疼他们的。

收到——易峰最先回复。大家不约而同地撇嘴，真是一个马屁精。殊不知夏梵来后，他终于体会到一视同仁是什么感觉。而且她是真的对事不对人，不管谁犯错都会被骂，不像以前，就逮着他一个人捏。

但其他人则不同，在郭伦手下日子相对舒坦，可到夏梵手里后，过得和易峰从前一样胆战心惊，自是对她不满。

星期五晚上编辑部聚会，除了夏梵和许真，其他人都去了。

众人围在一起，聊的人自然就是夏梵。

夏梵趴在画板前，耳朵一直热热的。晚上九点半的时候，她接到蒋澄的电话：“学妹，听说魏清又把你挖回来了？”

“是收留。”夏梵纠正道。

蒋澄大笑：“那跟哥吃个饭吧，我马上出机场了，直接打车来找你。”

“没事，你定个地点吧，我打车过来。”经过了非常短暂的迟疑，夏梵应下来。

“那哥给你发打车的钱吧。”

“不用了，学长。”

蒋澄不满：“夏梵，你和魏清认识的时间没有跟我认识的时间长吧？怎么就只叫他哥呢？”

夏梵笑着避开这个问题。

电话挂断，她换了一套休闲装后出门打车。到餐厅的时候，蒋澄还没到，她就点了一杯白开水等他。大概十分钟后，蒋澄穿着一件卡其色风衣匆忙赶来，在她的对面坐下后连连道歉。

她说了一声“没事”，继续打量他。

几年不见，蒋澄胖了，没有修剪的胡须更显得他沧桑。夏梵还记得他穿着板鞋在球场哄骗女生的场景，身形清瘦，脸上是遮不住的少年春光。

“夏梵。”他看完菜单，见她盯着自己，露出自嘲的笑容，“你越长越漂亮了，我却越来越像大叔了。”

夏梵轻笑：“比以前更成熟了。”

他哈哈大笑，满意地打了一个响指，象征性地问了她这几年的近况，随后目光微沉，步入正题：“你和魏清也几年没见了吧？”

“三年了。”

“对，”蒋澄假装不经意对她提起，“你那个时候突然不来工作室了，魏清也性情大变，我还以为你们俩吵架了呢。”

“是吵架了。”明眼人都能看出来的事，夏梵也不准备隐瞒，“可是哪儿能记一辈子呢。”

“这倒也是。”蒋澄笑着缓解尴尬，“不过你这次见他，有没有觉得他和以前不一样了？”

独处的时候不觉得，但人多的时候就能感觉到，魏清的确变了。曾经那么盛气凌人的一个人，变得沉默寡言，就连眼里都看不出情绪的端倪。

不过她并不觉得这是问题。

世界在变，时间在走，谁又能一成不变呢？

“是不一样了。”她觉得从这里开始，才是蒋澄约她出来的原因，目光同样幽深，“以前嘴那么毒的一个人，现在都不怎么爱说话了。”

蒋澄惋惜地叹了口气："你也发现了是吧？说真的，我都有点儿后悔成立公司了。"

"为什么呢？"

"魏清太理想主义了。"蒋澄直言不讳，丝毫不怕她把这句话说给魏清听，甚至还希望她能说给魏清听，"你在幻想漫画待了几年吧？你觉得青柠漫画能和幻想漫画比肩吗？就算能比肩，又能上市吗？"

夏梵没有说话，一副陷入沉思的样子，似乎也很赞同他的话。

"我就是一个商人，和他合伙开这个公司就是为了赚钱。可结果呢？他说赚钱不是主要的，他想让国漫走向世界。哪怕他没有做到，至少也要成为一块基石。"蒋澄忍不住笑起来，"这些想法不靠钱能办到吗？人家画手免费给你画啊？公司的人免费给你打工啊？跟其他公司谈合作不需要花钱啊？现在能拿到融资还行，如果下一轮拿不到怎么办？就死呗，死了还不是得卖，还是贱卖。倒不如趁着形势好的时候卖个好价对吧？"

夏梵喝了一口水。

这时，蒋澄的电话响了。编辑部的人在酒吧玩，约他过去。他也没有推拒，吃完饭就拉着夏梵往那边赶。

"夏梵，你旁敲侧击地劝劝他，等把公司卖了，我从我的利润里抽百分之二十给你，你就能实现财务自由，比当编辑强多了。"

夏梵坐在副驾驶座上，还是没说话。

"你当时不也骂过他吗？我觉得你真没骂错，他这个人就是不顾别人的感受，心里只有自己，自私自利。"

夏梵眉头微蹙，心里极不舒服，深吸一口气："我知道了，学长。"

"你是个拎得清的聪明人，我相信你。"

夏梵只觉得这话是在讽刺她，这三年里她听得最多的话就是：夏梵，你真是我见过最拎得清的人，关键时刻总不会站错队，能爬到这一步真是必然。

出租车停在酒吧门口，四下全是出租车和喝醉的人。蒋澄跟着定位找到包间，门一推开，大家都热烈地欢迎他，让他开一瓶香槟洗尘。他一点都没犹豫，立刻同意了。

四下一片欢呼声。

蒋澄就是这样，大方又会说，从大学起就一直谈女朋友，还时常脚踏两条船，可依旧讨大家的喜欢。而魏清不同，长得漂亮却不失气概，加上少年成名，还是个暴脾气，总是一副盛气凌人的样子。可不管他说出多么难听的话，提出多么无礼的要求，大家都愿意捧着他。

夏梵不自觉地想起第一次和魏清去酒吧，有不认识的姐姐跟他搭讪，他提出一个非常无礼的要求——如果姐姐能从朝阳区到通州区给他买一份豆腐脑回来，他就考虑给她电话号码。

大家都觉得姐姐不可能答应，可姐姐立马提着昂贵的包出了门，让魏清等着。

他始终一副不以为意的表情。

大概两个小时后，姐姐提着豆腐脑回来了。他看了一眼，连口袋都没拉开，就说："凉了，不吃了。"

姐姐自己都觉得不可思议，她竟然没发脾气。

"不过男人说到就要做到，你把电话号码给我吧。"魏清摸出手机存姐姐的电话，却没有回拨，模棱两可地说会再联系。

夏梵在旁边看得清清楚楚，他直接按了返回键，根本就没存。从那时起，她对他的定义就是：一个凡人爱不起的男人。

如果换了别人，早就被贴上渣男的标签。可对魏清，她实在是讨厌不起来。他只是把凡事都看得太过透彻，反而显得绝情。

"夏梵，你还愣在门外干什么？快进来啊。"蒋澄久不见她，走到门边催促。

一听见她的名字，包间里欢呼的声音一顿，大家不约而同地交换眼神，都不吭声。夏梵也假装浑然不知，伴随着音乐在五彩的灯光下晃动了两下。

乔乔最先反应过来："梵姐，你也来啦，一起喝一杯呗。"

"我不喝酒，谢谢。"

"你以前不是喝酒吗？"蒋澄曾灌过她的酒，所以记得特别清楚。

"那都是多久以前的事了？"夏梵哑然失笑，"我不喝酒很久了。"

自从和魏清吵架以后，她就再没碰过酒。

她很清楚，没有人会像魏清一样，无论她醉成什么样，都能毫发无损地把她送回宿舍，贿赂宿管阿姨开门，然后又贿赂室友帮她卸妆，并掖好被角。

那位哥有时候还真是可靠。

"啊，那就算了。"蒋澄也不为难她，毕竟还指着她说服魏清呢，于是自然而然地加入其他人的队伍。夏梵坐在沙发上吃水果，一群小编辑尴尬得要命，想向她解释为什么没叫她，却又不知该如何开口。

这时，一个小编辑看着蒋澄的背影，小声念叨："蒋总比魏总平易近人多了。"

众人下意识地看了一眼夏梵，示意她别说了。小编辑自知失言，连忙捂住了嘴。夏梵坐在人群中，淡淡一笑："是啊，他又不需要对你们的人生负责。"

夏梵从酒吧里出来，已经过了十二点，一群人还在喝。她站在路边，给魏清打电话。

魏清过了一会儿才接电话："怎么了？"

"你在干什么呢？"

"APP被恶意攻击了，技术部的小朋友们联系不上，我正在紧急处理。"

夏梵想到他坐在电脑前焦头烂额的样子就忍不住想笑："那解决了吗？"

"刚解决，怎么了？"魏清对她这个时候打电话来感觉挺意外，"遇到什么事了？"

"没事，就想现在去你家坐坐。"

"现在？"魏清看了一眼时间，"你在哪儿？"

"你甭管我在哪儿，你发个定位给我吧。"夏梵不以为意地在路边蹲下身。

"你连我住哪儿都忘了？"

"我怕你搬家。"她用咳嗽掩饰尴尬，"而且很久没去了，也不熟悉。"

"那你等一下。"他把定位发给她，"别带什么味道特别重的夜宵到我家来，我不喜欢。"

魏清讨厌家里有食物的味道。厨房也是个摆设，他从不在家做饭，就算点外卖也会选没有味道的东西，然后吃完就会立刻处理掉。而且他有洁癖，家里特别干净，装修除了白色就是黑色，没一点儿烟火气。

"你这个习惯居然还没变？"夏梵极为诧异，这个人乍一看什么都变了，但其实什么都没变。

"你都说是习惯了，又怎么会轻易改变呢？"魏清扶了一下鼻梁上下滑的眼镜，"你准备打车过来吗？"

"是啊。"

"那你上车后发一个车牌号给我，再跟我共享位置，知道吗？"

每次他说这种话，她都会产生一种错觉，被他喜欢的错觉，让人面红耳赤。

"好了，别啰唆了，我上车了。"她避开他话语中不经意流露出的温柔，似乎用这种方法就能忽视心跳突然漏掉的那一拍。

"夏梵，我关心你还错了是吧？"

他对她还真是温柔不过三秒，不过她早就习惯了："听不见了，听不见，挂了。"

魏清看了一眼时间，这个点来找他，一定是遇上什么事了。所以门一开，他就直直地盯着夏梵瞧，从上到下，最后定格在她的眼睛上。

没有哭过，表情也很正常，并不像有事的样子。

他放下心来，眉头也不自觉地松开，但仍不高兴：“夏梵，你大半夜往一个男人家跑，不怕吗？”

“别人我就怕了，可你是亲哥啊。”

他并不觉得开心，心里甚至闪过厌恶抵制的情绪，却飞快地克制住：“说吧，什么事？”

“就突然有点想见你。”她有些难为情地避开他的目光，自觉地走到沙发前的地毯上坐下，拿着遥控器打开电视机，“你有好看的电影推荐吗？”

“《哥斯拉》吧。”

夏梵：“……”

“《侏罗纪》也行。”

果然，找他推荐，除了怪兽就是动漫，完全没有参考价值。

“我知道了。”她打开界面，开始自己找。

“不过夏梵，你真的没事吗？”魏清洗过澡，换了干净的睡衣，不愿意坐到地上，而是移到她身后的沙发上，端起桌上的杯子喝了一口水。

她选了一部前段时间很火，但一直没时间看的喜剧电影，盯着屏幕目不转睛：“没事啊。”

本来在和蒋澄聊起从前的事时她变得有些脆弱，就想和魏清聊聊过往。可是一见到他，又觉得没必要了。

他一直是他，没什么好怀念的。

“那就看吧，我睡觉了。”

“嗯，你去睡吧，我走的时候会帮你关门。”

他应了一声，但没有起身。半个小时后，他感觉小腿一沉，她已经歪倒在他的小腿上睡着了，嘴唇微微张开，毫不设防。

他双眸一沉，心里感觉烦躁。又是这该死的毫不设防，让他一步也无法逾越。

“喂，”他用小腿将她撞醒，“下周六跟我一起去听摇滚乐吧，昼夏乐队也会去。”

一听“摇滚乐”三个字，她顿时睡意全无，连忙起身：“哥，我现在特别忙，你知道吗？所以下周的音乐节你就自己去吧，我先回去了。”

“坐下。”魏清的语气里充满威胁。

夏梵不得不坐回去。

“哥，我真欣赏不来摇滚乐，那个头我不是很会甩，去了不是影响你们的队形吗？”她宁愿陪他去漫展看群魔乱舞，也不想和他去参加音乐节。

她不明白，魏清看着冷冷清清的一个人，怎么会喜欢那么躁的音乐？而且他曾经的梦想是成为乐队主唱，可偏偏五音不全，一开口就让人特别伤感，感觉整个华语乐队的未来都在他的歌声里被葬送了。

“夏梵，我是在跟你商量吗？”

你看，你看，又来了。

当初夏梵和他吵架也是因为这个。她要去面试找工作，这位哥非拉着她搞乐队。她也没什么天赋，最多算不走音，就被他强行当贝斯手用。偶尔阿阮不在的时候，她还要充当主唱。

“那你是想跟我吵架吗？”夏梵极为无奈。

魏清的瞳孔闪动了一下，明显想起上一次吵架被她支配的恐惧，不敢强来：“这次我保证不让你跟着甩头了。”

夏梵：“……”

这是甩头不甩头的问题吗?

“你在青柠连载的漫画，我来给你当助手，上色和后期都由我来做。”他不忘强调最关键的一点，“免费。”

夏梵：“……”

这话说得跟她占了多大便宜似的，可到头来还不是为了青柠。他作为老板，为青柠出一份力，难道不是天经地义吗?

听听这得了便宜还卖乖的语气。

“那成本也太高了。”用国内堪称顶流的人气漫画家当助手，未免也太暴殄天物了。夏梵气定神闲，“我建议你全拿去画吧，创意和故事大纲算我送你的。别谢了，你连稿费都省了。”

“夏梵，”他忍着火气，“说吧，要怎样你才肯去？”

她就不明白他为什么非要让自己去，反正自己去了也听不明白，无法和他产生共鸣：“不准跟着唱。”

“……”

良久，他从牙缝里挤出一个字：“行。”

第五章

C h a p t e r 5

雇佣以外

星期一。

夏梵一上班就组织开会，让所有人汇报进度。大家集体一脸蒙：不是说好下班前才要吗？怎么早上一来就问进度?

“有什么问题吗？”夏梵已经从他们不自然的神态中猜到了大概的进度，但还是问了一句。

一群人更紧张了，推易峰上前，让他开口。

易峰反抗无效，只能硬着头皮说：“还没做完。”

“我知道，我只是问一下你们的进度。”夏梵起身站在幕布前，幕布上是她加班赶出来的PPT，上面准确记录了青柠漫画作者的人气数据、读者留存和付费转换比例，“这是我根据后台数据分析出来的排名前五十的人气作者，除了云一君和公子清，其他作者的真实粉丝数量不超过五万，在各个平台的话题度也不高。我看了其中一部分作品的内容，说实话，很好，但更新太慢，本来挺火的题材也拖得不火了。必须得做到原创、周更，以及很好的视觉效果。”

大家耷拉着脑袋，一副理亏的样子，但其实都撇着嘴，觉得她是在没事找事。

“我本来是想等你们把作者的风格那些统计给我以后，再选几个漫画作者重点打造的。但是从你们的态度来看，今天下班之前我是拿不到全部数据的，最后只会浪费了时间，又降低了效率，还做不出成绩。”夏梵俯视几个黑漆漆的后脑勺，用力敲了一下桌子，“看着我，我没有怪你们的意思，也不会骂你们。我只是想告诉你们，时间，有时候就是时机。”

几个人茫然地望着她，像是没有意识到她在说什么。然而每个人都心知肚明，所谓的时机，就是在内容市场大面积空缺的时候填补空白。如果他们不去填补，就会有别人去填补，成为第一批吃螃蟹的人。

可是这和他们有什么关系呢？他们就是出来打工的，起早贪黑也就几千块钱，连这座城市的平均工资都达不到，最后又能得到什么呢？而且能不能成功还不一定，所以只要老板不开口，他们也会装什么都不知道，免得给自己找事。

如今夏梵将这件事摆到了明面上，大家不愿意做，所以只能继续装不明白，想着拖一时算一时，少做一点儿算一点儿。

“我们是做内容的，当市场缺少某个内容需要去填补的时候，我们不去做，别人就会去做。”夏梵低头沉默了一会儿，继续说，“举个例子吧，某个内容我们做了，幻想漫画没有做，那么或许在未来的某一天，我们就会吞没它。同理，我们不去做，也会被别人吞掉。”

她说的他们都明白，可是要怎样去做才是最难的。内容市场看似饱和，但同类型的作品参差不齐地充斥着市场。他们可以填补和发展的空白有很多，但究竟哪一个空白才是市场需要的呢？第一批吃螃蟹的人看似风光，可又有谁知道背后承担着多大的风险，又鼓起了多么大的勇气呢？

“主编，你想怎么做呢？”校园组里的资深编辑何欢大概猜出了她想做什么，并且心意已决，他们再装傻也没意思。

果然，这个问题一出来，夏梵的嘴角立刻就勾起满意的弧度。

“我准备选十个作者和网站签长期合约，重点打造，也大范围收新的漫画。我们不要局限于某个内容，我们要做的是百花齐放，让读者去选择他们想看什么，而不是我们替他们选择。”夏梵微微一顿，“而且必须强制要求更新的时间和完结日期，我们拿了融资，势必要迈入快车道。如果我们不做好准备，翻车是一定的。”

他们若有所思地点点头，觉得她想得太过简单，但都不打算提醒她，她说怎么做就怎么做呗。

“你们有什么问题吗？”

众人齐齐摇头，准备起身离开时，夏梵叫住他们：“对了，你们吃饭了吗？”

众人又是齐齐摇头。

“我买了面包，待会儿来我的位子上拿。”夏梵直起身，“还有，想涨工资吗？”

谁会不想涨呢？

大家没有点头，用眼神回答了她：肯定想。

“那就给我好好干。”夏梵说完这句话，直接出了门，只留下一个单薄却又极具担当的背影。还挺帅气的。

旁边的人撞了撞何欢："欢哥，你怎么看？"

"走一步看一步呗。"何欢早就过了因为一句话而打鸡血的年纪，许真也好，郭伦也罢，说得再好听，还不是为了尽可能多地压榨下面的员工，以保住自己的位子。

夏梵能爬到行业顶尖的位子，只怕是有过之而无不及。

他并不看好她，不过她现在是领导，怎么说就怎么做呗，把自己当成一台没有感情的挣钱机器就行了。

下午，魏清一来公司，夏梵就到办公室找他，要求他给校园组的编辑涨工资。

魏清一边脱外套，一边特别平静地看着她："行，从你的工资里扣给他们？"

夏梵眉头微皱，瞧他这话说的，好像公司的收入都给她做工资了似的。

"我有那么多工资扣给他们？"夏梵来青柠漫画，魏清给她开的工资是月薪不低于五万。这个价格对她来说不算高，也不算低，属于还能接受的范畴。

魏清点点头："你们组总共五个人，每个人涨五千，等冯思昭来了，再扣一万出来。你扣了税，还能剩一万多。而且你还有漫画的稿费呢，一个月两万没问题。"

乍一听，还挺替她着想的。

"没问题啊，但如果校园组的业绩做起来了，你又给我涨多少？"夏梵毫不掩饰自己的野心，反正都是来挣钱的，谁不想花同样的时间挣更多的钱。

"我给你股份。"

"得了吧。"夏梵不信，当年陈宇也在创业初期给她画过这块大饼，结果公司稍有成绩，就找各种借口不给她股份，"谈钱吧，实在一点儿。"

"夏梵，百万年薪和百分之十的股份，到时候你自己选。"他并没有笑，眼神始终平静，表情也没有太大的变化。可夏梵知道，他认真的时候就是这样，那双眼睛特别能打动人。

夏梵毫不犹豫地从转椅上站起身："那你就先从我工资里扣吧。"

他背对着她，双眸微垂，不自觉地勾起嘴角，脸上有一丝自己都没察觉到的温柔。衬着他清冽的气质，宛如旧时烟雨里的翩翩公子，有种让人不自觉地沉沦的温润。

"夏梵。"他微微侧过身。

夏梵站在门边，不由得被立在窗前的他惊艳。无论看过多少次，耳垂还是会不自觉地一红，眼神摇摆不定地应了一声："嗯？"

"没事。"他脸上的笑意更浓，"不知道为什么，光是叫出你的名字我都感觉很安心，就觉得哪怕是狂风暴雨，你也一定会乘风破浪来到我面前。"

夏梵被他的笑搅得心神不宁，但还是强装镇定：“以咱俩的关系，别说狂风暴雨了，就算是世界末日，你也一定会看见我奔向你的样子。”

“什么关系？”魏清眯起眼睛，神情耐人寻味。

“百万年薪管够的雇佣关系。”她的脸上浮现一丝大仇得报的得意，“怎么，你还妄想和我产生雇佣关系以外的关系？”

她在揶揄他。

魏清出奇地没有冲过去揍她，而是气定神闲地朝她勾了勾食指，让她过来。

夏梵自是没那么蠢，向他抛出一个极为挑逗但实具嘲讽意味的眼神后，飞快地关上门。紧接着，魏清打开办公室的门，通知校园组的编辑们开会。

大家面面相觑，下意识地向刚从他办公室出来的夏梵投去疑惑的目光。

夏梵气极反笑，自己才刚从办公室出来他就找人开会，这不明摆着暗示大家自己说了点儿什么吗？看来这位哥为了保住她这个绊脚石的名号，也是铆足了劲，生怕她有一丝不坚定，破坏了他们坚固的雇佣关系。

会议室里。

夏梵刚落座，就察觉到魏清不怀好意的目光。他单手托着下巴，身体微侧：“都来齐了吧？”

众人环视一圈，齐齐点头。

魏清平时在公司的时间并不多，可他每次出现都绷着一张脸，任谁跟他待在一起都会有点不自在。此刻大家更是紧张，下意识就觉得是夏梵去告了状。

“刚才，你们主编向我汇报了一下你们最近的工作情况。”他故意停顿了一下，“你们觉得最近工作难度大吗？”

众人瞬间露出一副“果然如此”的表情。

夏梵百口莫辩，反正打他们小报告的黑锅她是背定了。要是搁在以前，陈宇敢这样搞她，她能把杯子摔到他脸上去。可现在不行，因为在其他人心里，她就是个会打小报告的人，哪怕当场和魏清对峙，也会被认为是当面一套，背后一套。

她现在可真是猪八戒照镜子，里外不是人。

她向他竖起一个大拇指，不就跟他开了一个小小的、有点过分的玩笑吗？他至于当场就要还回来吗？

魏清都没拿正眼瞧她，继续鼓励大家：“没事，她给你们布置的任务我在群里也看见了。”

何欢举手发言：“不存在难度问题，只是大家还处在磨合阶段，需要一点儿时间来适应。”

魏清点点头，露出一副善解人意的表情，随后又对着夏梵耸耸肩，像是在说：人家说得很有道理，就算你跟我告状我也没办法呀。

好了，她现在算是沦为一个彻头彻尾的小人了。

夏梵闭上眼睛，放弃挣扎。她总不能在他们面前说：“哥，你不能因为我拒绝了和你产生雇佣关系以外的关系就报复我吧？”

那估计魏清下一步就是挖个坑把她给埋了。

“是吗？”魏清见她放弃抵抗，不由得一笑，“夏梵，你也听见了，不存在难度问题，也就不存在涨工资的指标。”

众人一愣，夏梵居然没打他们的小报告，而是要求给他们涨工资？

这还真是峰回路转，柳暗花明啊。

夏梵也是一愣，过了几秒才反应过来。他来帮她这个做好事的雷锋留名，还不忘先逗她玩，这操作真是让人拍案叫绝。

“他们说没有难度是因为他们业务能力强，”夏梵明白过来，既然他有心给她搭桥，她岂有不过河的道理，“不是因为我分配下去的任务简单。”

魏清饶有兴味地看着她，跟夏梵一唱一和：“你觉得你分配下去的任务很难吗？”

夏梵心领神会，立刻打开投影仪，放下窗帘，起身走到她做的数据前面：“你也知道，现在校园组的作品库存量不到一千，根本不具备竞争力。到这个月结束，必须扩充到一万以上，你觉得没难度吗？”

众人愣愣地看着夏梵。就连何欢都有些诧异，本以为夏梵是只会阿谀谄媚、打小报告的类型，没想到攻击性还挺强的。

事关青柠漫画的未来，魏清也变得认真起来：“夏梵，我不希望你为了数量而放弃质量。”

“你也太小看我了吧？”她抬起头，脸上洋溢着让人移不开眼的自信与张扬，给人一种只要跟着她，就算前方是荆棘、悬崖，也一定会找到出路的感觉，让人忘记自己的渺小，只觉热血沸腾。

“我带出来的人，去哪儿不能扛大旗？”她笃定地俯视着距离自己最近的魏清，“大家老说幻想漫画的质量下降，又是抄袭，又是洗稿的，可这也证明，我们当年也是靠原创内容才获得一席之地的吧？”

魏清双眸微抬，脸上浮现不满：“不是‘我们’，是‘他们’。”

又是这莫名其妙的占有欲。

夏梵无语地手捂额头：“这也证明，幻想漫画当年也是靠原创内容才获得一席之地的吧？”

这句话倒是一点儿也没错，只是不知从何时起，幻想漫画的作品质量出现了断崖式下跌，大面积的同类作品霸占了平台首页，千篇一律的俗套情节层出不穷。

夏梵深吸一口气，没有任何想为自己辩驳或解释的意思：“那个时候，我们很想为这个时代和这个行业做点什么，将大家引领到一个更好的未来。但是很抱歉，我们也失败了。”

陈宇认为原创耗费周期长，投入成本高，而抄袭、洗稿的投资不及原创的一半，剧情也都是经过认证的，改一改就能用，何乐而不为呢？但她见过太多原创作者交不起房租，抄袭者却名利双收的事，无数次与陈宇争吵。可到最后，她也妥协了。

陈宇给了她两条路，一条是她带着她的团队走，另一条是留下来，对抄袭的事睁一只眼闭一只眼，年薪六十万。

然后她辜负了当时所有编辑的信任，收起了野心勃勃的理想，只想一件事——先活下去。

她还记得自己被一个离职的编辑讽刺：“夏梵，如果我真的想挣钱，做什么不比干这一行挣钱？原来用抄袭去振兴国漫就是你所谓的理想？那这样的未来我就不参与了。”

“你们骂我是行业毒瘤也没骂错。”夏梵回想起那一刻，脸上总有种被人打了一巴掌的感觉。如果再让她选择一次，她宁愿带着团队离开。可当她明白过来时，却已经回不去了，“抄袭、洗稿也没什么好解释的，但说我负责的作者抄袭，我绝不认同。”

她抿着唇一脸倔强的样子，像极了一个在捍卫自己最后的尊严与曾经的荣誉的落魄勇士，让人看得心疼。

校园组的五个人从会议室走出去的时候，表情都特别沉重。

“欢哥，你怎么看？”几个编辑团团围住何欢，“这夏梵和魏清什么关系啊？明着是在骂夏梵，其实是在给她撑腰啊。”

“什么关系？Boss（老板）直聘的关系。”其中两个人异口同声道。易峰也在暗自咋舌，这夏梵才来多久就能让Boss涨工资，真不愧是Boss亲自找来的。

“别说了，干活。”何欢不满地打断。他在这个行业待的时间长，知道魏清能做到这一步不仅仅是因为情谊，也是对夏梵能力的认可，觉得这个钱砸进去能赚回来，甚至是更多，“你们知道有个能在老板面前吃得开的领导是多么幸福的事了，以后就少说点风凉话吧。”

而且夏梵最后说的话让他挺有感触的，谁起初不是心怀理想，然后走着走着却不得不向现实低头呢?

他突然觉得夏梵来到青柠好像也没那么糟糕了。

可夏梵觉得糟糕透了，她不该说那么多话的。

幽暗的会议室里，夏梵的影子在投影仪的灯光照射下被无限拉长。她站在屏幕前，身影单薄。魏清不自觉地想，这些年她是不是就是这样过来的?

面对质疑手足无措，面对未来担惊受怕。

他很想拥抱她，可他和她中间似乎总隔着点什么，让他无法再往前迈出一步。于是他只能极力克制，声音淡漠地说：“夏梵，你可以在青柠做当年你想做却没能做的事，完成或者继续你的理想和抱负。无论结果如何，我都会和你一起承担。”

屁话，对她而言这就是一份工作，她需要承担的风险无非就是失业。可他不一样，一旦失败，那就是万丈深渊。背着以万为单位的债务，不知何时才能翻身。

可他还在惦记着她的理想。

她有时候觉得魏清这个人特别傻，透着一种少年般的澄澈与固执。而创业又是一个九死一生，时刻需要你放弃理想，为了活下去而妥协的过程。

她深吸一口气：“你这样给我承诺，就不怕我为了数量而放弃质量?”

“那也一定有你的理由。”魏清站起身，颇为语重心长，“我知道你做什么事都有自己的分寸，可其他人不知道。以你的性子，也不会主动去解释，所以这个坏人只能我来做。”

他什么都明白，这反而让她觉得更不好受。

当年她和他吵架的时候，话说得太狠，全然没为自己留后路，所以聊起相关话题时总会不自觉地有些尴尬，感觉始终和他隔着什么。

她想道歉，却怕说出口后会让彼此更难堪，所以她也只好硬着头皮，强装若无其事：“哥，你说的我都懂，我先出去了。”

他和她始终无法回到最初。

魏清点点头：“这周的音乐节别忘了。”

她是真的很想忘了，可那就像是一个魔咒一样挥之不去。

“知道了。”她不敢看他的表情，飞快地夺门而出。魏清一直盯着她，直至门锁闭合，才重新看向屏幕上的增长图。

周五，夏梵约冯思昭吃饭。

冯思昭听到她自愿降薪给校园组其他编辑涨工资的时候，下意识地摸了摸她的额头：“姐，你也没病啊，怎么会和钱过不去呢?”

“你就别管我了，反正下周一你入职以后，就把我手里的东西接过去。”夏梵懒得跟她解释，拍着她的肩膀，语重心长，“我这几天真是心力交瘁，你跟他们交一下心，我出去拉拉业务，顺便找找乔云一。”

“怎么？那厮还不搭理你？”

说起这茬夏梵就直翻白眼。自从郭伦升职以后，她就没见过乔云一了。而乔云一不加她的微信，也不接电话，完全不把她当回事。

冯思昭也撇嘴：“你之前在幻想漫画谈的电影马上就要上映了，孔敏跟着人家跑宣传，天天在微博上发和演员、导演的合影，还说什么‘不忘初心，方得始终’，简直太恶心人了。”

“过去的事就算了。”夏梵轻描淡写，“在青柠好好干吧，我觉得，挺好的。”

冯思昭对她的停顿别有深意地一笑：“是魏清好，还是青柠好？”

很久以前她就发现，夏梵经常对着魏清的微博出神，并且一旦遇上什么解决不了的事，她在微信搜索栏里第一时间输入的总是魏清的名字，等反应过来才连忙删除换上陈宇的名字。

这让冯思昭对这个叫魏清的男人一直很好奇。

后来在颁奖典礼上见了一面，漆黑的会场里，他姗姗来迟，从舞台下疾步而过，身后跟着两个助理。

她至今都记得自己那一刻对魏清的印象。

四周一片漆黑，舞台的余光照在他的身上。他眉目淡然，侧颜冷峻，身上始终透着与这个名利场格格不入的气息——清醒。

在一众凡人里，真可谓是惊为天人！

四下有不少人议论他，但他不为所动。甚至上台领奖被主持人称赞“有着堪比演员的外貌”时，他脸上也没有任何表情，只淡淡地说了一句谢谢，然后公事公办地说出提前准备好的词，最后下台，落座。

等到典礼结束，他和其他人也没有过多的交谈，与赶来的粉丝合影后便匆匆离开。

整个过程如行云流水，没有一丝人情的牵绊，给人一种他虽身处这个圈子，却又总是有种游离在圈子以外的豁达。

她给夏梵发消息：魏清也太高冷了吧。

夏梵回了她一个问号，随后又再三确定：魏清？你确定你说的是笔名叫公子清的魏清？

她有些惊讶：你不觉得吗？

她给夏梵发了一段他领奖时的视频。

夏梵不以为然：嗨，你别看他表面上这么镇定，背后还不知道多嘚瑟呢。

是吗？只是这样的魏清，她是无缘看见的。

她也旁敲侧击地问过两个人分道扬镳的原因，奈何夏梵从不正面回答，只用五个字盖棺定论：缘分已尽吧。

“都很好。”夏梵用吸管搅动着面前奶茶里的珍珠，“只是我不知道自己配不配得上这份好。”

周六，早上不到八点，魏清便出现在她家楼下。

夏梵洗了把脸，背着包就跑去见他。他从上到下打量她一番，缓缓吐出一句话：“夏梵，你是要跟我出去加班吗？”

夏梵一时没反应过来。

魏清又问：“我是不是就是网上说的那种不配你化妆的男同事？”

啊，他这是嫌她不够重视呢。她不以为意：“哥，咱俩还用在乎这些？走吧，来不及了。”

“回去把衣服给我换了。”魏清拖着她往回走，“我不指望你每次见我都能像见你那些男朋友一样重视，但至少别敷衍我。”

于是夏梵重新回到梳妆台前，认真地擦脸涂粉，然后换了一件粉红色的卫衣，再穿一条米白色的针织裙，侧面开了一条衩，刚好在膝盖以上，俏皮又不失温柔。

她将刚过肩的头发扎起来，穿上一双白色的老爹鞋，将口红一涂，眉眼间不见老态，倒像刚毕业的学生，透着一股涉世未深的劲。

她打开卧室门，看向坐在沙发上等待的魏清。

第六章

C h a p t e r   6

如愿

其实他也只是穿了一件普通的拼接夹克和一条工装裤，可一搭上他那张脸，就显得格外别出心裁。

果然，时尚的完成度都是靠脸来增加的。

她有些难为情：“哥，这次我真的尽力了。”

“行了，走吧。”他的目光从她的小腿一直延伸至她的膝盖以上，皮肤白皙光洁，纤细有度，特别招人遐想。

他不动声色地移开目光，声音平和，听不出是满意还是妥协：“我快饿死了。”

她连忙拿上包，跟在他身后跑了出去。

上车以后，两个人都有些不自在。魏清说话的时候都不拿正眼看她，眼神一直在游离，让她怀疑是不是自己脸上的粉没有抹匀。

“哥，你能看着我说话吗？你不看我，总让我觉得不自在。”魏清将车停在路边，夏梵打开车门特别直白地看着他。

魏清没正面回答，而是将车门锁上，迈步上台阶：“我听说乔云一不搭理你？”

夏梵：“……”

真是哪壶不开提哪壶，她最后一点儿好心情都给磨光了。

“我稀罕他搭理我？”

说话间，两个人已经走进早餐店。虽然已过饭点，但因为是周末，店里有很多人，他们等了一会儿才在角落里找到一张桌子。

魏清笑起来：“反正乔云一的新书周三前就要上连载，预热通知已经发出去了。

如果他还是不配合你，那我只好给他换编辑了。”

换了编辑，那不就把她入职青柠的最后一点乐趣都给剥夺了吗？

她闷着不说话。

过了一会儿，早餐端上桌，魏清吃得慢条斯理，一点儿也不赶时间。夏梵不禁疑惑：“你不去音乐节了吗？”

“去啊，但昼夏乐队下午五点才会登场，所以我们晚点儿去也没关系。”魏清刷着手机，“等到他们结束了，我们一起吃个饭。”

夏梵很想问：你确定不是“我”，而是“我们”？

阮文静喜欢魏清可谓是人尽皆知，但这位哥却跟瞎了一样，人家一靠近他，他就义正词严地教育人家。人家不喜欢自己的真名，让大家叫她阿阮，他就跟没听见似的，“阮文静”三个字一个都不落下。

尽管如此，阮文静还是喜欢他。

虽然从未说出口，但有眼睛的都看出来了，也都不约而同地暗中撮合两个人。但魏清从来不接招，每天用小摩托载着夏梵风里来雨里去的，夏梵想不坐都不行。

这让夏梵特别尴尬，总是想避开，给他们两个人留机会。可阮文静一来，他就把她拽得格外紧，生怕她跑了似的。

阮文静也没让她失望，自然而然地将她视为头号死敌，好像自己没能和魏清在一起都是她在从中作梗。

所以在微博上看到阮文静转发那条微博说“阿清，你终于如愿了”时，她的心情格外沉重，总觉得微笑的背后是咬牙切齿地。

“哥，”夏梵试探着问，“阿阮喜欢你，你知不知道？”

魏清抬起头，出门后第一次对上她的目光，“那我喜欢你，你知道吗？”

夏梵的瞳孔不自觉地放大，身子下意识地后仰，挤出一丝尴尬的笑：“不……不知道。”

“那不就结了。我这么炙热的喜欢你都感觉不到，还能指望我知道什么？”他说着炙热，可语气平静得要命，还一直翻白眼瞪她，任谁看都觉得是在讽刺她。

夏梵甘拜下风：“哥，以后我再管你的事，我就是狗。”

魏清冷笑着将手盖在她的头顶上，格外咬牙切齿：“你要是对我有这么上心，我……”又何至如此？

“嗯？”夏梵眼中生出疑惑。

他五指张开，用力在她的头顶拍了一下：“吃饭。”

两个人不紧不慢地到达音乐节现场时，主舞台已经被人群彻底占据。他们只好找了一个角落，铺上垫子，将一袋子零食拆开，等着日落。

那个下午的风特别温柔，阳光璀璨明亮，将万物都照得闪闪发光。阳光透过树叶的间隙落在魏清的脸上，抹去清冷和疏离，只剩下鲜有的柔和。

夏梵从侧面看着他，睫毛宛如蒲扇，鼻梁挺立，嘴唇微微上翘，是让人一看就会沉迷的脸。

可他偏偏长了一张一开口就让人清醒的嘴："夏梵，把我的外套盖在你的裙子上，你一坐下来就显得腿特别粗……"

他一边说，一边将外套脱下来盖在她的腿上。

夏梵强忍着打他的冲动，咬牙切齿地道了声谢。然而魏清并没有看她，而是抓起旁边的石头朝坐在对面不远处的三个男人丢过去。

三个男人被吓得不轻，立刻将目光从夏梵身上移开，落到魏清身上。

魏清将食指和中指分开对着自己的眼睛比了一下，然后又转向他们，气势汹汹，让人头皮发麻，他们隐隐能猜到这个动作的意思——再看就把你们的眼睛挖出来。三个人恨不得找条地缝钻进去，低头弯腰在人群里穿梭，很快就不见了。

夏梵耳朵发红，面上有些尴尬，语气也不禁带了些娇羞："你……"

"真不知道这么粗的腿有什么好看的。"魏清瞪着他们离开的方向，恨铁不成钢地骂道。

夏梵强忍着暴打他的冲动："对不起，让你丢人了。"

"没事，下次注意点儿。"

夏梵拳头紧握，忍了又忍才没动手打他。所幸他也没再招惹她，专心致志地看着大屏幕，时不时跟着哼唱两句，想起和她的约定后又立刻闭上嘴。

天渐渐黑了，整个场地却越来越热闹，不少人都在呼喊着"昼夏乐队"和"阿阮"。终于，暗下去的灯光骤然一亮，一个瘦弱的身影猛地跳起来，一段熟悉的摇滚乐也随之响起，四周爆发出尖叫声。

比起魏清的男女授受不亲，这里都是渴望走近她的人。

魏清仰头看着屏幕上不苟言笑的小姑娘。

不知为何，夏梵觉得有些心酸。如果他没有放弃，那现在被仰望的人是不是就是他呢？夏梵突然很想问：魏清，你后悔吗？

魏清像是感觉到什么，转头看向她。

昏黄的路灯下，两个人四目相对。他薄唇轻启，在喧闹的音乐声中，从容不迫地回答："不后悔。"

夏梵一度震惊，以为自己刚才不小心把那句话问出口了。

“你没说，”魏清一眼便看穿她在想什么，“但你的眼神在问我。”

她抿着唇，拍了拍他的肩膀：“不过说实话，你画画真的比唱歌有天赋。”

“你确定是在安慰我？”

夏梵特别认真地点了点头，他才缓缓收回伸向她脑袋的手臂：“那真是谢谢你了。”

“哥，你刚才又想夹我的头是吧？”

“幻觉，都是你的幻觉。”

“最后这首歌，献给我们生命中每一个教会我们如何去爱的人——《如愿》。”阿阮微微调整呼吸，“今天，他应该也带着他喜欢的女孩来了现场……希望他能够如愿。”

《如愿》这首歌是阿阮在昼夏乐队的成名曲之一，众所周知，这是一首写给她暗恋已久的男孩的歌。大家也曾津津乐道，歌曲下面最火的评论都是希望阿阮能够如愿的。

如今，阿阮却在希望他如愿。

大家的眼泪都出来了，一个劲地喊“阿阮”，现场响起抑制不住的哭声。

夏梵悄悄看了魏清一眼，她在听这首歌以前，曾经一度以为是写给魏清的，可后来一听又觉得不是。因为她形容那个男孩像火一样炙热，像春光一般明媚，像晨光一般耀眼。

唯一相同的就是——像理想一般遥远。

魏清的表情始终淡淡的，等到歌曲快结束的时候，他的表情才微微有些松动，倾身凑近她：“夏梵。”

“嗯？”

“你说，阮文静这首歌是不是写给……”魏清眉毛微皱，“耗子的啊？”

夏梵：“……”

耗子是昼夏乐队的鼓手，人长得又高又瘦，眼睛细长，看起来贼眉鼠眼。夏梵不管怎么看，都无法和歌词里的形容词联系在一起。

“不知道，我说过，再管你的事，我就是狗。”

魏清恍然大悟，原来还真是他。

接受了这个认知以后，他见阮文静就更谨慎了。演出结束后，昼夏乐队的人和魏清、夏梵约在附近的烧烤店。

除了贝斯手是新来的，其他人都和魏清、夏梵一起演出过。虽久未见面，但彼此都不陌生，三瓶酒喝下去，什么感情都出来了。

耗子说：“清哥，你退出乐队那会儿可把我吓坏了。独来独往的，憋着劲要创业，生怕你憋出什么好歹来。”

“对啊，”吉他手老雷也连连发言，“你说你有这么好的外形还画什么漫画啊，这不是暴珍天物吗？你在的那会儿，我们场的票可好卖了。但你走以后，好长一段时间票都卖不出去。”

“我可谢谢你了，那个字读殄，叫暴殄天物。”阿阮撸过一串五花肉，“没文化你也适可而止点儿。”

老雷瞪了她一眼。

魏清只喝酒不说话。

阿阮笑着问：“魏清，你好歹也说点什么呀。”

“言多必失。”魏清端起酒杯和她的碰了一下，“就不说了。”

“你不说那我可说了。”她放下酒杯，脸上还残留着没卸干净的眼妆，笑嘻嘻地凑近魏清，“你当初跟我们组乐队，就是因为夏梵跟一个搞乐队的谈恋爱是不是？”

在阿阮眼中，夏梵是机关算尽，而魏清是深陷其中。

不然她也不会说——他带着喜欢的女孩来了现场。

夏梵喝了一口酒，神情严肃，任谁看都是不高兴。但在坐的都是阿阮的朋友，没帮阿阮出头已经是他们最大的宽容，更不会在乎她的抵触了。

魏清微微沉吟：“阮文静，我们单独聊聊吧。”

“你看，又是阮文静。”阮文静其实没喝多少酒，可就是想借着酒劲装疯。她见不得魏清对夏梵念念不忘的样子，那样显得她格外可悲。特别是得知夏梵要入职他的公司时，她就猜到他从准备创业起就一直在等着她，“她是你的仙女，而我就是阮文静是吧？”

“别无理取闹！”魏清站起身，有意无意地挡在夏梵面前，“跟我去旁边单独谈谈吧。”

“让她说。”夏梵推开魏清，坐得端端正正。其实她也不喜欢阮文静，见不得她立女汉子人设，背后却总做些上不得台面的事，“阮文静，你觉得你和魏清没谈成是因为我对吧？”

“不然还能因为谁？”阮文静失笑。

夏梵回以冷笑：“你装什么呢？天天跟人称兄道弟，不就是喜欢被男人捧着的感觉吗？别急着否认，你给那个搞乐队的男生发的消息，我都看见了。”

天天跟男生称兄道弟，结果背着人就变成“嘤嘤怪”。夏梵至今都记得阮文静给她那个搞乐队的前男友发的几条短信——

“我不知道为什么夏梵姐姐有了你了，却还要缠着魏清。我觉得她就是那种喜欢把男人耍得团团转的感觉。”

“其实学校里的男生都不会跟她谈恋爱，因为她都烂出名了……你一定也是被她的外表欺骗了吧。”

“她的性格特别强势，好多人都受不了，所以她都没有朋友呢。”

……

这些事，夏梵从来没对任何人说过，只是对她敬而远之。毕竟在其他男生眼里，她是一个不拘小节、没什么心眼的女孩。

说出去只会让人觉得是夏梵在嫉妒她。

可当着自己的面都敢骑到自己的头上来，那夏梵就要把这些事给说清楚了，反正她也不指望这些人能把自己当好人。

阮文静的脸色微变：“我给他发什么了？还不是让他盯紧自己的女朋友，别去缠着……”

夏梵打开手机，直接从云盘里把之前拍的短信照片调出来，再将手机丢到桌上：“是吗？那这上面写的是什么？”

魏清将手机拿起来。

阮文静怎么也没想到，那么多年前的东西她还能存得这么好，就好像早知道会有这么一天似的。

“我不管是不是你让魏清带我来这儿的，但你既然敢当着我的面说，那就是已经做好鱼死网破的准备了吧？”夏梵跷着二郎腿，双手环胸，眼睛像狐狸般透着狡黠，“不过你真的敢‘自损一千，伤我八百’吗？那你在其他人面前维持多年的爽朗的人设可就要崩了哦。”

阮文静：“……”

她记忆中的夏梵一直是沉默的，不具备任何攻击性。因为知道夏梵一直都清楚自己在背后做的那些事，却没有拆穿，便以为夏梵就是那种被欺负了也只会忍气吞声的类型，所以她才敢这么肆无忌惮，把夏梵拉到面前来打。

可现在她尿了。再想起这些年来吃的国漫圈的瓜，就觉得夏梵这个“行业毒瘤”的名声绝对是自己挣回来的。

夏梵见她一直不说话，也没把事情做绝，又将手机从魏清手里夺回，重新放回包里：“阮文静，你和魏清的事跟我没关系，你喜欢的那个男孩能不能如愿也跟你没关系，你装出一副情深义重的样子给谁看？如果你真的喜欢一个人，就把他好好藏起来，别让他成为你立人设赚钱的工具。”

阮文静被反驳得哑口无言。

其他人面面相觑，原来女生吵架都这样吗？杀人不见血，刀刀要人命。

夏梵将剩下的酒一饮而尽：“对不起，让你们扫兴了。我活还没干完，先回去了。”

魏清一把拉住她的手：“要走一起走。”

他也将剩下的酒喝完，向老雷和耗子道歉：“下次单独聊。”

两个人一前一后起身，站在街边等代驾。

霓虹闪烁，夏梵的脸被映得发红，但眼神依旧清醒。魏清安静地看着她，微风拂过她的发梢，露出温柔的轮廓。他心一动：“夏梵，其实你可以向我发脾气。”

夏梵没有立即开口，而是望着来往的车流，想了一会儿才开口：“你和他们也很久没见了吧？”

魏清应了一声。

“那今天怎么想着见了？”夏梵偏过头，“总不可能只是单纯地叙旧吧？”

人到了某个年纪，做什么都不再纯粹，单凭一腔热血或者为了喜欢而做的事会越来越少，或多或少都掺杂着一些利益。

“是，我之前让老雷帮忙联系一下，看看有多少公司和乐队愿意跟我们合作做推广。我本来是想待会儿再单独谈谈的，哪知道阮文静会来这么一出。”他叹了口气，“这少年人就是容易被情事所左右。”

夏梵狠狠地瞪他一眼，左脚绊着右脚向他走去。他以为她会摔倒，伸手扶住她。她刚好撞到他的胸口，撞得他倒吸了一口凉气。

“要不是你一直装傻，她至于对我这么冲动吗？”

魏清觉得自己挺冤的：“我不是装傻，只是……不喜欢。”

所以，就算察觉到什么，他也不会多想。

“你不喜欢，就拿我当挡箭牌？”酒劲上头，她的眼神也变得迷离起来，舌头开始打结，“你还算个男人吗？”

“我对你哪有那么多的利用？”他颇为无奈，一本正经地解释，“我那时是真的想跟你在一起。”

“屁！”她没听出话里的深意，对明面上的意思嗤之以鼻，“你跟我在一起有什么好玩的？”

“就是什么都不做也很开心。”他感觉自己对这个醉鬼太认真了，挺丢人的，又故作从容地将目光移开。

而夏梵眼神迷离，显然已经听不明白他在说什么了。

“算了，睡吧，我待会儿送你回去。”从不乘人之危，是他对夏梵一贯的处事原则，他一只手将她扶起，另一只手打开车门，随后将她塞进车后座。

魏清看着她横在自己面前的腿，深吸一口气，将外套盖在了她的腿上。

夏梵醒来的时候，只觉灯光昏暗。魏清将车停在路边，等着她酒醒。她看了一眼时间，已经是清晨四点。魏清也侧躺在副驾驶座上睡着了，双手抱于胸前，身体因为冷而微微蜷着。他眉若远山，鼻梁高挺，和微翘的嘴唇形成一个清冷却又令人沉迷的弧度。

她推了推他：“哥。”

魏清睁开眼睛，然后又闭上，过了几秒才缓过劲来：“你终于醒了。走吧，我送你进去。”

夏梵将外套递给他，没有说话。

他对她从来都是看似无间，但其实恪守底线。从前她喝醉的时候都是把她交给室友，如今则是宁肯等着她醒，也不会在她喝醉的时候单独进入她的屋子。

清晨的风带着格外冷冽的寒意，她裹紧衣服，和他一前一后走在长巷里。

快走到小区门口时，夏梵心里有些过意不去：“要不你吃了饭再走吧。”

他双手揣在兜里，脸上有些惺忪的睡意：“你还没跟我待腻呢？”

夏梵：“……那你路上小心。”

“废话。”魏清转过身，路灯将他的影子拉得老长，在狭窄的弄堂里显得格外落寞。

“哥，”夏梵抿着嘴唇，鼓足勇气说出她一直想说却难以启齿的话：“我收回之前骂你的话，对不起。”

魏清的脚步一顿。

他微微侧身：“你就是因为这件事才一直躲着我？”

夏梵一时语塞。

“傻不傻？”灯光下，他长身而立，刀削般的侧脸藏在忽明忽暗的光影里，当真是如玉般好看的人，“夏梵，你还真是一点儿也不了解我。”

夏梵无法反驳这句话，虽然她和他相识七年，但他很少深聊自己的事。她一直以为他的非她不可是建立在自己的“物美价廉”之上，可事到如今自己还用这种借口忽略他的善意和真诚，也未免太过薄情了。

夏梵勾唇微笑，风吹起她的头发，拂过她的眉眼，露出一张纯真的面孔。

“哥，以后你想要天上的星星我都摘给你，真的。”

他最见不得她用这种表情说这种话，有一种能将人心刺穿的坚定和纯粹，让人眼眶酸胀。

他慌张地转身，一言不发地挥了挥手，只留下一个故作不屑的背影。

接连几天，夏梵整个人都跟打了鸡血似的，星期天在家画了将近十二个小时，然后一大早就出差，上午还在上海见作者，中午就去了杭州谈合作。

她的计划是买下一批热门小说的漫画版权，虽然价格不低，却也不是太离谱，尚在可承受的范围之内。然而她一往上报，还没到许真那儿，就被郭伦给否决了。

郭伦坚持原创，认为小说并不是有人气就适合漫改，并且其中部分小说题材特殊，存在极大的风险。他不接受这样的冒险，而且需要编剧写脚本，画手重新画，这样的投资太大了。

现在的青柠漫画，没必要承担这些。

夏梵解释了很久，他一句也不听，全程就一句话："我不同意。"

她是忍了又忍才没骂他。

青柠漫画有明确规定，员工汇报需要逐级上报，不能越级上报。而郭伦知道，就算他拒绝，夏梵也会去找魏清，明摆着就是希望她越级。

她经过短暂的权衡后，直接联系了许真。许真听完她的汇报，略微沉吟："夏梵，你签吧。"

"内容需要给你审吗？"

"你是主编，你做主就行了。"

比起郭伦，许真意外地好说话。夏梵忍不住说了郭伦的事："你说他是什么意思？"

"夏梵，他和我不一样。我知道你和魏清是什么样的人，可是他不知道。他所知道的就是，你的出现损害了他的利益，魏清让他做副总编，就是希望你和他之间不要发生冲突。可是他明显觉得让他做副总编，就是想架空他来为你让路。而他感觉这件事你非做不可，也就指望着你越级汇报，以坐实魏清想架空他的罪名。"

"这对他有什么好处？"夏梵百思不得其解。

第七章

C h a p t e r 7

内忧外患

“有些时候，人做某些事，不一定非要有好处。”许真没有往深里说，“如果你真的好奇，可以找郭伦谈一谈。”

“我没找他谈过吗？可他完全不接受、不配合。”

许真失笑道：“看来你这行业毒瘤的身份还真是深入人心啊。”

“可他不能因为讨厌我，就连公司的利益也不顾了吧？”

“或许他就是真的觉得这件事没有利益呢？”许真语重心长，“夏梵，我知道在你心里，大多数人都不是好人，不值得被信任，包括我和魏清。可是你如果愿意放下成见，你会发现有些人并不是受利益驱使在做这件事，就是单纯地喜欢，想给他喜欢的行业一个好的开端。”

夏梵没有说话，隔着电话，许真看不见她的表情，故而也感受不到她的情绪。许真犹豫了一下，又继续说：“对你而言，一定也有那种即使养不活你，你也想要挣钱养活它的理想存在吧？”

夏梵在这一刻真正陷入了沉思。

“人生啊，不只有金钱，还有疲惫生活里的英雄梦想，对吧？”

这时，咖啡馆的风铃响了，她约的人推门而入。她匆匆挂断电话，起身相迎：“林老师，你好。”

晚上七点。

天空下起淅淅沥沥的小雨，夏梵带着一身疲惫从咖啡馆走出来，活动了一下酸痛的颈椎，发出“咔咔”的声音。

一个下午，她见了几批人。

有影视公司的，也有出版公司的，还有其他大网站的主编。然而，大家对她做的作品推荐企划书只匆匆翻了几页，便直接说出自己的看法。

第一位说：“夏梵，如果是青柠的其他人，我根本不会来，所以这份推荐表对我来说并不重要。青柠漫画的前景的确很好，但它成长得太慢了，受众面狭窄，受众群体也是普遍没有掌握话语权的零零后或一零后。幻想漫画上映的那部电影你知道吧？数据也不好。”

第二位说：“我和幻想漫画的合作还是跟你签的，所以可能没有那么多的资源和位置给青柠漫画了。”

第三位说：“夏梵，我不是看中青柠漫画，我是看中了你。以后你要想转行，来我们公司也大有前途。”

总而言之就是：我们不是给青柠漫画机会，而是相信你夏梵的能力。

然后他们都问了同一个问题——

“那你离开幻想漫画，又是看中了青柠漫画的什么呢？”

雨水被风吹到她的脸上。

她坐进网约车里，有一种说不出的疲惫。她打开手机微信，冯思昭给她发了将近三十条消息，其中大多数是长达一分钟的语音。

她闭上眼睛，点开了第一条语音。冯思昭说：“夏梵，你还真是内忧外患。”

她露出一丝无奈的笑，静静地把所有的语音听完，然后低声回复：“等我明天回来再说。”

冯思昭立刻给她打来电话：“你谈完了？”

她几不可闻地应了一声：“还剩下半条命。”

“你说说，你在外面为青柠漫画开疆扩土，那些婆娘……”

“思昭，”夏梵打断她，“别在乎别人怎么说，你知道自己要去哪里就行了。”

冯思昭隔着屏幕都能感觉到她的疲惫，乖乖地转移话题：“你现在是去酒店吗？”

“准备直接去机场了。”

此时，窗外风雨飘摇，玻璃上是细碎的雨滴，透着丝丝寒意。

“那你路上小心。”冯思昭挂断电话，心里还是有些气不过，在朋友圈发了一条消息：魏清可真是人间值得。

随后她又觉得不妥，点了删除键。

听说魏清为了寻求跨界合作和下一轮融资，也飞奔在四处求人的路上，现在还困在另一座城市飞往北城的机场里。

有些事，还真不是有钱就行的。

也怪不容易的。

于是她重新更正朋友圈：有人开疆扩土，有人坐享其成，有人风雨同归，有人恩将仇报。歌里说，社会是充满伤害的比赛，可总有人让人觉得人间值得。

冯思昭发完朋友圈后心里舒坦了，可孔敏却不舒服了。

傻子都看得出来是在踩谁夸谁，而且最近幻想漫画的流量出现断崖式滑坡，青柠漫画自从有了夏梵入职，数据虽然也不怎么样，却也比他们好。

她气不过，在朋友圈回应：温馨提示，那位不是自动辞职，而是被开除的，想和她合作的大佬一定要三思呀！

陈宇看见后，心里有些烦躁。其实他比谁都清楚，幻想漫画能走到今天这一步是因为谁。也正因如此，他才会那么忌惮夏梵会凌驾于自己之上，迫不及待地让她出局。

“把那条朋友圈删了吧，人都走了，就别把事做绝了。”他还在公司加班，只能发微信告知今天又请假在家的孔敏。

孔敏过了半晌才回：“怎么，你心疼了？”

陈宇：“……”

他不明白，平时挺温柔的女人，只要牵扯到另一个女人，就会变得格外尖酸刻薄。他不想跟她吵架，于是只能忍让：“当我没说。”

夏梵抵达机场后才看见冯思昭和孔敏的朋友圈，觉得挺好笑，于是在孔敏的朋友圈点了一个赞并回复：撑住，别怕。

冯思昭立刻在下面跟了一串：哈哈哈哈哈哈哈哈哈哈哈。

霍霍紧跟着也点了赞。时机刚好，让人看不出她到底是在赞孔敏还是在支持夏梵。

夏梵始终是从容的。

这时，她接到魏清的电话，他同样满身疲惫：“在机场了？”

“嗯，你呢？”

“本来早就该起飞了，但北城在下雨，航班有延误。”他鼻音有些重，像是感冒了，“你明天下午再去公司吧，上午我批你的假。”

“没事，我撑得住。”夏梵累得眼睛都睁不开了，坐在座位上弯下腰，“明天下午我得去见乔云一。”

“还没死心？”

“其实我真的觉得他是一个好苗子，在你们手上，挺耽误人家的。”夏梵强打起精神，“我不管他怎么想我，总得把我自己的责任尽到吧。”

此刻，坐在她背后的乔云一听到这句话，只觉如坐针毡。

他觉得夏梵一定是看见他了，不然以她在业内的口碑，不背后骂人就不错了，怎么还可能夸人呢？

此时，夏梵已经挂断电话，取下了身上的背包。

乔云一端坐着，在等着她的“碰巧”。他甚至都想好了嘲讽她的话，然而她却迟迟没有说话。他回过头，看见她已经枕着背包在躺椅上睡下了，蜷着身子，裹紧风衣，遮住头，像一个无家可归的流浪汉。

他轻轻地咳嗽了一声。

夏梵没有搭理他。

时间一分一秒地流逝，最后乔云一实在忍不下去了，主动侧靠着椅背说：“夏梵。”

夏梵听见声响，拉下罩在脸上的衣领。灯光下，是一个穿着卫衣的年轻男人，看不清脸，但声音有些耳熟。

她缓缓起身，避开头顶刺眼的光线，这才看清是乔云一。

“啊，真巧。”说完她又躺了回去，恢复到之前的姿势，没有一点想和他深谈的欲望。

倒像是他自作多情了。

乔云一：“……”

窗外雨势渐大，雨水顺着落地窗一路滑落，机场里时不时响起航班延误的广播。乔云一刷着手机，却没看进去。过了一会儿，他又问：“你没什么话想跟我说吗？”

夏梵动都没动一下。

乔云一咬着牙，觉得她是在欲擒故纵，有些来气。他将手机揣回兜里，走到她面前，将她罩在脸上的外套掀开：“夏梵，把人当傻子一样玩是不是让你特别有优越感？”

故意将那些话说给他听，然后又对他视而不见，居高临下地把人玩弄于股掌之间。

他攥紧了拳头。

夏梵强压心里的火气，睁开眼睛，半撑起身子：“乔云一，有什么话我们明天再说行吗？”

“不行。”他俯视她，“我现在就要你把话给我说清楚。”

夏梵深吸一口气，整个人坐直：“你想听我说什么呢？”

“你凭什么觉得，我到你手里就不算耽误了呢？”

她恍然大悟，原来是因为那句话，随后她想起之后的种种，估计他心里肯定认为自己是在玩欲擒故纵的把戏，故意吊他的胃口。

在他心里，她还挺有手段的。

夏梵兀自笑了起来。

她仰头看着他少年般倔强的脸庞，拍了拍旁边的座位："坐下。"

短暂的犹豫过后，乔云一松开紧握的拳头，在她旁边坐下，背脊挺得笔直，等着她开口。

"有没有人跟你说过，至刚易折？"她没有看他，身体却微微侧倾，话像是抵在他耳边说的，低沉又轻柔。

他发出一声轻蔑的笑声。

"那跟你同流合污就算张弛有度了？"

在他看来，圆滑从来都是一个贬义词，代表着没有主见，没有底线，为了不得罪别人，而对所有不公和被颠倒的黑白视而不见。这让他觉得不齿。

偏偏夏梵就是这种人。

夏梵叹了口气，觉得一时半会儿跟他说不明白，把眼睛一闭，往后一靠："乔云一，你先让我睡一觉，等我醒了咱俩再慢慢说行不行？"

他没有说话，但神色倔强，显然就是不行。

"夏梵……"

夏梵一听他开口就头疼，觉得他跟头倔驴似的，索性把身子往旁边一靠，屁股向后挪，将头枕在他的大腿上。她也不管他脸上是什么表情，拉过自己的外套就盖在脸上，假装什么事也没发生。

依乔云一的性格，必然会大发雷霆。但不管是骂她，还是容忍她，最终的结果都必然是不会理她。就目前而言，她非常想要这个结果。

乔云一长这么大还是第一次被女生枕大腿，虽然这个女生是他极为讨厌的，但他这一瞬间还是闻到了从她头发上飘来的花香。

让人心跳加速。

他背脊僵直，双耳通红，嘴唇微张，明明有千言万语想说，却又不知该如何开口，手也犹豫不决地悬在半空中，不知道是该放在她的肩上，还是放在头顶。

他整个人都透着手足无措的慌张，轻轻推了一下夏梵："起来，不然待会儿撞到你的头可别怪我。"

这是他能想到的最酷的一句话。

夏梵闭着眼睛，假装没听见。

这次换他做了一个深呼吸，随后摸出手机，向魏清求救："哥，你有被女生枕过大腿吗？该怎么拒绝才不会显得特别㞞？”

魏清没回复，但想到了一个人，双眸微沉，整个人看起来更凶了，随后他给夏梵打了一个电话。

夏梵迷迷糊糊地从外套里掏出手机，看了一眼上面的名字，按下接通键：“怎么了？”

“碰见乔云一了？”

她刚闭上的眼睛猛地睁开了。

“还枕人大腿上去了？”魏清声音里含笑，夏梵却有些不寒而栗，心虚地坐起身，乖得跟只鹌鹑似的，特别老实。

“现在起来了吗？”他声音里的笑意更浓，夏梵暗自打了一个寒战，隔着屏幕都能想象到他的表情，必然是气到极致下一秒就得用胳膊夹她脑袋的冷笑。

“起来了，起来了。”夏梵连连点头，“他太吵了，我故意找个方法想分散他的注意力……”

“在北城机场等我，就这样。”他声音温柔地打断她，然后挂断电话。

夏梵：“……”

她瞬间睡意全无，吹了一下刘海，气势汹汹地瞪着乔云一。

乔云一：“……”

不用问都知道那通电话是谁打给她的，只是没想到魏清来得这么直接，还猜得这么准。

“我没告你状，”乔云一尴尬地咳了一声，“我就是咨询了一下……”

“咨询？”夏梵翻了一个白眼，“你是小孩子吗？这种事还需要咨询？乐意就乐意，不乐意起身走人就是了，咨询个什么劲呢？”

“我倒是可以起身走人，万一你头撞在椅子上了呢？”

“哎哟，敢情你还是心疼我呢？”夏梵嗤之以鼻，“用不着，你少烦我两句就行了。”

“我烦你？夏梵，咱们俩到底是谁烦谁呢？”乔云一也来气了，心中那点儿刚生出来的愧疚感也荡然无存，“你别缠着我就行。”

他用了“缠”这个字。

夏梵气得想打人，随即冷笑一声，用手捏住乔云一的下巴：“对，我就缠上你了。”

她眼神直白，声音娇媚。乍一听，还真像那么回事。

周围的人频频回头看他们俩。

“谁劝都没用了。”她又凑近他几分，目光里蕴藏深意，“云一君，你怕不怕？”

乔云一的喉头滑动了一下，推开她的手，自觉与她隔开几个位子，小声嘟囔：

“神经病。”

夏梵乐了，也睡不着了，就逗他玩：“就算我是神经病，那也是爱你的神经病呀。”

乔云一更气了，觉得她没羞没臊的。

“夏梵，你离我远点儿。”

夏梵眉毛一挑，直接趴到他背上：“你说什么？我听不见。”

他一下站起身：“你再这样，我就告诉魏清了。”

周遭一静。

夏梵脸上露出一丝古怪的微笑，像憋不住的嘲笑。

乔云一：“……”

说完他就后悔了，恨不得找条地缝钻进去。

“乔云一，你别告诉魏清了，我送你一首歌吧。”夏梵端正坐姿，一本正经地打开手机，放了一首歌。前奏一出来，他就知道是什么歌了。

周杰伦的，《算什么男人》。

实实在在的嘲讽。

乔云一感觉快被她气得当场去世，一张脸憋得通红，半晌才吐出一句话：“夏梵，你无耻。”

在等候区，远远地坐着一排人。

他们都是和乔云一一起受邀参加活动的漫画作者，一群人脸上风云变幻，其中有人认出夏梵来：“乔云一和夏梵这是谈上了？”

“他们俩在网上互喷还喷出感觉了？”

大千世界还真是无奇不有。

“十八，以前夏梵对你也这样吗？”一个作者好奇地道。

恶人十八双臂交于胸前，脸上的黑色口罩让人看不清表情，双眸幽深，显然有话要说。

平心而论，夏梵长得是很漂亮，但她身上那股子气势太强了，会让人不自觉地忽略她的漂亮，只记得她的强势。夏梵也极少和他有工作以外的接触，更别谈肢体接触了。此时，看着她对乔云一这样，他都快觉得两个人这是谈上了。

一想到夏梵要拉着他最大的竞争对手站到他的对立面，他心里就一阵烦躁：“鬼才知道。”

雨一直落到后半夜。

抵达北城国际机场的时候，天已经微亮。夏梵穿过出口，便看见魏清坐在窗边等她。年近三十的男人，身上穿着一件浅褐色的水洗工装长袖衬衫，里面是白色的圆领T恤，配一条黑色的束脚工装运动裤，看起来像一个二十出头的少年。

夏梵没来由地有些紧张，悄悄整理了一下头发。

魏清已经看见她了，提起放在旁边的背包缓缓走过来，面色阴沉，喜怒不明。

她战战兢兢地道："哥。"

这拘束的样子，像一个小姑娘，一点儿也不像会在大庭广众之下枕人家大腿的女流氓。如此一想，他的脸色更加难看，不动声色地吸了一口气，强压下愤怒。

"走。"

魏清走在前面，她跟在后头，穿过长廊，顺着扶梯下楼。许真早已在地下停车场等候，他放下手机，抬头便看见两个人跟竞走似的往他这边冲。

这是什么情况?

上车以后，两个人没说话，许真也不敢说话。驶上高速公路，光透过车窗照进来，道路一侧立着笔直的白杨，将明朗和萧条自然地糅合在一起。

是熟悉的北城的秋天。

她终于感到一丝轻松，也有了正视魏清的勇气："哥，你在气什么呢?"

魏清沉默不语地看着窗外。严格来讲，他的确没有生气的资格。他和夏梵不过是最普通的雇佣关系，人家枕谁的大腿，跟谁谈恋爱，都跟他没关系。

可心里有团火一直在烧，烧得他理直气壮。

许真从后视镜里看着他们俩，幽幽地叹了口气。一个气得莫名其妙，一个被迁怒得稀里糊涂，偏偏两个人又什么都不肯说。他觉得自己如果再不管，他们非僵持到猴年马月不可。于是，他特别好心地开口道："夏梵，你喜欢什么样的男生啊?"

话音一落，他就感觉魏清阴沉的目光落在了自己身上，后脖颈蓦地一凉。

夏梵虽然觉得这个问题来得有些莫名其妙，却也如实回答："比较温柔的男生吧。"

魏清嗤笑一声。夏梵假装没听见，又问："你问这个干什么?"

"我有个朋友，都快三十岁了还没找女朋友，就想问问你……"

话音未落，魏清在椅背后重重地拍了一掌，将头偏向窗外，迎着一缕光，轻描淡写道："别说了。"

许真吓得哆嗦了一下。

夏梵也没再说话。

大家都心照不宣。

车子驶入公司楼下的停车场，待车停好，许真走在前面，夏梵和魏清一前一后落在后面。进了电梯，魏清看着跳动的数字，问："还撑得住吗?"

他的声音清冷，没有一丝别扭。

“没问题。”从踏入电梯的那一刻开始，夏梵身上那股疲惫便荡然无存，眉目肃然，像一个整装待发的战士。

许真：“……”

这种不将私人情绪带入工作的理智让许真感到敬畏，同时也感到惋惜。

随后，电梯抵达公司楼层。夏梵率先出去，许真在后面拉住魏清，有些担心：“你确定不让她回去休息吗？”

对夏梵最近的行程，他也略有耳闻，觉得她不只是敬业，甚至是有些胡来。

魏清看着她清瘦却挺得笔直的背脊，轻轻摇了摇头：“我不能用我认为的为她好，去限制她的人生。”

“所以你就由着她胡来？”

“她是个成年人。”

许真哑口无言，觉得夏梵和魏清的默契真不是他这个外人可以理解的。

夏梵走进办公室，距离上班还有半个小时。她打开电脑，把之前做好的汇报数据重新整理了一遍。等所有人到了以后，她直接通知校园组的开会。

易峰连忙把刚塞进嘴里的包子咽下去，跟着她进了会议室。冯思昭早就习惯了她高效的工作模式，立刻跟上她的节奏，未等夏梵开口，就汇报了近日的工作情况。

“近段时间，我们总共签了两百部作品，最快的本周五就能开始连载。”冯思昭起身汇报，“不过近日我们负责的几部还在更新的作品点击率都有所下滑。”

“没关系，都是暂时的。”夏梵的目光从来都放在更遥远的未来，“乔云一的作品发过来了吗？”

“没有。”

“有解释吗？”

冯思昭欲言又止。

“我明白了，上Fairy的作品。”夏梵果断地下决定。

冯思昭也十分干脆：“好。”

“可之前预告都发出去了……”

“让他自己去解释。”夏梵不耐烦地道，“以后乔云一的作品，我们组的一概不推，在平台上的推荐和其他奖项选送也全撤回来，要解约就让他解约，就这样。”

第八章

Chapter 8

我只想要你

大家面面相觑。

冯思昭倒是见怪不怪："OK，我会跟乔云一沟通。"

"好了，我向大家汇报一下我这边的情况：接下来，我们会签一批很有人气的小说作品，迅速找主笔画，最迟明天就让公众号的编辑出推送。目前我们组有五部作品已经和C站签约影视化了，其中最火的那个兄妹日常已经签了网剧和电影了。然后，《妖在校园》已经和壹文化签了文创联名款和包装代言的版权，其他的还在谈。所以大家都打起精神来，这还只是个开始。"

几个人如在梦里。当初版权部的人上门找人家，耗了很长时间都没有签下来的，她只用了两天。易峰等人看她的眼神都变了，突然明白为什么魏清去找她的时候会用"抢人"两个字了。

何欢一直没表态，等其他人都出去了，他才取下眼镜问："吃了很多苦吧？"

夏梵在收拾电脑，有些不以为意："还好。"

"我是说，你这些年。"何欢知道要建立这样的人脉，不仅仅是付出精力和金钱那么简单，而是她必须有能力去赢得他们的尊重。

此刻，他对她只有钦佩。

在她的身上，他看见除了按部就班的另一种可能。他拍着她的肩膀说："辛苦了。"

"以后你们也会更辛苦。"夏梵并不觉得这是多么了不起的事，任何人想要获得成功，都得付出比百分之百更多的努力。她想要获得多少，就得付出多少，"如果扛不住的话，早点儿跟我说，我会想办法帮大家换组的。"

她说的是真心话。在这个世界上，不是每个人都渴望成功。有的人的梦想就是按时下班，活得尽量轻松一些，尊重每个人的选择是作为一个成年人的基本要素。

何欢没有正面回答："我会让大家筛选一些作品，把故事大纲和数据做出来的。其他的话你不用听，我们也只会听你的。"

这句话的意思已经很清楚了。

夏梵脸上泛起一丝满意的笑容："知道了。"

昨天冯思昭给她发的那些长达一分钟的语音，就是说的编辑部的其他组有人说她闲话，把她给告到了许真那儿，并让许真给出一个说法的事。

大家说她越级上报，特立独行，没有团队意识，和她这样的人根本没办法共事。

许真没表态，三言两语给搪塞过去，这让其他人非常不满，隐隐有编辑部要集体罢工来施加压力，将她赶出局的风声。

至于是谁牵的头，那就说不清了。

会议结束以后，其他组的编辑都能看出何欢等人的转变。如果说之前的态度是有所动容，那如今就是完全臣服了。其他组的几个主编也感觉到了，私下忍不住聚在一起讨论："这个夏梵是给他们灌迷魂汤了？"

乔乔冷笑道："你没听说她和魏清在会议室接吻的事啊？人家和咱们能比吗？"

灵异组的主编付生扶了一下鼻梁上滑落的眼镜："你的意思是，魏清出面了？"

"不一定要出面啊。人家就说你不合作我找老板开了你，你能怎么样？"乔乔眼中的轻蔑更甚，"养家糊口啊，大哥。"

"那夏梵也忒没能力了吧。"古言组的主编江河虽没和夏梵接触过，但觉得能臭名昭著到出圈的，一定不止这点手段。

"喂，指不定人家那方面有能力呢？"乔乔不依不饶，"你知道她为什么离开幻想漫画吗？"

这正是大家最好奇的，纷纷问道："为什么啊？"

"被CEO的女朋友开除的。"乔乔跟亲眼见过似的，言之凿凿，"你说她要是没干什么，人家女朋友犯得着开除一个能力这么强的老臣吗？估计是踩到人家的底线了呗。"

在乔乔嘴里，孔敏是隐忍的、懂得分寸的，而夏梵是一个没有能力，除了睡男人，一无所长的蠢货。

这些话传到夏梵耳朵里的时候，她只是一笑置之："思昭，给乔云一打电话，告诉他，如果他到今天为止还不配合，我们以后也不会再配合他。"

冯思昭给她比了一个“OK”的手势，过了一会儿便回复道：“乔云一让你跟他说。”

夏梵对他已经耗尽了所有热情，懒得搭理他：“我跟他没什么好说的。”

冯思昭推了她一下，将手机递过去：“他说他有话跟你说。”

夏梵不以为意，把手机放在桌上直接点开扬声器：“乔老师，什么事啊？”

她用词恭敬，但语气冷漠，任谁都能听出她的不耐烦。

“夏老师，”乔云一也跟着她学，“你昨天在机场睡我大腿的时候可不是这态度啊。”

夏梵：“……”

周围的人都忍不住望她一眼，冯思昭更是向她竖起大拇指。

夏梵将手机拿起来，关了扬声器：“别扯得那么暧昧。说吧，您有什么事？”

“您不是我的编辑吗？”乔云一躺在沙发上，突然觉得这样阴阳怪气地说话也挺好玩的，“我找您不是天经地义吗？”

“哎哟，您可千万别这样说，我连您的微信都加不上，还谈什么编辑不编辑的。”

“哎哟，这微信没加上您都敢枕我腿上，那加上了我得多危险啊。”他笑着说，停顿得恰到好处。

夏梵的指甲紧紧抠着手机壳的边缘，深吸一口气，露出一个笑来。

这人与人之间的关系无非就是你退我进，既然他乔云一都不要脸了，那她更是无所畏惧：“怎么，您还怀念上了？”

乔云一：“……”

他酝酿了一天，好不容易才想出几句恶心夏梵的话，但凡她还要点脸，都不会往下接，可她偏偏就是不按常理出牌。

“你要是想通了就赶紧把作品发我邮箱，不乐意我就换Fairy的。”

从某种意义上说，这已经算是明目张胆地威胁了。若是之前的乔云一，必然不会吃这一套，但经过昨天的事，他想通了。

他要和夏梵斗到底。她不要脸，他一个男人还怕什么？

“我待会儿就发您邮箱。”乔云一毕恭毕敬，“以咱们俩的关系，以后您有事直接联系我就行，不需要第三方介入。”

夏梵打心眼里觉得乔云一是吃错药了，挂断电话后忍不住嘟囔：“这姓乔的还真转性了。”

冯思昭悄悄凑近她：“你真把乔云一给睡了？”

“你可别胡说。”夏梵吓得眼睛都睁大了一倍，她和魏清接吻的事还没说清楚，这要再来一个和乔云一的幺蛾子，那她成什么人了？

“那他怎么对你千依百顺的？”

“姐姐，千依百顺这个词可不是这样用的。这厮摆明了是要恶心我呢。”夏梵冷笑，“跟我比不要脸是吧？我倒要看看咱们俩谁不要脸。”

话音一落，中层管理群的消息提示音就响了一下，魏清的助理通知所有中层开会。见几个主编都站起来了，她才慢吞吞地往会议室走去。

在大多数场合，只要不需要她发表意见的，她一般都是沉默不语，尽可能地隐身。然而她才刚进去，蒋澄就迫不及待地向她挥了挥手，那表情好不亲昵。

不少人都意味深长地打量了她一眼。

几分钟后，魏清走进来，衣服还是早上那身，但脸色比早上还难看，阴沉得让人感觉整个屋顶上空都被乌云覆盖了。

没人敢说话。

夏梵转着手里的笔，等着他说话。他起身，让助理打开PPT，然后开始说这一个月的业务进度。说到末了，他还不忘点名表扬夏梵。

所有人都朝她投去目光。

她视而不见，面无表情地望着魏清，因为下面的话才是重点。

“接下来大家都有硬仗要打，我的计划是在三个月以内，公司人员要增加到两百人以上。技术部那边能够根据产品经理的反馈，及时更新、调整。编辑部看看需不需要举办一个比赛，增加签约作者的数量。”魏清逐一安排，“商务部的话，多安排一些广告投放吧，这个月的下载量和客户的日活量、留存率都有所下降。”

说到这儿，大家又忍不住偷偷打量夏梵——数据下滑真的不是因为你把这个毒瘤给挖来了吗?

“自媒体部门的公众号和短视频的更新都要跟上，有什么问题大家都可以直接说出来。”

蒋澄坐在他旁边的位子上，漫不经心地看着面前的茶杯：“魏总，我自然尊重你的决定，但是我觉得你跑得太快了。照你这样，不到半年钱就得烧完，而且下一笔融资还不知道在哪儿，所以不用这么着急吧？”

大家对他们俩的针锋相对早已见怪不怪，反正不管魏清说什么，蒋澄都势必要唱反调，怒刷存在感。

“你把你该负责的事负责好就行，其他的不用你操心。”魏清连正眼都没给他，“其他部门汇报一下近期的目标和完成情况吧。”

“我是觉得你操的心太多了。”蒋澄也不耐烦地瞪他一眼。

“比起你让我操的心，这些都不算什么。”

蒋澄愤怒地起身，直接摔门而去。

会议室里鸦雀无声，魏清连眼睛都没眨一下：“继续。”

他冰冷得像一个没有感情的独裁者。

会议结束后，许真叫住夏梵：“去楼下喝杯咖啡吧。”

“走吧。”夏梵知道他想说什么，刚好也想和他聊聊，“我请你。”

“那干脆再吃顿烤肉吧。”

夏梵知道他是在开玩笑，笑了笑，走进电梯。

两个人走到楼下的咖啡馆，在窗边找了一处位子。短暂的沉默过后，夏梵直言：“他们俩经常这样吗？”

许真无奈地叹了口气：“之前还好，这一年来冲突越来越明显，经常当着大家的面就吵起来。”

“蒋澄就那么不信任魏清，觉得青柠一定会死吗？”

“也不能说是不信任，只能说人各有志。”许真能理解蒋澄的想法，却更理解魏清，“蒋澄没有魏清的那种理想，他就想早点儿拿到钱上岸，青柠是否能扛起国漫的未来对他来说不太重要。可是对于魏清来说不是这样的，他必须要看到青柠漫画走出国门，成为一种文化输出走向世界。而这显然不是能用金钱来衡量的事。”

别说是一个蒋澄了，不管是狂风还是巨浪挡在他面前，他也必然不会让步。

遇到问题就解决问题，还真是他一贯的处事风格。

“夏梵，其实我很害怕。”许真跟她已经过了彼此试探的阶段，从她愿意跟他出来喝这杯咖啡来看，他大抵能猜到她的心意，“任何东西都是双刃剑，魏清把这件事看得太重了，我怕真有那么一天，青柠经营不下去了，他宁肯死都不愿意撒手。”

咖啡馆里有轻柔的歌声流转。

夏梵低头喝了一口服务生送上的咖啡：“那我们就不要让青柠走到那一步。”

许真一愣，随即笑道：“你终于决定捍卫他的理想了？”

“我跟他说过的，”她转头看向窗外奔跑的孩童，侧脸上透着平静的柔光，目光却异常坚毅，“他要天上的星星，我都会摘给他。”

傍晚时分。

魏清关上电脑，打开微信，看见的第一条消息就是许真发来的。

许真问：“夏梵真的说过，你要天上的星星她也摘给你？”

他想起他们一起从会议室离开的背影，估计是说他和蒋澄的事，靠在转椅上回复：“我跟她要什么星星？”

许真没回复他。

他又补了一句："我只想要她。"

发出以后又觉得不妥，他迅速撤回了。

韩式烤肉店。

夏梵独自拿着夹子坐在餐桌旁，手边放着许真去上厕所忘记拿的手机，魏清回复的每句话都一字不落地进入她的眼帘。

她目不斜视，假装什么也没发生，但其实内心忐忑，如坐针毡。

他要她这个人，又不要她帮他摘星星。

她隐隐猜到些什么，又觉得不可思议，没敢深思，但耳垂却很诚实地越来越红。

许真回到桌旁，没有注意到她红得异常的脸和耳朵，擦干净手上的水后给魏清发了一个问号。

"你发什么了？我没看见。"

魏清答："没事，发错了。"

"哦，我在和夏梵吃烤肉，你来吗？"许真怕他多想，不忘补充，"就我们两个人。"

魏清眼睛微眯，不自觉地坐直："来。"

许真不知道他的心思，立刻把地址发给了他："不远，就在公司附近。你慢慢来，我们等你。"

五分钟后，魏清一路跑到了烤肉店门口。推门前，他极力调整呼吸，强装镇定，像一点儿也没有慌过一样。

片刻后，他从容而入。

夏梵也像什么事都没发生一样，笑容温婉："哥，你来啦。"

魏清波澜不惊地应了一声："你们两个人怎么在一块？"

烤架上的五花肉"嗞嗞"作响，两个人都不约而同地没有正面回答。许真抬起头："随便吃，夏梵请客。"

夏梵用剪刀将一整块五花肉剪成小块："我刚点了五花肉和牛肉，你看看还要点什么？"

"我不喜欢吃这个。"魏清拿起筷子尝了一块刚刚烤好的牛肉，放下后就没有再动过。

许真和夏梵都知道他醉翁之意不在酒，却都心照不宣地假装不知道，该吃吃，该聊聊。过了十分钟，魏清憋不住了："许真，你给她介绍对象呢？"

许真一脸疑惑，随后露出恍然大悟的表情，搞半天还惦记着早上的事呢。

他夹起几块五花肉放进生菜里，有些猜不透魏清的心思："你不是没同意吗？"

魏清："……"

夏梵也不接茬，跟没听懂似的："你们还吃吗？不吃我就结账了。"

魏清隐隐觉得他们俩是在跟他揣着明白装糊涂，目光里多了几分怨气。夏梵被他一瞪，就忍不住犯尿："哥，你还生气呢？"

他岂止是生气，简直气得快去世了。

"我待会儿出去请你吃好吃的，别气了。"夏梵在他背上拍了一下，算是哄过了。

他顿时更来气了。

"许真，去结账。"

许真："……"

这意思就是要和夏梵单独聊聊了。可是你们聊就聊，能不能别让我的钱包受苦？

他意味深长地拍了一下魏清的肩膀，示意他待会儿记得给自己报销。魏清也不知是真不明白还是装不明白，一本正经地把他的手给推开了。

等许真一走，他将双腿大大咧咧地一岔，双手撑在膝盖上面，一副要和她秋后算账的姿态："夏梵，我有点好奇，你昨天在机场枕乔云一大腿时的心理活动是什么？"

果然不出她所料，她就知道他要问这茬。夏梵端起水杯心虚地移开视线："我困得要死，他还一直缠着我，一直说话。然后为了转移他的注意力，我就想出了这个法子。我以为他要么骂我，要么不理我，反正不需要我回应就行，谁知道他竟然选择了第三条路。哎哟，现在的小男生真是一点气魄也没有。"

"你是不是觉得自己挺有气魄的？"魏清挪了一下凳子，夏梵下意识地缩紧脖子，露出一个讨好的笑容。

然而魏清没有上手，微垂的双眸中透出一股子深邃，语重心长的语气跟教育孩子似的："你不喜欢人家就别去招惹人家。"

"万一我就喜欢他呢？"夏梵托着脸反问，自认为幽默地开了一个玩笑。谁知魏清不仅没笑，眼神还突然变得锐利起来，唇角紧绷，看起来又凶又正经。

"你要是敢喜欢他，我明天就敢做你的情敌。你信不信？"

夏梵后怕地缩了一下脖子，感觉自己像是在老虎头上拔毛，可又忍不住想要招惹他两句："那哥你这牺牲也忒大了。"

瞧瞧她这管不住的嘴。果不其然，魏清从后面一把勒住她的脖子，凑到她的耳边说："夏梵，大点儿声。"

夏梵不敢开口了，只剩下甩头的劲。

许真回来的时候看见的正好是这一幕，连忙上去将魏清的手给拉开："这好歹也是大姑娘了，你当着这么多人的面动什么手啊？"

"你别说话。"魏清不耐烦地抬了一下手臂，将他挥到半米外。许真心有余而力不足，特别无奈地看着夏梵。

"丫头啊，还喘得过气吗？"许真没忍住，出于人道主义关怀了一句。魏清横他一眼，在他那儿自己都成暴力狂了，随时都奔着谋财害命去的。

"能。"夏梵一本正经地回答，"不疼的。"

夏梵知道，这哥看着凶巴巴的，其实骨子里疼着她呢。别看这阵仗大，可他手上根本没用劲。看了刚才的那条微信，夏梵忍不住想尝试一下把那些年不敢撒的娇都撒一遍，不敢作的死都作一下。

"那你总得要征求一下夏梵的意见吧？"许真看夏梵那委曲求全的样子就跟看自家闺女似的，忍不住打抱不平，"是吧，夏梵？"

"嗯，"夏梵抬起眼，跟他一唱一和，"哥，你别这样，女生都喜欢温柔的男孩子。"

"对啊，"许真找到机会，一把拽住魏清的手，"有话好好说，先把人放开。"

魏清本觉得这没什么，但许真一直在旁边喋喋不休，他就觉得特别烦，不耐烦地抬起头："许真你还不回去吗？"

这逐客令下得太突然，许真左右为难——一边是他的老板，一边是他即将惨遭毒手的下属。

夏梵特别镇定："没事总编，你走吧，我能处理。"

许真一万个不相信："你确定？"

夏梵肯定地点了一下头，那表情配合着她被夹住的脑袋，显得十分滑稽。

许真勉强相信她："魏清，下手别太狠啊。"

魏清看着他的眼神越发不满，他这才一步三回头地出了门。

"哥，我再陪你去吃点儿东西吧。"说着，她就想挣扎出来。

"不用了。"他松开她的脖子，搂住她的肩膀，"把你的包带上，回去了。"

他自然得就像是故意来接她似的。

夏梵被搂得死死的，一点儿也没感觉到电视剧里那种令人怦然心动的触碰，只觉得呼吸越来越困难。

"魏清，"这是她今晚第一次叫他的名字，"你知道吗？我一直以为你是因为不喜欢我才这样对我的。"

“这样理解也没错。”走出店门，他手上的力道松了一些，但还是保持着一个亲密的姿势。

两个人都各怀心事。

夏梵低头不语，回忆着她和魏清的这些年。他到底是做了什么，才会让她从未怀疑他对她所做的一切，并非是不喜欢的特别，而是特别的喜欢。

她一直以为他阻拦她谈恋爱是因为害怕自己耽误工作，所谓的喜欢和她在一起，就是喜欢她打不还手、骂不还口的好欺负。

没想到居然只是单纯地喜欢她而已。

不过这也不能怪她，这位哥前几年跟个不食人间烟火的“中二病”似的，除了长得好看外，简直一无是处。他连基本的生活常识都没有，深色的衣服和浅色的衣服永远都放在一个洗衣桶里，煮个泡面也要问调味品是不是蘸着吃。

碰到女生表白时，他也永远是一张无动于衷的脸。大家一致认为他没开窍，心智还停留在六岁。

这之后的三年没联系，她见他还没有谈恋爱，以为他是独身主义或忙着奋斗才给耽误了。谁知道他还惦记着她呢。

夏梵想起魏清平日里对她的种种，只觉一阵头疼。真的，就他那些追人的手段，完全就是跟她有仇的表现好吗？！

要是他追别人，她还能支上两招。可她现在是当事人，就怎么也开不了这个口。

按照魏清的性格，指不定还得讽刺她两句。

“魏清。”她又叫他的名字。

他回过神，一时没听出区别，连眼睛都没转过来：“怎么了？”

“我要从这儿坐地铁回家了，你呢？”

“我准备回学校逛逛，陪你走一段吧。”

他表现得太过镇定，让她完全没有开口的机会。殊不知他的镇定，只是因为他从未在她那里得到过回应。

她对他没那个意思。

迟钝如他也心知肚明。

比起得到和失去这两个极端，他更愿意屈从于此刻的温暖。至少，那样还能以一个朋友的身份留在她身边。

第九章

Chapter 9

青柠要完

两个人上了地铁，正值晚高峰，车上人很多，他们被紧紧地挤在一起。他拉着吊环，她拉着他的衣袖，不约而同地没看对方。

地铁在黑暗和光明之间来回穿梭，车厢里人来人往。她的身体时不时贴在他的手臂上，他耳朵通红，盯着前方的吊环，连大气都不敢出。

四十分钟后，终于到站了。

她松开他的衣袖，率先挤出去。他重重呼出一口气，跟在她身后："你走A出口回去对吧？我走B出口，路上小心点儿。"

"我再陪你走一段吧。"夏梵少有地没有躲避他。

他有些奇怪："你今天是有什么心事吗？"

夏梵："……"

明明是怕他有心事好吗？

她三言两语敷衍过去。两个人从B出口走出去，没走多远便是航大的后门，夏梵不是他们学校的学生，但因为常和魏清混在一起，所以对这里也特别熟悉。

北城的整体建筑都透着老旧的亲切感，教学楼还跟几年前一样，充满归属感。两个人并肩站在操场上，魏清的眼神有些恍惚："每当我感到茫然或膨胀的时候，就会回这里来看看。"

从前，魏清和阿阮他们组建的乐队就是在这里办的第一场演唱会。六月的酷夏，几个人在闷热的傍晚里又蹦又跳，四下是沸腾的人群。

那灯光，至今历历在目。

可一眨眼，所有人都散了。那个说“魏清你真是天才”的蒋澄和唱着“我爱的人啊，像春光般明媚”的阿阮都不见了，只剩下他和夏梵披着满身风霜，回望青春。

夏梵指着前方：“以前你们在这儿唱歌的时候，我一边看小说一边看台下的情侣，就会想这些光知道谈恋爱的人到底是靠什么活下去的。许真骂我瞎操心，可我现在还是想知道，那些把爱情视为全部的人到底是靠什么活下去的。”

他眉头微皱：“你不看我居然看小说？”

“这不是重点好吗？”夏梵画重点，“我的问题才是！”

魏清眯起眼睛，愤怒中带着无奈：“活不下去又怎样？辗转反侧是她，心潮澎湃是她，放眼望去，漫天遍野还是她，又能怎么办？那时候，钱就不是活下去的第一要素，她才是，明白吗？”

她似懂非懂，并不见有多么关心：“那你遇见过这样的一个人吗？”

魏清转头看向她。今天的夏梵太奇怪了，她从来不是一个会和他谈论这些话题的人。

“夏梵，你到底想问什么？”

“就感觉你好像这样喜欢过一个人。”

“不是喜欢过，”他一本正经地纠正，“是仍然喜欢。”

她没有露出意外的表情：“那为什么没有表白呢？”

魏清敏锐地察觉到她跳过了一个问题，但仍不动声色：“因为她对我从来就没那个意思，说了只会连朋友都做不了。”

夏梵回头，手拍在他的肩膀上，目光逼人：“你是对的。”

他所有的预感都是对的，她今天的反常只因一件事：她已经知道那个仍然被他喜欢着的人是谁了。在将那层纸捅破以后，她还想装傻。

魏清回去睡了一觉，从梦到醒，肚子里都憋着一股火：什么叫他是对的？她自己把那层纸捅破了，在好奇心得到满足以后又企图重新糊上，假装什么事都没发生过。

她想得挺美的。

他情不自禁地冷笑了一声。

他赶到公司时距离上班还有一个小时，心血来潮站在门口查考勤。门口的考勤机一直都是摆设，虽然有规章制度，但从未有谁因为迟到而被扣钱。今天见他动真格的了，大家心里都不约而同地忐忑了一下，在私聊群里相互通知。

“咱们迟到是扣多少来着？”

“一次就扣当月全勤，两次扣一百，三次以上就扣当月绩效的百分之十。你还想扣几次？”

大家都炸了，办公室里有一半人都是飞奔而来，坐下后的第一句就是：“老板今天吃错什么药了？”

谁也答不上来。

等夏梵收到消息的时候已经晚了，她难得来迟，正好被他逮了个正着。

魏清靠在门边，对她露出一个非常满意的笑容，充满了报复的余温。

夏梵从未想过这种公报私仇、小肚鸡肠的事会发生在她和魏清身上，努力挤出一丝笑容：“哥，你跟我开玩笑呢？”

说完，夏梵背后又陆陆续续排了几个人。

她忐忑不安地看着他。

他素来公私分明，无法将在工作时间兢兢业业的夏梵和昨天气得他半死的小姑娘混为一谈，语气放软：“下次都准时一点儿，这次就算了。”

他话音一落，响起一片欢呼声。

乔乔等人立刻对视一眼，觉得大家都是沾了夏梵的光，殊不知这件事本身就是因她而起。

冯思昭注意到她们的小动作，等夏梵坐下，立刻碰了碰夏梵，用眼神暗示：那群人又在说你坏话。

夏梵看都没看，全然不放在心上。从昨天乔云一新作的预告专题来看，读者的期待值是很高的。然而夏梵今天早上收到的作品画风潦草，有着显而易见的敷衍，和她在选题会上看见的完全是两种效果。

“梵姐，乔云一把稿子发你了吗？”易峰主动询问，“今天要是想上的话，跟着就得安排制作。”

夏梵咬着指甲，若有所思：“最迟什么时候开始制作？”

“啊？”他有些诧异地看了一眼时间，“最迟一个小时后，不然就得到晚上才能发了。”

夏梵不自觉地抿紧了嘴唇。

“怎么？”何欢一眼就看出她有所顾虑，“稿子有问题？”

夏梵将作品点开，组里的其他人都围过来：“这是初稿吧？跟之前发给郭老师的定稿完全不一样……”

何欢和冯思昭同时望了她一眼，这乔云一摆明了是在耍他们。不对，应该主要是耍夏梵。先是答应会发，让他们发了预告的专题，结果在这儿等着呢。

“这要是发出去，乔云一大可反咬一口，说是编辑粗心，连初稿和定稿都分不清楚。”何欢善意地提醒她。

夏梵也想到了，起身往总编室走去。敲开门后，许真和郭伦同时抬起头。许真问：“你有什么事？”

“郭老师，你有乔云一新书的最终定稿吗？”夏梵没回应他，而是径直看向郭伦。

郭伦不动声色地移开目光：“我的意见不是不重要吗？你直接越过我找总编就行了。”

许真：“……”

他隐隐感觉空气中有一种暴风雨即将来临的沉闷感，连忙打圆场：“郭伦，大家都是为了工作，没必要……”

“总编，乔云一今天早上发了初稿给我，我根本没法放到网站上。”夏梵没时间和郭伦较劲，直接和许真对话，“所以我决定放弃乔云一，直接放Fairy的作品。”

“你和乔云一之间的矛盾，凭什么拿别人出来挡枪？”郭伦一听要拿他女神的作品出来，顿时炸了，“这个坑谁顶上去谁就得挨粉丝的骂，Fairy是欠了你的吗？”

“在青柠漫画，除了Fairy，其他人也顶不上这个坑啊。”

“你放屁！”郭伦暴跳如雷，“Fairy有多久没出作品了？她那么相信你，把作品交给你，结果你就这样对她？让她帮你扛雷？夏梵，你怎么是这种人呢？还能有点底线吗？”

夏梵无动于衷：“这不是我的错，OK？这只是我能想到的解决方案之一。”

“这就是你自己没能力，作者都不愿意把作品交给你，你还当什么编辑？”

“是作者不愿意交给我，还是作者的前任编辑不敢让他交给我呢？”夏梵不甘示弱，“郭伦，你是怕我做出点儿成绩吗？”

“你有什么成绩可做的？”郭伦冷笑。

“好了，好了，别说了。”许真觉得再说下去两个人非打起来不可，“都是为了工作，何必闹成这样呢？”

“要都是为了工作还好，就怕有人掺杂了私人感情。”夏梵双手环胸，一副不依不饶的样子。

“谁掺杂私人感情了？夏梵，要不是有人掺杂私人感情，以你的口碑，连青柠的门都不配进！”

“好了好了！别说了！”许真忍无可忍地咆哮，“你们俩还没完了是吧？”

夏梵悻悻地闭上嘴。

“夏梵，我出面去和乔云一沟通……”许真试图调解。

“不要，你们谁都不能插手。”夏梵的态度特别强硬，“我来跟你说换Fairy的作品上，不是来求助的，而是让你决定。”

若换成其他人绝对接受不了下属这么强势，可许真很清楚，以夏梵的能力和野心，绝对不会永远都是他的下属，所以他并不觉得有什么问题。

“你确定吗？”许真语气慎重，“这之后所产生的一切风险，你都能应对吗？”

这种事往小了说，就是作者跳票，择日更新。往大了说，可以是编辑和网站店大欺客，会造成非常严重的舆论影响，导致作者和读者大面积流失。

“我可以。”夏梵承诺。

“那就按你的想法去做。”

郭伦满脸错愕：“总编，你知不知道这会造成多么严重的后果？”

“我知道。”许真说，“但我觉得夏梵能够处理。”

郭伦：“……”

他现在满脑子只剩下一个念头：青柠完了，这群人全都疯了。

得了许真的肯定，夏梵的内心就更加坚定。她回到座位上，直接对易峰说：“你找人把Fairy的作品版面做出来，下午三点前给我就行。”

易峰虽有疑惑，却也没问，迅速点开邮箱，开始安排。

“思昭，做两个专题出来。”

冯思昭对她是百分之百信任的，回了一个“OK”的手势：“姐姐，你说。”

而其他组临近中午的时候才听说这件事，看着校园组成员手忙脚乱加班的背影，由衷地露出一丝幸灾乐祸的笑容：只有不到三个小时的时间了，真不相信他们能找到什么两全之法。

下午，乔云一从床上爬起来，打开手机，各种消息提醒把他的手都震麻了。他翻了个遍，连一条来自夏梵和校园组编辑的消息都没有。

他有些不敢相信，按理说他发了初稿给她，以她的性格早该找上门了，结果到现在居然连消息和电话都没一个？

他看了一下时间，距离预告里的上线时间不到三分钟，她不会真要把那份初稿发上去吧？

夏梵那个人不会差劲到连初稿和定稿都分不清吧？

这时，郭伦的消息弹了出来，是上午发的。第一句就是：夏梵疯了。

紧接着他把和夏梵吵架的事说了一遍，见乔云一没回复，又催促了好几声，还打了几个电话让他把定稿交过去。

他刚刚看完消息，还没来得及回复，助理就看见了青柠漫画出的专题，火速向他发来询问：“老师，咱们不是画完了吗？怎么青柠会说你交不了稿呢？”

他通过助理发来的专题链接点进去，粗略地扫了一遍，差点儿气到吐血。题目是：号外号外，云一君跳票啦！

不仅如此，里面还用截图虚构了他和编辑的微信对话，“他”在里面哭得声泪俱下，各种借口找尽，然后发了初稿给编辑，最终下落不明，微信、电话都不回。

于是编辑秉着对读者负责、对乔云一的口碑负责的态度，最终擅作主张，决定暂不连载。并且指路了夏梵的微博，让大家有什么怒火都向她发泄，因为编辑部上下一致认为是她太不讨人喜欢导致的。

夏梵也特别会顺着台阶下，在专题的最下面做了认真的检讨，用读者可能会骂她的话先自黑了一个遍，然后又隆重感谢在没有任何宣传的情况下愿意提前发表新作的Fairy老师。既知错，又能改。

乔云一心服口服。

同时，魏清也向他发来了一个问号。因为在魏清心中，他并不是这样一个不知轻重的人。

显然，这一次他要让魏清失望了。

他无法做出任何辩解，一旦说出他是故意发了初稿给夏梵之后失联，那他和夏梵的矛盾就会演变成他和平台、粉丝之间多方面的矛盾。

虽然在最开始的时候他的确有过解约的想法，但平心而论，青柠的确是目前最适合他的平台，魏清也是诸多创业者中为数不多能将商业和理想相结合的佼佼者。

魏清的电话打进来。

他强装镇定：“清哥，怎么了？”

“怎么回事？”

乔云一说不出口，支支吾吾：“你问哪件事？”

“你和夏梵。”

“就是专题里写的那样。”

魏清压着火气：“在选题会上的第一话就已经是定稿了，所以你跟我说实话就好了。”

“我不喜欢夏梵。”

“你是准备和她过日子吗？”魏清对他这样幼稚的想法无法容忍，音量蓦地提高，“非得喜欢才行？”

乔云一：“……”

的确，像他和夏梵这种工作上的合作关系，只要把该对接的对接清楚就行了，喜不喜欢并不会影响什么。

“但我还是想恶心她一下。”

魏清冷笑：“你觉得夏梵工作了这么多年，什么样的屎没吃过，能被你这点雕虫小技恶心到？”

夏梵：“……”

她来找魏清签报账的发票，还没进门，就透过虚掩的门缝听见了这么一句。

这话怎么听都不像是在夸人。

“你以为你不发新书会对夏梵有什么影响？没有，她手里有大把的作者在等着替你上。”魏清语重心长，“你不是在为我画画，你是在为你自己和你的读者画，懂吗？”

他挂断电话。

片刻后，夏梵推门而入，一脸谄媚地将发票递给他。他看了她一眼，然后拿笔签完，又递还给她。

她等他彻底松开发票以后，才笑容可掬地开口：“哥，话不能这么说，像您这样的屎，我还是没吃过的。”

第十章

Chapter 10

自由如他

欠揍，绝对欠揍。

魏清不动声色地看着她，然后缓缓点头，示意她可以出去了，平静得像一点儿也没听出她在拿什么形容他。

夏梵还挺失望的。

她回到座位上，没一会儿，许真就通知她到办公室去。一进去，许真就露出一股无奈的疲惫，有一种撕下伪装的亲昵。

“你又惹他了？”

办公室里只有他们两个人，夏梵一时没听明白，指着他对面的空位问：“郭伦？”

“不是，是魏清。”他有些头疼地揉着太阳穴，“他让你对乔云一新书跳票的事写一个情况说明。”

夏梵瞪大眼睛，觉得今天的魏清真是幼稚得要命。

“他有病吗？”她也不再作伪，脱口而出。

许真鄙夷地看着她：“你都能为他摘星星了，还不能为他写个情况说明？”

“我凭什么写？我做错了什么？”她坐在郭伦的位子上，情绪激动地敲着桌子，“乔云一摆明了想整我，我有说过他一句不好吗？这么完美的危机处理，魏清不给我颁奖就算了，还敢让我写情况说明！我就不写，我看他能怎么样！”

话音落下，魏清自外推开门，冷清的脸上没有一丝波澜：“你刚才说什么？我隔着门听得不太清楚。”

夏梵脸上还有未消的余怒，但她没有对魏清发泄的勇气，只能闷声闷气地给自己找了一个台阶下："总编，我回去写情况说明了。"

许真也非常配合地点头："写详细点儿啊。"

她拉开门，从魏清面前走过。魏清的目光一直追着她，却什么都没问。

"魏总，有事吗？"许真也是一派什么都没发生过的天真模样。

魏清意味深长地眯起眼睛："你们俩什么时候关系变得这么好了？"

"人与人之间的关系，不都是在诋毁另一个人时找到了共鸣才会迅速建立的吗？"许真面带微笑，"我和夏梵同志，就是在我们共同的朋友身上找到了这种共鸣。"

这个共同的朋友除了他还能有谁?

魏清冷笑出声："乔云一这事你也给我写份检讨吧。"

许真比夏梵从容多了，早就做好了被牵连的准备，微笑着点头："魏总要是没事的话，把门给我关上吧，我要开始写检讨了。"

魏清差点把手上的文件夹丢到他脸上。

夏梵怒气冲冲地回到座位上，拖转椅时险些撞到墙上。

"怎么了？"冯思昭立刻靠过来。

她几欲破口大骂，但碍于是公共场合，说出来只会让其他人笑话，于是压低声音："乔云一跑到魏清那儿告我状了。"

冯思昭有些无语："魏清是他爸爸吗?怎么什么事都要向魏清汇报啊。"

夏梵同样无语，冷静了几分钟后还是气不过，打开手机，点开音乐播放器给乔云一分享了一首歌——《算什么男人》。

乔云一没有回复，但想象着他看见这首歌堪比吃了苍蝇般难看的脸色，夏梵便觉得好受多了，就连写情况说明也写得顺手多了。

晚上八点。

夏梵的情况说明又被退了回来，许真转告她："魏总说他也说不上来哪里不对，反正就是不行，你再改改。"

此时距离下班时间已经过去挺久，办公室里大多数人都走得差不多了，夏梵先是推开许真的办公室门："你怎么还没走呢？"

"我写检讨呢。"他啃了一口早就准备好的面包，"说是还不够催人泪下。什么时候把眼泪给他写出来了，我就什么时候走。"

夏梵忍笑，反手关上门，直奔魏清的办公室。此时他正站在落地窗前，拿着记号笔在玻璃上写着一串公式。

办公室只有角落里的落地灯亮着。

一室柔和。

他从玻璃里看见她，放下笔后转身："改完了？"

阴影里，他穿着一件白色的绸缎衬衫，没有一丝褶皱，松松垮垮地扎在腰带里。他领口的纽扣松开了一颗，露出一截锁骨，神态冷清，透着单薄而神秘的美感。

她喉头滑了一下。

他见她不说话，脸上露出一丝疑惑，朝她走近："夏梵？"

"啊。"她回过神，慌张地关上门，"乔云一跟你说我什么了？"

她觉得乔云一口中的她一定是十恶不赦、不学无术的行业败类，除了刁难他、恶心他什么都不会。

她已经做好了辩解的准备，然而魏清坐回到办公桌后，云淡风轻地回答："他什么都没说。"

"不可能！"夏梵立刻反击，"他要是什么都没说，你怎么舍得这么苛待手下最爱岗敬业的优秀员工呢？"

他眉头微皱，似乎很想对这句话进行反驳，但还是忍住了："你怎么不觉得是自己说错了什么呢？"

"我可能会说错，但哥你不会是这种公私不分的人。"她的目光特别笃定，好像真的打心眼里是这么想的。

可魏清太了解她了，嘴里越是肯定，心里就越是不相信，所以他连眼神都没变一下："那个公私分明的魏清已经死了。"

谈话顿时陷入僵局。

其实夏梵只要放下姿态，依旧可以像以往一样糊弄过去。可是自从她戳破了那层纸以后，在他面前反而变得更加别扭，连软话都不敢说了。

一室安静。

他打破沉默："还有事吗？"

"我可以把情况说明拿回家写吗？"

"可以。"

她再找不到话说，转身开门。

"夏梵。"她的手扣住门把手的时候，他出声叫住她。

她回过头。

他半坐在办公桌的边缘，不急不缓地将一颗糖塞进嘴里，慢慢咀嚼着看向她：

“你打算怎么处理我们中间那层被捅破的纸呢？”

她就知道，他迟早要问的。

该来的还是会来。

夏梵屏住呼吸，面带笑容，不作任何回答。

魏清也不催促，对他来说，这一刻无论多长，与他等待的那些岁月相比，都不算漫长。尽管他已经猜到了那个答案，可还是想由她来盖棺定论。

良久，她终于开口：“哥，你什么都没说，又要我怎么回答呢？”

她要彻底撕掉那层纸。

魏清眯起眼睛，只要说出口，他和她就彻底回不了头了，甚至会变成另一个人。可是又有什么关系呢？秘密已经没有了，他也无须再隐藏。

不能退，那就只能往前走了。

他走近她，高大的阴影从上至下覆盖着她。她紧贴着门直视他，目光镇定，像是面对一场博弈。

他嘴角浮现出一个嘲弄的弧度。

她在等着他开口。

偏偏他什么都不说，径直在她面前站定，然后没有任何预兆地俯身低头吻住了她的嘴唇，这是一个柔软的、甜腻的、无从抗拒的吻。

她攥紧了身后的门把手，张口想叫他的名字，却被他顺着舌尖将橘子味的糖果塞进嘴里。

她拧开门，一缕光从外面照射进来。

他松开她，直起身，脸上露出一个古怪的笑容，被照下来的那道光衬着，看着特别嘲讽。

她耳朵通红，不敢看他，拉开门落荒而逃。

刚才她不仅没有拒绝他，甚至还回应了。

她为自己诚实的躯体反应感到羞耻，打了自己一巴掌。回到工位上还没回过神，就见许真兴奋地从办公室里冲出来：“夏梵，我的检讨终于通过了！”

他都快哭了。

可她一点儿也高兴不起来：“啊，恭喜。”

他以为她是情况说明还没通过，拍着她的背安慰道：“没事，再改改，总能通过的。”

她挤出一个笑容：“我回去写吧。”

“那收拾包吧，一起走。”

夏梵收拾好包，看了一眼魏清办公室紧闭的门，给他发了一条消息：“我的情况说明是不是不用写了？”

魏清没回复她。

她和许真走到楼下，就近找了一家川菜馆吃饭。已经过了饭点，店里有很多空位，夏梵心情复杂地选了个角落的位子坐。

刚坐下，她包里的手机就响了，拿出来一看，居然是蒋澄。她向许真做了一个噤声的手势：“喂，蒋总。”

“夏梵，何必叫得那么见外呢？你现在在哪儿呢？我找你喝一杯。”

“我现在和朋友在外面吃饭。”

“那等你吃完饭给我打个电话吧。”蒋澄干脆地挂断电话。

许真喝了一口茶，试探性地问：“蒋澄找你做什么？”

“我也不知道，但估计跟你猜的差不多。”她脸上鲜有地浮现一丝疲惫。

“前段时间我听说蒋澄私下接触过资方。”

“他接触资方干什么？”夏梵饶有兴味地抬起头。

“你去了不就知道了。”许真故意卖关子，夏梵也不追问，将话题绕到了一个她更感兴趣的地方。

“青柠没拿到投资的时候是怎么过来的？”

“魏清和蒋澄硬扛下来的。”说起这个，许真有万般感慨，“开始的时候，魏清和蒋澄到处拉投资，但大家都更愿意把钱投给幻想漫画，根本不愿意投太多的钱到青柠漫画。最后他们俩就彻底放弃了找人投资的想法，靠自己拿钱硬撑下来。不过也是真的难，两个人最穷的时候，卡里的钱加在一起都不到十块钱。”

夏梵陷入沉默之中。

从这样的时光搀扶着走过来的两个人，明明是最该站在彼此身边的人，没想到现在却站在了彼此的对立面。

太可惜了。

她颇有感触地叹了口气。

“成长不就是这样吗？身边的人来了又去，去了又来。”许真似乎猜到她在想什么，不经意地笑道，“没有人会永远陪着你，但总有人会陪着你，不是吗？”

“我只是在想，魏清那个人怎么就那么不招人待见？”

许真想起她也曾和魏清站在对立面，不禁莞尔：“是啊，他怎么就那么招人烦呢？”

两个人吃过饭后，在饭店门口分道扬镳。临走前，他又特意叮嘱了一句：“夏梵，做最有利于你的选择，你不需要对任何人的人生负责，只要对你自己负责就行了。”

她隐隐猜到些什么，却也不表态，轻描淡写地点点头，转身走向相反方向的地铁口。

晚上十点。

蒋澄在学校附近的小酒馆等她，点了一小罐梅子酒，微暗的灯光下，颇有几分迷幻的味道。

她挤进桌子与长椅间的空隙坐到他对面，中规中矩地道：“学长。”

“你喝点什么？”

“都行。”她连肩上的斜挎包都没取，不苟言笑的眉眼间透着一股子戒备。

蒋澄将手机扣在桌面上，淡淡一笑：“你急着走吗？”

夏梵这才将包取下来，压在大腿上。

他用陶罐给她倒了一杯酒，她没有拒绝，却也没有动：“学长，你有话不妨直说。”

蒋澄喝了一口酒：“我准备重新成立一个公司做游戏直播，你有兴趣吗？”

夏梵愣住：“你不是准备让魏清卖掉青柠了吗？”

“他能卖吗？”蒋澄冷笑，“青柠可是他的命。”

夏梵看着他眼里的讥讽，很想反问：那青柠对你而言又是什么呢？

“你有兴趣去跟我成立新公司吗？”

她摇了摇头。

“如果我给你百万年薪呢？”他试探性地问道。可笃定的表情已经出卖了他内心真实的想法，没有人会拒绝这样的条件。

她愣了一下，随后又认真地盯着他的眼睛，辨别着话里的真假：“我没资格拿这个钱。”

“你有这个能力。”蒋澄极为肯定，“你做事很认真，任何东西到你手里都是从零到十。我会为你拓宽人脉，让你在最短时间内实现最快的成长。”

她迅速思考了一番，陷入沉思。

“夏梵，你是个有野心的人，但青柠实现不了你的野心。”蒋澄轻笑，“青柠研发了两个新程序，也增加了服务器，提高了用户的阅读体验，可是有什么用呢？其实在你来之前，青柠的整体数据都是下滑的，到下个月极有可能出现负增长。魏清根本不懂得如何运营公司，死是早晚的事，你何必给他陪葬呢？”

她垂下眼睑。

“难道你对青柠就真的一点儿感情都没有吗？”

“感情肯定是有的，但青柠已经不是最初的青柠了。”他摆摆手，露出一抹自嘲的笑容，“魏清已经忘了当初的我们是为什么而出发的。”

夏梵没有再劝他。

没过多久，她从小酒馆出来，将微醺的蒋澄送到出租车的后座上，便转身往回家的方向走去。走着走着，她又回到了地铁口。

列车已是最后一趟，她深吸一口气，走进车厢里，坐在空空荡荡的位子上，看着映在车窗上的面孔。她想起很多年前和魏清唯一的一次争吵。

那时的她是一个比现在更加自卑、敏感、谨慎的少女。在这座被人称为“理想之国”的城市里，她显得那么平凡渺小，曾经让她引以为傲的努力在这里也变成了最不值一提的东西。

这里的每个人都很努力，小心翼翼地扎下自己的根，奋力拼命地生长。

可是见过魏清以后，她才知道在这个世界上，有一种人生来就与众不同。少年成名，保送名校，从不需要迎合，光自会随他而来。

他像自由的风，想做什么就做什么，奶茶店、火锅店、民宿、酒吧、乐队，什么都投资过，失败了也不在乎，反正下一本漫画就能赚回来。

对他来说，喜欢最重要。

但对夏梵来说不是，她是一个来自小镇的普通姑娘，需要工作才能挣钱养活自己和自己的理想。可是他从不理解，觉得那是最无关紧要的小事，总是将她从最重要的场合带走去陪他做一些根本不重要的事。

他说：“夏梵，我想去看看海。”

然后不管她是在工作还是在面试，提上行李箱就带她走。她不去，他就扛着她走，连假都不请。

她一直纵容着他，哪怕被公司辞退，被老板骂得狗血淋头也未曾在他面前提过一句。直到有一天，他迎着晚风，看着满城的夜色说：“夏梵，干脆你别工作了，我养着你吧。”

她愣住了。直到那一刻，她才知道，他从来就没仔细听过自己的理想与抱负。

她先是笑，然后就哭了：“魏清啊，我那么努力来到这座城市，不是为了让你来养我的。”

那是他第一次见她哭，吓坏了，手足无措地想给她擦眼泪，却又无从下手，急得团团转：“夏梵，我不养你了，你别哭啊。”

“魏清，你这个人怎么能这么自私呢？你的眼睛里除了自己还能看到别人吗？你已经成了你想成为的人，可是我呢？我也有想要成为的人，也有我想过的人生！”她所有的理智在那一刻被彻底击垮，“我求求你放过我吧，你去找别人玩好不好？我很辛苦的，没你那么幸运。”

车厢里静悄悄的，和白天的喧闹繁忙相比，落寞得像是另一个世界。

无论何时想起那次说的话，她都会感到羞愧难当。明明她比谁都清楚，他看起来毫不费力的人生，其实是在背后付出了常人难以想象的努力才得到的，而她居然用一句“幸运”就否定了他的所有。

后来，她把所有的委屈都发泄到他身上，什么难听的话都骂了出来。等她终于发泄完的时候，她和魏清也完了。

那个不可一世的少年第一次低下了头，眼睛里没有了光。

其实那只是他刹那间的想法，却因为她的自卑被附加了太多深意。正如魏清所说：他对她哪有那么多的算计。

是她明白得太晚。

“啪啪！”她用力在自己脸上拍打了两下，强行忽略这种让人懊恼的情绪。地铁到站，她迅速出站，回了公司。

青柠漫画。

整层楼只有魏清的办公室还亮着灯，她走过去，门敞开着，但里面没有人，四下黑黢黢一片。她试着喊了一声：“魏清？”

没人回应。

她不死心地往办公室里望了一眼，他的手机还在桌上，说明人还没走。她只是觉得奇怪，这人是去哪儿了，连手机都不带。这时，她听见楼下传来声响，顿时恍然大悟。青柠的技术部门都在下面那层，最近在研发新项目，怪不得灯火通明。

她坐电梯下楼，比起楼上的死寂，技术部热闹得跟过年似的，几十个人穿着不同颜色的格子衬衫，你一言我一语地争论不休。只有魏清穿得清雅，一眼就能看见他靠在工位的挡板上，侧脸清冷严肃：“再做一遍测试。”

顿时，四下一片哀号。

“清哥，咱们公司不是主要做内容的吗？你天天逮着我们一群搞技术的干什么啊？”

“谁跟你说的？”魏清就近在总监万杉的脑袋上拍了一下，“我再重申一次，我们是做科技的。”

“清哥，你说话就说话，别动手行不行？”万杉不满地道，“蒋澄呢？他不是主要负责人吗？怎么又没在？”

“你别管蒋澄在不在，有我在这儿就行。”

其实大家都知道他和蒋澄现在的关系恶劣，两个人除了每周的例会会同时出现，其他时间都避着对方。

尽管如此，技术部的人对蒋澄还是颇有微词。怨气归怨气，责任是责任，只要在这个岗位上一天，就应该尽责。而蒋澄已经将两者混为一谈，对公司不闻不问，每天不知道在忙些什么。

魏清都知道，但从未在众人面前表态，所以明面上也没人敢说什么。

“清哥，大家都是快三十岁的人了，该留点时间给自己了。”大部分人是怕魏清的，但总有几个不怕死的，特别是万杉，“不要别人说什么都信，‘996’对于年轻人是福报，对于我们这种三十岁还没找到对象的，那就是通往孤独终老的坟墓。”

魏清被气笑了。

“你们是不是打算过了今天就不活了？”

“我们也是真的累了。”万杉伸了一个懒腰，“你说会写代码有什么用？连女孩子的手牵起来是什么感觉都不知道，你说要这代码有何用？”

众人连连点头，希望他能劝服魏清对他们网开一面，在十二点之前下班。

“清哥，你说你长了那么好看的一张脸，不去找好看的小姐姐，天天跟我们一起搞测试，不是暴殄天物吗？”

“你哪来这么多话？”魏清又在他头上拍了一下，不经意间抬头，却瞥见夏梵站在门口，双手拽着斜挎在胸前的包带，漂亮的脸上有着少见的局促和不安，显得格外可爱。

他直直地看着她。

其他人也顺着他的目光看过去，穿着一件卡其色风衣的女孩头发卷卷的，是这栋大楼里常见的类型。但她长得很漂亮，一双腿又细又长，让人移不开眼。

“小姐姐，你找谁啊？”万杉在办公室环视一圈，一丝一毫都没往这群人身上想，包括魏清，“你是不是走错楼层了？”

“不关你的事。”魏清起身向她走去。

“清哥，你不能见人家好看就见色起意啊，我跟你说……”

旁边的人连忙拉住他，小声提醒道：“是夏梵，夏梵。”

“什么？你说大声点儿，我听不见。”万杉年纪不大，但耳朵有点背，别人说了几次都没听清。

“夏梵，夏梵，夏梵！热搜上说的那个来了青柠，青柠就要完的夏梵！”旁边的人勃然大怒，“你听见了吗？”

所有人在刹那间安静下来，只剩下不断敲击键盘的声音。大家都正视着电脑前方，假装什么事也没发生，就连一贯善于作死的万杉都沉默下来。

魏清单手插在裤兜里，也跟没听见似的：“你怎么回来了？”

“我给你发了消息，你没回我。”她若无其事地将手机塞给他。

他歪着头看了一眼消息，嘴角勾起一抹了然于心的笑：“不用写了。”

她的耳朵顿时更烫了。

“那我回去了。”

“一起吧。”他发了一条信息后，将手机放进裤兜里。

“你这边结束了吗？”

“结束了。”

同时，技术部的工作群收到一条消息，来自魏清：没结束，等我回来继续测试。

众人集体陷入沉默之中，过了一会儿，只有万杉回复了一个一头牛和一杯啤酒的表情包。

两个人一前一后走进地下停车场。

灯光昏暗，一片寂静，他解锁车门，拉开副驾驶座的门：“坐这儿。”

她虽有顾虑，却也没有拒绝，坐进去：“魏清，我有事跟你说。”

“安全带。”他坐在驾驶座上，嘱咐道。

她被打断了，看着他不苟言笑的脸，顿时又变得不确定起来。她不知道魏清是否愿意听关于蒋澄的事，于是也小心翼翼地沉默起来。

驶过三个红绿灯后，他才在等红灯的间隙问：“什么事？”

“你和蒋澄……”

“不是我和你的事？”他的语气顿时变得轻松起来，弥漫在车厢里的肃穆也荡然无存，眼神也终于落到她身上。

夏梵反而心虚地避开他的目光：“不是。”

“说吧，我和蒋澄怎么了？”他神情放松，姿态坦荡，似乎没什么不能说的，也终于有心情打开车载音乐电台。

判若两人的态度，迟钝如夏梵，也知道他最开始的抵触和沉默从何而来。对他而言，除了她，其他的好像都不是大事。

第十一章

Chapter 11

无关立场

相识多年，她第一次知道，原来他面对她时是如此地不安和紧张。

“夏梵？”见她一直在走神，他又喊了一声。

“啊，”她蓦地回神，“你们要一直这样吗？”

他沉默片刻，将她一系列的反应和提的问题联系在一起后缓缓开口：“他找过你？”

她没有否认。

“让你加入他的创业团队？”

“你怎么知道？”她颇为诧异。

他摇头否认：“我猜的。他既然来找你，就说明他没想瞒我，甚至有可能在等着我去跟他谈判。”

夏梵也这样认为，她不相信蒋澄会蠢到去离间她和魏清。比起劝服她，他更希望她能将那些话转告给魏清吧。

“他希望你找他谈什么？”

“卖公司或者买他手里的股份吧。”魏清已经忘了自己是从什么时候起就不愿和别人谈论自己的事了。从记事起，父母就不怎么管他，什么事都让他自己决定，无论选错还是选对，都从不干预。久而久之，他就养成了现在独断专行的性格，尤其是在创建青柠后。不管什么样的事，最终都由他决定，从不过问别人的意见，这也是蒋澄最不满意他的地方。但他其实有自己的苦衷。

创业就如大海行舟，无论是身在哪条船上都只能有一个船长，决定船的方向并扛起所有人生命的责任。他已经做好与青柠共存亡的准备，并愿意一肩扛起所有责任。而蒋澄却从来都不信任他，始终认为青柠这艘船的沉溺只是迟早的事。

他看穿蒋澄的想法后，便彻底将蒋澄排除在青柠的核心管理之外。他比谁都清楚，这是多么残酷的决定。可为了让青柠这艘船能继续航行，他不得不做这样的决定。

这些话他从未对任何人说过，也没人知道他心里是怎么想的。外界对他的揣测和抨击从未停止，但他始终未向任何人解释。

“你觉得会这么简单吗？”夏梵问道。

“无论过程如何，最后的结局都会是这样。”

他太清醒了，一眼就能看透事情的本质，理智得让人的情绪得不到一丝宣泄。夏梵在短暂的沉默后，试探性地问道：“蒋澄有可能也接触过许真了。”

“许真告诉我了。”

夏梵并不意外：“你怎么说？”

“我让他做觉得对的选择，”他直视前方滚滚的车流，理智到近乎无情，“他只需要对自己的人生负责，不需要对我负责。”

这是许真告诉她的话。

她直视着闪烁的车灯，再没说一句话。良久，汽车在巷口停稳，头顶的车灯骤亮。她转头看向他，乌黑的眼里装着明亮的光影，显得执着又澄澈。

“那如果要做出选择的人是我呢？”

“同样是这句话。”他低头凑近，目光直直地看着她，“做最对得起你所有努力的选择。”

她不自觉地抿唇：“就算我真的去了蒋澄的公司，或者站在你的对立面也没关系吗？”

“对，没关系。”

她自是不信，望向他的眼睛里充满质疑。

“夏梵，只要你觉得值得，做什么样的选择都没关系。”他的眼神真挚而深情，没有掺杂一丝利益或者更复杂的东西，她只是她而已，“我喜欢你，从来都和你的立场无关。”

她愣愣地看着他。她一度以为到了她这个年纪基本上就算告别怦然心动了，对异性只会产生生理需求而非情感需求。然而此时，她居然感受到了前所未有的渴望——一种强烈的想要独自占有他的渴望。

“你还想问什么？”他坦然地等待着，然而她再也没有问过一个问题。因为在他此刻的直白面前，任何问题都显得多余。

他的喜欢从来不是一时起意，而是在她还不知道的时候，就越过时间的长河，翻过距离的山岭，跋山涉水地停泊在她面前。

夏梵搂住了他的脖子。

安静的车厢里，只有路灯微弱的灯光透过车窗照进来。他以为她会逃避或者犹豫，没想到她却张开怀抱，将他和他所有无处安放的忐忑揽入怀中。

他太过震惊，以至于忘记该如何回应。

她微微偏头，将脸靠在他的肩头："魏清，你是不是还记得那句话？"

"哪句话？"

"我说我那么努力地来到这座城市，不是为了让你来养我的。"

他微微沉默："嗯，不敢忘。"

"我说过那么多话，你怎么偏偏就把这句话记得那么牢呢？"她想笑却又愧疚得想哭。这三年来，每每想起那一刻，她都会问自己，她怎么就把那么好的魏清给弄丢了呢？

从无人回答她，她也不敢多想。记忆里的魏清越是宽容，就越让现实变得狭窄不堪。于是她只能低着头，一直往前走。

在幻想漫画的三年里，每个扛不住的瞬间她都会反复告诫自己：夏梵，想想你到底是放弃了什么才走到这一步的。是那个永远无条件站在你这边的魏清，是那个一直默默做你的退路的魏清。你舍弃了这样好的一个人才走到这一步，你甘心吗？

"因为从这句话起我才开始真正了解你。"他终于回过神来，轻轻抱住了她细细的腰，没敢太用力，"我只看见你赶路时的风尘仆仆，却忘了问你到底想去哪里。"

于是他肆意妄为，擅自替她做决定。他主观地认为她工作辛苦，就企图用说走就走的旅游来缓解现实对她的压迫，却从未想过要向老板请假的她是否会为难。

"这些年，你走的每一步我都看见了。"他听过那些关于她的传闻，凝视过失魂落魄坐在人群中无人问津的她，也曾坐在一片漆黑的颁奖台下仰望过站在聚光灯下的她。他偶尔也会想，如果他还在夏梵身边，会不会让她这么辛苦？

然而无论想多少次，答案都是不会。那些他吃过的苦，他一口都不想让她尝。可在他未参与的三年里，她让幻想漫画从无到有，让行业里的所有人都知道了她的名字，她的成长速度让所有人都望洋兴叹。

这是在他身边的夏梵所不具备的光芒。

他终于看见了一个真正的夏梵，一个不需要依附任何人就能是一棵树的夏梵。

"夏梵，我不会再说养你这种蠢话了，你可以去成为你想成为的任何人。"在褪去所有的年少轻狂和骄傲自负以后，他终于明白，爱不是束缚，不是擅作主张，而是尊重和理解，“我虽遗憾这三年没能陪在你身边，但又很庆幸这三年我没有在你身边。”

这句话太矛盾了，可夏梵听得眼泪都快出来了。如果没有他，她或许永远都不会成为一个漫画家。是他让她有了迈出第一步的勇气，也是他让她明白，平凡如她，也有靠努力和机遇改变命运的可能。

“我不信。”她飞快地放开他，打开车门跑了出去，一刻都不敢再多待。

魏清一脸茫然地看着她落荒而逃的背影。这就结束了?

车厢里弥漫着她身上的香水味，他掌心留有她身上的余温，然而他觉得一切还没有开始。他靠着椅背，望着前方漫漫的长路，兀自笑了起来。

翌日早上，夏梵到公司的第一件事就是找到蒋澄，拒绝了他的邀请。

他虽然惋惜却并不意外，看着她的目光颇有些审视的味道：“那魏清怎么说？”

夏梵微微一愣，很快明白了他的意思。他果然和她想的一样，希望借她之口把这件事告诉魏清。

“你不是应该自己去问他吗？”她冷笑，“学长原来是想借这件事让我去做传声筒，并不是真的想邀请我。在你眼里，我夏梵只配做一个传声筒吗？”

蒋澄有些吃惊，他本想借机讽刺她既然是魏清的人，又何必装不熟来套他的话。没想到她竟然先发制人，让他无话可说。

“男人还是应该大度一点儿，对吧？”她俯身在他桌面上敲了敲，提醒道。

他被逼得浑身不是滋味：“夏梵，难道魏清就没有授意过你来试探我吗？”

“没有，”她目光真诚，带着一丝怜悯，“从来没有。”

她这话不知是在夸魏清光明磊落，还是在可怜他不值得被魏清惦记。但无论是哪一种，都让他非常不好受。

“你真的觉得青柠漫画能和幻想漫画抗衡吗？”

“能不能不是你和我说了算，是市场说了算。”夏梵直起身，“如果这场战役对你来说是‘青柠必败’，那你的离开是对的。”

她说了和魏清一样的话，他自嘲地笑了起来。

“希望到时候你们不会死得太惨。”

夏梵一句话都没说，只是用一种高高在上的怜悯姿态俯视他。这比任何一种歇斯底里都来得更羞辱人，让他难受至极:“你凭什么这样看着我?你为青柠做的有我多吗?我想卖掉青柠也是在经过多方权衡后决定的，我想给它一个更好的未来，有错吗?”

他一连问出三个问题，夏梵一个都没有回答他，只是冷冷地抛出一句话：“可是你不爱它，不是吗？”

他陷入沉默。对他来说，青柠不过是一个项目，是可以变现的手段，并没有非坚持不可的情怀和抱负。

“我是一个生意人。”他仍在为自己辩解。

“哦。”

一句激烈的反驳也没有，她毫不费力就扯掉了他最后一块遮羞布。这令他恼羞成怒，也是直到这一刻他才恍然大悟，她其实并不关心他的想法，只关心他的立场。

只要他选择站在魏清的对立面，那她就会对他所有的苦衷和理想视而不见。

在她眼中大概只有两种人：魏清和别人。

他一点儿和她深聊的心情也没有了：“既然你从一开始就没想过站在我这边，之前又何必接触我呢？”

“对啊，如果我从来就没想过要站在你那边，又何必接触你呢？”她温柔地反问。

蒋澄轻蔑地一笑：“你何必还跟我演呢？你在幻想漫画的时候，只要碰到和青柠漫画竞争的项目就会睁一只眼闭一只眼。如果不是你暗中让了很多项目出来，青柠怎么可能走到今天……”

“那看来我为青柠做的并不比你少。”她听出他在暗指她不够专业，这些话如果传出去可能会在业界给她带来不小的负面影响。可是说出这番话的蒋澄，同样也会让人觉得不知好歹，得了便宜还卖乖。

若要伤她一千，他就得自损八百。他不会那么蠢，所以在这儿说这句话，就是存心想恶心她。可她岂是轻易能让他恶心的？一句轻描淡写的回应就让蒋澄无言以对。

的确，既然他都知道她为青柠“做”了这么多，那又有什么资格来指责她这个“有功之臣”呢？

他可算是见识到她的厉害了，黑的都能说成白的。

“夏梵，你做编辑真是大材小用了。”

夏梵冷笑：“怎么，您还想让我坐您的位子？”

从蒋澄的办公室出来后，夏梵在吸烟区站了一会儿，碰上出来抽烟的郭伦。她迅速收拾好情绪，笑道：“副总编，早啊。”

因为上次吵架的事，郭伦还有些尴尬，她却已经将这件事抛在脑后。他轻咳一声：“你在这儿干什么？”

“出来透口气。”

他其实看见她进蒋澄的办公室了，但没有多问：“以后校园组的作品就麻烦你多费心了。”

夏梵有些诧异。

Fairy的作品一上线就遭到乔云一粉丝的抵制，坚称是夏梵在打压乔云一，在网上掀起了不小的风浪。而Fairy的粉丝则认为，要骂就骂夏梵，为什么要连Fairy也抵制？

网上关于Fairy的话题一度排到热搜前三。

来公司的地铁上冯思昭还在调侃她，说她要是想洗掉故意打压乔云一的这个“罪名”，除了和乔云一公开恋爱之外没有第二条路可走。

她以为郭伦会比网上那些人骂得更狠，没想到他居然会将校园组托付给她。

“怎么？”她自嘲一笑，“觉得我的到来是一件好事了？”

郭伦将剩下一半的烟摁灭，没有否认：“但我不知道来青柠漫画对你来说是不是一件好事。”

她现在被人骂得更狠了，但他也清楚，青柠漫画要快速发展就必须迈出扩充作品库和IP开发这一步。无论是谁来走这一步都会遭到老读者的抵制，但她没有丝毫犹豫就迈了出去，扛下了所有质疑。

如果她去其他漫画网站，以她的资质和能力，能拿到的工资绝对不会比在青柠的低。而且还不会像现在一样背负着巨大的压力，连喘口气都是错。

“是。”她已经猜到他在想什么了，笃定地回答，“如果我不迈出这一步，那迈出这一步的人就会是魏清。现在大家都来骂我就不会骂他了，对吧？”

她在用她的方式保护魏清。

郭伦脑海中浮现出魏清无时无刻不站得笔直的背影，无论何时他的目光都是坚毅的，没有任何迷茫的。这样的人，在他们看来是坚不可摧的。

可在夏梵眼里，他是需要被保护的。

郭伦想起关于夏梵的种种传闻，觉得魏清能让夏梵这种利己主义者牺牲自己的利益去保护他，也挺让人羡慕的。

走出吸烟区，回到办公室，郭伦还没坐稳，手机屏幕上就跳出一条微博提示。是魏清转发了青柠漫画的官方微博，并写道：人是我招的，大家要骂就来骂我这个老板吧。至于我家主编，先抱走了。

对面的许真也收到了，两个人心照不宣地对视一眼。沉默片刻后，许真说：“我们老板真好，对下属特别爱护。”

“嗯，特别一视同仁。”

许真：“……”

一视同仁……这句话有点过分了。

夏梵扫了一眼手机屏幕上跳出的微博提示，连表情都没变一下：“下周一我们要上的十部作品制作出来了吗？”

冯思昭比了一个“OK”的手势：“不过都市组和古风组都有作品要上，运营能给我们的推荐位不是很多。”

夏梵点点头：“那下周三要上的五部作品呢？”

“这周五应该能做出来。”

“行。”

“那个……梵姐。”易峰有些为难，“乔云一的作品发过来了吗？要是下周还上不了，我怕对你影响不好。”

“别担心，我会处理。”

星期五，夏梵直接去了乔云一在青柠附近的工作室——在一栋老旧的居民楼里，客厅是办公区，两个卧室是住宿区。门没锁，夏梵直接进去了。但紧接着，她就被一股十分上头的恶臭给熏了出来。

桌上堆着变质的食物，地上放着没有做垃圾分类的垃圾袋以及袜子等，各种味道混杂在一起，她差点儿当场去世。

她给乔云一打电话，他过了好一会儿才接：“你有事吗？”

“你的稿子还没发给我。”

“哦，你没问我，我还以为你不要了。”

夏梵站在门口听到电话里封闭的背景音，然后看向卫生间的位置，那里隐隐有光透出来：“你在上厕所？”

“我在洗澡。”乔云一坏笑一声，“你是不是对这个更感兴趣？”

夏梵直接走进去，一脚踹在厕所门上，门框都跟着抖了三抖。乔云一试探着问：“夏梵？”

“你是不是觉得自己还挺风流的？有本事现在出来风流给我看看。”夏梵又踹了一脚。

乔云一只穿了一条裤衩，吓得都不敢动，生怕她把门给踹坏了。可依照他对她的了解，只要他敢认㞞，她绝对就会变本加厉，于是只能强装镇定：“说话就说话，你别动脚。”

这话如果魏清说还能管用，但从他嘴里说出来简直毫无杀伤力。夏梵双手环胸，又在门上狠狠踹了两脚，连墙灰都给抖下来了。

卧室里睡觉的人听见声音都出来了。因为住宿的都是男生，大家平时一般只穿裤衩睡觉，冲出来之后发现是女生，又连滚带爬地回到卧室互相通知："是女的，是女的，真是个女的！"

于是大家都开始找裤子，卧室里一片鸡飞狗跳。

乔云一听见声响后觉得更为难了，要是让那群人知道他被一个女生堵在卫生间里，以后不知道得编成什么段子讲给别人听。

"夏梵，做人留一线，他日……"

"你给我留一线了吗？"夏梵冷笑，"又去魏清那儿告我啊，说我把你堵厕所里了啊。"

乔云一："……"

她还真是除了魏清谁都不怕，尤其是他。

"那你别躲，我出来了！"乔云一左思右想，就算被夏梵骂变态也绝对不能活成那群人嘴里的段子。

于是他准备开门，谁知他刚扭动门把，夏梵又一脚踹过来："你想对谁耍流氓呢？！"

乔云一立刻㞞了，也错失了开门的最好时机。其他人都先他一步出来，劝夏梵先到门外等等。

"那啥，老乔平时不是这种人，这里面一定是有什么误会，你再给他一个机会。"

夏梵走到门外，等再次开门的时候，大家已经将客厅收拾了一遍。而乔云一也穿戴整齐，戴着一副银色的边框眼镜，坐在办公桌前一派道貌岸然，和那个说下流话来恶心她的乔云一简直判若两人。

她忍不住笑了起来。

"稿子我已经发你邮箱了。"他一副不想和她多纠缠的样子，起身拿起沙发上的背包，"稿子赶完了就都回家，我先回去了，大家也快走吧。"

倒像是她胡搅蛮缠了。

夏梵看了一眼邮箱里的稿子，靠在门框上："乔云一，做事像个男人吧。"

说完她便踩着高跟鞋转身下楼。

乔云一脸上闪过瞬间的不自然，但很快恢复过来。他维持着一贯的沉默下楼，半晌众人才反应过来："刚才老乔是被人堵在厕所里了吧？"

夸张的大笑声瞬间爆发出来，乔云一在楼下听得一清二楚。他的脸色更加难看，追上走在前面的夏梵：“你非要看我活成一个笑话才高兴吗？“

“是你自找的。”她绕过他。

他一把抓住她的手腕，清秀俊美的脸上罕见地浮现一抹愤怒：“夏梵，现在我就让你看看什么是自找的。”

夏梵连眉毛都没抬一下：“来，我看看。”

乔云一：“……”

他还真做不出来。

他握紧拳头，脸上的表情从对她能言善辩的愤怒演变成对自己无法反驳的无能为力。夏梵也看出来了，对峙一会儿后，她突然笑了，脸上露出一抹鲜有的温柔。

“乔云一，你一个涉世未深的孩子跟我装什么老谋深算呢？”

乔云一一愣。

褪去强势和防备的夏梵，在这一瞬间让他看见了犹如烟火般耀眼的绚烂。

她……一直都这么漂亮吗？

夏梵看向他的目光里充满了无奈的温柔。

“以后，只要我还在青柠一天就会保护你的。”夏梵在他手臂上拍了一下，“这种天真我是找不回来了，希望你能丢失得晚一点儿。”

深秋时节，他虽然穿着厚重的毛衣却依然能感受到她掌心的寒意。突然间，眼前的夏梵变得可爱起来。她不再是刀枪不入的洪水猛兽，而是风雨过后一湾宁静的浅滩。

“你不是……”

“都是气话。”那一瞬间，她在他身上看到了自己二十岁时的样子。坚持绝对的正义却又对万事感到无能为力，与世界对抗，与自己对抗，最后却连自己要对抗的到底是什么都不知道。

她二十岁的时候非常憧憬现在的夏梵，觉得任何事都伤害不了她。可现在的夏梵，偶尔也会怀念二十岁的横冲直撞。

她好像知道魏清为什么会愿意为他撑腰了。

在他的身上，有她和魏清一去不复返的黑白分明和坦诚无畏。

“我会保护你这句话是真的。”夏梵露出真诚的笑容，“你记住这句话就对了。”

第十二章

Chapter 12

拿什么跟我斗

乔云一双耳朵通红。

他长这么大，她不是第一个说想要保护他的女生。只是上一个说这句话的女生身份太过微妙，让他看夏梵的眼神也变得微妙起来。

夏梵浑然不觉，看了一眼时间：“我先回去上班了，走了。”

他习惯性地点点头，等回过神想叫住她的时候，她已经走出很远了，只留下一个单薄高挑的背影。

她穿着一件碎花裙，外面套了一件深酒红色的毛衣，他依稀记得领口处还有一个蝴蝶结。裙摆拂过她纤细又白皙的小腿。

他鬼使神差地跟了上去。

她低着头在看手机，很少抬头，好几次都险些撞上旁边路过的行人，只有过马路的时候才会左右看看。

他皱起眉头。

走到地铁站，她长吁了一口气，将手机靠近嘴边：“可乐，乔云一的稿子我审完发你邮箱了，开始制作吧。”

对方很快回复她，她这才收起手机看了一眼沿途的景色。

她比他想象中更认真也更莽撞，让他第一次感到真实。

两个人一起上了地铁，线路是一条环线，无论走哪边都可以回去，只是多坐几个站的问题。他拉着吊环，隔着四米左右的距离在人群中悄悄看她。

她背倚着门侧的扶手，面无表情地看着漆黑的窗外，不知在想些什么，看起来有些落寞。

他想起和她的每一次相遇，突然发现她也变得普通起来。当那些传言赋予她的光环都消失时，她不过是一个再普通不过的女孩。

她拿出手机，插入耳机，随后转头向他站的地方看过来。

他心虚地低下头，迟迟不敢抬头，等再度抬头向她看去时，原来的地方已经没人了。

他说不出是遗憾还是什么感觉，总觉得心里好像空了一块。

“喂，”一只手猛地从后面拍了他一下，他吓了一跳，回过头只见夏梵一脸疑惑地站在身后，“你变态啊？”

周围的人听见变态两个字纷纷朝他看来。

他难为情地捂住脸：“你能不能小声点儿？”

“你跟着我干什么？”夏梵不解。

“顺路。”

“那你一直看着我干什么？”

“在想需不需要和你商量一下连载的时间。”他眼睛连着眨了好几下，后来夏梵才知道他每次说谎都会这样，可她此时并没有看出任何异样。“但感觉你好像有心事，不知道该不该打扰你。”

夏梵顿时松了口气：“我还以为你因为我那句话爱上我了呢，吓死我了。”

他盯着她，眼睛连眨了好几下。

“你想把连载的时间改到什么时候？”

“我怕你们做不出来。”

“应该没问题。”她拉着他旁边的手环，将耳机重新塞回耳朵里。他一言不发地看着她。

她被盯得心里发虚，取出一个耳机在他面前来回晃了晃。

他接过耳机塞进自己的耳朵里。

是一首节奏轻缓的民谣。音乐让周遭的一切变得缓慢下来，他漫不经心地看向窗外漆黑的隧道：“夏梵，你有男朋友吗？”

她并没有听见。

对面的公共屏幕上在播放青柠漫画的广告，上面闪过很多她熟悉的漫画，最后画面定格在魏清的脸上。

年轻英俊的男人不苟言笑地盯着镜头，成熟稳重的眉眼间夹杂着一丝少年气。

她抬起下巴，脸上露出一抹骄傲的笑容，眼中如有星辰坠落：“你说什么？”

她眼里的光让他说不出一句话，若有所思地凝视着屏幕上的魏清。

她拍下一张照片发给魏清："你还挺上镜的。"

昏暗的光线下，魏清放在桌上的手机亮了一下。

"蒋澄在和幻想漫画的人接触，不知道后面有什么动作。"许真坐在他对面转动着转椅，"他是想把资源或是手里的股份卖给幻想漫画？"

魏清不知是不在意还是没听见，一直没回答。

"对了，蒋澄提议月底全公司去参加两天一夜的户外拓展，你觉得怎么样？"

"去吧，让行政拟策划案吧。"

许真揶揄："你不是一贯蒋澄提议什么你就反对什么吗？"

"我从来没有反对蒋澄，"魏清鲜有地解释道，"只是他的提议不合理。"

"那这个提议就合理了？月底刚好是各个部门最忙的时候……"

"合理的。"打断他以后，魏清又一次陷入沉默。

在青柠漫画的这些年他一直这样，凡事藏在心里，什么都自己扛。许真早就习惯了他的逞强，也懒得多说一句："行了，跟你传达到我就先走了。"

魏清点头，随后又想起什么叫住他："对了，红石音乐节的负责人拿了十张门票给我，你要几张？"

"红石音乐节的门票不是很难买吗？"许真不解，"为什么会给你十张？"

"因为投入了广告。"

许真对此毫不知情，极为惊讶："你花了多少钱？！"

"还好，打了个对折。"魏清微微停顿一下，"不仅是音乐节，往后的一个月里，你不管在国内的哪一个城市都会感觉被青柠漫画的广告包围。"

许真的嘴唇微微颤抖："你到底花了多少钱啊……"

夏梵走入地铁的过道，墙上的广告牌闪烁着巨大的"青柠漫画"几个字，上面是Fairy最新连载的漫画封面。

这是北城地铁站最繁华的路段之一。

不少人同她一样被漫画明亮的画风和颜色所吸引从而放缓了脚步。广告牌的右下角是下载青柠漫画的二维码以及宣传语：青柠漫画，给你好看。

她入行多年，从未有哪一刻觉得如此动容。

那个一直悬浮在云端的梦想，现在似乎变成了她触手可及的星光。她停下脚步，目光落在左侧一个极不起眼的角落。

“编绘：Fairy；责编：夏梵；助理：公子清。”

夏梵：“……”

旁边几个路过的初中生也看见了，小声嘟囔道：“这个仙女到底什么来头啊，公子清居然给她做助理。”

孔敏和陈宇在上班路上看见这个广告时也萌生出同样的想法，还没来得及讨论，他们踏入车厢后又被公共屏幕上滚动的“青柠漫画”占满视野。

陈宇惊叹：“这魏清比我想象中还会烧钱啊！”

孔敏想起夏梵那张不可一世的脸，嫉妒之心又翻涌起来，言之凿凿：“有什么用呢？等我们挖的那群大神的作品上了，青柠漫画的钱就算白花。拼内容，青柠一个能打的都没有。”

陈宇欲言又止，其实他并不看好孔敏准备重点宣传的这批作品。但他暂时也想不到更好的办法，便心存侥幸，没有阻止。

“我倒要看看，到时候夏梵又能拿什么跟我斗！”

夏梵回到公司就听说月底要组织团建的事，现在让每个组提建议，比如想去哪里，想以什么形式开展。

夏梵并没有兴趣，随口提议了两句后，听见隔壁组的人说：“哇，我在抖音上刷到我们投放的广告了。”

大家纷纷说起在地铁上看见广告的事。

夏梵眉头微皱，神情逐渐变得严肃起来，想知道魏清到底投放了多少个这样的广告。

她给魏清打电话，但没人接，办公室里也空荡荡的。她问助理人去哪儿了，助理也说不上来，只知道和许真出去了。夏梵抿着唇考虑了一下，拨通了许真的电话。

“怎么了？”他的声音听起来很愉悦。

“你和魏清在哪儿？”

“在技术部。怎么了？”

她挂断电话直接奔向楼下，脸上的表情是空前的严肃。比起楼上的八卦愉悦氛围，技术部的氛围明显很沉重，大家都眉头紧锁地盯着屏幕。

听见声响，众人齐齐抬头向她看来。万杉最先反应过来：“清哥，有人找。”

魏清从办公室里探出头来，看见她时，目光闪过一丝疑惑，像是在问：你怎么来了？

她大步上前，整层楼都回荡着她脚底的细跟鞋踩在地面上发出的声音。她一把抓住他的手腕，往人少的走廊尽头走：“我有话问你。”

“这边。”他将她拉入隔壁空闲的小会议室里。

周遭都拉着窗帘，黑黢黢的，只有微弱的光透进来。他关上门，靠在门板上，跟没力气似的，膝盖微微弯曲，姿态慵懒地俯视她。

夏梵觉得这是一个鼓励她为所欲为的挑逗。

“你投放了多少个广告？”她松开他的手，深吸一口气。

他的视线落在她松开的指端上：“怎么了？感受到被青柠漫画包围的感觉了？”

这语气颇为得意。

她一脚踢在他的小腿上：“给我站好。”

他顺势往她肩上一靠：“瘸了。”

夏梵没有任何回应，压着火气闭上眼睛：“我数到三。一、二……”

他迟迟没有松手，但也没敢抱太紧，颇有硬着头皮赌一把的态度。

她又深吸了一口气。

“你还没数三呢。”他提醒道。

“三。”

他站直身体，坐到旁边的椅子上：“微博、抖音、地铁、音乐节、公众号、高校宣传讲座，还有几个漫展……也和一个文创城市谈了实景打造的合作，怎么了？”

他做的事，远比她想象的多。

她情绪稍缓。

他隐隐猜到她在想什么，大概是觉得他在乱烧钱：“你以为我这段时间光去拉投资了？”

“为什么不跟其他人商量一下？”

“我和投资人商量过啊。”

夏梵气得咬牙：“你和许真谈过吗？你觉得光投入广告就行了吗？现在青柠的页面太单一了，作品库也完全负荷不了你引入的那么大的流量。你既然要走这一步，就应该早点让大家扩充作品库。”

“所以，我在做页面改版。”

夏梵一愣：“怎么改版？”

“根据固定更新的时间，周一到周日单独列出专栏。然后是作品的分类，之前有很多优秀的作品因为曝光率不足而被埋没了。这次我相信，不管是已完结的还是正在连载的作品，都会被更多人看见的。”他正色道，“我已经让许真做征稿函和比赛，让更多类型的作品进入青柠，不因题材冷门或热门而受限，只要是不违规的好内容我都欢迎。所以别担心作品数量了，如何留住用户才是公司现在需要面对的核心问题。”

不仅是新用户，还有老用户，是否能接受一个全新的青柠漫画?

这一刻，夏梵才明白技术部那么多的夜晚都是为这一刻而熬的。

“你准备多久了？”

“快一年了吧。”

她松了口气。

魏清感觉到她明显的放松，忍不住笑道：“担心我啊？”

“我是担心我的百万年薪。”她一贯口是心非。

他看破不说破，唇角有着淡淡的笑容。

“我以为你就是纯粹的暴发户心态，看来是我狭隘了。”她抓住门把手，语气变得如释重负，“需要我帮忙就随时说，我先回去了。”

“夏梵。”他轻声叫住她。

“嗯？”她停下脚步回头。

他起身抱住她，忍不住转了个圈。她双脚腾空，头发和裙摆在空中一起飞舞。她哑然失笑。

他等这一刻一定等了很久，所以才会如孩子般喜形于色。

夏梵依托着他的手臂，从上而下俯视他：“魏清，你做得很好。”

她的语气像是在夸奖一个孩子。

他抬起头，在黑暗中仰视着她。此刻，她眼里有读懂他渴望的温柔，说的每一个字都在很认真地回应他溢于言表的雀跃。

“夏梵，我一直在等待这一刻。”

“我知道，”她很清楚他在雀跃什么，可同样也更担心，“以后还会有无数个这样的时刻。”

她在隐晦地告诉他：不要沉溺在这一刻，要始终保持高速奔跑的清醒。

他也知道这对于自己和青柠漫画都不是结束，而是开始。可他仍然想要沉溺于这片刻的喜悦中，暂时遗忘掉现实里无法回头的厮杀。

“就让我这样躲一会儿。”他将脸埋进她的怀里，流露出鲜有的脆弱，“就躲一会儿。”

她于心不忍，缓缓伸出双臂试图回拥他。

突然，身后的门被猛地推开。夏梵立刻从他身上跳下来，强装镇定地拉门而出。

站在门外的许真一脸茫然："夏梵，你怎么在这儿？"

夏梵轻咳一声，从他身旁挤了出去。

"你有事吗？"魏清侧身问道，声音冷漠，隐隐透着愤怒。

他是有事的，但被两个人奇怪的态度搞得有事也不敢说了："没事，没事。"

"没事就走吧。"魏清也跟着走了出去。许真一头雾水，心里冒出一个巨大的假设：这两个人不会是在里面谈恋爱吧？可他觉得这俩也不像彼此会喜欢的类型啊，很有可能是出于生理需求而非情感需求。

顿时，他的眉头锁得更紧了，觉得要劝劝他们。年纪轻轻的不好好谈恋爱，怎么就走上这些歪门邪道了呢？他对魏清简直太失望了，他一直以为魏清是个正人君子，结果居然做出这种不负责任的事。

不管是不是双方自愿的，最后吃亏的一定是女生，这对夏梵太不公平了。

"魏清，"许真叫住他，却又有些难以启齿，"你……别太过分了，得有点分寸啊。"

魏清脸上浮现出一丝疑惑，随后反应过来，以为他是在指责自己擅自做决定投放广告这件事："我做事有没有分寸你还不知道吗？"

"可这件事能一样吗？"许真急得都快跳起来了，"你有经验吗？"

魏清认真地思考了一下："我挺有经验的啊。"

许真极为吃惊，眼睛都瞪大了一倍："这……不是第一次了？"

"这怎么看都不像是第一次吧？"

许真不禁对他竖起大拇指。

魏清隐约察觉到许真说的和他说的不是同一件事，却又觉得应该无关紧要，没必要深究："你没事就先回编辑部吧，把我跟你说的事快点落实了。"

许真："……"

他可能经验真的挺丰富的，不然怎么能这么从容不迫且在两种模式下切换自如呢？

许真其实特别想问他和夏梵是从什么时候开始这样的，可按照魏清的性格，问了肯定也是白问，说不定还嫌他多管闲事呢。

回到编辑部，他一直想找机会和夏梵谈谈，却又觉得这是别人的私生活，自己不管是作为领导还是朋友都不能干预。可左想右想，他还是觉得应该叮嘱她两句，不然以后两个人闹掰了，最难做的还是他。

"郭伦，你有和两个朋友一起共事过吗？"他将目光果断地投向了对面的郭伦。

"没有。"郭伦头也不抬，丝毫不感兴趣。

“那你要是遇上了呢？而且那两个一起共事的朋友还有超乎友情的关系。”

郭伦忙着自己的事，根本不在乎他说什么，随口问道：“然后呢？”

“你该怎么劝说他们继续保持友情的纯洁性？”

郭伦一时没听明白，过了一会儿后抬起头问：“夏梵和魏清谈恋爱了？”

许真隐隐觉得自己闯了大祸，硬着头皮解释道：“不是，是我朋友的朋友，他怕这两个朋友以后闹掰了的话他夹在中间难做。”

“怎么？”郭伦来劲了，关于夏梵和魏清的八卦他倒是挺有兴趣的，“你觉得他们俩长久不了？我看也是，夏梵那脾气哪个男人受得了。”

许真：“……”

真是越描越黑，许真索性不说话了，谁知郭伦一抱怨上就停不下来。

“你说大家都是出来打工的，夏梵有必要做出一副全世界就她最厉害的样子吗？离了她地球就不转了是吧？青柠没了她就活不下去是吧？我每次见她对我笑就觉得瘆得慌，乐意笑就笑，不乐意笑就别笑，皮笑肉不笑的寒碜谁呢？”郭伦越说越气，前段时间因为她被骂而生出的仅有的怜悯也荡然无存，“我之前就听说他们俩在会议室接吻的事，我本来是不信的，毕竟魏清不是这么公私不分的人。可听你这么一说我就明白了，魏清要是不跟她谈恋爱，她会把公司当成自己的这么卖命地干吗？”

这话说得跟魏清出卖色相诱骗夏梵似的。

见他越说越离谱了，许真连忙打断：“行了，行了，问题是我说的又不是他们俩，你这么激动干什么？”

“我哪儿激动了？我是在跟你讲道理、讲逻辑。魏清能看上她什么？她不仅强势又独断，还特别自以为是，吵架也厉害。你是没看见她跟我干架的样子，活脱脱就是一个母夜叉。你说魏清要不是图她能为公司做贡献，犯得着这么委屈自己吗？上次跟她聊天我就看出来她喜欢魏清了，估计魏清也是图她有能力才各取所需的。平心而论，许真，要换作是你对上一个这么凶的女的，你能把她当成普通女人看吗？抱着都嫌烫手，更别说跟她谈恋爱，疯了还差不多。”

他的话音刚落，夏梵直接推门而进。

原本还闹哄哄的办公室瞬间变得极为安静，两个人都盯着电脑，没敢正眼瞧她，身上弥漫着一种做贼心虚的气息。

她其实一个字也没听见。不过听见了也无所谓，谁背后不说人，谁背后又不被人说几句呢？她把打印出来的文件放到许真桌上，随口一问：“说我坏话呢？”

她笑盈盈的，好像一点儿也不生气。

正因如此，郭伦才特别讨厌她。她总是装出一副很大度的样子，让别人的狭隘更加明显。

许真尴尬地咳嗽一声。

郭伦不自觉地屏住呼吸。

她了然于心，什么也没说，直接关门出去了。

郭伦顿时松了一口气。

“她为什么没生气？”他问。

“她一般不会因为这种事生气，”许真抓住机会将话题引开，“对了，魏清让我们多征稿，顺便再举办一个比赛。你去找他们征求一下意见，拟一个方案给我。”

“那样工作量也太大了。”郭伦有些排斥，觉得这一定是夏梵的提议，而他不愿意被她牵着鼻子走。

“工作量大也得做。”许真不满地皱起眉头，“之前夏梵他们组的工作量比这大多了，谁抱怨过？你现在是总编了，你的情绪对下面的员工会产生很大的影响。你要是自己都不接受，那其他人能接受吗？这个任务是魏清安排的，大家如果不愿意做就得找愿意做的人来，这个意思你明白吧？”

郭伦一听更来气了，认为他在维护夏梵：“我知道，不是工作离不开我们，是我们离不开工作。”

许真意识到他可能误会了，连忙询问：“你觉得这是夏梵说的？”

“我没有。”郭伦直接将这个消息发到工作群里，下面的主编都陆陆续续回复：收到。

许真也看见了，意味深长地叹了一口气。他想再好好解释一下的，而郭伦没给他机会，直接起身去了外面。

他今天……还真是问错人了。

夏梵看到消息就直接找冯思昭拟定征稿的内容，冯思昭比了一个“OK”的手势后起身：“我出去抽根烟。”

“一起。”夏梵挪动椅子起身。

“姐姐，咱们俩工作一起，吃饭一起，上厕所一起，抽烟摸鱼还要一起，我真的累了。”

“少废话，走走走。”

两个人走到吸烟区门口，还没推门就听见有人说话。冯思昭一把拉住她，隔着门缝指了指阳台上正在聊天的人。

几个主编和郭伦正在抽烟，乔乔冷笑着说：“你不是说她人挺好的，觉得我们对她有误解吗？”

郭伦不动声色地叹了口气：“今天许真跟我说了那番话以后，我觉得挺没意思的，反正做再多也不如夏梵的一句话。”

“魏清就那么听夏梵的？”

另一个主编接嘴道：“你要跟魏清是那种关系，魏清也听你的。”

几个人顿时不怀好意地笑起来。

冯思昭看了夏梵一眼，也想使坏，正准备开门，被夏梵一把拉住，示意她继续听下去。

“要不咱们集体辞职吧？有一个新的漫画网站来找过我，让我过去当总编。”一个胖胖的主编说道。夏梵对他有印象，负责悬疑的，叫方强。

郭伦没说话，不过听他刚才话里的意思，估计也在考虑离职或者跳槽的事了。夏梵拉着冯思昭往外走。

冯思昭似笑非笑地看着她，等走进电梯才开口道：“夏梵，这就是偏见，你做一百件好事都抵不过他们听说的一个传闻。只要你稍有违背他们心意或者损坏他们利益的意思，这些人就会立刻蒙上眼睛，只留下耳朵。”

夏梵抿了抿嘴唇，鲜有地感觉到无能为力。

“人性从来如此，你也不必太难过。”冯思昭拍拍她的肩膀，走出刚好开门的电梯，“走吧，请你吃个蛋糕。”

夏梵低头沉思：“如果他们因为我集体辞职，你觉得魏清会怎样处理？”

第十三章

Chapter 13

垃圾回收站

“你觉得他们能让魏清就范吗？”冯思昭推开咖啡馆的门，找到一张桌子坐下后，好奇地观察着她脸上的表情，“你担心他会放弃你？”

“如果他会这样处理，那他根本就不值得我担心，而是我知道，他一定不会妥协。”因为这件事根本无关护短不护短的，而是他们拿集体辞职来威胁他。他一旦妥协就会威信扫地，以后谁也管不了。

正因如此，她的眼里浮现出一丝担忧：“他们走了以后，编辑部的担子短期内就会落在我和许真身上，而我刚来青柠不久，我并没有完全了解它，怕会在无意之间把它变成下一个幻想漫画。”

“你怕自己忽略掉青柠独有的优势，把它变成一个高仿品？”冯思昭托着下巴思考道，“的确，市场上只需要一个幻想漫画。如果没有自己的风格，势必会泯然众人。”

“对，如果许真同时再被挖走了，那青柠就真的垮了。”

“怎么会垮呢？就算许真也走了，可魏清还在啊。他比任何人都了解青柠漫画，你的担心完全多余。”冯思昭嗅到一丝猫腻的味道，意味深长地笑起来，“夏梵，依照你一贯的性格，在听见他们说离职以后应该立刻启动应急方案才对，而不是像这样患得患失。”

夏梵张嘴想解释，冯思昭示意她噤声，继续道：“你真正担心的其实是魏清和他的青柠漫画，并不是你自己。”

她张着嘴，一时找不到反驳的话。

这话说得对，但也不对。她作为员工，担心公司的前景不是很正常的一件事吗?

“那么问题来了，以前陈宇也是你的老板，幻想漫画曾几度走到倒闭的边缘，我从来没见你为他彷徨过，为什么对魏清会这样呢？”

夏梵对她的明知故问感到愤怒：“不要再问了。”

“难道你们真的是那种关系？”冯思昭托着脸，丝毫不隐藏心中的好奇，“不过你们俩的性格并不像是那种会迁就彼此的人啊，所以，你们俩是因为生理需求吗？”

夏梵端着咖啡的手抖了一下。冯思昭的性格就是这样，心里不藏事，有什么就说什么，夏梵也瞒不住她：“你这是什么逻辑？”

“哦，不对，出于生理需求你未必会这么担心他，难道是在解决生理需求的过程中产生了情感需求？”冯思昭自以为触碰到了真相，不禁换了一个坐姿，变得端庄起来，“你看，再强势的女人在那种情况下也难免会产生感情，所以我之前一直让你别轻易和男生……”

她觉得有些羞于启齿，轻轻“啪啪啪”地拍了三声，继续道：“你不听吧，而且还找了个魏清这种各方面都特别优秀的男人，不动心才是有病。而且从你的表现来看，还是你单方面暗恋呢。”

夏梵要不是当事人，这会儿都想跟她拍手叫好了：“你别瞎说。”

“你说你都多大的人了，搞什么暗恋呢！”

“我没有！”

“欸，不对，你不是跟乔云一有一腿吗？可以啊，三角恋？”

夏梵被这三个问题彻底打败了，索性破罐子破摔：“呵呵，要不是你提醒，我都不知道自己这么受欢迎啊。”

“毕竟有些人就是老来俏嘛。”

夏梵抓起吸管就丢了过去。

冯思昭灵活地躲开：“不过你的私生活我管不着，你还是想想怎么解决比赛的事吧。大家本来就被大量征稿整得筋疲力尽了，这又来一个比赛，怕是要死在工位上。”

“月底还有团建呢。”夏梵提醒道。

“累了，我真的累了。”冯思昭绝望地趴在桌子上。

“魏清也不好过，投了那么多的广告出去，又更新了服务器，估计两个月后再拿不到投资的话大家都得完蛋。而且蒋澄还一直在后面找机会下绊子。”夏梵叹了一口气，跟魏清一比，她们再难也不难了。

“你还真的是只担心魏清。”

“这个征稿又不是马上就要征完，稿子也是陆陆续续进来的。你们审不完的稿子我还能帮着审，可魏清的事谁能帮上忙呢？干什么不得靠他自己。”

话音刚落，窗外响起被指节叩击的声音。魏清站着门外向她挥了挥手，她立刻走了出去。

“我去出差了，有什么事给我打电话。”

“去哪儿？”夏梵问道。

“魔都。”

“去几天？”

“三天吧，怎么了？”

“去吧，就是随口问一下。”夏梵将双手揣进兜里，“注意安全。”

他面无表情地仰起头：“你也别给我摸鱼了，赶紧回去上班。”

夏梵：“……”

听听这说的是人话吗？她都快把命献给他了，而他居然连一点摸鱼的时间都不给她。

夏梵连连点头：“马上就走，马上就走。”

“夏梵。”他又叫住她。

她以为他又要骂自己，不耐烦地道：“又怎么了？

“你有没有发现，你没以前那么怕我了？”

夏梵立刻吓得脖子一缩：“哥，我什么时候怕过你啊，一直都是尊敬……”

话音未落，他的手掌温柔地落在她的头顶，缓缓揉了一下，像一片羽毛无声地落在她的心尖上。他轻声道：“挺好的。”

夏梵久久未回过神，直到冯思昭出来连着喊了她几声才如梦初醒：“怎么了？”

“魏清跟你说什么了？”这次连冯思昭也猜不出了。她从没见过这样的夏梵，像脱下铠甲的战士，露出柔软的腹部。

夏梵看着她，久久说不出话，最后打了一个响指：“他让我们上班时间别摸鱼。走了。”

“就这样？”

“对，就这样。”

“那你一副见了鬼的表情？”冯思昭不信。

夏梵露出认可的表情。的确，有生之年能看见这么温柔的魏清，确实是见了鬼了。

一晃进入月底，编辑部谁也没有提离职的事，反而鲜有地一派祥和。可越是这样，夏梵和冯思昭就越觉得这是暴风雨前的宁静。

“梵姐，一起吃个饭呗。”晚上七点半，办公室的人走得差不多时，何欢叫住正准备离开的夏梵。

夏梵愣了一下：“行，走吧。”

两个人就近找了一家餐厅。吃到一半时，何欢把自己的手机递到她面前：“你自己看吧。”

夏梵接过手机，上面是一个微信群的聊天界面，群名叫“一起去流浪”，里面的人正在商量着辞职的事，从头像隐隐能看出谁是谁。

“你也要去‘流浪’？”

“你怎么看？”何欢收回手机，“不打算阻止吗？”

夏梵已经猜到他的目的了，比起好意提醒，这更像是在试探她的态度。夏梵波澜不惊地夹起面前的菜：“阻止是我的事吗？他们要是真走了，咱们留下来的人就继续填坑，别操心老板的事。”

“那我留下来能填哪个位置？”

夏梵笑了：“我要是能做主，咱们俩也不会在这儿吃饭了。”

“可你有推荐权啊。”这才是他今天真正想说的话。他在这场危机中留下来帮她，她会不会帮他走到更高的位置。

夏梵打量着他：“你多大了？”

“二十八岁，怎么了？”

“那我就只说一句话，做你觉得对的选择。”夏梵认为他有这种想法挺正常的，但不信任他，怕他给自己录音，到时候有理都变成没理了，“你觉得青柠适合你你就留下，不适合就去找份新的工作，不要因为某个人跟自己的前途过不去。”

这番话挺耐人寻味的。

何欢把手机放在桌上，也把兜里的东西全部掏出来：“我没有录音。”

“录不录音我都这样说。”

这种蠢事她不是没遇见过。初入职场的时候，跟所谓的能够被称之为朋友的同事吐槽老板，结果被同事截图发到朋友圈，她浑身是嘴都说不清楚。正所谓吃一堑长一智，从那以后她一直谨言慎行，却也因此错过了与他人建立“亲密关系”的机会。

何欢颇为无奈地看着她。

她拍拍他的肩膀：“有些事情是需要你自己去判断和做决定的。吃好了吗？我要结账了。”

送别何欢，她在地铁站犹豫了一会儿后，又约冯思昭出来喝酒。冯思昭说：“你不是不喝酒吗？我刚好在你家附近，过来吧。”

一听冯思昭正在和男性朋友听地下音乐，她立刻就想拒绝。可冯思昭说了一句“我好像看见魏清了”，让她突然没了拒绝的理由。

至于为什么，她也说不上来，就是觉得这个时候能看看魏清也挺好的。

她坐地铁过去，冯思昭拿着两张多出来的票在门口等她。两个人从酒吧门口走下去的一分钟里，冯思昭跟夏梵讲清楚了事情的来龙去脉。

这个男性朋友是朋友介绍的，两个人这是第二次见面。男生的性格腼腆，却偏偏喜欢这种很噪的音乐。她有点儿摸不透他到底在想些什么，需要有人来助攻。

听这话的意思，冯思昭对他还挺满意的。

夏梵心知肚明，比了一个“OK”的手势后，便跟着她走到前排的位子坐下。那男生长得非常清秀，见夏梵进来立刻起身打招呼，特别拘谨。

冯思昭大大咧咧地介绍：“这是我上司夏梵，这是我朋友谢俊。”

夏梵连忙同样客气地回应。

这个位置特别好，距离舞台不到五米，连舞台上演出人员的表情都看得清清楚楚。夏梵环视一圈后，靠近冯思昭：“魏清呢？”

“我只是好像看见了，并不是一定看见了。”

夏梵暗暗掐了她一把。

这时演出已经演到一半，她看了一眼名单，剩下的五支乐队她认识三支：一支是阿阮的“昼夏乐队”，一支是魏清短暂参与过的“嘿呀乐队”，还有一支乐队的主唱是她大学时代被魏清骂得一无是处的前男友。

她捂着额头，对这个阵容表示不能直视。谢俊以为她不喜欢摇滚，心里特别过意不去：“你是不是不喜欢摇滚？”

“我很喜欢，只是因为个人原因有点头疼。”

话音刚落，昼夏乐队出场了。阿阮穿着一件白色的恤衫，头发剪成齐耳的短发，脖子上戴着一个黑色的脖环，看起来特别酷。

她一上台就和夏梵的目光对了一个正着。

在四下的欢呼声中，她面色不善，歌名几乎是从齿缝间蹦出来的。就连谢俊都觉得阿阮这一场唱得特别用力，像要发泄什么似的。

夏梵连腔都不敢搭。

又上场了两支乐队后，她的主唱前男友上场了。谢俊怕她们不懂，连忙介绍道：“这支乐队我特别喜欢，就是不怎么火。里面的所有人都有本职工作，只是在兼职做乐队。”

冯思昭指着主唱："这个主唱长得还挺帅的。"

他看见她们在议论他，露出一个迷人的坏笑来，引起女生的一阵尖叫。

"所以特别渣。"谢俊补充道，"最多的时候他脚踏过五条船。"

冯思昭正在喝啤酒，被狠狠地呛了一口："五个？"

夏梵不以为意地笑了一下。谢俊以为她看不上这个圈子，说话的声音也逐渐变小，只用冯思昭能听见的声音回答。

她看着主唱的手指不知是有意还是无意地指向她，想起这个男人几年前给她弹吉他表白的样子，还真是挺让人心动的。

那时候他还没有这么渣，不过已经初见端倪。他经常和女生纠缠不清，可夏梵本身就是一个对感情极为克制的人，一旦觉得不对劲就会立即止损。何况也没发生什么，那时就索性睁一只眼闭一只眼，等着他说分手。

可魏清气炸了，把他初中的黑历史都找了出来，让他在众目睽睽之下下不了台，特别难堪。

夏梵听别人说，他后来碰见魏清和她都绕着道走，听到他们俩的名字都要做噩梦。

不过看他现在还敢指她，看来是好了伤疤忘了疼。

她解开一颗衬衣的纽扣，意味深长地看着他。

"夏梵？"一个熟悉的声音在身后骤然响起，夏梵一时没想起来是谁。

"乔云一？"冯思昭一声惊呼，"你怎么在这儿？！"

夏梵立刻为他拖来一张板凳，殷勤的样子和以往的针锋相对简直判若两人。要不是亲眼所见，冯思昭打死也不相信这两个人居然也有握手言和的一天。

她突然对夏梵有了信心，连乔云一这种刚正不阿的都能"腐蚀"，更何况编辑部那群小编辑呢。

"我不坐了，我跟朋友过来的。"他看向谢俊，试探着问道，"这位是谁？"

"思昭的男朋友。"夏梵故作随意地介绍道。

谢俊耳朵一红，小心翼翼地看冯思昭的反应，见她没有拒绝，才微微松了口气。

"姐夫好。"一听和夏梵没关系，乔云一立刻恭恭敬敬地打招呼，"再过一会儿魏清应该就来了，很快了。"

"他真的来了？"冯思昭大惊。

"你们不是来看他的吗？"乔云一也有些意外，"好像是嘿呀乐队有人来不了了，临时让他来救场。"

"他不会是主唱吧？"夏梵吓得站了起来。这哥要是敢唱，她绝对现在就走，那是真的要命啊。

“好像是鼓手。”

夏梵松了口气，重新回到座位上。

“我先过去了。”乔云一一副有话要讲，却又不知如何开口的样子，“待会儿结束以后，有时间的话一起吃夜宵吧。”

冯思昭在桌下狠狠掐了自己一把。

真的是疯了！这两个人不仅相互友好，还要一起吃夜宵？

“你怎么把乔云一拿下的？”

“动之以情，晓之以理。”夏梵解释，“这人都是讲感情的，估计是感觉到我的真诚了。”

“滚滚滚！”冯思昭一个字都不信，对她刮目相看，“你真不愧是‘老来俏’。”

夏梵被她气得直咬牙。

这时，嘿呀乐队上场，熟悉的打招呼声随之而来：“大家好，我们是嘿呀。”

这么多年了，他们依旧热情鲜活，充满少年气息。

夏梵的脸上露出笑容，目光落在角落的魏清身上，不自觉变得柔和起来，而魏清也正在看着她。

在后台的时候他就知道她来了。

他穿着一件印有“青柠漫画”字样的定制恤衫，上面还有新晋人气漫画的人物插图。他头上绑着一根发带，眼神犀利，穿着一条阔腿裤，脚上是一双黑色帆布鞋，让她想起关于他的一个采访：让他评价一下自己。

当时他穿着西装，回答得一本正经：“千帆历尽，归来仍是少年。”

那时候他明明已经是一个成熟男人的模样了。

她当时觉得特别好笑，可此时回想起来觉得挺像那么回事，而冯思昭还没认出他：“老板在哪儿呢？”

“打鼓的那个啊。”

冯思昭站了起来：“啊，完全不像啊。”

“你总不会以为他会穿着皮鞋在台上踩鼓吧？”

冯思昭脑补了那个场面后忍不住笑出声，随后又猛地拉过她：“你也太会找男人了吧，魏清看着清心寡欲的，结果这么燥热呢。”

“你这个也不差。”

两个人互相打趣，随后拿起桌上的大杯啤酒一饮而尽。冯思昭不解：“你不是不喝酒吗？”

“你不懂。”夏梵只觉得这一刻的放纵太爽了，不用瞻前顾后，不用担惊受怕，因为魏清在这里。

魏清不动声色地皱了一下眉头。

一曲结束，整个演唱会也结束了。人群陆陆续续离场，也有继续留下来喝酒的。谢俊有些担心：“你们少喝一点儿吧。”

不过一首歌的时间，两个人已经喝了三大杯了。

夏梵开始跟着酒吧里播放的音乐摇头晃脑，一副非常开心的样子。冯思昭也不知道她的酒量如何，以为她已经开始醉了：“姐姐走了，明天还得早点去公司搭车参加团建呢。”

啊，明天还要去一个网红地参加团建……她把这件事忘得一干二净。

衣服行李没收拾，工作也没安排，她猛地起身，刚才还回荡在心中的快乐顿时荡然无存：“不喝了，回去了。”

“夏梵，要不要跟我们一起去吃夜宵？”乔云一上前，指了指身后正在等待他的乐队朋友，站在最中间的刚好是她那该死的主唱前男友肖诺。

这个世界可真小。

“你明天跟不跟我们去参加团建？”夏梵目前只关心这件事。

“去啊。”

“那你东西收拾了吗？”

“提前那么久通知的，肯定收拾好了啊。”乔云一见她神色不对，心中升起不祥的预感，“你不会还没收拾吧？”

“我没有。我先回去了。”她推开挡在面前的乔云一和冯思昭，“你们慢慢玩，早点儿回家。”

“夏梵，”肖诺以为她是对自己还心存芥蒂，主动上前，“一起去吧。”

谢俊一见他就特别激动，看向夏梵的眼睛里充满了哀求。

夏梵非常为难，可一想到这是冯思昭的终身大事，嘴唇张了张：“那我晚点再回……”

突然，一只手从后搭在她的肩膀上，魏清冷清又饱含嘲讽的声音从头顶上方传来：“怎么，现在不做噩梦了？”

夏梵差点儿笑出声来。

主唱脸上非常挂不住，但魏清毕竟是给他留下心里阴影的男人，便灰溜溜地走了。乔云一见状也觉得尴尬：“那冯老师你们去吗？”

“去！”谢俊一口应下，冯思昭露出一个欲哭无泪的笑容，暗暗握紧了夏梵的手。

夏梵被她往前拖动了一小步，很快就被魏清搂着脖子拉了回来。冯思昭也不敢再拉，只能硬着头皮往前走，心想这伙人她一个都不认识，到底跟人家聊什么啊?

“你这是垃圾回收站呢？”未等人走远，他便大声问道，毫不避讳，颇有故意说给某个人听的意思。乔云一和冯思昭都听见了，但只能装作没听见。

夏梵从他手里挣脱出来，用手捂着他的嘴巴说：“你小声点儿！”

她真怕主唱一个没想通回来找他算账，到时候大家都下不来台。

他的嘴唇感受到她掌心的柔软，鲜有地没有反抗。等人走得差不多后，她将手缓缓放下，他毫不留情地拆穿道：“你还指望他能为了你跟我打一架呢？那时候不敢，现在更不会。”

“别说了。”

“走吧，送你回去。”他拿起她放在椅子上的包。

她缓缓跟在他身后：“你要来这儿怎么没告诉我？”

“阮文静也在，怕她又惹你不高兴。”他走上台阶，回头俯视她，“不过你怎么来了？”

她隐瞒了其他人要辞职的事，只说突然想喝酒，结果冯思昭就让她来这。

走出酒吧，他揉着肚子：“你吃饭了吗？”

“吃了，你呢？”

“本来说结束了一起去吃的，但是你来了就算了。”他环顾四周，“陪我随便吃点儿什么吧。”

附近有夜市，一进去就全是卖吃的的。走了一圈，两个人找了一家烧烤店，生意还算不错。夏梵坐在座位上看点菜的魏清，仿佛回到了十九岁那一年。那时她和魏清赶完稿就跑到夜市吃夜宵，路过的时候，街边总有女孩在做美甲。她特别羡慕，而魏清总是不同意。于是她就想，等不给他做助理了一定要做一次。结果好不容易没人管她了，她却又丧失了那种冲动。

不知为何，此刻她又有想做一次美甲的冲动。

“你在看什么呢？”

“我看哪里可以做美甲。”

第十四章

Chapter 14

进退不得

魏清用一种迷惑的眼神打量她："现在吗？"

"也不是一定要现在。"她顿时又想起自己还没打包的行李，"你能不能打包回家吃啊？"

"你觉得我会让这种有味道的食物进我的家门？"

于是她只能耐着性子等他，好不容易吃完，已经是晚上十点半了。她匆匆往前走，他一把拉住她："你不是要做美甲吗？"

街边还有一个摊位没关门。

突然，她所有的执念都在这个问句里烟消云散："没关系了，只要你同意了就行了。"

魏清不解地皱起眉头："女人一定要这么善变吗？"

她笑而不答，发现执念并不是来自某一件事物，而是他对于这件事物的态度。她想要的是他的妥协。

她好像……一直在等他投降。

说起来也蛮幼稚的。

"你确定吗？不要后悔了又来怪我。"

"我确定，走吧。"

地铁上，夏梵的酒意涌上来，迷迷糊糊靠在魏清的肩上睡着了。魏清正视着前方青柠漫画的广告，直到下车都没变动过一次姿势。

因为投放了广告，青柠漫画的下载量冲到了同类型的第一名，注册用户也在疯狂增长。但他们有许多新用户送红包、充值送阅读币的活动，因此至今都处于亏损状态。

他移开目光，看着对面窗户上映着的酷似少年的男人，忍不住问自己：魏清，你真的可以成功吗？

谁也给不出答案，唯有未来。

走到小区门口，夏梵的酒意才被风吹淡了一些，人逐渐清醒过来："你待会儿要怎么回去啊？"

"我怎么回去都可以。"他松开扶着她的手，"你上去吧。"

她听话地转过身后，他心有不甘，又叫住她："夏梵，上次的事你不准备问我要一个说法吗？"

她脸上露出一丝疑惑。

他走近她，俯身在她嘴唇上轻轻吻了一下："这件事。"

眼神正直得像真的只是在提醒她一样。

夏梵一巴掌打在他的手臂上，下意识反驳道："我没提你就不能忘了吗？"

"所以，你还是想假装不知道吗？"他的语气颇为不满。

"不是，不是，"她生怕他做出更破罐子破摔的事，连忙退了一步，"我只是还没准备好。"

他伸手在她额头上弹了一下。

"那回到之前的样子吧。"

她奋力摇头，那个动不动就夹她脑袋，让她战战兢兢的魏清，她同样不想再经历第二次。

"不能进一步，也不能退一步？"他笑了起来，"夏梵，你可别后悔。"

说实话，看到他这个笑容时夏梵就已经后悔了，喉头胆怯地滑动一下："魏清，清醒是你，克制是你，你千万不能让你的名节坏在我手里。"

魏清还没想清楚这句话的含义，她已经飞奔进小区了。

他望着她的背影，顿时明白过来，不禁哑然失笑：在她心里他到底成什么人了？

夏梵回去赶工、收拾行李，折腾到半夜三点才睡。还没睡多久，闹钟又响了。所以一上公司准备的大巴车，她就在最后一排找了一个与世隔绝的位子准备补觉。

耳机、眼罩、口罩、U型枕这些装备齐全，毛毯也盖得服服帖帖的。

冯思昭都没找到她。

车上的人渐渐多起来，四周变得闹哄哄的。尤其是乔云一和几个画手上车之后，掀起了一片欢呼声，却丝毫没有影响到夏梵。

她靠在椅子上，连姿势都没变一下。

乔云一露出礼貌的笑容，跟几个作者在后排找了位子坐下。

大家你一言我一语，气氛跟春游似的。然而当魏清上车时，周遭瞬间变得安静起来，大家都很怕他。

特别是几个实习生，一见到他，眼神都不知道该往哪里放，小声嘟囔道："他不是坐另一辆车吗？"

魏清看了他们一眼，吓得他们恨不得立刻钻到座位底下。

他面无表情地环视了一圈几乎满员的车厢，除了最后一排还有空位，其他地方都坐着人。见状，坐在前排的冯思昭连忙起身："魏总，你坐这儿吧，我去后面坐。"

"你坐吧。"魏清这个人话少，却并没有架子，只是给人一种很疏远的距离感，让人不敢在他面前放肆，逐渐地就演化成大气都不敢出。

他径直往最后一排走去。

"魏总，"冯思昭小心翼翼地，"你坐最后面不太好吧？"

这种小事魏清一点儿都不在意，可他如果不回答的话，又似乎显得他在生气："没关系，都是小事。"

他坐到最后一排，周遭的同事连大气都不敢出，车厢里安静得仿佛在高考。夏梵这时反而醒了，掀开眼罩看了一眼。大家都看着窗外，并无特别，只是她的余光处感觉挺刺眼的。

她偏头一看，发现魏清正盯着她。

她本能地清醒过来："哥，你不是坐另一辆车吗？"

车厢里太安静，所以哪怕坐在第一排的人也能隐约听到她的声音。大家暗自握紧了拳头，觉得夏梵来公司这么久，终于说出一句他们想听的话了。

"跟许真换了。"

夏梵这才想起来，蒋澄好像也在另外一辆车上。

她点点头，看着前方发了一会儿呆，又转头看向他："你这样坐着难受吗？"

他身高腿长，脑袋都快顶到车顶了，背挺得笔直，跟受刑似的。夏梵主动把U型枕取下来递给他。

"不用，你自己留着吧。"

夏梵只能起身将U型枕从他的后脑移到他的颈部："哥，你别弄得像来受刑似的。"

魏清眼睛一眯，本能地用胳膊夹住她的脖子。随后又像想起了什么，迅速收回手。

夏梵又是惊讶又是愤怒，甚至有些想哭，整张脸上全是“我对你好还错了吗”的控诉。

“你一叫我哥，我就习惯性地想动手。”他安慰似的拍拍她的肩膀，“你做得很好。”

那他不准备道个歉吗?

夏梵虎视眈眈地盯着他，一双大眼睛又愤怒又委屈。

他看了她一眼，然后把她掀到额头上的眼罩重新拉下来，盖在她的眼睛上：“没事了，你继续睡。”

可她还能睡得着吗?

夏梵抱着双臂，背过身，面朝着窗外不搭理他。而他也没有任何想要道歉的意思，她更生气了，在座位上翻来覆去，一举一动都透着焦躁和不安。

她越想越不能忍，坐起身准备掀开眼罩问他要一个说法时，突然被人从后面搂着腰带回到了座位上。

她心里的焦躁被安抚下来。

宽厚的手掌穿过毛毯和外套落在她轻薄的羊绒毛衣上，感觉到她身体的僵硬，那只手掌又落到她的右耳朵上，轻轻一搂，让她的头靠在了一个结实有力的肩膀上。

她紧张得不敢发出任何声音，好像睡着了一样。可她和魏清都清楚，她没有睡着，只是假装不知情，从而不用回应，也不需要对彼此负责。

挺狡猾的。

不退一步，也不进一步。

随即，他的手又重新落回到她的腰际，在薄薄的毛毯下，不动声色地握住了她的手。

夏梵再也没睡着，下车的时候耳朵通红，冯思昭盯着她瞧：“你耳朵怎么那么红?”

四周的人齐齐向她望过来。

她将头埋得更低，暗自掐了一把冯思昭，后者立刻心领神会，乖乖闭嘴，跟着她走在人群的最后。

团建的地方是在山上的五星级度假酒店，除了有训练基地外，还有温泉、五彩滑梯和风景旅游区。

除了他们，还有许多公司来休假或开年会，一路上都能遇见拉着横幅拍照的工作团队。

走到酒店门口，许真看见海报不自觉地停下脚步，旁边的人也低声议论道：“喂，幻想漫画是不是在这里举办年会啊？”

“废话，你看海报上写的不就明白了，还需要问吗？”

面前的海报上写着“幻想漫画·感恩有你”，而在海报前站着四个幻想漫画的编辑，不远处还有读者举着应援手幅和漫画作者合影。

青柠漫画的人隐隐觉得尴尬，不自觉地停下脚步。只有夏梵和冯思昭还在谈论工作，根本没注意到周遭的情况，不知不觉就走到了最前面。

幻想漫画的编辑看到她们俩也觉得不自在，对视一眼后，犹豫着要不要打招呼。

夏梵和冯思昭全然没有注意到，直至一群带着哭腔的声音骤然响起，两个人才回到眼前的场景中。

“梵爷！”

当今世上，会这样叫她的只有恶人十八的读者后援会。她闻声望去，果不其然，就是那群恶人十八走到哪里就跟到哪里的小姑娘。

恶人十八也在，他站在人群中，脸色不怎么好看。

夏梵这才注意到立在身后的海报，她并没有避讳，走上前露出自然的笑容，熟稔地问：“又来看十八啊？”

还是那句熟悉的开场白。

有些小姑娘光是听到这句话就受不了了，眼泪一个劲地往下掉：“你不要我们和十八啦？”

在这个圈子里，其他人有多讨厌夏梵，恶人十八的粉丝就有多喜欢她。当年是她扶着默默无闻的恶人十八一步步走到年度人气漫画作者这个位置上的，是她陪着他走过每一个籍籍无名的前夜，是她把最好的他带到她们面前的。

想到这儿，就连夏梵也觉得心酸。场面逐渐失控，大家开始跟着哭。她连忙看向恶人十八，希望他能安抚一下大家的情绪。结果连他的眼眶也是红的，桀骜的脸上全是对她的不满和质问。

夏梵愣住了。

原来在微信寥寥几句对话的后面，隐藏着的是这样的不甘。

好像除了她之外大家都还念着曾经的情谊，倒显得她薄情了。她喉头有些哽咽，一如既往地真诚道：“谢谢你们喜欢十八啊。”

“我们也喜欢你啊。”离她近的小姑娘们忍不住抱住了她。

魏清和乔云一从后面走上来时看见的就是这堪比生离死别的一幕。乔云一双手背在身后，眉头微微皱起，眼里露出一丝疑惑。

许真颇为无奈，讲清楚事情的来龙去脉后，叹息道："没想到咱们夏主编还有这么受欢迎的时候。"

乔云一看着夏梵的背影，露出一丝动容的心疼，情不自禁地向前迈了一步。

"你们都先进去吧。"魏清轻声道。

"都进去吧。"许真心领神会，示意大家别看了。可众人象征性地移动两步后又立刻停了下来，一脸的兴致勃勃。

因为魏清过去了。

魏清走上前，试探性地喊道："仙女？"

小姑娘们闻声抬头，不自觉地松开了抱着夏梵的手。夏梵回头笑道："哥。"

这一笑，她蓄积在眼眶里的泪水就成串地往下掉。

"以后我们还是可以见面的。"夏梵迅速收拾好情绪，用力吸了一下鼻子，拿手在脸上擦了一把："欢迎你们随时来青柠找我玩。"

魏清脸上没有多余的表情，用手背将她脸上未擦尽的泪水擦掉，在她肩膀上轻轻拍了两下，一句话也没说，直接走了。

"十八，等你有空了我们再好好聊聊。"

她突然明白从前一手带出来的漫画作者之所以都那么冷漠，或许是因为从没有在她这里得到过足够在乎的回应。

不管她和陈宇如何，她都应该和作者们好好地告别。

"对不起大家了。"她认真地低头鞠躬后，转身向魏清跑去。

恶人十八看着她离开的背影，突然能够理解她离开的原因了。从前总是她在保护别人，而现在有一个人可以擦去她的眼泪了。

如果是他，他也会义无反顾地奔向那个人。

他至今都还在给她添麻烦。

"先进去吧，年会快开始了。"他流露出鲜有的温柔。

小姑娘们还沉浸在刚才的那一幕里久久没有回神，完全没在听他讲话："刚才那个是公子清吧？"

"天啊，他长得也太好看了吧！完全可以当明星了！"

"对啊对啊，我以前好嗑梵爷和十八的，可是我听见他叫梵爷仙女的时候，我都快对他路转粉了！"

恶人十八："……"

她们开始肆无忌惮地称赞起魏清。恶人十八能清楚地感觉到，虽然她们手里拿着他的应援手幅，心在这一刻却是属于魏清的，完全没有他发言的余地。

“哇，后面那个是云一君吗？”

“他长得也好好看啊！青柠也在这儿举办什么活动吗？我看到了好多大神啊！”

恶人十八不由得沉默：算了，他还是走吧。

“对不起。”夏梵小跑着追上魏清，“让你和大家陷入这么尴尬的境地，以后我会注意的。”

魏清脚步一顿，人群的流向从他两侧分开。夏梵也随即停下，等着解答他的质问。

等人群渐渐散去，长廊上只剩下了他们两个人。风吹动墙角垂下来的绿萝，传来“沙沙”的声音。魏清歪着头，静静地看着她，似乎在思考该如何开口。

“哥，你想提什么意见都可以，只要是合理的我都会改。”她认真地抿着嘴唇，一副等待批评的样子。

他眼里浮现出一丝疑惑，不自觉地皱起眉头：“这不像你平时会说的话。”

“因为通过刚才的事我很认真地检讨了自己。”

“为什么要检讨？”他眼里的疑惑更深。

“我离开幻想漫画之后，以前的漫画作者们都没跟我联系过。我一直认为是别人的问题，可刚才恶人十八的态度让我发现，他其实也在等我的一个交代。”她心虚地低下头，“我应该好好跟大家告别的，而不是自以为是地什么都不说，就指望着别人能理解我的苦衷。”

“可是，”他若有所思地提醒道，“你说了又能改变什么呢？有几个人会将你的苦衷放在心上？”

第十五章

Chapter 15

和解

这个她明白。

如果她连这个道理都不懂的话，也不会走到今天这个位子上来。可正因将诸事看得太过凉薄，今日才反而更容易被这种微不足道的真挚所打动。

“如果我只是你的老板，今天发生的事你再怎么向我解释，我都不会站在你的立场上考虑分毫。我只会想，你对幻想漫画还有多少情谊？会不会影响到我的利益？”

夏梵听出他话里的严肃，愧疚地抿紧了嘴唇。

“可我不是。”他双手插入口袋里，那股逼人的气势陡然消失，语气缓和地俯视着她，“你不用向我解释我也会站在你的立场上考虑，觉得你离开幻想漫画后，还能有人记得你、怀念你、喜欢你，那你一定是个很好的人。”

她缓缓抬起头，似乎不太明白他说这些话的用意。

“我跟你说这些话只是想让你知道，你可以去向他们解释，但不必因为一些莫须有的假设去责怪和否决自己。大家本来就是因为利益走到一起的，当利益消失了……”他隐隐觉得自己说得过重了，脸上流露出一丝不忍，“那做出什么决定都不稀奇。”

“那如果有一天我不能为你带来利益了，你……会怎么做？”

她在经历了无数次的犹豫后终于问出口，有些答案，终归是要听他说出口才作数的。

他俊秀的眉宇间闪过一丝疑惑：“你觉得我们是那种因为利益才走到一起的合作关系？”

一听到这句话，夏梵就知道她不小心把真实想法给暴露出来了，恨不得甩自己一巴掌：“不是。可你是我的老板，我会忍不住那样想……”

魏清气得背过身去，嘴张了又合。再说下去只会吵架，于是他压着气：“先就这样。”

他说的那些话完全被她当成了耳边风，她仍然没有对自己放下戒备。

他气得胸口疼，一秒钟都不想多待，转身往前面走去。

夏梵吓得话都不敢说。她走到酒店大厅，其他人都已经入住了，只有冯思昭和负责此次活动的行政文员在等候。

一个等她，一个等魏清。可看到魏清的眼神不善，都不敢跟他搭话。

夏梵灰溜溜地跑到冯思昭身旁问：“房卡拿到了吗？”

冯思昭连连点头。

她立刻拖着行李箱催促：“走了，走了。”

文员小姐姐更是大气也不敢出：“魏总，这是你的房卡和身份证。”

“谢谢。”

“不、不客气。”

夏梵和冯思昭一路小跑着躲进电梯，拿房卡刷下对应的楼层后，后者微微喘气：“他气你和恶人十八说话呢？魏清不像这么小气的人啊。”

那只是因为没有触及他的底线而已。

可夏梵无法解释，只能摆摆手，一副不想深谈的样子。

“叮——”

电梯门开了，乔云一和一个名叫九零的男漫画作者正好站在门外。四个人对视一眼，九零拉着乔云一往后退，极力想回避。

“夏梵，”乔云一为她让出位置，“我们要去超市买点儿东西，你有什么需要带的吗？”

“你要买什么？牙刷、面巾、矿泉水、方便面我都有，可以给你。”说着她就准备开行李箱拿给他。

乔云一连忙制止：“我们出去买烟。”

夏梵露出恍然大悟的表情：“那你们去吧。我住8103，你有什么问题可以随时来找我。”

“我住你对面，你有什么问题也可以随时找我。”

“那你出去小心点儿。”夏梵移步到旁边。

他乖巧地点点头，走进电梯里：“待会儿联系。”

冯思昭和九零惊得眼珠都快掉出来了，同时问道："你们俩什么时候和好的？"

乔云一在电梯合上前尴尬地看着夏梵："就没有不好过啊。"

九零："？？？"

朋友，你之前在微博上撕夏梵的时候可不是这副嘴脸。

"对了，上次那个叫肖什么的主唱说你是他前女友，真的假的？"冯思昭一直以为她是只会工作而不会谈恋爱的类型，没想到经验意外地丰富，"而且我听他朋友说，魏清还因为你打过他是吗？"

"魏清打他？"夏梵一惊，"我哥那么金贵的手怎么可能用来打他？跟翻垃圾桶有什么区别？"

冯思昭："……"

她隐隐明白肖诺形容夏梵和魏清时那句"流水的男友，铁打的清哥"是什么意思了，忍不住感叹道："你真的很喜欢魏清啊。"

夏梵一愣，认真思考着：如果崇拜也是一种喜欢的话，那她的确很喜欢魏清。

不然以她当年内向的性格，怎么会自告奋勇去当一个男生的漫画助理？还记得在学校时，学姐在群里说：帮扩，一个朋友的朋友要招漫画助理，要求会画分镜、线稿，有兴趣的姐妹可以发作品到邮箱，大神亲自审。

有人在群里问：是哪个大神呀？

学姐说：公子清，认识吗？

那时国内的漫画市场还不像现在这么成熟，看漫画的人不多，圈子也很小。大家都不是这个专业的，更是齐齐摇头。

这时，同寝室看见群消息的朋友从上铺探出头来："夏梵，你不是喜欢画东西吗？可以试试啊。"

"你疯了吗？就我这个自学的业余水平，怎么可能给公子清当助理啊？"她激动得直跳，一头撞在上铺的柱子上，疼得倒吸一口凉气。

"他很厉害吗？"室友不解道。

"当然啦！"就算头痛得不行，她还不忘向大家"安利"公子清，"他还是高中生的时候就获得了很多奖，是名副其实的天才！我超喜欢他的！"

"那你喜欢画画是不是因为他啊？"

"对啊，我就是看了他的作品才想画漫画的。他的成名作《降临》真的太棒了！主角三观特别正，故事也超级棒，讲的是……"一说起自己感兴趣的东西，她根本停不下来，把大家听得目瞪口呆。

室友似乎没想到她居然是话这么多的人，等她说完好一会儿后才回过神："那你更应该去试试啊，反正他又不知道你是谁，选不上也不丢脸。”

乍一听还挺有道理的，于是她就怀着忐忑的心情把自己的作品和个人简介投了过去，然后一个月都没有收到消息。

本来已经失望了，没想到某天她刚洗完澡从浴室出来时，突然接到一个男人打来的电话：“你好，请问是夏梵吗？我是魏清。”

她一边擦着头发，一边回忆最近认识的人里有谁叫魏清。

“你的简历和作品我看过了，方便过来面试吗？”

作品？简历？面试？

她眉头紧皱：“我什么时候去应聘……”

她突然间反应过来，手里的盆掉落在地：“您……是公子清吗？”

“啊，”他的声音和他笔下的作品一样，都是冷冷清清的，“是我。你方便过来吗？”

“方便，方便。”她连忙找笔，“您说在哪里面试？”

后来，她就在航大的男生宿舍门口看见了那个站在晨曦里的男人。

她忍不住心生感叹：“你都不知道魏清那时候有多好看，简直就像是从画里走出来的。”

“他现在也很好看。”冯思昭提醒道。

“可是这种好看是不一样的。”夏梵抿着嘴唇回忆，那时候的魏清更加骄傲，也更有棱角，有着少年人特有的热血和无所畏惧。

现在的魏清仍然骄傲，却也变得柔和，眼睛里有了忌惮。

“那你更喜欢哪个时候的魏清呢？”

“都喜欢。”她脱口而出。

冯思昭一愣，没想到她会回答得这么快。

“不是你想的那种喜欢，就是崇拜，是那种粉丝对偶像的崇拜，你明白吗？”见冯思昭误会，她连忙解释。

冯思昭非常不配合地摇头：“不明白。”

“就是觉得他很厉害，然后你又没有办法像他那么厉害，所以就会崇拜他，知道吗？”

“不知道。”

“哎呀！”夏梵急得语无伦次，“反正你知道他是我的偶像就对了。”

“怪不得你对他这么小心翼翼。”

“现在已经好很多了，”在和他吵架决裂前，夏梵对他完全就是盲目地崇拜，他说什么就是什么，“特别是……”

她在知道他喜欢她以后。

“特别是什么？”

“没什么，换衣服吧，待会儿还要到大厅集合。”夏梵假装整理行李，将话题转移开来。

夏梵和冯思昭换上运动服，简单休息了一会儿后便往大厅走去。还没到约定的时间，大厅里只有极少的一部分人。

“梵梵，”夏梵和冯思昭一找到位子坐下，蒋澄便举着手机走过来，“来，自拍一张。”

夏梵一度以为他吃错药了。

“哎呀，抛开工作的事不谈，我还是你学长嘛。”蒋澄大气地拍拍她的肩膀，仿佛之前和夏梵相互冷嘲热讽的那个人不是他，“咱们买卖不成仁义在，以后还要见面一起喝酒的。”

夏梵隐隐听出端倪，面上却不动声色：“那学长你能不能别用前置摄像头，丑死了。”

“行行行，咱们换一个。来，思昭也一起拍。”

魏清走进大厅的时候，夏梵和蒋澄正凑在一起看手机上的照片。一群人有说有笑的，场面非常和谐。

他穿了一套黑色的运动服，是常见的经典款，但因为他腿长肩宽，就显得特别耐看。所有人的目光都被迅速吸引，可在发现是他以后，又不自觉地被他身上冷清的气质同化，逐渐安静下来。只有蒋澄还在看着照片感叹：“看来我是真老了，你看看我这抬头纹。”

不见应答，他才发现是魏清来了。他顺势将手机一收：“啊，魏总来了，咱们就出去吧。”

“一起走吧。”魏清鲜有地主动向他走去，他们也难得没有吵架，只是聊了聊天气和酒店结构等无关痛痒的问题。

这让夏梵更加肯定了她的猜测。

“今天太阳打西边出来了吗？”冯思昭忍不住靠近她低语。

“或许是吧。”夏梵笑道。

不仅是她们，其他人也有同样的感觉。而两个当事人浑然不觉，和谐得就像公司创业之初那样。

许真和万杉感慨万分，希望两个人以后能一直这样好下去。

团队活动在室外，大家分成两队，由魏清和蒋澄各带一方。而夏梵讨厌运动，混在人群中摸鱼。乔云一注意到她，悄悄靠近：“你不喜欢吗？”

夏梵如实点头：“我是那种只要不工作能吃一个月外卖不出门的人，所以不是很喜欢这种活动。”

“我也不喜欢。”乔云一从包里掏出一块巧克力递给她，“这个你喜欢吗？”

她也不是很喜欢，却又不忍心拂他的好意，顺手接过：“还行。”

他淡淡一笑，很自然地坐在她身边。

“喂，他们俩又是什么时候冰释前嫌的？”郭伦疑惑地问许真。

许真也同样诧异，却又觉得在情理之中：“大家都是要吃饭的，该妥协的时候自然就妥协了。”

“你喝水吗？”夏梵突然偏头看向乔云一。

他坐在草地上被看得一愣。微风从树荫下轻拂而过，他喉头微微滚动：“我去给你拿吧。”说罢他连忙起身。夏梵说要保护他，可他哪能真的让女孩子保护啊。

“不用。”夏梵一把摁住他的肩膀，率先起身往派发矿泉水的地方走去，主动询问他们，“需要我帮你们发吗？”

“可以吗？”负责派发的实习生感激地望向她。

“嗯，先拿一件给我吧。”夏梵提起一件矿泉水挨个派发，许真见状连忙起身帮忙。一见他起来了，何欢等人也不得不起身，于是几百瓶矿泉水很快就派发完了。

乔乔和都市组的编辑都不以为意，觉得她这是在拉拢人心。夏梵也不在意她们如何看待自己，重新回到位子上。

“你的水呢？”乔云一见她两手空空，正想将自己的水递给她时，只听见正在做活动的魏清一声大喊——“夏梵！接着！”

话音一落，一瓶水直接扔了过来，差点儿砸到夏梵撑在草坪上的手指。乔云一在一旁看得胆战心惊。

夏梵握着瓶身，低头深吸了一口气。

这要换作是别人，她非得把那人的头打爆不可。可这个看起来试图谋害她的人偏偏是魏清，不仅不能还手，还得微笑以对。

“你还好吧？”乔云一关切地问道。

“没事，练出来了。”

想起上次发生这种事还是她和肖诺刚好上的时候，两个人坐在草坪上唱歌，这位哥一瓶水就砸在肖诺的肩膀上。

这么多年了，技术还是这么差劲。

“你和清哥认识多久了？”乔云一可算找到一个合适的时机问了。

“六七年了吧。”

“啊。”乔云一露出似懂非懂的表情，认识六七年都没在一起，那应该就真的只是很好的朋友，他不禁松了口气，“那你怎么没跟他一起创业啊？”

如果她从一开始就在青柠漫画，或许口碑不会这么差。

“发生了一点小矛盾，三年没联系。”夏梵不想深谈，“你呢？为什么来青柠漫画？”

乔云一沉默。这种在网上看看专访就能知道的事，她居然不知道，看来是真的不在乎他。

“我在幻想漫画的时候看过关于你的专访，你说你是因为喜欢公子清才想成为漫画家的对吧？”她抱着双膝笑道，“我也是。”

她的神情非常温柔。

乔云一一度觉得她主要是为了看魏清才顺便关注了他。

“那你不是应该成为漫画家吗？”

“你不知道行业里有句话吗？画得好的是漫画家，画得不好的都去当编辑了。”

乔云一淡淡笑道：“如果你还想学的话，我可以教你。”

夏梵没有拂他的好意，轻轻点了点头。

他环视四周：“对了，Fairy没来吗？我还挺想见她的。”

“见她做什么？”

“我以前在杂志上看过她的连载，除了魏清，就数她画的光感最好了，第一本就能做到那么好，挺厉害的。”他想起在地铁站看到的广告，流露出一丝羡慕的失落，“而且她来青柠漫画也是因为魏清吧？我看到助理的名字是公子清，真好啊。”

夏梵不知道这个“好”是好在哪里，眼睛里升起一丝疑惑。

“清哥基本不看我的漫画，不管我获得多少褒奖和喜欢，他都只会说还差得很远。”

的确，比起魏清还是新人时的“神仙打架”，乔云一作为新晋作者确实稍差一些。可也并没有“很远”一说，他的整体水平在这一批新晋漫画家里还是属于中等偏上的。

“只能说明他对你的期望很高。”夏梵平心而论道，“你的整体风格都很温柔，缺乏一种能直击人心的强硬，显得整体剧情比较平。但也正因如此才营造出一种温暖轻松的氛围，我不建议你刻意去追求和改变什么，只要在故事情节和线条上稍微做点调整就行了。而且你长得好看，大家对你的关注度会高于你的作品。不过这也没什么，任何东西都是双刃剑嘛。”

乔云一静静地看着她，内心深处有一种被击中的柔软。

她云淡风轻的语气，让他很在意的那些东西都变成了无关紧要的小事。他的唇角不自觉地泛起笑容。

“哎呀，一不小心又聊到工作了。”她在脸上用力拍了几下，让自己从这种状态中抽离出来，“等上班的时候再说吧，现在别想了。”

他淡淡一笑，突然觉得她怪可爱的，情不自禁伸手在她头顶揉了一下。

两个人同时愣住。

乔云一虚咳一声，以抽烟为由走到别处。夏梵虽然没有自恋到认为他喜欢自己，但也清楚男生对女生做出这个动作，是因为她给了他一种犹如小动物般可爱的错觉。

真是疯了。

她起身走到一旁的烧烤区，冯思昭正带着几个实习生在烤串上撒调料。一见她来，冯思昭立刻如释重负：“姐，快来帮我烤一会儿，我实在不行了。”

夏梵接过手：“这不是郭伦负责的吗？”

冯思昭不满地看了她一眼：“姐姐，人家是总编。咱们做下属的，能眼睁睁看着人家烤给咱们吃吗？不是我说你，这为人处事的道理还是要妹妹我教你。”

“你从幻想漫画离职的时候可不是这样说的啊。”夏梵调侃道。

“妹妹这是心疼姐姐你啊，为了帮你争一个在领导面前表现的机会，你知道我有多努力吗？”冯思昭将手里生火的扇子递给她，“路呢，妹妹已经给你铺了，剩下的就靠你自己了，我先上个厕所。”

夏梵气得直笑，好脾气地接过扇子坐到她的位子上。实习生们都怕她，忙着手里的活，没人说话。

她靠着椅子，随意地翻看着手机邮箱里的投稿信息。

何欢见她在那里，自然地走上前，接过她手里的扇子。随后没多久，校园组的编辑和实习生都过来了。

冯思昭回来一看，心都凉了半截：“我在这儿烤的时候，你们就对我视而不见。梵姐这才坐下多久啊，你们就都过来了？”

何欢听懂了她的潜台词，也不恼：“思昭姐，人生已经如此艰难了，有些事就不要再拆穿了。”

她冷哼一声。

“思昭，”夏梵看着手机屏幕，向她勾手，“你还记得这个漫画作者吗？”

“谁啊？”冯思昭探头一看，顿时愣住，“H君？就是咱们俩刚当编辑那会儿，你说特有天赋但又不肯下苦功的那个小孩？”

“对，我以为他没画了，但是你看这个……”

在她看过那么多篇漫画后，仍然让她觉得惊艳。

在她看来，真正优秀的作品从来都不是迎合，而是有独立的思想和风格，自成一派。显然这个作品就是这样的漫画。

冯思昭眉头微皱，欲言又止：“你觉不觉得从整体风格上来看，有点像早期的魏清？”

犀利、强硬，充满了想与这个世界对谈的欲望，跟当下满屏单纯的只图爽和甜从而忽略逻辑的漫画故事截然不同。

夏梵有瞬间的恍惚，想起魏清帮她画线条的时候，她问他：“哥，你有多久没画画了？”

他说一直在画，只是都不满意。

她面露疑惑：“哪里不满意？”

他说：“我也说不上来，就是没有想和这个世界对话的欲望了。”

她那时听不明白，可现在突然就知道这种欲望是什么了——是肆意妄为的少年时光，是敢对命运和规则提出质疑、想画什么就画什么的无畏。

可现在的他，失去了共同战斗的朋友，独自肩负着一个公司几百个员工的当下和未来，瞻前顾后，一步都不能踏错。

那个叫公子清的少年长大了，成了一个叫魏清的男人，画不出他满意的东西。

她心里五味杂陈。

“思昭，你还记得刚刚成立幻想漫画时，我们最想做的事吗？”

其实从她的表情来看，冯思昭已经知道她在想什么了。幻想漫画成立之初，她的初衷是打造一片能够百花齐放的净土，在规则以内尽可能给漫画家们最大的自由。

冯思昭看向她：“你想让那个设想复苏吗？”

夏梵跃跃欲试的神情完全无法掩盖：“可以吗？”

第十六章

Chapter 16

此地无银三百两

“不可以。”冯思昭很少这样直接否决她，“青柠已经形成了它的读者市场，如果你忽略读者的意见，那么这个市场就一定会被读者抛弃。”

“但我觉得有这样的作品加入，是和同类型网站拉开距离的机会。”夏梵的思想豁然开朗起来，“无论是小说、漫画，还是音乐，很多人的初衷都是‘如果我的梦想不能养活我，那么我愿意挣钱养活它’。而我们能提供的，或许不是最多的稿费，却是能让你走到行业金字塔的高处的资源。你说这两者一集合，青柠漫画能否脱颖而出？”

冯思昭仍然觉得这个想法太过理想化，甚至有点痴人说梦，并不像从夏梵这个经验丰富的老编辑嘴里说出来的。

“你可以找许真商量一下。”她是劝不住夏梵的，只能寄希望于许真，希望他不是一个善于幻想的理想主义者。

夏梵心里有想法，紧跟着就回去拟订方案和企划书，也将邮箱里的几百个投稿作品逐一点开审阅。但凡在她这里过了审核的作品，她就会把缺点、优点和读者口味迎合度做分析比较。还没做多少，已经到了晚餐时间。

冯思昭催促她去餐厅，被她三言两语糊弄过去。等忙活完已经过了晚上十点，她迫不及待地抱着笔记本电脑去找许真，想把方案拿给他看。

许真和她在同一楼层，找他特别方便。敲开许真的门，夏梵正准备说话，却被眼前的一幕搞得不知如何是好。

他的房间里坐满了人，除了校园组的编辑，其他组的编辑和漫画作者也都在。大家有说有笑的，热火朝天。可一见她来，气氛顿时降至冰点，全场鸦雀无声，空气中弥漫着极为尴尬的气息。

许真疑惑地让开身：“进来啊。”

就算讲究效率如她，也觉得此时并不是一个适合谈工作的好时机。她将电脑藏到身后：“我就想问你看见思昭没有？”

“她好像跟可乐他们去何欢房里了，怎么了？”

“没事，”她神色如常，“我去找她。”

“哦，我们正准备去唱歌，叫上他们一起吧。大家难得有这样的机会，该好好放松一下，不是吗？”

可她完全放松不下来。

她微微一笑：“行，我先去找他们，待会儿再来找你们。”

一听到她要去唱歌，大家相互交换眼色，流露出极为不情愿的神情。夏梵当然不会蠢到真的去找他们，只是不想拂了许真的面子。许真也不知道是真不知情还是故作无知，满脸真诚道：“那待会儿我发地址给你。”

她转身便走。

“哟，夏梵！”不远的走廊拐角处突然传来一道男生激动的声音，夏梵闻声望去，顿时愣在原地。

拐角处站着一群人，全是以前幻想漫画的编辑。喊她的人叫小七，从实习生到成为独当一面的组长，都是她带出来的。

其他人显然也看见她了，但不想让她难做，选择视而不见。偏偏小七要把这张纸捅破。

他不顾众人的拉扯冲上前，当着青柠漫画所有编辑和漫画作者的面站在夏梵面前：“我正愁去哪儿找你呢，你知道吗？你走了以后我们再也没加过班了。”

“小七，小七。”后面的男生上前，挡在他们俩中间，一个劲地将他往后推，挤出笑容解释道，“梵姐，你别管他，他喝醉了。”

“让开！”小七生得高大，一把就将挡在面前的男生拉开，直面夏梵，“我没喝酒，我就是想跟你说一句，做人啊，别太‘夏梵’。你去问问业内谁有你要求高啊？结果呢，还不是被人骂上热搜，连带着作者都跟你一起丢人。”

夏梵始终面带微笑，鼓励他继续说。

“小七！”其他人急得想去捂他的嘴，夏梵一把抓住伸向小七的手，点头示意他不要停。

“你真的让人很辛苦。”小七一把抓住她的手臂，将她往自己面前一带。许真脸色微变，想出手阻止，但小七又自觉地松开了手，“你离开的那一天，我们高兴得放了一晚上的鞭炮。”

他没有说，但所有人都听明白了——放鞭炮，送瘟神。

“那我走后，你们有很开心吗？”她的表情始终不变。

“当然啦，你在的时候什么都舍不得花钱。孔姐一接手，什么排面都给我们安排上了。你在幻想漫画那么多年，参加过年会吗？”

夏梵低头浅笑，棱角分明的侧脸在灯光下浮现出一丝温柔。乔云一不知不觉走到了人群最前面，暗自攥紧了拳头。

“小七。”她缓缓抬起手。

所有人都以为她要动手打他时，她的手掌却落在他的头顶，轻轻一揉：“我什么都没参加过，但并没有觉得遗憾。”

小七盯着她，脑海里闪过的全是加班时，她自己掏腰包帮大家订饭、买奶茶的样子，以及她穿着贴身的高领毛衣，抱着双臂站在昏黄的落地灯前问：“以后会变好的吧？”

那时她的眼神茫然，第一次流露出对未来的不确定。

那是他们第一次意识到，幻想漫画一定到了很难的时候，不然这个坚定不移的必胜主义者怎么会露出这样的表情呢？可很快她就恢复到往日的从容，始终笃定地冲在战役的最前线。

所以，她凭什么说这句话？

小七一把挥开她，眼眶不可抑制地红了：“你凭什么不遗憾？大家都这么遗憾，你凭什么不遗憾？！夏梵，你有没有心啊？！”

“小七！”后面又上来几个人将他往后推，颇有护着夏梵的意思。

一个老编辑呵斥道：“别过分了！”

小七余怒未消，不情不愿地扭过头。但也没走，就这样和夏梵无声地僵持着。

“走了！”其他人强行将小七拉走了。

许真这才如梦初醒，连忙拉上门走到外面：“你没事吧？”

她很想挤出一个笑容回应他，但她如鲠在喉，一个字都说不出来。于是摆摆手，捂着嘴唇背过身。

“待会儿记得过来。”许真看出她很难过，但也看出她并不想让他知道，所以也没拆穿。

夏梵没有力气走回房间，在电梯大厅的落地窗前停下来。窗外庭院深深，只有几盏路灯亮着。

明明遭受过那么多的误解和谩骂，却没有一次像现在这样让她丧失思考和行动能力。

在小七的嘴里，她变成了一个严格到苛刻且没有人性的魔王，一个连累所有人挨骂受苦的瘟神。可是他却为她红了眼眶。

那些他没有说出口的话，她全都听见了。

他在问她：夏梵，我们到底为什么会走到这一步？我们当初受的那些苦到底是为了什么？是为了陈宇的幻想漫画吗？不是，我们是听了你的话，想建造出你所说的理想国才走到这一步的。大家都这么遗憾，你凭什么不遗憾？

她的手死死拽着衣摆，一刻都不敢松懈。好像一脱力，眼泪就会掉下来。但她不想让其他人看见她哭。

她坚强、独立，能乘风也能破浪，不需要用眼泪博取任何人的同情。

她抬起头深吸了一口气，将满腔的情绪一点一点地压回心底。从幻想漫画离开时她没有崩溃，现在更不会。目光重新落回到窗前，玻璃上映出乔云一踌躇不前的身影。他眉头紧锁，表情隐隐有些心疼。

“云一君，你回去吧。”她冷静而从容地笑道，“要说被人骂成这样还一点儿感觉都没有，是不可能的。但也没有你想象的那么糟，让我安静地待一会儿吧。”

“那我过会儿……”

“不用管我。”她站得笔直，透着一股坚强又倔强的独立，“这点小风小浪不算什么，我很擅长处理这种情绪，放心。”

乔云一不禁猜想，那时面对他微博上的指责，她是否也像现在这样，站在看不见一丝光亮的黑夜里，独自安静，独自治愈。

“那你需要多久能处理好？”乔云一没有贸然上前，“我来接你。”

“不用，我很快就会来找你们的。”

他心有不甘，却又无可奈何。因为直到这一刻，他才发现自己一点儿都不了解她，就连安慰都不知从何开始。

“那到时候给我打电话。”他不得不退后一步。

“好。”

大厅里又恢复到之前的寂静，只有电梯偶尔上下的声音。

她双眸失神地盯着窗外。

这时，身后响起电梯停驻的声音，她并未注意。而从电梯里出来的人却注意到她，缓缓走来，望着她凝视的方向，露出一丝疑惑：“你在看什么？”

夏梵蓦地回神，转头看向站在她身边的男人。魏清穿着一件蓝色的大衣，搭配着黑色的羊绒毛衣和黑色长裤，衬得他气质冷冽，眉眼间暗藏锋芒。明明是令人生畏的冷傲，可她却在这一瞬间，终于敢松开死死拽着衣摆的手指了。

“哥。”手里的笔记本电脑无声地掉落到地毯上，她伸手拉过他的大衣，遮挡住脸，让眼泪成串地落下来，“我、我不甘心。”

他其实并不知道发生了什么，但一句也没问，只是冷静克制地用大衣将她完全拢住：“那就去争取吧。”

她可以去争取，但又有什么用呢？那群觉得遗憾的人，已经不在她身边了。

此时的青柠漫画，没有人觉得遗憾。

她逐渐冷静下来，深吸一口气后松开他的大衣，用袖子擦去脸上的泪水：“哥，我没事了。”

他也收回手，俯身将掉在地上的笔记本电脑捡起来递给她。

她抿着嘴唇，难为情地道了一声谢——不知是在谢他的大衣，还是谢他帮她捡起了笔记本电脑。

他欲言又止：“不用谢。”

“你去哪儿了？”她打量着他。

“跟蒋澄在楼顶的酒吧喝了一杯。”

“说什么了吗？”其实这不应该是她关心的问题，可她极为好奇。

他陷入沉默，不愿深谈。

“没事，我也就随口一问。”她微微一笑，“我先回房间了，你也早点休息。”

“你没吃饭吧？去餐厅吃点再回去吧。”

她将电脑抱在怀里，不安地抠着指甲：“我回去吃泡面就行了。”

“吃泡面我也陪着你。”他一如既往地冷静，握着她的手往客房走去。

“哥，”她脚步一顿，“反了，我的房间在右边第四间。”

他不动声色地调转方向：“我知道。”

夏梵：“……”

装什么呢，明明就不知道。可她不敢说出来，乖乖打开房门，将矿泉水倒入水壶中，准备泡面。

魏清在门口站了一会儿才缓缓走进去，帮她拆开陈列在玄关的桶装泡面。

房门自动合上，周遭只剩下水在水壶里逐渐沸腾的声音。这种感觉实在太过微妙，让人坐立不安。

“哥，你要喝水吗？”她努力想做点什么缓和一下这种怪异的气氛，但魏清什么都不说，反而让她变得更加拘谨。

从前明明不是这样的。

即使怕他，她也绝不会感到不自在。

她很想说点什么，但又怕打扰到他，于是用来回踱步缓解心里的疑惑。

“你来回走什么呢？”在她走了快五分钟的时候，他终于注意到她，将沸腾的水倒入面桶里。

“我还想问你站在那儿端着一桶面想什么呢。”

光拆个包装袋都拆了几分钟，也不知道和蒋澄谈什么了，能魂不守舍成这样。

他没说话，将叉子插在桶壁和面盖上固定后，双手叉腰，深吸了一口气：“你知道为什么我从不进你房间吗？”

“为什么？”她的确挺好奇的。

他低着头，忍了又忍，终是忍无可忍，眉眼间生出一股欲言又止的嫌弃：“我害怕我会情不自禁做出那种把窗户纸捅破的事情。”

夏梵一怔，脱口而出：“你居然会有那种需求？”

魏清直接被气笑了。

“那在你看来，我之前……”他抿着嘴唇，颇有些难以启齿，“吻你是为了什么？”

她张着嘴，有点百口莫辩的意思：“我以为你是为了戏弄我啊……”

话音未落，他已经上前直接把她抱起，放到书桌上就吻了下去。不同于之前的克制和浅尝，这次是炽热而激烈的，是与他的冷清截然不同的渴望。

她的齿间弥漫着从他舌尖传来的威士忌的味道，桌上的本子和台灯掉落在地。他柔软的嘴唇不断地辗转，一路到脖颈，最后落在锁骨。

头顶上白晃晃的灯光照在他的脖颈间。

夏梵没忍住，低头咬了一口，小小的贝齿，轻轻地合上又松开。

他微微一顿，唇角勾起一抹笑容。再次将她抱起来时，她的双腿垂落在他的腰际两侧，吓得她直拍他。她避开他极具侵略性的眼神，嘟嘟囔囔道：“魏清，你要再这样，以后我就不让你进我屋了。”

她觉得要是再不停下，下一秒他能直接把她扔到床上，那时候求饶也晚了。

他左侧的唇角微抬，泛起充满蛊惑性的笑意：“那不这样，进你屋又有什么意思呢？”

她用力打了他一下：“你进我屋就只想这种事吗？”

“目前是。”

禽兽，绝对是禽兽。

她恨得咬牙切齿，没想到有生之年还能从魏清嘴里听到这么下流的话，她想扑上去咬他。

“来，再咬一口。”

他主动侧头送上脖子。

她吓得连忙缩了一下：“不咬了，你放我下来，我饿了。”

“我也饿了。”他眼神直白地盯着她的嘴唇，紧接着又吻了下去。

她闭着眼睛，制止般地咬住他的嘴唇，然而这更像是一种挑逗。

他抬起头，离开她的嘴唇并将她放下，目光从下至上地打量着她。她端起面桶，坐在冯思昭床后面的过道，和他保持着两米远的距离。

他也靠近，在对面的沙发上坐下，眸光温柔又满是欲望。

她情愿回到之前无话可说的尴尬状态。“你今天忙了一天，不累吗？”她已经开始计划着赶他走。

“不累。”她的小心思太明显了，魏清气得直笑。

“你不是最讨厌味道重的食物吗？在这儿待着肯定不舒服吧……”

“挺舒服的。”

夏梵：“……”

她无计可施，又不能直接说“魏清，你快走吧”，估计他马上就能起来暴捶她。说实话，眼神这么温柔的魏清，她其实还挺稀罕的。

两个人正无声地对视时，房门突然从外打开，冯思昭的声音从外传来：“你怎么不接我们电话呢？我们讨论了一下，觉得……”

冯思昭走过玄关，看见坐在沙发上的魏清，露出一丝尴尬的笑容：“魏总。”

跟在后面的何欢等人连忙停住脚步，捂着脸结伴转身往后退，假装自己没来过。但魏清已经看见他们了：“觉得什么？”

众人：“……”

校园组的编辑就挤在玄关，进也不是，退也不是。夏梵端着泡面从一旁探出头：“你们觉得什么？”

冯思昭惴惴不安地看了魏清一眼，然后又上去悄悄踹了她一脚，似乎在责怪她：现在是问这个的时候吗？

“我们俩离这么远，你们还有什么好怕的？”夏梵翻了一个白眼，起身放下面桶，抬手示意他们都进屋，“反正公司不早就有我和魏总在会议室里的那些传言吗？”

这种事，一般当事人敢直接说的，那肯定就是假的。可偏偏魏清笑了，眼神温柔得不正常，反而让事实更加扑朔迷离。

颇有些“此地无银三百两”的意思。

夏梵轻咳一声，假装什么都没看见，一本正经地问：“你们想跟我讨论什么？”

冯思昭有些忌惮魏清，魏清也识趣地拿起文件走出房间。房门合上，众人不约而同地松了一口气，连忙问道：“你们俩刚才在里面干什么呢？”

“就谈工作呗。”夏梵面不改色。

“跟你说那件事了？”众人团团将她围住，然而她眼里的疑惑比他们更甚，显然知道的还不如他们多。

“那你们俩在里面聊啥了？”冯思昭脱口而出，何欢极有眼色地碰了她一下，示意她别问了。

“倒是你们，聊什么了？”夏梵不慌不忙，一脸正色地追问。

“梵姐，我们就是听说啊，公司有一个初步计划——就是降低漫画作者的福利待遇，签一些质量比较低的新人作者，然后做一些迎合市场、不需要多大难度的漫画，联合其他漫画网站做一个全新的、免费的漫画APP，将流量引入，赚广告的钱，分其中一部分给作者。”

“听谁说的？”

“今天总编在和副总编聊的时候，我们听见的，好像是一个投资人的意见。”

夏梵深吸一口气，觉得不能在员工面前失态，心平气和地追问：“那作者的利益谁来保障？”

“大神的话会考虑给基础保障费用，新人作者可能就是全勤奖励和广告分成收入，尽快地冲量，也不需要有什么内涵，就迎合读者的口味，迅速吸引流量变现。”

这句话的意思夏梵听明白了，就是把作者和读者都当成可以收割的韭菜——一个是免费的劳动力，一个可劲地通过广告免除阅读费用，而网站通过流量数据赚取广告的植入费。

比蒋澄想卖公司还聪明。

“那蒋澄是听谁说的？”

众人对视一眼，又齐齐看向夏梵，似乎在反问：你说呢？

冯思昭更是从侧面将这个想法坐实：“我还以为他在这儿就是跟你说这件事呢。”

“你们讨论过这件事后是不是挺沮丧的？其实不用，大批量地复制内容会比我们之前做的轻松很多。”夏梵维持着笑容，但心里很清楚，这个想法与她所有的计划都是背道而驰的。且不说找到一个好作品有多难，现在连一片让作品成长的土壤都没有，又如何让它扎根并成长为一片绿荫呢？

“我们还好，就是怕你失望。”

“我有什么好失望的？就是到时候重新做个企划案呗。”她的眼神无意识地投向放在桌上的笔记本电脑，那里面有她花了几个小时研究出来的方案。只是还没来得及开始，就已经抵达结局。

她理解投资人想要迅速“收割韭菜”的迫切心情，但一时半会儿还无法彻底接受。

“这只是总编和副总编的闲聊呢，指不定魏总不会同意。”

如果是以前的魏清，肯定不会同意，可面对花了这么多钱出去、公司急需新资金的魏清，她无法肯定，甚至希望他能接受这个提案，这样他或许能活得轻松点儿。

“你们先回去吧，我去确认一下这件事。”她抱了抱大家，“明明说了不谈工作，结果这么晚了还在聊公事，都早点休息吧。”

“梵姐，你也早点休息。”众人担心地关上门。

夏梵挤出一个笑容，目送他们离开。

“思昭，我们组这个月的数据做出来了吗？对比本站的其他作品怎么样？”

“还没完全出来。不过我大致看了一下，同期作品里，占据新作前十的总共有五个作品。而Fairy和云一君的新漫画，可能是因为推广的关系，在微博和朋友圈的讨论度还挺高的，有‘爆’的趋势。就是不知道这轮推广结束以后能维持多久。”

一部作品受读者欢迎，不是靠推广就能做上去的。正所谓“小红靠捧，大红靠命，强捧天打雷劈”，说的就是这个道理。

夏梵坐在桌前打开电脑，揉了一下发涨的太阳穴。冯思昭上前直接合上她的电脑：“没必要把自己逼到这一步。”

“我知道。”夏梵的手压在笔记本上电脑，“只是我不做点什么的话，心里总是不安。”

魏清回到房间，翻开文件，上面写着“乙方同意将所有股份转让给甲方”。而甲方的落笔处，写着龙飞凤舞的“魏清”两个字。乙方似乎不甘示弱，写下更夸张的“蒋澄”两个字。

他一点儿都笑不出来。

就像在楼顶的露天酒吧坐下时，两个人都以为彼此会针锋相对，然而却意外地心平气和。

蒋澄说：“你知道我拿这个股份去接触过投资人和幻想漫画的事吧？”

魏清不轻不重地应了一声。

“我是真想给你找点麻烦的，就这样让我退出青柠把股份都转让给你，我还真不甘心。”他明明很生气，却忍不住笑起来，“就觉得凭什么啊，创立青柠时的苦，我一点儿没比你少吃，我对它的热爱也一点儿都不比你少。明明是我跟你一起养大的孩子，怎么养到最后什么都不给我留，反而还要把抚养权给我抢走呢？”

说着说着，蒋澄眼泪都掉下来了。

魏清也不比他体面，眼睛里泛着泪光。

“魏清，你怎么就执迷不悟呢？资方把他们的提案都跟我说了，如果你同意，他们能投更多的钱进来，你怎么就不听呢？”

魏清不答，任寒风将他的耳朵吹得通红，才缓缓开口：“我记得你在很久之前就说过，想让竞技游戏有更好的发展环境，想试着做游戏直播平台。我不知道等你走到我这一步的时候会不会舍得卖掉它，或者改变你的初衷利用它来迅速变现，但我希望这个决定不会让你后悔。”

蒋澄陷入沉默。

漫画是他的执着，游戏是他的热爱，谁也劝服不了谁。

“你现在公司启动还需要多少钱？”魏清反倒关心起他。

“加上你退给我的股权，还差几十万吧。”蒋澄不忘嘲讽他，“怎么，你想入股啊？我跟你说，甭想！我这个项目可值钱了，跟你这个穷酸的文娱行业不是一个量级……”

“我借你一百万，赚了就还我，赔了就当我入股。”魏清打断道。

“可怜我呢？”

“一日夫妻百日恩，何况我们俩还抚养过一个孩子呢。”

蒋澄抓起刚刚擦过鼻涕的纸朝他丢过来，好像真的冰释前嫌地笑道：“滚，老子不稀罕你的臭钱！”

他应该笑的。

蒋澄说了那么多狠话，在背后想了那么多给他找麻烦的办法，结果最后还是一个都没舍得对他用，还心平气和地坐下签了这份对自己并不公平的同意书。

他对蒋澄有愧，想用这一百万将愧疚和隔阂抚平。但他们都知道，那些支撑着彼此不倒下的日子已经回不去了。

他站在窗边，俯视着远处寂静的山岭，突然感到一阵寒冷。

第十七章

Chapter 17

因果

夏梵在床上翻来覆去一晚上，七点钟被叫起来集合。她目光呆滞无神，跟霜打的茄子似的，没有一点儿生机。大家都以为她是被小七骂的，就连幻想漫画的人远远看见她，都忍不住埋怨他骂得太狠了。

小七不以为意，还在朋友圈发了一条孔敏在年会上致辞的视频，特意提醒夏梵观看。一分钟后，夏梵和孔敏齐齐点了一个赞。

小七："……"

旁边的霍霍见小七一脸失望，连忙探头过来："哇，你居然敢在朋友圈发敏姐的视频还不屏蔽梵姐……是真的想跟她划清界限吗？"

小七不想搭理她，直接将手机揣进兜里走了。

夏梵百无聊赖地刷着手机，点名结束后，组织大家一起去餐厅吃饭。她无精打采地拿着装果汁的杯子往里加了一勺八宝粥，把旁边的冯思昭和何欢都看呆了。

黏稠的液体顺着杯沿落在她的手背上，她却浑然无觉，打开果汁箱的开关，又接了一半果汁，又黏又红，看着特别恶心。

"梵姐……"冯思昭正欲出声阻止，一只修长白皙的手已经抢先关掉开关，夺过她手里缤纷多彩的水杯。

"你干什么呢？"魏清穿着黑色的卫衣和运动裤，左手托着早饭餐盘，右手端着杯子，一脸诧异地看着眼前垂头丧气的夏梵。

两个人认识这么久，他还是第一次见她露出这种表情。

夏梵目光呆滞地盯着他，良久才喊了一声："啊，哥。"

“发生什么事了？”魏清有点被她吓到，下意识地扫向夏梵身后的冯思昭等人。与面对前者的担忧和诧异不同，此刻他冷酷又无情。

冯思昭等人躲都躲不及，撇过头，坚决不跟他对视。

“昨天我走之后你们讨论了什么？”他看着夏梵，但冯思昭等人总觉得这句话是在问自己。他们随便拿了点东西往旁边疯狂挪动，与眼前的修罗场拉开距离。

夏梵不说话，盯着面前的馒头发愣。头顶柔和的灯光照在她苍白的脸上，显得格外憔悴。

冯思昭等人不自觉地捏了把汗，打心眼儿里希望夏梵能说点什么帮他们几个人把责任撇清。不然依照魏清刚才的眼神，非把他们活剥了不可。

“我以前觉得魏总是特别公私分明的一个人，怎么对上梵姐就那么公私不分呢？”何欢忍不住凑近冯思昭耳语道。

“你都知道他公私不分了，还问什么？”冯思昭瞪了他一眼。

正当两个人忐忑不已的时候，又听见魏清说了一句：“你这表情，怎么跟我出轨了似的？”

“咯——”冯思昭和何欢齐齐被呛了一下。

夏梵闻言转头看他，有气无力地回答道：“差不多了。”

冯思昭：“？？？”

何欢：“？？？”

两个人小小的脑袋上不约而同冒出了大大的问号：还真是一个敢问，一个敢答。

魏清也很迷惑。

“那种背叛感是一样的。”夏梵一边解释，一边端走魏清左手的餐盘，跟丢了魂似的，随便找一个就近的位子坐下。

魏清：“……”

人看着挺绝望的，吃起来倒一点儿都不亏待自己。

魏清重新打了一份早餐，却一口都吃不下，拉开她对面的椅子坐下：“我背叛你什么了？”

她的目光从窗外落到他脸上：“除了感情，我还有什么能拿给你背叛的。”

魏清：“……”

要不是作为当事人，他都觉得自己不是出轨，就是对她始乱终弃了。

他一言不发地盯着她，突然俯身用大拇指和食指掐住了她的脸，原形毕露道：“好好说话。”

夏梵：“……”

这就是魏清，任何时候都对她欠缺耐心的魏清。

她顿时觉得更委屈：“你昨天在书桌上可不是这个态度。”

此时正值用餐高峰期，不只青柠的人，幻想漫画的人和其他游客也在。她的声音不算大，但有心留意的人还是忍不住望了他们一眼。

魏清鲜有地双耳通红。

“夏梵，”他手上力气微松，被气得直笑，“有什么事就直接跟我讲，没必要闹情绪，没用。”

夏梵：“……”

听听他说的话，这是一个男人对喜欢的女孩该说的话吗？夏梵跟他杠上了，无所畏惧地仰着头：“那如果我就是要跟你闹情绪呢？”

“闹情绪也要把话说清楚。”他一脸严肃。

夏梵气得都快吐血了，一听这没谈过恋爱的直男发言，就知道他肯定没见过女生闹脾气，那今天她非要给他长长见识。

“起来。”她推开捏住她脸的手，直接站起身。

他收回手，一脸要跟她死磕到底的执着，双手插在兜里，起身示意：“走。”

她直接带他出餐厅，往客梯走去。等了一会儿，客梯一直不见下来，她不耐烦地看了一眼旁边的楼梯间：“这边。”

他余怒未消地跟了过去。

楼梯间里静悄悄的，门推开的时候，声控灯骤然一亮。她走上几节台阶后，猛地转过身看他。他被吓得往后退了一步，但瞬间又镇定下来：“来，闹给我看看。”

夏梵一言不发地看着他，随后眼睑微垂：“你见过哪个女生闹情绪还能讲道理的？”

“没人敢跟我闹情绪。”他没有任何炫耀威逼，只是在陈述事实，“男生、女生都没有。”

夏梵仍然听出嘲讽的味道，不由得冷笑出声。

楼道里的灯光一暗，只剩下通风口照进来的光。

她突然一把拉过他的衣领，吻住他的嘴唇，将他抵在旁边的墙壁上，发出一声闷响。不同于他带着犹豫若有似无的试探，她是完全地撩拨。她的身体完完全全地贴合着他，双手紧搂着他的脖颈，仿佛要把自己揉进他的身体里。

他完全没有办法置之不理，在她吻住他的同时，他便情不自禁地搂住了她的腰肢。他引以为傲的冷静和克制，此刻已全然失效，他的眼里只有最深沉和最原始的欲望。

“魏清你知道吗？”她轻轻含住他的耳垂，娇笑一声，“这才叫需求。”

他极力克制着自己，声音依旧冷清：“可是让你愤怒的不是这件事。”

夏梵感觉到了沮丧，这种时刻他仍然清醒。

她泄气般地松开他的衣领，举手投降：“魏清，是我输了。”

他的双眼再次变得冷静而明亮，背靠着墙壁，一只手插在裤兜里，下巴微微抬起，恢复到一贯的清冷。

她拿这样的他一点办法也没有。

“我不闹了，无论你做什么决定，我都会支持和帮助你。”她往后退一步，才发现他的一只手还搂着她的腰。

他微微用力，又将她带回到胸前。

“夏梵，你好像没搞清楚青柠到底是为什么而创立的。”他低头俯视她，“从一开始，它就是送给你的。”

夏梵一怔。

“我知道你想做什么。去做吧，剩下的由我来承担。”

投资人的压力、外界的质疑、公司运营的压力和所需的科学技术都由他来承担，她只需要继续做自己想做的事。让那片适合原创的土壤诞生，让优秀的漫画作品蓬勃生长，让国漫走向更辽阔的天地。

她曾经以为他才是她的信仰，却不知这个骄傲又自由的男人，为了走进她的世界，自愿戴上枷锁，一步步走向她，俯首称臣。

她一点儿都高兴不起来。

“哥，你这样会让我特别后悔给你投了那份简历。”她舔了舔嘴唇，有些难以启齿，“如果没有遇见我，你应该至今都还是那个无拘无束、无忧无虑，永远都带着傲气的公子清。”

那个站在晨曦里与世界格格不入的孤傲少年，那个拿起画笔就变得意气风发的天才画手。才不会像现在这样，瞻前又顾后，不及而立之年，眉眼间就已生出超越同龄人的沉稳和果断。

她喜欢现在的魏清，但也会感到遗憾。

“夏梵，没什么好遗憾的。”他看出她眼里的懊悔和内疚，“至少此刻，你在我面前。”

她眼眶发酸，说不出话来。

“对了，你知道我当初为什么想去做乐队吗？因为肖诺说，音乐响起来的那一刻，你的眼里全是他。”想到肖诺，他眼里闪过一丝厌恶，“我不喜欢。”

夏梵从未想过他组乐队竟是因为这个：“那后来为什么又要坚持呢？”

“因为灯光暗下来的时候，我虽然不知道你站在哪里，但知道你一定在黑暗里看着我。”那一刻，他可以肆无忌惮地沉溺在想象中，就像肖诺说的那样，她眼睛里一定只有他。

所以他偶尔会兴奋地跳跃，像个摘掉面具的孩子，不必装酷，不必假装与众不同，能无所顾忌地对不属于他的女孩露出一个只属于她的笑容。

“哥，你错了。”她的眼神无奈又温柔，“不管有没有音乐，不管你有没有看向我，只要是有你出现的地方，我的眼里就只有你，只是你自己没有发现。”

他从一开始就和别人不一样。只是那时候，他虎视眈眈的眼里全是她那些该死的前男友。

他不明白，她为什么会喜欢那些平庸而无趣的男孩，却对与众不同的他无动于衷。殊不知在夏梵的眼中，自己和那些平庸而无趣的男孩才是一样的，都是坐在人群中为他这样发光的存在而鼓掌的人。

她从未想过，他会在黑暗的人群中寻找她。

如果不是刚好看见了那条被撤回的消息，她或许永远也不会朝他跨出那一步。而得不到回应的他，同样会继续站在朋友的位置上，不知何时才会开口。

他双眸微垂，陷入片刻的沉思中，好像真的第一次知道这件事。

她搂住他的脖子，像一只猫一样躲进他的怀里。

周围静悄悄的，只有一缕光落在她的身上，投来勃勃的生机。他单手搂着她的后脑勺，将她整个人拥入怀中。

“夏梵，你的出现在某种意义上拯救了我。”他的声音温柔得像是阳光下掬在手心的一捧水，“所以别后悔，也别担心。”

她对这样温柔的魏清简直毫无抵抗力。

“哥，你对我这么温柔，会死人的。”

真的太让人心动了。

她低头将脸埋进他的胸口。

“那就一起死吧。”他吻了吻她的头顶，暗藏香味的发间融入他身上清冽的气息，弥漫出前所未有的温柔。

从楼道回到餐厅，里面已经没有人了。夏梵和魏清各自拿了一瓶酸奶，一前一后地往集合的营地走去。两个人都双耳通红，不约而同地没敢看对方。

抵达营地后，何欢立刻对她挥手，起身相迎：“梵姐，这边。”

“好。”她怕被人看出端倪，大声回应后，又压低声音对身后的魏清道，“我过去了。”

“嗯，注意安全。”他看了她一眼。然而不管目光落在哪里，他都会想起刚才在楼道里的旖旎，不仅耳根，就连脖子都红了。

她走到何欢身边才发现乔乔和郭伦等几个主编跟她在一个队，而队里除了何欢，大家对她都极为不屑，做活动时也故意说一些她听不懂的话，拉着何欢放肆大笑，刻意将她孤立在外。

何欢觉得特别尴尬，一个劲地从他们手里挣脱，往夏梵身边站。

夏梵面上一直不动声色，不说话也不掉队，听不懂也跟着他们笑，等中场休息时才走到冯思昭身边喘了口气。冯思昭虽然在另一个组，但也看出她艰难的处境了，颇为幸灾乐祸：“我今天才听说你被小七指着鼻子骂都没还嘴，现在被他们骑到头上欺负了也不表态，你现在怎么这么能受气啊？”

妥妥的一句讽刺。

夏梵也真应了这句话，特别能受气，自嘲一笑：“你以前那么八卦的一个人，现在怎么变得这么安静呢？”

冯思昭听出她话里有话，眼睛一眯：“姐，几个意思啊？”

“没什么意思。不是听说有人要辞职吗？怎么这么久了，还一点儿风声都没有呢？”夏梵虚情假意地叹了一口气，“挺失望的。”

冯思昭立刻明白过来，比了一个“OK”的手势，起身往别处走去。

同时，草坪外传来汽车鸣笛的声音。

夏梵循声望去，只见草坪外的大马路上停放着两辆大型客车。此刻孔敏正踩在车门边瞪着她，那高跟鞋用力得像踩着的是她似的。

两个人四目相对，孔敏立刻抬起下巴，做出不屑与她说话的轻视之态，转身向车上走去。

幻想漫画的其他人也盯着她窃窃私语，见她看过来，又迅速散开。只有小七还站在原地斜着眼瞧她，生怕她不知道大家在说她，专门摆给她看。

夏梵唇角的笑意更浓了。

大家脸上也挂不住，拽着小七让他上车。谁知他一动不动，甚至有些不耐烦，大声骂道：“怕什么啊？还以为她是以前的夏梵啊？离开公司连个屁都不敢放，现在还能做什么？”

“小七，你这样说话也太过分了。”幻想漫画的主编钱程忍无可忍地冲上去拉小七，被其他人劝阻下来。

“我过分？我能有她过分？”小七也不甘示弱，“再说了，你不也觉得她做得不对吗？”

“不管她做得对不对，都轮不到你在这么多人面前三番五次地这样说她。”

“我说她？你不看看她之前做的那些事……”

“小七。”在两个人闹得不可开交的时候，夏梵不知何时走了过来，站在几米远的地方，冲小七招手，“过来。”

她笑盈盈的，让其他人想起以前被这个笑容支配的恐惧，不自觉地退了一步，生怕小七挨揍的时候“血”会溅到自己身上。

小七喉头不自觉地滑动了一下，头皮有些发紧，但还是强撑着走上前：“干吗？”

他前脚刚站定，夏梵后脚就猛地抬腿踹在他小腿上。小七当即腿一软，单膝跪倒在地。

瞬间，草地上休息的人和车上的人全都站起来了，熟悉夏梵的人更是齐齐倒吸一口凉气：对，对，就是这个熟悉的笑里藏刀的感觉。

“我是不是太久没打你了？”夏梵特别温柔地问道。

小七从地上站起来，一脸警惕地往后退，生怕她又动脚踹他。

“别躲啊，”夏梵保持着微笑，步步逼近，“继续骂啊。”

“谁躲了？我这是战术性后退……”

夏梵表情微变，露出一股子狠劲。她一把夹住他的脖子，扯着他的耳朵：“别退，继续骂，待会儿就坐青柠的车回去，坐在我旁边骂。”

小七连连求饶。

许真看得眼睛都直了。在他的记忆中，夏梵一直是安静内敛的。只有面对魏清的时候，她才会多几个笑容。

可是这也太粗暴了。

他下意识地看向魏清，觉得夏梵这一套招式肯定是他教的。

魏清坐在他旁边喝了一口水，皱着眉头点评道：“她这个手法有问题，要不是那个男生让着她，稍微一用力就能把她摔在地上。”

许真：“……”

现在是点评手法的时候吗？

“魏清，我能给你提一个不成熟的小建议吗？”许真凑近他问道。

“说。”

“以后你能教夏梵几招好的吗？别动不动就拿胳膊夹人脖子。你看这好好的一个姑娘，被你带成什么样子了……”

“不会了。”未等他说完，魏清就打断他，声音透着前所未有的温柔，“再也不会了。”

许真打心眼里希望他说的是真的。可他一想到他和夏梵都是那种关系了，也没见他平时有多照顾人家，所以一点儿也不指望了。

“梵姐，算了算了，他还是个孩子。”停靠在路边的大型客车已经准备出发了，见夏梵没有撒手的意思，编辑部的人纷纷下来好言相劝。

“我打的就是孩子。”夏梵松开手，双臂环于胸前，“你们也别着急。钱程、小美、大鹿、海哥，你们都过来。”

她一连点了好几个人的名字，大家心有余悸地上前，生怕小七身上的“血”溅到自己。

“梵姐。”其他人不像小七那么直接，但多多少少能看出心有不满。他们态度恭敬，唇角紧抿，回避的眼神里全是无法深谈的不平。

他们对她的失望，一点都不比小七少。

“刚才在那儿聊我的时候不是挺高兴吗？都到我面前来，大家一起聊聊呗。”

小美露出一丝犹豫的目光，笑容尴尬：“梵姐，我们也没说什么，你没必要把脸撕得这么破吧？”

“说点儿什么吧。”她斜睨身后的小七一眼，“小七都敢说，你们怕什么？”

“哎呀，梵姐，没啥……”

“陈宇说你抛弃了幻想漫画，是真的吗？”小美还想打圆场，但钱程已经先声夺人，“别撒谎，有什么说什么。”

风从四下吹来。

“你信吗？”夏梵反问。

“我不信，但我也不知道怎么相信你。”这些话本来更适合在隐蔽而幽静的场合说，可夏梵偏偏在这里叫住了他们，而且这个头一开，后面的情绪根本压不下来，“我们在幻想漫画一起战斗了那么久，区区一个孔敏就把你吓得毫无还手之力了？”

“你明明知道不是这个原因。”她一句多余的话都没有，问心无愧地仰起头，“我没有对不起幻想漫画，也没有对不起公司里任何一个人。如果可以，我愿意陪着它到任何地方，哪怕真的无法再前行，我也会想办法让它继续走下去，让我付出什么样的代价我都愿意陪着它长大。可是幻想漫画已经不需要我了，任何的战斗都失去了意义。”

所有人顿时陷入沉默。

她一个字都没有提到陈宇，但是所有人都听明白了。

钱程一言不发地看着她，脑中突然闪过以陈宇为首的高层宣布幻想漫画改变战略布局的决定时，一言不发地站在角落里的她的脸。

没有任何表情，但眼神是前所未有的坚定。

那时候，陈宇宣布未来的幻想漫画将以数量取代质量，不需要费尽心思地等待一个原创作品诞生，只需要用同样的框架大批量地复制爆款漫画的套路，一百部作品里只要能火一个就行。

他们对这样的做法嗤之以鼻，这与夏梵所承诺的“百花齐放”的创作环境完全是相反的两条路，可她一个人带着编辑部扛了下来。

编辑们都有抵触情绪，是她一个一个地叫进办公室同他们语重心长地谈话。他至今都记得她说的那段话：如果我们就此离开幻想漫画，那谁来实现我们无法实现的理想呢？或许我们暂时无法让那片自由创作的土地诞生，但我们要埋下一颗种子。

以恶人十八为首的原创作者，就是他们为“百花齐放”的那一天埋下去的那颗种子。只是可惜，终究没能等到那一天。

幻想漫画被大量抄袭和洗稿的漫画占据榜单，千篇一律的故事被一遍又一遍地复制，没有人安心做内容了，只想搭乘这班顺风车赚快钱。

行业里的人一边骂幻想漫画改变了国漫的格局，一边又不得不承认这种方式真的赚钱，于是纷纷效仿。而当时独树一帜的青柠漫画就是在这个时候崛起的，先是被称为“明星创业团队”，随后又吸引了许多知名漫画家入驻连载，与作品质量堪忧的幻想漫画形成鲜明对比。

大家提起青柠漫画就说是行业清流，提起幻想漫画就是抄袭洗稿。不仅恶人十八等原创漫画作者被污蔑、谩骂，作为内容生产决策者的夏梵，也要背下这个骂名。

夏梵一直对陈宇和他所领导的幻想漫画心存侥幸，觉得眼前所有的一切只是暂时的，他们所希冀的那一天，一定会来的。

然而直到走出幻想漫画的那一刻，她才彻底明白，幻想漫画早已不是当初承载着她所有野心和抱负的理想之船了，陈宇也不再是当年刚刚走出大学校园意气风发的少年。

他和幻想漫画都不需要一个目标相左的战友，他忌惮她远胜过信任她。她以为的隐忍只不过是一厢情愿，他早就在利用她的同时计划着在何地抛下她。

所以在看清这个本质后，她丧失了所有斗志。

第十八章

Chapter 18

不合法的老公

钱程攥着拳头，不知想到什么，眼睛一瞪，陡然转身，气势汹汹地往等待的大型客车走去。小七看出他神色不对，连忙拦住他："哥，你干什么呢？"

相识多年，钱程在他眼中一直都是文质彬彬、满口道理的人，连生气都少有。可他此刻的表情，岂止是愤怒，完全是想杀人。

"让开。"他用胸口撞开小七。

小七一把抱住他："你别冲动啊。"

夏梵对他的反应并不觉得意外，抱着双臂气定神闲地叫住他："钱程，我知道你现在想去揍人，但是没有任何意义。"

"那什么才是有意义的？"钱程回头看她，脸上充满了不甘心的痛苦，"夏梵，我们还在自欺欺人地以为那片土地能够诞生。"

"它会诞生的，但不是在幻想漫画。"她残忍地提醒道。

大型客车上，轰鸣的发动机持续不断地传来震感。孔敏闭着眼睛，极力不去看窗外的一幕，但身边总有人不断提醒她。

助理霍霍毕恭毕敬地问："敏姐，出发的时间已经过了，我们还继续等吗？"

孔敏不得不开口："他们还没上车吗？"

"还没。而且小七和钱程主编抱在一起，感觉还要'缠绵'一会儿。"

孔敏："……"

这个形容词乍一听还真是匪夷所思。

"你下去问问，如果他们不走我们就先回去了，不可能让整个公司的人等他们几个人。”

“好。”霍霍一路小跑下去，很快又气喘吁吁地跑回来，“敏姐，他们回来了。”

孔敏这才心满意足地睁开眼睛。回来的人里并没有钱程、小七、小美等核心成员，她顿时神色一变，回头一看，钱程等人还围在夏梵身边。

夏梵穿着一件不起眼的运动服，但抱着双臂的样子依旧气定神闲，像是一切都在她的掌握之中。

孔敏的嘴唇都快咬出血了。同时，陈宇给她发来一条消息：敏儿，我要出差一趟，公司的事就暂时交给你了。

她有点后悔那么轻易就将夏梵赶走。比起她对夏梵做的事，这种在她眼皮子底下挖自己墙脚的事才是真恶心，像是在说：你看，他们好像还是比较喜欢我。

窗外，钱程不知说了什么，夏梵突然笑了。微风吹拂着草地，她的头发随风飞扬，恍惚间，那个被孔敏“杀死”在幻想漫画的夏梵又回来了。

自信笃定，无所畏惧。

孔敏暗自攥紧了拳头。

幻想漫画的大型客车开走了，而小七等人连头都没回一下。以乔乔为首的小团体心照不宣地交换了一个眼神，乔乔压低声音道：“我猜夏梵肯定是想让他们入职青柠，然后稳固自己的根基，逐步把伦哥和老许架空，再清理掉我们。”

郭伦没有表态，但沉默不语的模样显然也是想到了这茬。

“我们绝对不能再坐以待毙了。”乔乔对夏梵积怨已久，觉得她没什么本事还处处压自己一头，对此极为不满，“不然青柠漫画就是下一个幻想漫画，我们所做的努力就都白费了。”

“可是她有老板撑腰……”

“那又怎么样？如果魏清连这点是非曲直都分辨不出来，就根本不配我们为他卖命。”乔乔来公司的时间最短，并不算核心创业团队，所以自认这番话说得特别有理。而郭伦从公司创立之初就跟着魏清，所以对此观点持保留意见。

“方强，你不是说有公司招你做总编吗？既然这样，为什么不敢和魏清摊牌？大不了谈崩了换家公司。”

“也对，那等下周一上班，我们就去找魏清摊牌。”

许真和魏清也感受到了钱程和小七等人情绪的变化，许真假装喝了一口水：“那几个人不都是我们当时挖了但没挖动的吗？”

“比我想象中要晚一点儿，”魏清并不惊讶，“我以为他们会跟冯思昭一起过来，没想到拖了这么久。”

他也没想到夏梵过了这么久才下定决心。

闻言，许真看他的眼神里多了一丝鄙夷和嫌弃，特别认真地说：“魏清，我真没想到你是这种人。”

魏清不解地皱眉：“我是哪种人？”

“我以为你对夏梵是有几分真情谊的，所以才会千方百计地把她骗过来。结果你居然只是想利用她。”夏梵还是一个学生时他就认识她，觉得这小姑娘做事认真，为人努力，也没做过什么伤天害理的事，凭什么被魏清的一己私利骗财又骗色，“你利用就利用，你还馋人家身子干什么？”

魏清吓得眼睛都瞪圆了。

“我什么时候利用她了？”他也是神志不清了，竟没在第一时间反驳“馋人家身子”这个污名。

“你不就是想靠她从内部瓦解幻想漫画吗？这种不正当的商业竞争……”

未等他把话说完，魏清反手一掌拍在他的背上：“就陈宇那种傻×带的团队，我还需要从内部瓦解？你看不起谁呢？”

许真：“……”

说实话，就魏清手上这力道画画真的可惜了，当初要是学个拳击，说不定大有前途。

“我这不是关心夏梵吗？”

“你要是多关心我一下，就不用担心夏梵了。”

许真：“？？？”

他一直不明白关心他和担心夏梵到底有什么必然联系，直到他观察了他一下午后，突然就明白了。

魏清的目光基本上就没从夏梵身上移开过，不管是什么活动，第一反应都是看向她。遇到集体活动也会不动声色地坐到她身边，就像碰巧般自然。

他很少笑，但是只要她笑，他的眼里就一定会浮现出温柔的笑意。

在此之前，许真一直以为夏梵是处于弱势的一方。可现在再看，明显是魏清先动了心，抬眼垂眸间，皆是沉沦。

他顿时茅塞顿开。

想起夏梵第一次到宿舍面试的时候，魏清虽然依旧话少，但一点都不具备攻击性。等人家走了，他还问大家：“小姑娘是不是特别好看？那战战兢兢的样子蛮可爱的。”

那时他低头看着漫画，表情也像现在一样不动声色，听上去自然得如同顺口一夸。如今回想起来，他简直是在见人家第一眼的时候就开始想入非非了，指不定在心里把以后孩子的名字都想好了。

怪不得他对夏梵的前男友们那么苛刻，天天不是在逼迫人家分手的路上，就是在寻思着如何让人知难而退的途中。

许真同时也特别钦佩魏清，明明是第一眼就喜欢的人，他居然能忍心跟她做这么久的朋友。

活动结束时已接近中午，吃过饭回到公司已是晚上九点。大家都筋疲力尽，一想到明天还要上班简直连想死的心都有了，告别也有气无力的。

只有夏梵和那几个幻想漫画留下来的人跟打了鸡血似的，一直凑在后排窸窸窣窣地说个不停。大部分人都很累，并没有在意他们说什么。而郭伦却默默坐到他们前一排的位子，想知道这几个被称为幻想漫画基柱的人到底有什么不同。

结果他们和其他人并没有什么区别，一路上都在抱怨。先是骂陈宇没主见，然后怪孔敏没水平，最后把幻想漫画内部的人都抱怨得差不多了，连夏梵都没放过。

真是出乎他意料地嘴碎。

他特别失望，下车的时候那群人还拉着夏梵数落个不停。每当夏梵想为自己辩解，就被他们摁下来，继续接受他们暴风雨般的洗礼。最难得的是，夏梵居然照单全收。

冯思昭从另一辆车上下来，见他们还在说，当即就翻了一个白眼。她跟夏梵挥挥手，转身去坐地铁。

郭伦跟她坐同一班地铁，见她兴致索然的样子，颇为好奇，第一次主动跟她说话：“你不跟他们聊聊吗？”

“哪个他们？”冯思昭将蓝牙耳机取下来，靠着扶手反问道。

“就是幻想漫画的那几个编辑……”

“哦，他们啊。”她索然无味地应了一声，“不就是聊其他人的八卦吗？我没兴趣。”

郭伦沉默，想起有一次她和夏梵在食堂说他的坏话，眼睛都快笑没了，简直是兴致盎然。她怎么看都不像是对此没兴趣的人。

两个人沉默了一会儿后，她突然开口问道：“你为什么不喜欢夏梵啊？”

郭伦没想到她会这么直接，愣了一下：“她太强势了，合作不了。”

冯思昭侧过脸，直直地盯着他：“那你觉得Fairy怎么样？”

“好啊！”虽然不知道她为什么提起这茬，但他精神一振，话也多了，“我高三那会儿就是靠她的成名作《赤橙》撑过来的，觉得一个人怎么可以画得这么好，仿佛在平庸的生活里找到了命运的馈赠。而且她的画风的基调明明都是忧伤的，可就是会让人觉得温暖，找到继续与命运搏斗的勇气。”

“那你觉得Fairy是个什么样的人？”

他认真地思考了一下这个问题：“单纯。但这种单纯不是没有接触过社会的单纯，而是那种深知世间险恶，却仍然愿意保留一颗赤子之心的单纯。所以我很想认识她，我之所以步入这个行业，起码有一半是因为她。”

冯思昭从他脸上看出了小男生对初恋的憧憬，顿时心生怜悯，不忍告诉他真相。待到车门打开后，她意味深长地拍了拍他的肩膀。

他不明所以地看着她。

“没什么，就是希望你别对任何人抱有太大的期待，包括你的仙女。”

“没关系，就算她长得不像仙女，也不影响我对她作品的喜欢。”

冯思昭欲言又止：岂止是不像仙女，简直就是你心中最厌恶的魔王榜首。

惨，到底还是粉丝最惨。

夏梵坐在出租车里打了一个喷嚏。

窗外下起淅淅沥沥的小雨，在车窗上留下一个个圆润冰冷的小水珠。她想起来北城的第一天的夜晚，那天也下着雨，她躺在寝室硬邦邦的上铺，没有任何意外地失眠了。

同寝室的女孩在说着当下最火热的明星，攀比着手里最新型的电子产品，只有她始终沉默。这些对于千辛万苦从小镇考出来的她来说是陌生的。

她用过最好的护肤品是超市里的婴儿护肤乳，看得最多的是学校门口报刊亭每月一期的漫画杂志，最喜欢的人是杂志评选出的最有人气但很多人都不知道的漫画家公子清。她并不昂贵的新手机是哥哥花了半个月工资带着她从县城买来的，送她来这里的时候，他一直叮嘱：“不要亏待自己，钱不够就跟我说，别觉得自己跟其他女孩不一样。”

可事实上还是不一样的。

她没有办法理所当然地像其他女孩那样享受着父母的付出，她每用出一分钱，都会想起母亲在厨房里的咒骂——女孩迟早都是别人家的，没必要花费这么多钱。

父亲会比以往更沉默，坐在沙发上不停地抽烟。只有哥哥会不断地为她说话：“妹妹能读书为什么不让她读书？你们懂什么，知识才能改变命运。你们不出钱，那我挣钱养她。”

然后母亲就会冲出来打他，问他钱都给她花了，他还娶不娶媳妇，还要不要买房子？为什么这么大的人了，还不知道为自己考虑？

哥哥给了她很多爱，竭尽所能地想让她知道，她是值得被爱的。可终究还是跟那些从小被父母庇佑和偏爱的孩子不同。

她就像是多余的，做什么都觉得自己格格不入。

窗外陡然响起车子鸣笛的声音，将她从旧时的思绪里拉回来。前面是拥堵的车子和没有变换的红灯。

“师傅，下个路口直行吧，我想去另一个地方。”

青年科技有限公司。

一下大巴车，技术部的人就被得到魏清授意的产品经理给拉回来加班了。一群人目送着其他人远去，眼泪都快掉下来了。

“没关系，这不正说明咱们是公司的脊梁吗？”万杉给大家打气，“而且老大都在这儿陪我们呢，大家怕什么。”

魏清大学学的也是编程，写代码和补漏洞比他们还厉害，所以也格外严格。在钦佩他的同时，大家也很好奇到底有什么是他不会的。

“哇！老大你好厉害。”一个新来的程序员弟弟在魏清帮他补了一个漏洞后，露出仰慕的神情，“到底有什么是你不会的？”

办公室里陡然一静，大家脸上浮现出一种生理性的排斥。

新来的弟弟敏锐地察觉到大家情绪的变化，正疑惑自己做错了什么时，只见魏清若无其事地盯着电脑，淡淡开口道：“或许有吧，只是暂时还没遇到。”

程序员弟弟：“……”

这话真是装×。

“老大说话一直都这样吗？”程序员弟弟低声向万杉询问。

“不是说话这样，是做人一直都这样。”万杉拍拍他的肩，“所以以后千万别给他机会，憋死他。”

这时，魏清放在桌上的手机突然响了。他看了一眼备注，不动声色地走到窗边接起：“回去了？”

声音是前所未有的温柔。

众人相视一眼，嗅出一丝不寻常的味道。万杉伸长了耳朵。

电话那头的人回答道：“回是回去了，但是没在我家。”

魏清立刻皱起眉头：“那在谁家？”

“你家。”夏梵拖着长长的尾音，“不过我进不了门。”

“0825。”他迅速转身拿起搭在电脑椅背上的外套，大步往门口走去，“我马上回来。”

他挂断电话，进电梯前不忘回头叮嘱他们一句：“今天大家就早点回去吧，路上小心点。”

众人一头雾水。

万杉看破不说破，在心里把电话那头的仙女夸了个遍，然后立刻点了下保存：“下班！回家！”

夏梵打开门，将笨重的行李箱拖了进去。房间的装饰布局还和上次来的时候一样，只是展示柜里多了几个新的乐高和手办。

书房里仍然是一柜子的漫画书，新的、旧的，甚至连绝版的都应有尽有。而靠近门的墙壁上挂着他自己手绘的日漫——坐在绵羊头上的草帽船长航行在一望无际的大海上，而在他的身后，是把他的梦想看得比自己的生命还要重要的船员们。

她在壁画前站了一会儿，拿出行李箱里的睡衣和洗漱用品进了卫生间。等魏清回来的时候，她已经洗完澡在书房里画画。

温柔的灯光轻轻地裹住她，她穿着深蓝色的睡衣，将齐肩的短发绑起，盯着电脑的双眼专注而苦恼。

他从后面轻轻拥住了她。

她被吓了一跳：“你走路都没声音的吗？”

有的，只是一见到她的背影，他就不自觉地屏住呼吸，放慢了脚步。他将脸埋在她的颈窝：“怕打扰到你。”

骗人，明明是成心想吓她。

她屏住呼吸，企图用这种愚蠢的办法抑制住胸腔深处剧烈的跳动。未等她的呼吸平复，他已经放开她：“我去洗澡换身衣服，你先弄着吧。”

“你都不问我找你干什么吗？”

“待会儿再说。”他不喜欢将外出的衣服穿进书房和卧室，换作平时，他连客厅都不会进，会直接将衣服丢进卫生间的收纳框里。

他洗过澡，刮了胡子，换上家居服，在饮水机处接了杯水放在书桌上，才舒舒服服地坐到她身后的沙发上问：“你来干什么？”

她迫不及待地转过身，一只手扶在椅背上：“这不是要交稿了吗？我这还差十几格呢。”

他单脚踩在沙发上，显得随意又慵懒，清冷英俊的脸庞在昏黄的台灯光下显得格外深邃，唇角勾出一抹意味深长的冷笑。

果然。他就知道她这么晚来找他准没好事。

“你不是说给我当助理……”她鲜有地撒娇道。

“晚安。”话音未落，他已经起身往门口走去。

她连忙起身拉住他：“哥，哥，我还不是为了你吗，不然我这么辛苦干什么啊？”

他立在书房与客厅交界的余光处，一言不发地看着她，目光从她干净白皙的脸滑到她纤细光滑的脚踝，随后猛地将她抱起，抵在敞开的白色门板上：“我什么时候成你哥了？”

夏梵：“？？？”

敢情她这么多年的哥都白叫了？

“那……”她脑中闪过无数少女漫画的桥段，试探性地喊，“老公？”

他眼中闪过瞬间的诧异，但很快又平静下来，声音一贯地克制：“不合法。”

可是他的耳朵太红了。

夏梵没办法如此轻易地放过他，强忍着内心的不适，娇嗔一声：“老公老公老公，你就帮我画嘛，你怎么舍得人家一个人熬夜嘛。”

魏清：“……”

她喊得真是做作至极、毫无诚意，但他不争气地滚动喉结，舔了一下嘴唇。

这样憋屈的魏清实在是太可爱了，于是她变本加厉地搂住他的脖子，拖着长长的尾音喊道：“老公——”

“夏梵，你叫得真是出乎我意料地顺口。”他冷笑道。

夏梵：“……”

这个时候还能如此有力地讽刺抨击她，真不愧是魏清。

“你不知道吧？”她这个人一旦豁出去了基本就刀枪不入，像是没听出他话里的深意，娇憨地说，“我读高中那会儿在班上看你的漫画书，只要有人问我在看什么，我都说在看我‘老公’的漫画。”

他的耳朵顿时通红。

“真的？”尽管如此，他的声音听上去依旧理智，一点儿都没被她牵着鼻子走。

“然后他们还会半信半疑地翻到作者简介，指着你的照片跟我说——你‘老公’长得挺帅啊。”她眼睛亮亮的，似乎想起了很美好的事情，脸上有掩不住的笑意，“我说这不是屁话嘛，长得不帅能是我‘老公’吗？”

他静静地看着她，眼底温柔丛生。

这是她提起往事时为数不多带着笑的时候。从前她喝醉了总是双眼含泪，一言不发地将苦涩的酒往肚里咽。就像她这些年受的委屈和吃的苦。

他总会一如既往地和桌边的人谈笑风生，然后摸摸她的头发，一把搂过她的肩，将她置于胸口，让她的眼泪全部蹭在他的衣服上。

在别人诧异的目光中，他假装什么都没发生，继续刚才的话题，只字不提关于夏梵的事，却让所有人都知道她身上贴着他的标签。

只是他太严厉了，让人误以为他们是兄妹之情。就连夏梵也对此深信不疑，一口一个哥，叫得比谁都亲。

“夏梵。”他嘴唇轻启，特别正经地说，“别画了，睡觉吧。”

“那我来这儿还有什么意义？我去哪儿不能睡啊，干吗偏偏要跑到你家来睡啊。”

“来睡我啊。”他一脸坦诚。

夏梵：“……”

他可真擅长用最正经的脸说最不要脸的话。

“睡你哪天不能睡？”她一点也不害羞，不苟言笑地说，“不急于今天晚上。但我的画稿可是一个晚上也等不了了。”

他眯起眼睛，倾身堵住了她喋喋不休的小嘴，将温馨的书房渲染出几分旖旎。

他的手钻进她单薄的睡衣里，缓缓睁开眼睛：“这就是不急于今天晚上？”

“啊——”她恼羞成怒地将脸埋在他的肩上，用含糊不清的哭腔道，“你别说了。”

他唇角微勾，缓缓将手退出，替她抚平衣角。

“说吧，让我画哪儿？”他无可奈何地深吸了一口气。

“哥，你太棒了！”她激动地站起身。

“这句话留到日后再说吧。”他把她放回到书桌前的转椅上，不为所动地从客厅拖了一张椅子坐在她旁边。

夏梵：“……”

他的表情太从容了，让她分不清他所谓的“日后”是副词还是动词。但依照她对他的了解，这绝对是动词。

啧，这男人甭管平时多能装，到底还是斯文败类。

她忍不住嘟囔：“臭流氓。”

魏清：“？”

第十九章

Chapter 19

集体辞职

凌晨两点，还剩下最后几格，夏梵实在撑不住，就趴在桌上睡着了。醒来的时候已是早上九点，她猛地掀开棉被坐起身：“糟了糟了，我还没画完。”

魏清趴在另一侧的枕头上，眼睛都没睁，摁着她的肩头将人搂入怀中：“补完了。”

“嘤嘤嘤，老公你好棒。”她算是恶心他上瘾了。

魏清也感觉到了，她不是在报恩，而是在报仇，纯粹没事找事。

“再给我嘤一声，我就把你踹下去。”

“嘤嘤嘤，老公我不信……”

他翻身堵住她的嘴，惩罚般地在她的嘴唇上咬了一口。

她疼得倒抽一口凉气。

“夏梵，别作死，才不会死。”他熬到凌晨五点多，总共睡了不到四个小时，现在困得眼睛都睁不开，想收拾她都没力气，“再睡一会儿，我跟你一起去公司。”

夏梵可没那个胆子跟他一起去公司，等他再度入睡后，她轻轻地从他的手臂下挣脱出来，先一步去了公司。

今天周一，公司的中层都要开晨会。夏梵一如既往地找了一个角落的位子坐下，拿着一个笔记本，假装全神贯注。

等所有人都到得差不多时，魏清才姗姗来迟，听汇报的时候也只是点头，很少发言，跟平常进攻型的他截然相反。

等大家都说得差不多了，蒋澄才宣布会即日离开公司，并将所有股权转让给魏清，从此不再担任青年科技的任何职务。大家如果有意向，可以跟着他一起去创立的新公司，工资和福利只会比在青年科技好，不会更差。

众人面面相觑，不明白两个人葫芦里卖的是什么药。本该是吵得不可开交的事，却好像有了一个好聚好散的结局。

魏清淡淡一笑："那你怎么不说工作时长只会比在青年科技更长，不会更短呢？"

直到分别的这一刻，两个人还是改不了针锋相对的习惯。但这次蒋澄没有一走了之，反而坦然一笑："这都被你发现了。"

气氛和谐得如同公司初创那天。

许真不禁唏嘘。

"怪不得老大今天一直不在状态，我还以为被昨晚打电话的那个女的给掏空了身子呢。"万杉在夏梵旁边自言自语，但她总觉得他是故意说给她听的。

"什么女的？"坐在他前面的人转头追问。

没等万杉说话，夏梵已经特别热心地把那个人的脸推回去了："跟你没关系的女的，好好开会，想什么呢。"

万杉："？"

他顿时恍然大悟，盯着夏梵想道：原来是你啊。

会议结束后，蒋澄还没走出公司便接到了陈宇打来的电话。对方气势汹汹："你不是说把股份转让给我吗？"

蒋澄笑了，也不避讳走在身后的魏清："陈总，你还真是我说什么你就信什么。不论魏清跟我有什么矛盾，都轮不到您来插手，我劝您啊，手别伸得太长了。"

魏清轻描淡写地看了他一眼，伸手示意蒋澄把电话给他。蒋澄犹豫了一下，转手递了过去，他淡淡地道："陈宇，要不你过来跟我谈谈？"

陈宇一默，显然对魏清有些忌惮。

"要不我过来跟你谈谈收购幻想漫画的事？"

陈宇直接挂断了电话。

这大清早的说这种话，摆明了咒他呢。偏偏陈宇还不敢反驳，以魏清的毒舌程度，绝对能说出更触他霉头的话。

蒋澄竖起大拇指感叹道："看来我白担心你了。"

魏清："嗯？"

"我还怕你太要脸了，斗不过陈宇这个不要脸的，所以即使被你卖了还想着给你铺路呢。”蒋澄假惺惺地擦了一下眼泪，“没办法，爱过。”

魏清懒得搭理他，直接回办公室拿了合同，叫上许真准备去资方的公司做汇报。从前这些事都是蒋澄在做，如今落到他手里，他才知道蒋澄这些年来也实属不易。

片刻后，魏清和许真一前一后出了公司。乔乔等人立刻去总编室找郭伦，问他什么时候交辞职信。

郭伦的心情很复杂，至今都做不了决定。他敷衍了乔乔等人后，拿着烟和打火机独自去了吸烟区。

进入十二月后天气更冷了，窗户上全是雾。郭伦伸手去擦上面的雾气，玻璃映出他那张年轻却显得憔悴的脸，早已失去了初来这座城市的朝气。

他感觉自己的梦想已经走到了穷途末路，就连被称为行业清流的青柠漫画，也无法再承载他的期望了。

总有一天，国漫会走向世界，但不会是从他们的手中，包括青柠。

他摸到裤兜里的辞职信，深吸了一口气，好似下定了决心般摁灭指间燃到一半的烟，转身往办公室走去。

他走进人事部前，无意中看见冯思昭的电脑页面停留在Fairy新发来的连载稿件上。她并没有注意到他，一个劲地拍着夏梵：“姐姐，你居然能准时交稿，是菩萨显灵了吗？”

“你小声点。”夏梵瞪了她一眼。

“办公室里就我们两个人你怕什么？话说你后面几格的阴影和线条都画得好漂亮啊，构图也比你以往的强，都快赶上公子清了。这是想着要交稿了超常发挥呢？”

“就是他画的。”夏梵的声音更幽怨了。

冯思昭：“……”

马屁拍在马腿上，真是没有比这更尴尬的事了。

“那站在公司的角度上来看还是很划算了，用白菜价签了你和魏清，真棒。”

夏梵差点用眼神杀死她。

正当两个人聊得冷场的时候，郭伦突然从后面探出头来：“夏梵。”

夏梵和冯思昭被吓了一跳，直拍胸口：“总编，你早点出声行吗？”

郭伦幽幽地盯着夏梵。

她被盯得心里发毛：“你说句话行吗？”

“你是Fairy。”说完他就更绝望了，没等夏梵回答，他已经捂着胸口冲出了办公室，留下夏梵和冯思昭两个人面面相觑。

冯思昭说：“我隐约听见了他心碎的声音。”

夏梵：“……”

“我昨天本来想跟他说这件事的，结果一问才知道Fairy是他的初恋，我就什么都不敢说了。”冯思昭叹息，“只是没想到真相还是来得如此之快。”

“那我要不要去安慰他一下？”

“千万别，你想想人家心里纯洁的白雪公主突然变成了公主的后妈，那心理落差太大了，你还是别去气他了。”

夏梵：“……”

她怕真的刺激到他，就由他去了。郭伦出去了足足一个小时都没回来，大家都在找他。问到夏梵和冯思昭的时候，两个人不约而同地回答不知道。

大家都等着他审稿，打电话他也不接。十一点半过后，他才慢吞吞地从外面走进来。大家赶紧抓住他：“总编你去哪儿了？我们还等着你……”

他推开挡在面前的人群，直直地望着从头到尾都没抬头看过他的夏梵。

她戴着玫瑰金的框架眼镜，正紧盯着电脑屏幕，侧脸显得有些冷漠，似乎没把他的事放在心上。

他看向她的眼神跟失恋了差不多。

大家都被他这种眼神吓得齐齐往后退。

“总编，你……没事吧？”大家关切地问道。

他摆摆手，径直向夏梵走去。夏梵拿起桌上的饼干咬了一口，饼干屑掉到键盘和她的衣服上。但她毫不讲究，继续将剩下的饼干塞进嘴里。

这就是他的仙女——朝思暮想、魂牵梦绕，支撑着他走了这么多年的仙女。

他深吸一口气，捂住隐隐作痛的胸口：“夏梵。”

夏梵闻声回头，用手在嘴边擦了一下：“你说。”

“我很喜欢Fairy，从她的作品中，我能看出她是一个外表坚强但内心柔软的女孩。她的心里一定有很潮湿的角落在不停地下着雨，而我现在依然这样认为。”他露出前所未有的澄澈眼神，“我以前总在想，如果以后我有机会遇见她，我一定要在她的心里撑把伞，让她能够真的像她表现出来的那么快乐。”

夏梵怔住了。

她知道他是Fairy的粉丝，却不知道他对她的崇拜一点都不比她对魏清的少。原来，那样微不足道的她也曾是一个人青春里的明灯，照亮过他梦想道路上举足轻重的一角。

“不需要。”她回答道。

冯思昭在一旁眼睛都瞪大了。

人家那么真诚的一段表白，你就回复一个“不需要”？

郭伦没有离开，还在等待一个转折。可她什么都没说，只是拍了拍他贴着裤缝的手臂，重新将目光放回到电脑屏幕上。

“夏梵。”冯思昭都看不下去了，提醒她说点什么。

“她有伞的，一直都有。”她再次转头看向他，“你做能让你快乐的事就好了。”

冯思昭：“……”

“好。”郭伦不带一丝留恋地转过身，走进总编办公室。

其他人看得一头雾水。

冯思昭拿笔戳她，小声吐槽：“你干什么啊？他跟你说那些话显然就是跟你摊牌了，你顺着往下说多好啊，指不定就能跟他和解呢？”

“他喜欢的是Fairy，又不是夏梵。”她满不在乎地扭了扭脖子，“而且仗着别人的喜欢就为所欲为，那是小孩子才做的事。”

这时，站在我看世界科技有限公司门前的魏清打了一个喷嚏。

“你确定要进去？”许真眉头微皱，怎么看都觉得魏清像那种背后使坏的人，没理由要找上门啊。

“说了谈收购，就一定要谈。”

他没预约就直接去了陈宇的办公室，前台的小姑娘根本拦不住。陈宇一见他来，顿时慌张得屁股都夹紧了，生怕他动手，始终跟他保持一米以上的距离。

“魏总，我还说去拜访您呢，怎么您……”

“我来看看活的伪君子长什么样。”他坐在独立沙发的对面，认真盯着陈宇瞧，“嘿，长得还真是贼眉鼠眼、尖嘴猴腮，一看就是除了好事什么都会干的面相。”

陈宇自知理亏，只能憋着。偏偏魏清还不肯放过他：“哎，陈宇，你多大了？”

他问得特别正经，陈宇一时间没反应过来，老老实实地回答：“三十二了。”

“那你这三十二年来，是不是就只学会了忘恩负义和落井下石啊？”

“噗——”许真没忍住笑了。

魏清又想起什么：“不对，还学会了刀法和剑法——背后捅人一刀和表里不一的‘下剑’。”

“魏清，有什么事你就直说，跟个娘们似的……”

“你这公司二十万卖不卖啊？不然我怕你以后白送都没人要。”

陈宇忍无可忍，起身爆粗口：“你他妈……”

魏清眼睛一眯，抓起桌上的纸就塞进他嘴里，搂着他的脖子坐回沙发上：“大家都在一个行业里，不说同心协力，但背后搞事情真的没必要。毕竟大家能走到这一步，显然都不是什么要脸的人。今天给你送个小礼物，以后好好做个人吧。”

他等魏清走后才知道那个小礼物是什么。他在背后想套蒋澄股份的事在业内疯传，而这一次青柠漫画的PR（公共关系）团队特别厉害，将故事讲得绘声绘色。先是说他借人之手想离间蒋澄和魏清，而蒋澄将计就计取得了他的信任，逼得他亲自出面，这才一步一步识破了他的诡计，没有让他在青柠漫画的心脏上埋下这颗定时炸弹。并认为他做出这种事，简直是其心可诛，是破坏行业良性发展的毒瘤。

短短几个小时，这篇文章在公众号上面的阅读量已经破十万了。而青柠漫画的下载量也排到了同类型的第一名，留言里全是夸青柠的。

陈宇暴跳如雷，看着文章里的化名破口大骂，觉得这“陈某和魏某”真是神了，但凡长个心眼的都知道在说谁。

当初明明是蒋澄先来找他的，说有办法将自己手里青柠的股份转给他，并且狠狠地骂了魏清一顿，堪比有夺妻之恨、杀父之仇。结果两个人和好后他就成了猪八戒照镜子，里外不是人。而且蒋澄每次找他都是面谈，连可以反击的聊天记录和通话记录都没留下。如今回想起来，怎么看都像是从一开始就在给他设局。

偏偏他还什么都解释不了，只能哑巴吃黄连把苦往肚子里咽，祈祷这件事赶紧过去。同时也有些埋怨夏梵，怪她从前把他保护得太好了，连这种显而易见的骗局都看不出来，才被人愚弄到这一步。

夏梵洗完澡在青柠漫画的工作群里看到这篇文章时大呼厉害，冯思昭也在私聊她：“听说这是公司新招的PR团队的leader（领导）做出来的，真不愧是南方系的。”

夏梵对这个不了解：“什么叫‘南方系’？”

“南方某报你看过吧？传统媒体大不如前了，很多人出走，现在能看见的自媒体大佬和营销特别厉害的品牌总监基本都是从南方出来的。”

夏梵恍然大悟，不得不感叹每个时代都有每个时代的浪潮，唯有实力才是立于浪潮的不败法则，没有之一。

“我还听说魏清去幻想漫画找过陈宇，不知道说了什么，反正陈宇出来的时候脸都是青的。”

夏梵后怕地咽下一口口水，庆幸自己已经离开幻想漫画和陈宇了。如果她还留在那，这次背锅的必然又是她。而且就算躲开了这个坑，后面也会有无数个坑等着，直到她落下去为止。

同时她也必须承认，作为敌人的魏清是可怕的，但作为队友却是极具安全感的。

这时魏清给她发来信息：“你什么时候来拿你的行李？”

“我明天下班来拿。”

他回了一个“OK”的表情。

她抿着嘴唇，有些纠结该不该问出心里的疑惑。但等她反应过来的时候，那句话已经发出去了。

她问：“如果这次在幻想漫画跟你交手的人是我，你会怎么做？”

她连忙点撤回，但是他已经看见了，并且很快回复道：“什么都不做。”

她后知后觉地发现，在和青柠漫画交手的这三年里，她对他们的项目睁一只眼闭一只眼，他们也对她拱手相让，可谓是相敬如宾，井水不犯河水。

“老公你真棒，么么哒。”

魏清看着满屏落下的亲亲表情：“……”

她敷着面膜躺在床上，忍不住笑出了声。

“有本事就现在过来拿行李。”魏清又回复道。

“没本事。”她㞞得特别干脆，“老公我睡觉了，你也早点睡，别让我担心哦，晚安，么么哒。”

魏清：“……”

他脑中不自觉地浮现出一个穿着萝莉裙和渔网丝袜还满脸胡楂的肥胖男人，一边抠着脚一边给他打下了这句话，那腿毛比他的还粗。

同时他也挺佩服夏梵的，她一个货真价实的女人，居然能用一个称呼就轻轻松松地为自己营造出一个抠脚大汉的形象，真是厉害。

“你知道你现在特别像什么吗？”

“什么？”

“那种男扮女装的网络骗子。”他说得非常委婉。

在他年少时就有的认知里，正常的女孩子是非常羞于把这个称呼挂在嘴边的，不会动不动就跟一个男生撒娇发嗲。所以从十六岁开始，不管是在游戏里还是在现实中，只要和他撒娇，或者张口就喊老公的，通通拉黑，全部按照人妖处理。

尤其是夏梵这种独立自主、不善于依赖别人的，更不会是拖着长长的尾音求人帮忙的人。甚至会让人觉得如果擅自干预她的事情，反而会遭到她的抵触。

想到这一层，那声“老公”的寓意就更悠远了。可他还是不禁勾了勾唇角，想摸一摸她的头发。

“哦？”然而屏幕那一头的夏梵并没有感受到他满心的柔软，只嗅到了一丝八卦的味道，“你还被骗过呢？”

魏清："……"

仿佛又回到了他们第一次见面的那个清晨，她也问出了同样如同灵魂拷问般的问题。

"举报了。"他回复后，气得直接关闭了网络。

第二天清晨，幻想漫画的官方微博发了一条疑似回应的心灵鸡汤：接受所有的质疑，因为这是追寻理想的道路上必有的荆棘，早安。

冯思昭和夏梵坐在公司楼下吃饭，看到这句话的时候，前者差点儿没吐出来，后者也不觉得意外，气定神闲地喝了一口咖啡："要是他们正面回应，才会变成一场难看的公关战。"

"不过我觉得幻想漫画肯定不会善罢甘休的。"

夏梵冷笑："是不死不休。"

两个人坐的位子很显眼，窗外经过的人都能看见。乔乔翻了一个白眼，上楼和大家通过气后就去交了辞职信，其他编辑也紧随其后。偌大的一个办公室里只剩下不到二十个人，迟钝如易峰都察觉出不对劲。他环视一圈后问："大家这是去哪儿了？"

何欢盯着电脑屏幕没表态，冯思昭和夏梵假装没听见，只剩下另外两个人和易峰面面相觑。

人事部。

二十多个编辑集体辞职，其中还包括除夏梵以外的所有主编，显然这已经不是HR能处理的范围了。于是她立刻上报到作为部门主管的许真和公司负责人魏清那里。

许真之前就听到过风声，疑惑地在一堆辞职信里找了又找，居然没看到郭伦的名字。他觉得有些诧异，偏头看向对面的办公桌："你不跟他们一块儿吗？"

郭伦单手托脸，轻轻地摇了摇头。

许真觉得不可思议："为什么？你之前不是一想到夏梵就要疯了吗？"

郭伦短暂地沉默了。电脑屏幕上的蓝光投在他的眼镜上，让人看不清眼神。他的语气是前所未有的平和："每个人都有自己的苦衷吧。大家都说她不好，可又有几个人真正了解过她呢？凡事不能光看表面。再说了，她又真的做过什么伤天害理的事呢？"

许真难以置信地看了一眼窗外的太阳："今天这太阳也没从西边出来啊，你怎么会帮夏梵说话呢？"

郭伦垂眸不答。在他接受Fairy就是夏梵的时候，他便下定决心站在她这边。因为作品是骗不了人的。

创作者如果是浮躁的，那画的漫画也会是浮躁的；创作者如果是自大的，那画的漫画也会是自大的。在夏梵的作品里，他看见的是一个普通人对命运的抗争和对理想的追求。

那一瞬间，他理解了她身上背负的所有东西——那些被人诟病的，那些不甘平凡的，那些不需要向所有人解释的。

余下的，是对她这些年来的惋惜。

这时许真接到魏清的电话，让他去人事部一趟。许真到的时候魏清已经在了，而对面的沙发上坐着几个组的主编。

魏清靠着办公桌问道："大家的诉求是什么？"

大家面面相觑，没有说话。

"这些辞职信我都可以批的，但如果不是真心想要离开青柠的话，都可以跟我们沟通。"

乔乔回答："说了你也不会听吧。"

"你先说。"

"魏总，自从夏主编来了以后，她先是改变了校园组的收稿方式，然后总编让我们学习。我们学了，稿子也收了，工作量也上去了。"乔乔不甘示弱，起身质问，"但是为什么大家拿的工资却差那么多？还有，您四处花钱买推广位，推的全是校园组的作品，我不知道您这是什么意思。"

这个问题挺有趣的。

魏清微微偏头："你觉得我是什么意思？"

"我认为您在偏袒夏梵。直到目前为止，她只是扩充了作品库而已，并没有拿出什么爆款的作品来。云一君和Fairy作品的热度也是公司拿钱砸出来的，并不是真正获得了大众的认可。而我们手里的漫画作者付出的并不比他们少，却不能享受到同等的资源。包括我们也没有得到同样的尊重，这不公平。"

魏清点头，让HR打电话把夏梵也叫了进来。

夏梵正在做数据统计，一进门看见大家神色凝重，看着她的眼神格外幽深，大概就猜到是什么事了，只是不懂为什么要叫她进来。

"夏梵，解释一下吧，为什么校园组的编辑的工资拿得比其他组的编辑高。"

夏梵没有贸然开口。

"你不好意思说那就我说吧，是她拿自己的工资贴给大家的。"

众人齐齐抬头向她望去，似乎不认为她会做这种为员工着想的事。

"那就说明夏梵主编的工资比我们其他主编高啊。"

魏清不禁笑了：“你觉得以她的资历不配比你们拿得高吗？”

乔乔：“……”

这确实也是实话，业内能与夏梵比肩的编辑并没有几个。可她就是不服，凭什么大家做着一样的活，钱却要少一大截。

“可是她现在也没做出符合她资历的成绩啊。”

“怎么做成绩？你们磨合好了吗？”魏清气极反笑，“你们难道就不好奇为什么其他部门都在调整，只有编辑部还没有较大的变动吗？”

“您是在等夏梵适应吧。”乔乔已经认定魏清向着夏梵，所以句句都带刺。

“我是在等你们所有人适应。”魏清是真的挺生气的，有一种这段时间都浪费了的感觉，“大家应该都感觉到公司走上快车道了吧？在这种情况下，我们仍然拿出两个月的时间来让大家磨合，就是为了消除误解，共同努力，让一个更好的青柠漫画诞生。可是从今天的结果来看，大家从来都没想过要变成一个集体，而是一直在带着偏见斗争。”

他说得没错。

他们对夏梵的偏见从未停止过，公司一旦有令人感到抵触的新决策，都会自然而然地怪在夏梵身上，觉得是这个女人从中作梗，想要毁掉他们一手建立的青柠。

众人再次陷入缄默。

“大家以为交辞职信就是输了吗？没有，这只是一份工作而已。那夏梵留了下来就是赢了吗？不是，她只是很清楚自己来青柠到底是干什么的。所以在没有和大家磨合成功的情况下，她找到了让自己舒适的区域，不在乎你们理不理解和舒不舒服。”他看向旁边面无表情的夏梵，笑道，“你看，大家为了她辞职，可是她在乎吗？”

夏梵：“……”

她的确不在乎，可被他这么直白地说出来，就显得她特别无情无义，还不要脸。

她轻咳一声：“在乎的，在乎的。”

第二十章

Chapter 20

巴掌

魏清同样没放过她，语气比面对其他人时更严厉："夏梵，作为一个部门的管理者，希望你下次再遇到下属对你有偏见的情况时能及时处理，而不是任由事态发展，直到一方用离职来解决。"

"是。"在公司里，夏梵对魏清从来都是谦虚恭敬的，但很显然这只是对于魏清，目光转向乔乔时，她的眼里立刻浮现出一丝冷意，"不过我还是挺好奇的，我到底是做了什么，让你用这种方式来跟我对话？"

乔乔对她同样零容忍："我才没有想和你对话，别把自己看得那么了不起。"

"既然我没有那么了不起，那在座的各位又何必因我而离职呢？"夏梵冷笑。

"谁说我们是因为你离职的？"乔乔被她激怒，脱口而出道。

夏梵立刻收起表情，恭敬地将双手交叠于腹部："魏总，许总编，你们可都听到了，人家亲口说了跟我夏梵没关系，以后请不要随便把这种帽子扣在我头上。"

乔乔："……"

兜了这么大一个圈，她想反驳的居然只有这件事。

魏清不动声色地看了她一眼，将目光投向乔乔："那又是因为什么呢？"

"个人发展。"乔乔意识到不对劲时已经晚了，只能如此回答。

"其他人也是吗？"

众人对视一眼，觉得乔乔真是被夏梵吃得死死的。这都商量了快一个月了，说在临走前给夏梵搞点事出来，结果转了一圈还是什么都没搞出来。

失败，真是太失败了。

于是大家只能妥协地点头，认可这个回答。

“行，”魏清这次很干脆，“不管是谁我都是这句话，做最对得起你所有努力的选择。在这里先祝大家前程似锦，江湖再见还是朋友。”

许真叹了一口气：“以后还是要一起喝酒啊，加油。”

众人无话可说，但心里总归有点慌。他们做出这个举动并不是真心想离职，更多的是想逼魏清妥协让步，架空夏梵或者为他们自己谋取利益。

魏清显然不会让步。

待其他人都离开后，他单独叫住夏梵：“没事吧？”

夏梵愣了几秒才反应过来魏清是在关心她，连忙否认：“没事。”

“以后别像许真似的总惯着他们，该说的时候就得说，不然事情发展到这一步对大家都不好。”魏清微微一顿，“你也不用在意他们说了什么，虽然我知道你不会在意。但这句话我还是得说，做领导不能怕得罪人，也不能把人全得罪了，以后处事可以更圆滑一点。”

夏梵谦虚地点头，脸上有顾虑：“可是他们一群人离职也不是办法，每个编辑都有交好的漫画家，随便带几十甚至上百个走是绝对没有问题的。这样一来青柠的损失是巨大的，在漫画家圈子里口碑下滑更是致命的，会直接导致很多好内容流失。”

“我考虑到了。”魏清想得比她还远，只是没有表现出来，“你准备怎么处理？”

“我建议从其他公司挖熟手过来，然后立刻与漫画家们对接，将编辑离职而带来的不确定性和带给他们的不安全感降到最低。”

“不觉得是钱的事吗？”

夏梵赞同道：“有钱谁还谈感情啊？可公司现在的每笔钱都得花在刀刃上，能省就省了吧。”

只是这样人就辛苦了。

除开辞职的编辑，加上实习生还剩十七个人。新招的人短期内无法到岗，而这边辞职的编辑已经纷纷离职。

编辑部也迅速做出调整，许真顶替蒋澄的位置，夏梵晋升总编，何欢和冯思昭暂代主编，将各个组合并。而每个组总共不到五个编辑，工作量巨大。

“为什么不让他们留一个月再走？”冯思昭很久没有一天审过几十个稿子了，加上又有赛事，下班的时候走路都是飘的，“这新招的编辑也没来，真当我们几个是铁打的呢？”

夏梵没说话，但她的工作量只多不少。两个人互相搀扶着从公司大门出来时已是晚上十点："留着也不会干活的，反而还会对剩下来的人造成负面影响，不如直接让他们走，省得夜长梦多。"

"理是这个理，但是……"

"没事，再坚持一下，外援会来的。"夏梵打气般地在她肩上拍了两下，"对了，郭伦是不是还没走？"

"嗯，我叫他走他都不走，说要把下周的连载先排出来。"冯思昭有气无力，"看样子是准备睡在公司了。"

夏梵没说话，直接给郭伦打电话让他回去。

郭伦自是拒绝。

"这是命令。"夏梵停下脚步，"你要是不走，我现在就回来陪你加班，大家都别回去了。"

他短暂地沉默："行，我过十分钟就走。"

"好，我在楼下等你，什么时候看到你我就什么时候走。"

郭伦："……"

大概是没见过像她这么倔的，郭伦挂断电话就关上电脑下楼了。他一出门就看见站在路灯下等他的夏梵和冯思昭。

十一月中旬，呼气时已经能喷出白色的雾气。两个小姑娘穿着浅色的大衣，一边跺脚一边等他。他心里说不出是什么滋味，大步跑了过去。

冯思昭连骂他都没劲了："你来得太慢了，冷死我了。"

郭伦小声回道："我又没让你等我。"

"你说什么？"冯思昭声音一提。

"我说对不起。"郭伦连忙改口。

夏梵淡淡一笑，跟看孩子似的："活是永远干不完的，明天允许你们俩晚一个小时过来，回去好好休息吧。"

"得了吧。"冯思昭也心疼夏梵，但没直说，"加个班就要补假，技术部非得在背后骂死我们不可。"

三个人齐齐回头往身后灯火通明的大楼望了一眼。

属于技术部的那一层办公室一如既往地亮着灯，魏清和万杉还在解决端口的问题。

万杉看了一眼手表："老大，明天再解决吧，我真不行了。"

"嗯，你先回去吧，我再看看。"

万杉觉得这不是一个家里有姑娘等着的人该说的话，顿时疲惫全无，小心翼翼地试探道："你家里没人等你？"

"我家里什么时候有人了？"

"上次不是有个姑娘给你打电话，你就赶回去了吗……"

经他这么一提醒，他才想起夏梵说过要去自己家拿行李的事。从上周一直推迟到今天，于是他连忙给她发了一条信息："回去了？"

夏梵正在玩手机，看见便立刻回复了："嗯，在地铁上。"

"回去好好休息吧，我明天把行李给你带到公司来。"

夏梵不忍心地道："你从上周就这样说了，结果到今天也没回去过。算了吧，我都快到你家附近的地铁口了。"

魏清："……"

夏梵以为他觉得自己在怪他，连忙打字解释，还没说完，魏清的消息又发过来了："那就别回去了，我今天晚上不回来，你可以睡我的床。"

夏梵："……"

果然，要是靠他，明天又是带不过来的一天。

不过这并不是重点。

她发了一个害羞的表情："您这话说得，跟您回来我就不睡您的床似的。"

魏清："……"

在工作之余的闲暇时候调戏和恶心他，已经成为她枯燥生活中最有趣的娱乐活动。

万杉好奇地往他手机上瞟了一眼，刚好看见最后那句，顿时觉得自己真是没事找事。魏清都没给他派发狗粮，他上赶着吃什么呢？

"啊，好想有个女朋友啊。"

魏清一脸疑惑地往他电脑屏幕上瞅：这都什么代码啊，怎么把好好的一个孩子整得这么萎靡？

夏梵还是把行李扛回去了，连妆都没卸，倒头就睡。第二天闹钟还没响，人就已经醒了。

她起床洗过澡之后，收到一个大型漫展的主办方给她发来的邀请，对方希望乔云一和青柠漫画旗下的其他几位漫画家能去参加签售和座谈会，一切费用都由他们来承担。

夏梵先是问了几位漫画家的时间，确定没问题后才应下来。而当下最麻烦的是，没有编辑能陪着他们过去。

她赶到公司时还没到正式上班的时间，但大家已经忙得焦头烂额了，根本没时间搭理她。巡视一圈后，她将这个重任分派给了郭伦。

郭伦一口回绝：“我走了你们撑得住吗？还是你去吧。”

夏梵：“？”

她怀疑他在讽刺自己无关紧要，但没有证据。

郭伦见她神色不对，连忙解释道：“我就是放心不下你们，没别的意思。”

没意思的一句话，被他说得像挖苦她似的。夏梵怀疑这哥们儿是不是刻薄她刻薄习惯了，一时无法改过口来。

可玩笑归玩笑，让谁去真是一个问题，现在太缺人了。

她揉了揉发胀的太阳穴，这样下去显然不是办法。

前同事小七给她发来消息：“青柠漫画怎么了？好多编辑来我们这边应聘，有几个都入职了。”

他还给她偷拍了几张照片，第一张就是乔乔和都市组的几个编辑，然后就是灵异组的人。

她顿时双眼放光：“中午有空吗？出来吃个饭，有事跟你们说。”

“不来。”小七阴阳怪气，“一看就没好事。”

“十二点半老地方见，把钱程和小美他们几个都叫上。”夏梵压根儿不在意他，重新提上包出门。

坐上出租车后，她闭着眼睛深深吸了几口气，仿佛回到了和陈宇创业之初。可又比那时候好点，不至于什么都看不见。

她睁开眼睛，看着窗外不断倒退的街景感叹道：终于还是到了这一天。

从魏清来找她的时候，她就知道是为了这一天。

只是比她想象中还要艰难一些。

临近中午十二点。

她赶到以前聚餐的老地方时，小七已经在等她了，见她来还是没好脸色：“哼，是不是我不联系你，你就不准备联系我了？”

夏梵可没心情跟他贫嘴：“钱程他们呢？”

“上厕所呢。”

夏梵这才抽空喝了口水。

小七又问：“你知道我们因为上次的事在公司受了孔敏多少白眼吗？”

这话说得跟他没给过她委屈受似的。

“我知道，我都知道。”夏梵正想解释的时候，钱程和小美一边用纸擦着手，一边从卫生间的方向走过来。

他们比小七冷静多了。

钱程慢条斯理地问道："吃什么啊？"

这个反应让夏梵非常满意，比起小七的兴师问罪，这更应该是一场普通的闲聊才对："点呗。"

等菜点好以后，钱程才又问："青柠是不是要垮了啊？"

"别瞎说。"这话要是被魏清听到非砍死他不可。夏梵也不瞒他们，将事情的来龙去脉讲了一遍。

小七听完特别幸灾乐祸："梵姐，不愧是你。"

夏梵一脚踹在他的小腿上，他才安静下来。

钱程推了一下鼻梁上的眼镜："只能说你在幻想漫画的时候，给大家留下的印象太深入人心了。"

夏梵："嗯？"

"你都忘了吗？"小美替她回忆道，"以前你每次上台领奖发言的时候，都要暗暗把行业里的编辑挖苦个遍，说人家没你努力，没你有能力，没你有天赋。不过我从那个时候就特别好奇，当编辑还需要什么天赋呢？"

经她这么一回忆，夏梵才知道那时的自己有多自大，就像一个暴发户似的，恨不得全世界的人都知道她有多努力、多出色，大家都不如她。

真的特别目中无人，还不让人说，也不听劝，难怪陈宇不待见她。

她后知后觉地陷入沉默，好像第一次知道自己是这种人。钱程怕真的打击到她的积极性，安慰道："不过你去青柠以后，我觉得你整个人都变了，就像……就像刚认识你那会儿。"

离开幻想漫画对她来说无疑是一个沉重的打击，而去到青柠以后，因为有魏清在，她自然不需要像以前撑着陈宇那样不敢倒下，生生把自己活成一个刀枪不入的母夜叉。

"那是好还是不好？"

钱程笑道："你在乎吗？"

的确，她不在乎。

她往后一靠，整个人放松下来，舒了一口气："那要来青柠吗？"

"姐姐，现在的青柠可不比幻想漫画好。"小七道，"幻想漫画现在已经进入了稳定期，有自己的一套流程，一天下来除了日常的催稿和报选题以外，也没多忙。但青柠漫画还是一个刚刚进入生长期的孩子，全都要重新来过。我们现在过去无疑就是开疆扩土，得到的可能根本不如现在多，还要背负抛弃幻想漫画的骂名，挺得不偿失的。”

“来不来？”夏梵没有解释，只问了这一句。

“什么时候可以入职？”钱程反问。

夏梵眼里闪过一抹光。

小七对钱程的妥协极为不满：“程哥，不是说好了要让她三顾茅庐吗？你怎么就这么惯着她啊？”

“那是你说的，我可没答应。”

小美一直捂着嘴笑。

“哎呀，程哥……”

“三顾茅庐是吧？”夏梵对他已经忍无可忍，抓过他卫衣后面的帽子，盖头就是一顿暴打。

“梵姐，你别看小七嘴上这么说，那天回去以后，他可是第一个交辞职信的。”小美连忙劝架。

从度假村回来后，夏梵其实并没有给他们什么实质性的许诺。那时她也不知道能为大家带来什么，然而他们已经时刻准备为她做点什么了。

她的眼眶突然就红了。

在没有创立幻想漫画的时候，她任职过几个公司，大家都遵守着“上班是同事，下班什么都不是”的生存准则。虽然偶尔会碰见两个合得来的，但交情在离职后也会无疾而终。

她和小七等人从幻想漫画还只有一个雏形时就在一起，十多个人挤在一百多平方米的居民楼里，客厅当作办公室，卧室就是上下铺，每天一起工作、吃饭和睡觉，连散步都在一块儿，早就生出了家人般的情谊。

对他们而言，幻想漫画很重要，是付出过青春和汗水的地方。可直到夏梵离开后，他们才发现自己怀念和不舍的并不是幻想漫画，而是那段大家并肩战斗的时光。

“梵姐，你不会是要哭了吧？”小七一愣，相识多年，这还是第一次见她红眼眶。

她连忙背过身去擦掉眼眶里的泪水，挤出一个笑容：“没有，我就是想到了很久以前的事。”

“别想了，都过去了。”

夏梵点点头：“如果可以的话，希望你们能够尽快入职。”

“明天吧。”钱程承诺道。

小美应道："我差不多也是。"

"嘿嘿。"小七得意扬扬，"以前租的房子离青柠太远了，我把新房子都找好了，有没有要跟我合租的？"

钱程："……"

有些人嘴上天天骂夏梵，结果背地里连房子都找好了。

小美一点也不意外："我也找好了，你问问程哥吧。"

夏梵觉得他们都太坦然了，似乎早就料到了这一天，弄得她反而有些心虚："你们不问问薪资和待遇吗？"

"很差吗？"

夏梵连忙摆手："没有，没有，只是觉得你们好像太信任我了……"

"程哥，女人年纪大了都喜欢讲废话吗？"小七打断道。

夏梵又踹了他一脚。

钱程忍不住捂嘴笑了起来。这时他身后陡然响起霍霍试探的声音："梵姐，七哥，程哥，美美，你们怎么在一块儿啊？"

大家都知道她是墙头草，故而齐齐缄默，假装没有听见。

只有夏梵笑容依旧："你一个人啊？"

"对啊，我来帮主编买饭。"她凑到夏梵身边，苦着脸抱怨，"我觉得还是你好，从来就只把我当个助理。"

"那孔主编把你当什么呢？"

"保姆呗。"霍霍翻了一个白眼，"没卫生棉了都要我去买。梵姐，你还招助理吗？把我招过去吧，我真的受不了她了。"

"有合适的通知你。"夏梵客套道。

"行，一定要通知我啊，我先走了。"

夏梵点头。

等霍霍走了以后，小美立即抱怨起来："这种人千万不能招，指不定去孔敏那儿打小报告呢。我们平时在办公室里说的话，全被她一字不差地传给了孔敏，可没少给我们穿小鞋。"

夏梵笑而不语。

吃过饭后，夏梵也没回公司，而是去找了以前手下的几个漫画家。恶人十八连门都不想给她开，让她进门后也没个好脸，倒是他家的狗一直摇着尾巴欢迎她。

回到公司已是晚上，编辑部的人都还没下班，夏梵如释重负地在冯思昭旁边坐下：“都搞定了，小七、钱程还有小美明天就过来。”

冯思昭由衷地发出了一声欢呼。

其他人不明所以地看着她。

“这真是我这几天听过的最好的消息了。”在她心里，这些人都是一顶三的好手，而且选题水准高，对市场的需求也了解，能省不少心，“对了，你给魏总发了他们的简历是吧？他说收到了，让你回来后去他办公室一趟。”

夏梵喝了口水，紧跟着就去办公室找魏清了。

魏清刚处理完文件，正靠在椅子上闭目养神。他听见敲门声立刻打起精神，让她进去。

“你找我？”她歪着脑袋探出半张脸，显得特别可爱。

魏清不由得一笑：“吃饭了吗？”

“还没，但点了外卖。”

魏清心里说不出是什么滋味：“还是特别忙吗？”

“你和许真不也是吗？”

许真每天都忙得焦头烂额，什么事都要管，又大多不熟悉，需要从头学起。魏清更是经常加班，已经一个星期没回过家了。

“我们这边忙得差不多了。”该升级的系统都升级了，该做的数据也都做了，就等结果出来了。

他轻捏着鼻梁两侧，闭上眼睛道：“让大家明天晚上别加班了，早点回去。你跟我去红石音乐节，看看咱们投放的广告效果怎么样。”

“好。”

随即，两个人同时陷入沉默中。魏清看了她几秒钟后，突然起身抱住了她，闭着眼睛如孩子般呢喃道：“好想你。”

夏梵不禁想笑：“你不是天天都能看到我吗？”

“能看到和能抱到是不一样的。”他是一个极为克制的人，在公司很少做出这样亲昵的举动，大多数时候都是公事公办的从容。

夏梵轻轻回拥他。

他浑身肌肉紧绷，此刻仍未完全放松。夏梵轻拍他的背，什么都没说，却有一种奇迹般的安抚能力，让他内心那只焦灼的野兽变得平静下来。

他抬起头，宛若初识时那个不知事的少年，捧着她的脸颊，轻轻吻住了她的嘴唇。

夏梵怕被人看见，心虚地在他手臂上打了一下。

“抱都不怕，还怕别人看见我亲你？”他唇角勾起一丝嘲讽的轻笑，再一次吻上她的嘴唇，温柔地辗转撩拨，让她步步沦陷。

“魏……”门外骤然响起许真的声音。

夏梵想都没想便打了魏清一巴掌，欲盖弥彰地解释道：“啊，我看错了，以为是一只蚊子。”

魏清：“……”

北城的十一月还能看到蚊子？魏清舔了一下嘴唇，意味深长地看着她，总觉得她在公报私仇。

许真推开门时，看见的便是被打了一巴掌的魏清。可弥漫在两个人之间的那种暧昧气氛，让他觉得事情显然没有表面上那么简单。

他恨不得打自己一巴掌：“以后我一定敲门。”

“希望会吧。”魏清神色不善地靠坐在办公桌上，双手交叠，浑身都透着欲求不满的烦闷，“什么事？”

夏梵连头都不敢抬：“那我就先走了。”

魏清一言不发地盯着她的背影，在她准备关门时突然叫住她：“夏梵。”

她像只受惊的兔子，生怕别人知道了他和她的关系，紧张地问：“怎么了？”

第二十一章

Chapter 21

温柔

这让他已经到嘴边的话又不得不咽回去，不轻不重地道：“以后进我办公室记得敲门。”

“好。”她明显松了口气，忙不迭地关上门。

门一关上，魏清心里不禁升起一个疑问：“你说，一个女生会在什么样的情况下，才不愿意和一个男生成为恋爱关系呢？”

“那个男生长得丑的情况下吧。”许真脱口而出。

魏清看他的眼神更不善了，整张脸都在向他发出抗议。

许真轻咳一声：“应该是不喜欢吧。”

“不喜欢那还谈什么恋爱？”他双眼顿时又气得瞪大了一圈。

“这年头谈恋爱的原因那么多，指不定只是图你的身子呢？”

魏清跟他静静地对视三秒后，起身向门口走去。许真一把拽住他：“你去哪儿呢？”

“我都要被骗情又骗色了，还不能去问一下？”他鲜有地激动道，而且语气特别认真。

许真被他唬得一愣一愣的，似乎没想到他是一个对感情这么认真的人，顿时连自己是来干什么的都忘了，对他的感情经历关心起来：“你之前不会真的一次恋爱都没谈过吧？”

“我没事谈那么多次恋爱干什么？”魏清义正词严地反驳道。

“但你也不至于一次都没有吧？”以魏清的条件，就算他不祸害别人，别人也会来祸害他。而他居然能够一一躲开，也算是个人才。

许真惊叹道：“从小到大就没人跟你表白过吗？”

“没人敢。”他仔细地回忆了一下，一般都是对方拿着情书还没开口，就被他凶巴巴的眼神给劝退了。

比起喜欢他，大家更怕他。

许真真是服了。

“那夏梵呢？”这么严苛的一个人，怎么就突然松懈了呢？许真百思不得其解地看着他。

“她不一样。”

“哪里不一样？”许真一点都没看出来，无非就是漂亮一点，任劳任怨一点，并没有多特别。

“她从来都没想过改变我，而我愿意为她改变。”他坐到沙发上，抬头望着天花板的吊灯，陷入短暂的沉默之中，像是在回忆着什么。

从他见夏梵的第一眼开始，他就知道她和别人是不一样的。

她看着他的眼神里有光，还有憧憬和仰望，唯独没有渴望。她喜欢他的作品胜过喜欢他这个人。

在与他共事的那些年里，她从来不会贸然闯入他的领地，对他的生活指手画脚。而是极有分寸地站在一个不打扰他，又能时刻被他找到的位置。

只要他一回头，就能看见她温柔等候的身影。

他很珍惜这样的夏梵，却也不自觉地渴望更多，希望她能离自己更近一点，无意识地用改变她来迎合自己的任性。

直到她在这样不平等的关系里彻底崩溃。

那时他才忽然意识到，这种不断渴望着靠近和占有一个人，是任何一个动心的人都不可免俗的平庸。

他在她面前，也不过是一个患得患失的普通人。

“反正那张捅破的窗户纸，我是不打算再糊上了。”他没头没脑地说了这一句，然后像是终于清醒过来，正色道，“你找我什么事？”

许真：“……”

这哥情绪切换得也太自然了吧。

他轻咳一声，开始正式聊工作的事：“第三季度是亏损的，目前咱们所有的资金加起来还能撑半年。而且因为没有什么大爆的作品，付费作品的收入连公司基本的开支都快支撑不了了。”

魏清一直都知道，冷静地点点头：“我知道。”

“已经跟投资方联系过了，对方有继续投资的打算，只是资金没有以前那么多了。”许真叹了一口气，“再啰嗦一句，明天幻想漫画高价签的那几个人气漫画家的作品就要陆续连载了，热度基本已经有了，就看是大爆还是小爆，反正肯定得压咱们一头。”

魏清没说话。

“还真是屋漏偏逢连夜雨。”许真百感交集，“前途堪忧啊。”

魏清淡淡笑道：“这可不一定。”

第二天小七他们三人便准时到青柠报到了，结束新人培训后，后续的工作交给了夏梵。

夏梵忙不过来，于是郭伦和冯思昭接下重任，用半天时间就让他们熟悉了青柠的业务，以及了解了当前的困境。

小七忧心忡忡：“我现在后悔还来得及吗？”

“别想了，”冯思昭摸摸他的头，“好好审稿，光明的未来在前方等着你。”

“你说咱们是不会玩吗？为什么非要来陪你们吃这种苦。”

“当然是出于对梵姐热切的爱，对行业未来的责任感，以及对同行遭遇的同情啦。”冯思昭继续忽悠，“放心吧，青柠和整个编辑部都会记住你们的。这种雪中送炭的义举，简直是我辈楷模！”

他们已经习惯了冯思昭的张口就来，就连最浮躁的小七都波澜不惊。

“思昭姐，你有空忽悠我们还不如多审两个稿子，大家也好早点下班。”小七说。

冯思昭拍了他一掌，哼哼唧唧道：“小屁孩，就你长嘴。”

到下午的时候，堆积如山的稿子已经审阅了大半，把可乐和几个实习生看得瞠目结舌，这速度快得让人怀疑他们连内容都没看清楚。可乐悄悄戳了一下小七：“你们审稿怎么这么快？”

小七斜睨他一眼，觉得他这个问题问得挺奇怪的：“就看符不符合审稿标准啊，然后再看看有什么亮点，审一遍大纲和人设，结合作者以往的风格，大概就能知道是个多少分的作品了。”

可乐觉得这个回答太笼统了：“那如果是新人作者呢？”

“新人作者的不稳定性高，把总体评分往下拉二十分就差不多了。”说话间，小七又审完了一篇。

可乐默默地转过头，之后再也没说过话。他隐隐感觉到了自己和小七等人的差距。

“你看啊，你现在审的这个稿子……”小七审完了今天的稿子后主动凑近可乐，一格一格地带着他审，比如哪里是重点，哪里是可以忽略不计的，哪里是必须让作者改的，“对，你不要让作者迎合你的喜好，要尊重作者的风格，往更好的地方引导就行了。”

可乐看小七的眼神里多了一层崇拜。

“以后你跟我们相处久了就习惯了。”小七伸了一个懒腰，见时间已经临近下班的点，踢了一下冯思昭的椅子，“加班管饭吗？”

冯思昭微微一笑：“公司不管，梵姐管。”

一听夏梵管，小七还有点舍不得吃：“那算了，我自己管自己吧，她那个抠门的能请我吃啥。”

话音一落，夏梵打开总编办公室的门，通知大家下班了。

编辑办公室里顿时爆发出一片欢呼声，特别是实习生们，转眼人就不见了。小七和冯思昭等人收拾好东西，见夏梵还没有要走的意思，便敲了敲总编室虚掩的门：“你怎么不走呢？”

夏梵露出一个颇为无奈的表情：“我待会儿还要跟魏总去看广告投放。”

“这是商务的事啊，怎么找上你了？”

“所以商务也一块儿去啊。”

大家流露出同情的眼神，向她挥了挥手。等人走得差不多了，她才发现对面的郭伦一点动静都没有，于是从电脑后面探出头来：“你怎么还不走呢？”

郭伦看了她一眼：“等你走了我再走。”

夏梵以为他怕自己告状，叹了口气：“你放心吧，我这个人说什么就是什么，没那么多意思让大家猜。”

“不是。”郭伦解释道，“我只是想为你多分担一点。”

夏梵终于知道他是多么不善言辞的一个人了，无奈一笑：“我扛不住的时候会主动向你求助的。目前我还行，早点回家吧，以后有的是时间让你加班。”

郭伦这才起身离开。

没过多久，虚掩的门又被推开了。乔云一露出脸来，颇为疑惑地道：“怎么就你一个人？”

“大家都下班了啊，我在等魏总一起去看广告投放。”夏梵疑惑地道，“你怎么来了？”

他走到郭伦的位子坐下："许总说有多的红石音乐节门票，让我跟他一起去，我就过来等他了。"

"哦。"夏梵恍然大悟，"他换办公室了，你去楼下那层问问吧。"

乔云一细细地打量她，随口应了一声。

灯光下，她认真而专注的模样有一种成熟女性的美感。其实在知道她喜欢魏清后，他对她的那些念头已经淡得快消失不见了。但每次见到她的时候，他心里又会生出一种假设：如果他和她不是以那种方式产生交集，那他们之间会不会多一种可能?

"云一，"夏梵手托着下巴，"你发来的稿子我已经看过了，总体来看比之前更好，特别是主角的那条暗恋线。你是有喜欢的人了吗？"

乔云一惊讶地道："你怎么发现的？"

"因为你以前的作品恋爱部分都很少，这次居然会着重画一个女生的侧影。我想，一定是现实中某个女生的背影给你留下了很深的印象吧？"

乔云一的脑海里不禁闪过她在地铁上侧对着他的身影："不能说是喜欢吧，只能说是心动过。"

夏梵露出一个了然于心的微笑："怪不得变成一个可爱的弟弟了。"

一个可爱的弟弟。

乔云一眼睛一眯："那之前是什么？"

夏梵想了一下，凑近他道："讨人厌的小鬼。"

幼稚又自负。

他轻轻捏住她的一侧脸颊："说谁是小鬼呢？"

夏梵被他这个举动弄得一愣，立刻坐直和他保持一段距离，强装镇定道："重点不应该是讨人厌吗？"

"这说明我宁愿被你觉得讨厌，也不想让你觉得是个小鬼。"他嘴唇微抿，一脸认真地看着她。

夏梵没想到他会在意这个，有些意外。

魏清推开门时，看见的便是这样一个充满攻击性的乔云一和眉头紧锁的夏梵。他双眸微沉："你们干什么呢？"

夏梵立刻关闭电脑，换鞋起身："等你啊。"

她拿起包，从魏清身旁匆忙走过，差点左脚绊右脚摔倒在地。魏清一把扶住她："慢点。"

她心虚地收回手，没敢多瞧他，跟做了什么亏心事似的。

等她走后，乔云一脸上立刻浮现郁闷的神色："哥，我看起来真的很不成熟吗？"

“夏梵说的？”魏清靠在门框上不动声色地看着他。

“对啊。”乔云一双手抱胸，忍不住抱怨道，“她说我是讨人厌的小鬼。”

魏清唇角微勾，微垂的双眸里似有赞同的神色。乔云一都快气炸了，猛地从椅子上起身：“我倒要让她看看什么是真正的男人！”

魏清一胳膊把他拦回来。

“怎么看？”

“我……”乔云一光是想想夏梵那总是不以为意的脸，就不禁一尿，“你觉得怎么看合适？”

魏清：“……”

还真是个小鬼。

魏清顺势拍了一下他的后脑勺：“走吧，小鬼。”

“哥，我不走，不让她收回那句话我跟她没完。”乔云一一愣，“你刚刚是不是也叫我小鬼了？”

魏清懒得搭理他，追上夏梵一把握住她的手，关上了电梯的门。

夏梵一愣：“不等乔云一了？”

“人又不是我找来的。”他盯着不断变化的数字，“晚上想吃什么？”

夏梵看了一眼时间：“在楼下的快餐店随便买点吧。”

“行，那待会儿你在门口等我。”

魏清走出电梯后，径直走向一旁的快餐店。夏梵站在门口等他的时候，心里生出一种巨大的不真实感。

他穿着一件厚重的驼色毛衣，长出的刘海使他看上去更年轻，站在人群中时频频有人回头偷看他，更有甚者还拿出手机偷拍。

他仿若不知，买完东西出来后，自然地牵起她的手往台阶下走去。纤细修长的手指带着深秋的凉意，夏梵强行忽略，可耳朵还是变得通红。

她能感觉到这个男人为她而生出的温柔。

那个与世界格格不入的魏清，那个在人群中总是带有一丝落寞的魏清，那个冷清得让人不敢靠近的魏清，此刻正如世间所有普通的男人一样，牵着她的手走过汹涌人潮，也因她对这个世界生出一份热爱，眉间染上一份温柔。

“魏清。”她脚步一顿。

他停下来，回头看她。她轻轻拉着他的衣领，在他俯身的同时踮脚吻住了他的嘴唇。人潮在他们的身侧被分成两股，路边温暖的灯光自上而下，他未来得及回应，她已经松开他，情不自禁地笑了起来。一双眼睛弯成月牙，唇角上扬，露出洁白的牙齿，犹如孩子般天真无邪。

他静静地看着她，想佯装成生气的样子，灭一灭她那满脸的得意。可眼睛总是先一步表达他藏不住的纵容和温柔。

这时，路边传来汽车鸣笛的声音。

两个人都被吓了一跳，蒋澄不耐烦的脸从放下的车窗后面露出来："看够了吗？看够了就上车。"

夏梵有些诧异，她一度以为这两个人会老死不相往来，没想到居然这么快又见面了，而且上车以后没有任何尴尬。

蒋澄明知故问："魏清，你刚才和小学妹在路边干什么呢？"

"就……"

夏梵难为情地掐了他一下。

他偏头看她，像是没见过她这样似的，抿唇笑道："做没有小学妹愿意对你做的事啊。"

蒋澄从车内的后视镜看过去，只能看见魏清黑色的后脑勺，他煞有介事地反驳："你怎么知道没有小姑娘愿意？就哥哥我这种，现在可受小姑娘的欢迎了……"

"你现在都好骗成这样了？"魏清一对上他，嘴里就没有一句好话。

蒋澄随手抓起一个东西就向他扔了过去："魏清，有本事坐前面来，你看哥哥打不打你。"

"有本事你坐后面来。"

两个人你一言我一语，跟讲相声似的。夏梵看着窗外，仿佛又回到了多年前在工作室的那些午后，他们就一个烟头也能喋喋不休，争论半天。

那时候，阳光铺洒在原木长桌上，魏清和蒋澄各瘫在沙发的一头，被惹急了，抓着什么东西就往对方身上扔，许真在一旁笑得都快吐了，直喊救命。而夏梵的表情时刻都随着魏清是否占领上风而变化。

魏清欺负蒋澄，多狠都不算什么。而蒋澄只要碰一碰魏清，不管轻重，都是下手太重。

"许真和小画家在哪儿呢？"蒋澄围着大厦转了一圈也没看见许真和乔云一，正准备打电话，突然看见两个人不紧不慢地从咖啡馆里走出来，顿时气不打一处来。怎么都跟度假似的，就他一个人瞎着急呢，"你们俩还走不走啊？"

许真被呛了一下，却还是保持着一贯的慢性子，慢悠悠地走到副驾驶座那边："清哥还没来呢？"

魏清的手臂靠着前排的椅背，极有气势地看了许真一眼，他这才慌慌张张地把嘴里的咖啡一咽，拉开后排车门坐进去，“云一你坐前面，记得系好安全带啊。”

乔云一不明所以地拉开副驾驶座的车门坐下，正欲和蒋澄打招呼，就听见许真在后面催促：“安全带，安全带，快系上。”

他心里顿时生出不祥的预感。而事实证明，他的预感是正确的。蒋澄离开主城区就一路开飞车，野得要命，好几次差点和人撞上，吓得他抓紧了门框上的扶手。

只有蒋澄浑然不觉，有时还回头和魏清说两句话，吓得许真脸都白了：“哥们儿，说话就说话，你别回头。”

魏清端坐在后排中间，气定神闲地抱着双臂，神色从容道：“蒋澄。”

“嗯？”

车上的人提心吊胆地看着他，打心眼里想劝他别跟蒋澄说话了，却见他薄唇轻启：“要不我来开吧？”

蒋澄立马不高兴了：“你不信任我？”

乔云一都快炸了：这不是废话吗？瞧瞧你这不抢手的副驾驶座。

“我……”魏清正想说话，夏梵已经后怕地捂住了他的嘴，生怕这一搭腔两个人又停不下来了。

魏清瞟向她，认同地眨了一下眼睛。

她半信半疑地松开手，随后他猛地低头，在她嘴上亲了一下。紧接着又像什么事都没发生过一样，镇定自若地直视前方，就连坐在一旁的许真都没发现。

夏梵恼羞成怒地在他手臂上拍了一下，发出一声闷响。其他人都疑惑地看过来，只有当事人连眼皮都没抬一下：“看什么？”

夏梵：“……”

以前她只觉得这个人特别要脸，没想到不要脸的时候也是一绝。

四十分钟后，众人终于有惊无险地抵达了目的地，齐齐松了一口气，有种劫后余生的幸福感。

蒋澄下车就给了魏清一脚：“还不相信哥的技术，有免费的车夫就不错了……”

魏清一把抓住他的衣领将人揪了过来。

其他三个人着实没他们俩那精神头，也就由着他们去了。进入会场后，乔云一接到朋友的电话，欲言又止地看了夏梵一眼后便和他们分道扬镳，约定待会儿在主会场见。

蒋澄和魏清还在斗个不停，许真都笑累了两个人也没分出胜负来，最后还是夏梵忍无可忍地拉了魏清一下。

魏清在人群中顺势牵过她的手，乖乖闭上了嘴。

魏清的声音戛然而止，走在前面的蒋澄疑惑地回头。只见他收起了一贯的清冷，眼里全是无可奈何的温柔。

他陡然一愣。

跟魏清认识这么多年，这还是他第一次见魏清对另一个人投降。可仔细一想，又觉得这样的瞬间其实有很多。

每次只要对上夏梵，无论他有多不情愿，最后总是妥协的那一方。只是两个人从未这样亲近过，故而无人察觉。

他不得不重新审视夏梵。

夜幕下，她穿着一件羊羔绒的牛仔外套，褪去强势后的脸上有着让人怦然心动的美丽，跟那个在办公室里和他唇枪舌剑，强势的夏梵简直判若两人。

他终于知道为什么夏梵从来都只叫他学长，而叫魏清哥了。因为于她而言，只有魏清是特别的，他和其他人一样，都是学长甲乙丙丁。

他有些哭笑不得。

魏清不解地看着他。

“思昭？”夏梵在人群中看见一个熟悉的身影，下意识地松开魏清的手往前走。他一把将她拽了回来。

夏梵疑惑地看他，似乎不明白他这个动作代表着什么。

他的手微微收紧，随即又后知后觉地松手笑道：“别跑远了。”

“不会。”她大步往前走去，而他的目光一直追随着她的背影。

“唉，”蒋澄将一切尽收眼底，装模作样地叹了口气，“魏清，你这个样子，一看就是没谈过恋爱的。”

许真一直在看手机，没注意到三个人在干什么，闻言抬头：“你怎么看出来的?我真的一点都没看出来。”

蒋澄都不拿正眼瞧他：就你那一直盯着手机的劲，能看出来才有鬼。

“魏清啊，”蒋澄凑近他，“你是不是特别喜欢她？”

魏清一直都不是特别善于表达情感的人，面对蒋澄如此直白的问题，依然选择缄默。可后者已经从他不经意垂下的眼眸里得到了答案。

“挺好的。”他由衷地感叹，“真的，能遇见这么一个人，真的挺好的。”

第二十二章

C h a p t e r 22

晚了一步

他连说了两次“挺好的”。

魏清知道他想到了什么，反问道：“蓝心要结婚了吧？”

“下个月。”蒋澄苦笑，“所以你别把她搞丢了。”

“不会的。”他回答得肯定而迅速，似乎心中早有决断。蒋澄觉得他都想到这一步了，也没什么好叮嘱的了，只是拍了拍他的肩膀。

“你去吗？”

“去哪里？”

“她的婚礼。”魏清收回目光，看了他一眼。

“不去。”蒋澄虽然心大，可还没有大到这种程度，“亲眼看着她身披婚纱站在另一个人身边，我还要违心地祝她百年好合，这谁受得了。”

魏清脑海里不禁浮现夏梵身穿婚纱站在另一个人身边的样子，的确，光是想想那个场景就感觉要人命。

他鄙夷地看了蒋澄一眼：“现在知道受不了了？早干什么去了？”

蒋澄：“？？？”

不是在安慰他吗？突然在他伤口上撒把盐是什么意思？

许真因看手机又只听了半截，茫然地抬起头：“谁？谁又干什么去了？”

蒋澄一默，安慰性地拍了拍他的肩膀：“不干，什么都不干。别问了，乖。”

主会场人山人海。

夏梵和冯思昭都被遮挡得严严实实，谢俊蹲下身让冯思昭坐到自己的肩上。魏清、蒋澄和许真三人齐齐向他望去。

那一眼充满了直男的鄙视。

冯思昭脸涨得通红，以前看电影的时候，觉得这个场景特别“苏”。可一落到自己身上，怎么感觉这么中二呢？她连连摆手：“不用了，挡到别人不好。”

“那我们到最后面去吧。”

“不用不用。”冯思昭一想到魏清他们还在看着，就更难为情了，“就这样挺好的，你快点起来。”

谢俊只能妥协，不情不愿地站起身：“好吧。”

冯思昭臊得头都抬不起来，将额头抵在他的肩膀上道：“我这么多同事呢，你干什么啊！”

一说起她这群同事，谢俊更有话想说了。一个个穿得像要去赴宴似的，哪里像是来参加音乐节的？而且他们神情严肃，就像在做项目考察一样，让人完全躁不起来。

所幸舞台上的乐队非常活跃，很快就将他从这种格格不入的氛围中抽离出来。正当他跟着人群卖力挥舞的时候，冯思昭突然发出一声尖叫，顿时热泪盈眶。

在乐队演出的屏幕里浮现了一段动画，讲述的是一个少年追逐音乐梦想的故事。最后画面定格在“青柠漫画”四个字上，伴随着主唱对理想的呐喊，将整个会场团团包围。

谢俊不明所以：“怎么了？”

“这是我选题的作品。”她从未想过有一天会在这样一个万众瞩目的场合里，看见与自己有关的东西。

她突然明白夏梵一直追求的是什么了——无关名利，而是我们能在这个时代留下些什么。像是在浩瀚的星空中，看见了自己虽然渺小却仍在努力发光的身影。

大家都不自觉地向魏清看去，他抱着双臂，站得笔直挺拔，目光坚定而认真。直到“青柠漫画”这四个字逐渐消失，他才缓缓对一旁的蒋澄说：“今夜以后，青柠漫画就要跑起来了。”

蒋澄一怔，良久才回答：“你已经不需要再跟我交代什么了。”

魏清没有回答，高大的背影在黑夜里伟岸得如同一座山，只有夏梵知道他在说这句话时有多不安。从今以后，青柠漫画的存亡都系于他一个人身上，再没有谁能与他感同身受，见证它从无到有，在往后的岁月里，步步走向辉煌或者回归沉寂。

这个人只能是同为创始人的蒋澄。

夏梵心里闪过一丝感同身受的钝痛。从今以后，她也要亲手对付自己一手建立起来的幻想漫画，站在它的对立面了。

“以后都不会交代了。”魏清说。

这一刻，所有的不安都化为云烟，只有下定了决心的真实。

许真滑动着手机屏幕道：“商务部和营销部已经开始在各大平台发力了，剩下的就看二十四小时以后的转化率吧。”

大家看着被灯光染上颜色的夜空，都没有说话。

而另一头的幻想漫画也没闲着，办公楼里灯火通明。孔敏靠在乔乔的椅背后面刷着手机，冷笑一声：“青柠漫画的热度还真上去了。看来跟你说的一样，青柠开始发力了。”

“你还不信我。”乔乔不满道。

孔敏心情好，笑容也多了，语气颇为俏皮：“我哪有啊？你一说我就行动了啊，让你看看什么叫完美狙击。”

在青柠漫画大面积推广开始两个小时以后，幻想漫画高价签约的作品也接连首发，在微博和各个短视频平台上都大力推广，很快就把青柠漫画的风头压了下去，下载量也远高出一截。

一看就是有意为之。

许真看到技术部不断传来的数据，眉头紧皱地将手机递给魏清。魏清并不觉得意外，看了一眼便收回目光：“意料之中不是吗？”

这倒也是。

从知道乔乔等人入职幻想漫画时他就猜到了会有这一天。不过他担忧的是，魏清并没有就此做出应对。

“那就这样算了？”

魏清淡淡一笑：“我们的对手从来都不是他们。”

许真不解。

“大家所抢占的市场份额和注册用户，终将是面对读者的。”魏清看着投射在舞台上的聚光灯，眼底的笑意更深了，“不过能让幻想漫画这么重视，的确也是我们的荣幸。”

一个是站稳了脚跟的行业传奇，一个是小有名气的行业黑马，无论最后迎接彼此的是什么结果，他都愿意等待这一刻的到来。

许真一直看着手机里的数据，觉得局势非常不利。未等音乐节结束，他已经准备回家加班了。魏清拦住他：“喝口酒再回去吧。”

许真：“？？？”

这都火烧眉毛了，他居然还有闲工夫喝酒？

“其实未来早已先我们一步抵达了。”魏清搂着他的肩膀，“只是在我们的时间里还看不见而已，所以等时间给我们答案吧。现在去喝杯酒。”

许真：“？？？”

这老哥有时候靠谱得要命，有时候又不知道从哪里来的自信，离谱得让人想死。

“你现在为了诓我去喝酒，连命运注定论都编出来了？”许真用全身抗拒着他的歪理。

“你还不了解他吗？”蒋澄笑道，“要真有什么他早就抓你回去了，还需要你操心？他能这么从容啊，只能说明你和我还没有看见的未来，他已经看见了。所以走吧。”

许真将信将疑，觉得这两个人有时候都挺不靠谱的。他悄悄凑近夏梵，问道：“你觉得呢？”

夏梵倒是不愿意想那么多：“我们能做的都已经做了，剩下的就看天意吧。走了，喝酒去。”

这一夜，所有人的坦然里都有着对命运低头的顺从，又有着对未知的踌躇满志。许真摇头轻笑，不得不做出妥协。

算了，喝酒去。

回去的路上，许真给乔云一打电话，但一直没人接。他本来还有些担心，结果走进常去的那家小酒馆，看见乔云一已经坐在那儿了。旁边都是搞乐队的，看得谢俊双眼放光。

夏梵远远就看见了阿阮，她穿着一件红色的外套，显得特别扎眼。而魏清第一眼看见了肖诺，主动上去打了声招呼。

几个老摇滚一见到他就乐，让他必须坐下来喝三杯才能走。 他也没有推诿，刚坐下就喝了一杯。

“你没组乐队后来都干什么去了？”一个老摇滚问道。

“创业去了。”他微微侧着身子，一只手搭在椅背上，双腿自然地弯曲，透着漫不经心的慵懒。

阿阮盯着他，一时移不开目光。

不管过去多少年，每次见到魏清都有一种让她怦然心动的惊艳。那张褪去了轻狂的俊秀脸庞，有岁月流淌过的稳重。

她托着下巴，半真半假地笑道：“我还以为你再也不会见我了呢。”

“本来见面的机会也不多。”

所以不需要刻意回避。

魏清轻描淡写地喝下第二杯酒。

阿阮听出了他的潜台词，不甘心地道：“魏清，你跟我说话一定要这么见外吗？”

“我们，”魏清一顿，“本来不就是外人吗？”

阿阮：“……”

魏清对她的防御可谓是铁壁，立场也鲜明，她打心眼儿里觉得男人这种生物，没有真傻，只有装傻。

其他人爆发出嘲笑声，不过见她面色不善就转移了话题：“魏清，你创业干的是什么？”

“做漫画。”他中规中矩地回答，“跟朋友一起做了一个看漫画的软件，还挺好的。”

众人似懂非懂，这时有人好像想起了什么：“我今天看见一个青柠漫画的广告，跟你有关系吗？”

“就是我们做的。”

“在现场植入那么大一个广告，花了不少钱吧？”问他的人惊叹道。

“现在做什么不花钱啊？”魏清笑着喝下第三杯酒，“好啦，你们继续喝，我先过去陪朋友了，下次再专门请大家。”

“择日不如撞日，让你朋友都过来呗。”

魏清的目光若有似无地扫过一旁默不作声的肖诺：“不用了。”

肖诺是真的怕他，一见他来便拼命降低存在感，结果他还是一眼就在人群里锁定了自己。从某种意义上来说，也算是真爱了。

魏清起身离座，肖诺主动跟上前：“魏清，你等一下。”

他停下脚步，单手揣在裤兜里，微微抬起的下巴透着与生俱来的清贵：“有事？”

肖诺在他面前总是会莫名地感到自卑，气势上自然也就弱了点，背脊微微佝偻着挠头：“我就是想问问你，夏梵那么多前男友，你怎么就看我不顺眼呢？”

“你怎么知道我看其他人就顺眼呢？”

肖诺：“……”

真不愧是“流水的男友，铁打的清哥”。

肖诺双手一摊：“我就跟夏梵谈了两个月，而且我一约她你就来了。说实话，那时候我就想问了，到底是我在跟她谈恋爱还是你在跟她谈恋爱。”

魏清斜睨着他：“你怎么就确定，这场三个人的电影里一定有你的姓名呢？”

肖诺一惊，敢情他就是个背景墙？

“那我都没姓名了你还这么跟我过不去，合适吗？”肖诺也不计较，反正都是从前的事了，有没有名字都不重要。

“那在酒吧的时候你指她干什么？”魏清眯着眼睛，半真半假道，“要是再敢有下次，我就把你那根手指给剁了。”

肖诺一点也不觉得好笑，觉得魏清这个疯子还真能做出这种事来。

“以后我见到你们俩就绕着走，行了吧？”

魏清意味不明地笑了一下，没有回答。倒是乔云一背脊发凉，觉得这个笑容太不光明磊落了，低头拍胸口的同时发现掉落在地上的手机，捡起后看见上面有许真打来的未接电话，连忙回拨过去。

许真很快就接了起来：“看后面。”

他回头找了一会儿，终于在墙角的位置找到许真，连忙小跑过去：“不好意思啊，我想着一时半会儿结束不了，就没有给你打电话。”

“没事，只要你没事就行。”许真已经喝了不少，“喝一杯吗？”

乔云一立马点头，小心翼翼地打量着对面正和蒋澄玩游戏的夏梵。刚才魏清和肖诺的对话他都听见了，要是还不知道她对于魏清的特别性，那他就真的太傻了。

可还是会感到一种莫名的失落。

然而夏梵却没有注意到他。

酒过三巡，等大家都喝得差不多了，蒋澄叫来代驾送许真回去。而这里离魏清住的地方很近，他直接背起夏梵就走了。

夏梵喝醉了很乖，不吵也不闹，就趴着睡觉。等睡得差不多了，酒也就醒了。而另一边喝得烂醉的肖诺和阿阮，正情绪高涨地组织大家去下一个局。

乔云一目送魏清背着夏梵离开，眼睛里浮现一种难言的落寞，他走到垃圾桶旁，点燃了一支烟。

魏清说过，每次看见他都像看见了从前的自己。

他一直觉得这是一种褒奖，然而在面对夏梵时却好像变成了一个致命的缺点。她看着他时，想到的都是从前的魏清。

幼稚，横冲直撞，无所畏惧。

“你想什么呢？”肖诺看出他的失落，靠在他肩头口齿不清地问道。

“你说要怎样才能成长为一个男人呢？”

“你现在不就挺男人的吗？”肖诺顺势在他胸口上拍了两下，“瞧这胸肌，一摸就是男人的胸怀。”

乔云一被他逗笑，心里只是有些遗憾：我遇见了一个女孩，可是我跟不上她的成长速度，距离她喜欢的样子总是差了一点，晚了一步。

他将烟头摁灭，扶着连路都走不稳的肖诺道：“走吧。”

“嘀——”密码锁应声而开，走廊和玄关的感应灯骤然亮起。魏清背着夏梵，有些犹豫该把她放在哪里。

上次许真喝醉的时候，他直接把他丢到了地毯上，连眉头都没皱一下。等他酒醒后洗过澡、换了衣服，才艰难地睡到沙发上。

可现在对象是夏梵。

他在门口站了将近有一分钟，才下定决心让她睡在沙发上。而未等他动身，她已经转醒：“嗯？”

随后又闭上眼睛在他肩头蹭了一下，看来酒劲还没过。

魏清假装没听到，把她往上提了提，径直走向沙发。临近沙发的时候，她又突然坐直，搂着他的脖子爬到他胸前，用大腿夹住他的腰，醉眼迷离地看着他。

灯光昏暗，他面上虽沉着、克制，但双手托着她的大腿往上提了一下。

她像是受到了某种蛊惑，捧着他的脸轻轻地咬住了他的下唇。

他双眸微垂，幽暗的眼底漾出一抹潋滟。她伸出舌头轻轻挑拨他，他顺势吻住她的嘴唇，伸出舌头与她的缠绕在一起。原本显得冷清的房间变得燥热起来。

她轻轻退离他的嘴唇，然后侧头吻住他的耳垂，在舌尖轻轻地舔舐了几下后，脑袋靠在他肩上又没动静了。

他侧头一看，发现她又睡着了，嘟着嘴，像个不经事的孩子。

他有些哭笑不得，最终还是将她放在沙发，脱了鞋子和外套后才又把她抱进卧室。

她一躺上床便翻了个身，将棉被紧紧夹住，颇为自得。

他蹲在床边用手掌抵着额头，无可奈何地笑了起来。从前谁也不能没洗澡、没换衣服就上他的床，结果现在她没洗澡、没换衣服，甚至还一身酒气，依然在他的床上睡得稳稳当当。

这人真是没遇上的时候什么都不可以，真遇上了，好像也没那么糟。

他拿毛巾给她擦过脸后便去了隔壁书房。夏梵半夜醒来，觉得环境既陌生又熟悉，过了很久才反应过来，这是魏清的房间。

她顿时睡意全无。闻着自己一身的酒气，觉得魏清没让她睡地板已经是大发善心了，居然还允许她睡床。

估计他也喝多了。

她打开灯，走到客厅的饮水机前接了杯水后，又在魏清房间里找了件宽松的恤衫去卫生间洗了个澡，随后才轻手轻脚地回房间睡觉。她看了一眼时间，刚到凌晨四点。魏清因为一直没喝水，拿着杯子出来接水时，与坐在床上解头发的她碰了个正着。

“你还没睡？”

“你不关门？”

两个人异口同声，又同时一愣。魏清先反应过来，帮她把门关上：“你先睡吧。”

夏梵觉得他再这样非猝死不可，顿时有些生气：“你洗澡了吗？”

“洗了。”

“那就过来睡觉了。”她板着脸，看着还挺吓人的。

魏清莫名有些心虚，但还是不死心，想再争取一下。结果他还没开口，她已经开始数数了：“一，二……”

“如果你数到三我还没过来，会怎么样？”

“我就再也不管你了。”

他立刻放下水杯，没有丝毫犹豫地进屋关门，在她身旁躺了下来，再拿着手机在微信群里回复：“睡了，其他的等我起来了再处理，不急。”

万杉在群里发了一串问号，似乎不相信他是个这么好说话的人。魏清假装没看见，老老实实地闭上了眼睛。

夏梵维持着之前的姿势一直没动，他久未听到声响，小心翼翼地睁开眼睛。只见她脸上的余怒未消，一瞬不瞬地盯着他，不知在想些什么。

他特别怕她一气之下又跟他划清界限，强装镇定地把她拉入怀中：“睡觉。”

“魏清……”她语气不善，一听就知道不可能是什么好话。他应了一声后便翻身吻住她的嘴唇，让她后面的话一个字也说不出来。

夏梵气得狠狠打了他两下后，又有些后悔，心疼地抱住了他。

“魏清，你好好活着行不行？”他的唇辗转至她的颈窝，听见她的语气虽然已经软化了下来，却透着委屈和恼怒。

他顿时一愣，同时嘴唇划过一点冰凉，轻轻一舔，特别咸。

她迅速在脸上擦了一把：“你承诺的百万年薪我还没拿到呢。”

他哑然失笑：“放心，不会让你守寡的。”

她没有立刻回答，盯着天花板，眼睛里闪过一丝茫然。她觉得他和她远远不会走到那一步，甚至认为用不了多久，或许就在今夜之后，他就会对她感到厌倦。

她甚至希望他能快一点对她感到厌倦，她就不用像现在一样患得患失，生活在害怕失去他的恐慌里。

可她一点也没有表现出来，反而更热情地回应和迎合他。黑暗中，他的手探进她宽敞的恤衫里，同时双眼清醒而克制地看着她："你确定吗？"

这是她的第一次。

同样也是他的。

她有些紧张地咬了咬嘴唇，眼底有泪水，可眼神却是前所未有地坚定，轻轻地点了点头。

他又沉默地看了她一会儿，才将嘴唇温柔地抵在她的耳边低语："夏梵，你点头了，就不能再后悔了。"

声音里有藏不住的笑意。

她以为这份喜悦是来自当下的欲望，却不知那一刻他想到的是自己与她的一生。

夏梵睡到中午才醒来，魏清已经在隔壁房间处理工作了，说话的声音一直断断续续的，隐约能听见"幻想漫画""抄袭""热搜"等字眼。

她心里生出不祥的预感，打开手机一看，编辑群已经炸开锅了。

幻想漫画的纯爱漫画数据占领了各大平台的榜单，而青柠漫画主推的作品被齐齐刷负分，在排名上被狠狠甩出一大截。不仅如此，幻想漫画还对青柠漫画的推广进行了全方位的狙击，导致青柠漫画各种负面话题层出不穷。他们先是没有任何证据地指控青柠抄袭，完全是张口就来，然后对青柠漫画的收稿制度的合理性提出质疑，让漫画作者和工作室都慎重选择。最后贴出幻想漫画高福利、高报酬的制度单，以此从青柠漫画进行从读者到创作者的全方位引流。

第二十三章

Chapter 23

送给她的理想世界

饶是夏梵早已有了心理准备，还是被幻想漫画这睁眼说瞎话的本事打了一个措手不及。青柠的编辑们也在群里发了漫画作者和工作室怨声载道的聊天截图，明里暗里都在抱怨因夏梵名声不好才导致他们遭受了这场无妄之灾。

其中被围攻得最狠的就是云一君和Fairy的新书。乔云一已经进行了回复，让指控他抄袭的人拿出证据来，一如既往地直来直去，引发了不小的舆论关注。

按他的性格，这回答已经是最克制的了，但仍然能感受到他的暴跳如雷。夏梵也预见到了他和她好不容易缓和下来的关系会因为这场风波而降至冰点，没有任何信任可言。

最不妙的是，一周后的漫展必然会有很多人因为这件事而来到现场，对他们进行控诉。按乔云一的性格，做出怎样偏激的事都不足为奇。

她立刻做出决定："郭伦，星期五我跟你们一起去漫展。"

郭伦先是发了一个问号，未等她回答又迅速撤回，回复一个"好的"，把航班时间和酒店信息都发给她。

她也给漫展的主办方打了电话，希望能给她半个小时的时间在主会场做分享。主办方很为难，因为整个流程已在半个月前就敲定了。可今天的事又让她比任何一个嘉宾更具话题度，于是只能根据现场的情况想办法给她挤出一点时间，具体时长还不能确定。

她觉得这已经是很大的帮助了，连说几声感谢后便迅速起床，脸都来不及洗，换了衣服就出门。

“我走了。”

魏清听见声音回头时她已经走出了门，空荡荡的房间里只剩下手机偶尔的振动声。

他的指尖不停地在桌面敲击着，心里的焦虑不安在此刻暴露无遗。

她居然就这样走了。

没有一点留恋地走了。

“老大，你看这个行不行？”他应该追上去说点什么的，可群里还有消息在等着他确认和回复，让他一刻也无法脱身。于是他只能集中注意力，尽快将手里的事情处理完。

然而未等他将手里的事情处理完，夏梵已经发送了文件过来。下周五她准备和乔云一一起去新书的分享会，文件里面是她准备的问题，都是围绕在她和青柠身上的热门话题。

这个漫展是国内最大型的漫展之一，届时不仅知名的Coser（扮演者）和广大的二次元爱好者会去，业内的漫画家和从业者们也会去，包括幻想漫画。魏清明白她的意思，比起网上明里暗里的嘲讽，不如直接做一次澄清。

他给她回了电话。

“可以去做，但是别一味地把所有错都揽到自己身上。我不会阻止你做任何事，可我也不希望你遭受更多的伤害，你明白吗？”他说得很委婉，可她听出了他的不满。

他不干涉她的决定，却不代表他不在乎。相反，他比谁都在乎那些落在她身上的讽刺和奚落。

“我知道。”她笑道，“不过那些言论伤害不了我的，不用担心。”

他应了一声。

夏梵见他不说话，也不挂断，试探着问道：“那我挂了？”

她自然知道他是有话想说的，可她偏偏就是不顺着他，就要等着他先开口。魏清舔舔嘴唇，果断做出抉择：“你就没什么话想跟我说？”

她的唇角勾起一丝玩味的笑容，觉得这样的魏清简直太可爱了，没有一贯的老成，像一个不谙世事的少年，充满了不甘心和虚张声势。

“非要说的话……”她装模作样地想了一会儿，“你昨天还挺厉害的。”

魏清：“……”

他感觉到她的快乐又回来了。短暂的沉默后，他低声问道：“只是还挺厉害而已吗？”

她没忍住笑出了声：“魏清，我说你喝酒还挺厉害的，你想什么呢？”

“我不就说的自己喝酒的事吗？”夕阳的余晖迎风而下，他靠着窗户，眼睛里荡漾出淡淡的笑意，“你以为我说什么呢？”

两个人都心照不宣。

“那你呢？有想跟我说的吗？”

“我想问你，要不要搬过来住？”他尽量让自己的语气听起来随意一些，其实手心已经生出了汗。

电话那头的夏梵突然沉默下来，好不容易营造出的暧昧氛围又陷入令人尴尬的死寂。他等了一会儿也不见她回答，便问道：“你手里的事情做完了吗？”

夏梵一愣：“差不多了。”

“吃饭了吗？”

“正在煮，快吃了。”夏梵隐隐猜到了什么，“怎么了？”

“那我过来找你。”他其实挺惊讶夏梵居然会自己做饭，但没有多想，挂断电话后背上笔记本电脑就出了门。

“哎——”夏梵想阻止他但已经来不及了，“算了，那就来吧。”

她从卧室出来，走进厨房。厨房里，她哥夏河正把从家乡背来的东西一一拿出，鸡蛋、腊肠什么都有，塞了满满一冰箱。

“别塞了，吃不完。”她拿起他削好的苹果咬了一口，“你怎么来也不跟我提前说一声？”

幸亏她回来得及时，刚好在大门口碰上他，不然还不知道他得等多久。

“我还没跟你说啊？”夏河气得都想打她了，“我提前一个月就给你打电话了，你还说没问题。结果你自己不记事还怪上我了？”

夏梵自知理亏，赶紧将话题错开：“你不是说嫂子要生孩子了吗？怎么还有空跑我这儿来？”

“你都不回家，那只能我来看你了呗。”夏河将鸡蛋放进冰箱里，“你瞅瞅你这冰箱里，除了酸奶就什么都没有了，这日子怎么过的啊？”

夏梵觉得自己过得挺好的：“你别瞎操心了，我都这么大一个人了，还能饿死不成？倒是你，真没什么事啊？”

“我能有什么事？”他不经意地避开她的目光，“把筷子先拿出去，准备吃饭了。”

“再等等吧，我有个朋友要来。”

“朋友？”夏河手一顿，“男的女的？”

“男的。”她故作镇定道。

“男朋友？”

她想了一会儿，轻轻点了点头。夏河顿时来劲了，正准备多问几句，就被夏梵制止道：“什么都别问，留着问他去。”

此刻，夏河等待魏清的心情，不亚于一个少女在等男朋友——怕他不来，又怕他乱来。夏梵坐在沙发上看了会儿电视，起身时看见夏河还站在门口。

“哥，你没事吧？”夏梵觉得他太过小题大做，不知道的还以为她真嫁不出去了。正想宽慰他几句，不料被夏河翻了一个白眼。

“你说你，二十六岁了还没个对象，跟一事无成有什么区别？”

夏梵并不难过：“哥，我有对象，谢谢。”

“估计也不怎么样。”他脱口而出，“你这个年纪，选谁都是别人挑剩下的。”

夏梵：“……”

她就不该跟他说话，这不是上赶着自取其辱吗?

“小梵……”正当他想继续劝她别太挑剔的时候，门铃响了。

他的态度立刻一百八十度大转弯，微笑着打开了门。然而门外的人显然不吃这套，英俊清冷的脸上浮现一抹厉色：“你是谁？”

夏河脸上的笑容一僵：“我是夏梵的哥哥，夏河。”

他脸色稍缓，但语气仍然不善：“亲哥哥？”

夏河被他吓得不轻，手脚都不知该往哪里放，拘谨又尴尬：“嗯。”

魏清面无表情地盯着他，不知在想些什么。直到夏梵过来一探究竟，这种令人窒息的氛围才暂时缓和。

“你进来啊。”夏梵说。

他这才勉强露出一个笑容，脱鞋走进屋子。

夏河大气都不敢喘。在他有限的认知里，这个年龄还没有找到对象的男生，多多少少都是在外形、性格或者家庭环境上不占优势的。而这个男人显然哪一样都不占，甚至可以说不管在多么拥挤的人群里，他都出众得能让人一眼看见。

夏河又开始担心夏梵和这样的男人交往会不会受欺负。

魏清丝毫没注意到他情感上的变化，将包随手放在沙发上：“你哥什么时候来的？”

“今天下午。”夏梵本来有些担心他会不会因此变得尴尬，结果他不仅没有，反而还非常自然地跟她站在了一起。

他点点头，没有再深问。同时，夏河从厨房盛了汤出来，让他们到饭厅吃饭。

饭桌上，三个人都异常沉默。最后还是夏河打破沉默："夏梵，你不给哥哥介绍一下吗？"

魏清也偏头看向她，似乎很好奇她会如何介绍自己。

夏梵小心翼翼地吐出嘴里的鱼刺："他叫魏清，是我的男朋友。"

那道逼向她的目光顿时消失了，他的唇角勾起一抹让人不易察觉的微笑。

"那你们交往多久了？"感觉到夏梵的谨慎，夏河不由得心生顾虑，"是谁追的谁啊？"

夏梵眉头微皱："哥，你带嫂子回家的时候我可没问这么多。"

夏河给她使了一个眼色。

她虽有不满，却还是闭上了嘴。

"还不到一个月。"魏清看破不说破，将手臂搭在夏梵背后的椅背上，"但我追她快有八年了吧。"

夏梵："？"

什么时候？整整八年她可是一点也没察觉到，这跟没追有什么区别？要不是她阴差阳错看见了他发给许真的消息，那层窗户纸估计到现在也不会被捅破。

夏河也是一脸诧异，像是在问：你居然这么难追？

夏梵敷衍地笑了一下："呵呵。"

"是吗？"夏河讪讪地笑道，"不像啊。"

"哪里不像？"魏清抬眼向他看去，尽管语气温柔，可夏河还是被他严肃的眼神吓得一抖，喉结不由得滑动了一下。

"因为你看上去挺受女生欢迎的，不像是那么专情的人。"

魏清眉头一皱："这两者冲突吗？"

"就是我觉得人都是善变的，像你这种条件受到的诱惑肯定会更多一些，所以我并不觉得你会有多……"

夏梵一把捂住了他的嘴。

"哥，吃饭的时候少说话。"

魏清的脸色极为难看，碍于他是夏梵的哥哥才没有发作，只深深地看了他一眼，然后低头继续吃饭。

饭桌上再也没有人说话，直到夏河收拾了碗筷进入厨房后，夏梵才小心翼翼地解释道："我哥他不是针对你，他就是……"

"站在一个男人的角度。"魏清说。

夏梵无言以对："你也不用太在意，他这个人说话不过脑子的。"

他轻轻地摇了摇头，走到窗边道：“比起他，我更好奇你是不是也这样想？”

晚风吹拂着他的头发，那张意气风发的脸上露出少有的疲惫。她咬着嘴唇，脑中闪过几个回答，但似乎都不够好。

于是她直直地看着他，然后上前一步，在他的嘴唇上亲了一下。

他顿时忘记自己要说什么。原本落寞的晚风变得温柔起来，魏清倚靠在窗台上，过了几秒钟才找回自己的声音：“你这是在混淆视听。”

话音一落，她又踮起脚在他嘴唇边亲了一下，脸上是让人不得不妥协的狡猾。

“夏梵我告诉你，你别搞这套，我不吃……”

她又迅速踮起脚亲了他一下。不过这一次，他没有再让她那么轻易地撤退了，而是手臂一伸，搂过她的腰加深了这个吻。

她连忙推开他，后怕地打了他一巴掌，脸上鲜有地浮现一丝鲜活如少女的恼意。

“你不忙了吗？”夏梵问。

“不忙了，都快处理完了。”他双手往窗台上一搭，长长地舒了一口气，“以后我就不那么忙了。”

夏梵露出疑惑的眼神。

他淡淡一笑，直起身用手指在她额头上轻轻戳了一下：“你见过哪家公司老板每天比员工还忙？”

这话说得颇有道理。

“那你不管程序和研发了？”

“我能做的都做完了，剩下的就交给许真和产品经理吧。”他详细地解释道，“以后公司内部的事情就交给你们了，我负责去跟其他公司的老板和投资人对线。”

她不由得一怔。

“你不是最讨厌和人打这种交道吗？”虽然他一次也没有说过，可她都清楚。这个人骨子里就带着与这个世界格格不入的孤傲，让他像蒋澄一样卑躬屈膝是不太可能的。

“不是讨厌，只是以前有条件可以不做而已。”他笃定地笑道，“其实我搞应酬还挺厉害的。”

经他这么一说夏梵才想起来，他和其他人相处的时候，的确比她想象中要更随和。可她也没办法问他喜不喜欢。

谁能够随心所欲地按照自己喜欢的方式过一生呢？只不过是尽可能地，让那些喜欢的人和物在身边停留久一点罢了。

她眼里有着显而易见的担忧。

他不由得失笑，伸手摸了摸她的头："夏梵，别用这种眼神看着我，我会心疼的。"

"知道了。"她迅速转过头，强压下心里突如其来的伤感，"你是不是还有工作要做？我看你背了电脑过来。"

这个话题转得未免太生硬了，让他有些措手不及。他露出无奈的笑意，抚着她的后脑勺将人揽入怀中："不知道的还以为我公司做不下去，要下海去了呢。"

她没好气地打了他一下。

这时，夏河放在桌上的手机响了，夏梵立刻从他怀里退出来。夏河拿起手机便又回到了厨房，似乎并没有注意到他们。只听他回答得支支吾吾，很快就挂断了电话。

魏清也没再逗她，将电脑提进她的卧室后便开始处理最后的扫尾工作。转眼就到了晚上十点半，夏河小心翼翼地从门口探出头来："这么晚了你还不回去吗？"

魏清先是一愣，随后反应过来这是怕自己找借口占夏梵便宜，在赶他走呢。他伸了一个懒腰，满不在乎地道："不着急。"

夏河脸上的表情变幻莫测。

"倒是你晚上住哪儿呢？"魏清环视一圈，一室一厅的房子，除了沙发也没别的地方能让他睡了。

果不其然，他指了一下夏梵正躺在上面看手机的沙发道："睡那儿。"

"你去我那儿住吧。"

夏河："……"

"虽然你们俩是兄妹，可夏梵不是小姑娘了，你一个大男人住这儿还是不方便。"他收起电脑拔下插头道。

"可是你家在哪儿？要是离得太远的话我不是更不方便？"

魏清深深地看了他一眼，像是有话要说："比你在这儿方便。"

夏河没有再反驳，提着装有换洗衣服的袋子就跟他往门口走去。夏梵闻声而起，疑惑地道："你们俩去哪儿？"

魏清拿起放在她脚边的包，顺手揉了一把她的头发，一句话也没说就跟夏河出了门。她以为是夏河想跟他聊聊，没有多想。

两个人上车后，魏清绕着附近的广场开了一圈，然后在一个便利店门口停下，问道："你是有什么事才过来的吧？"

夏河没想到他会问得如此直白，一时没反应过来："啊？哦……嗯，没什么事，就是过来看看她。"

说到后面，他的声音越来越小，也越来越没底气。

魏清看破不说破，然后不知从哪里找出了一包烟，抽出一支递给他："抽烟吗？"

夏河点点头，接过烟后又陷入了沉默之中。

魏清放下车窗，单手靠在车门上，将烟放进嘴里抽了两口，随后皱着眉头熄掉了。夏河问道："你不抽烟？"

"以前抽，后来她不喜欢，就戒了。"他说得很自然，没有一点不甘心或者标榜自己的意思。

"她让你戒的？"夏河试探地问道。

魏清轻轻摇头："以前在她面前抽烟她皱过几次眉，后来就戒了。"

夏河："……"

他老婆怀孕后让他戒烟他都没戒掉，最多就是避开她。可这个男人仅仅因为夏梵皱过几次眉头就戒了，如果不是真的喜欢就是在吹牛。

他暂时还分不清是前者还是后者，所以没有发表任何意见。显然魏清也不需要他的肯定，又追问起之前的问题："你不好跟夏梵开口的事，可以跟我说。"

"你怎么知道的？"夏河不知该夸他敏锐还是该怪自己不够小心，"夏梵也知道吗？"

魏清看了他一眼："我叫你出来就是不想告诉她。"

夏河仍然觉得难以启齿。

魏清也没有催促，只是静静地等着他。窗外斑驳的树影透过挡风玻璃落到他身上，让他的侧脸变得更加清冷，不过却没有丝毫冷漠，甚至蔓延出一份独有的温柔。

他终于鼓足勇气开口。

夏梵读大学的学费和生活费都是他出的，后来夏梵说工作后就还给他。他自是推拒了，可最近家里要买房，首付不够，妻子就又想起了这笔钱，催促他来找夏梵要。

他根本开不了这个口。因为这些年来他对夏梵一直是有愧的，觉得父母对她不好与自己有关，所以用这种方式来弥补她。

谁知妻子拿肚子里的孩子威胁他，非要他来把这笔钱要回去。

"我真的开不了口，"比起魏清的坦然，他身上充满了一个而立之年却一事无成的男人的窘迫与无可奈何，"那不是往夏梵的心上捅刀子吗？"

"可如果你不要这笔钱，就是往你妻子的心上捅刀子。"魏清无法怪他的妻子，在这个讲究物质条件的世界里，他老婆在没有房子的情况下却依然选择与他结婚生子。

说她自私，可某种意义上已经是无私。

夏河捂着脸，陷入了痛苦的抉择之中："再给我一点时间，我会想到办法的。"

魏清盯着前方，同样在思索着什么，没有说话。

"我准备先找朋友们借点，实在不行就去贷款，然后再悄悄地把这笔钱还上。"这是夏河目前能想到的对两边都没有伤害的办法。

"可孩子出生后将面临各种各样的支出，而且每个月还有房贷，你这样做会把自己逼得很辛苦。"魏清非常冷静，"而且一旦你的收入跟不上支出，还有可能陷入一个恶性循环。"

夏河又何尝不知："可这个真的是当下最好的办法了。"

魏清在短暂的沉默后问道："供夏梵读大学你一共花了多少钱？"

"十万左右吧。"他深吸一口气，抬起头道，"不想了，船到桥头自然直，就先这样吧。"

"我给你十二万，你别让夏梵知道这件事。"

夏河一怔。

魏清解释道："夏梵以前喝醉了酒就会说，哥哥和嫂子是这个世界上对她最好的人，是她整个少年时代为数不多的让她感到温暖的存在。我不希望任何人毁掉这份寄托，不然在她受到挫折想回头寻找点什么的时候，就只剩下苦涩了。"

夏河手握成拳，抵在自己的嘴唇上，努力不让自己哭出声来。足足过了几分钟，他才平静下来："不用，我可以处理……"

"你拿着吧，如果夏梵知道你为了她去借钱或者贷款，她会更难受的。"说着，他便在包里找银行卡。

"真的不要。"夏河一把按住他的手腕制止道，"夏梵能遇到一个像你这么喜欢她的人，我已经很欣慰了。"

这种不夹杂任何物质与利益权衡的喜欢，于夏河而言实在是太过任性和缺乏真实感，可偏偏又温暖得过头。

魏清淡淡一笑，手腕从夏河的手中挣脱出来，深邃的眼中流淌着无可奈何的温柔，在路边昏黄的灯光的照耀下显得特别迷人。

"喜欢这个东西太过片面，也太过广泛了。我只知道，只有她让我拼尽全力过，也让我对这个世界开始有了期待。"他转头看向夏河，"这也是我想要送给她的。"

一个值得期待的、能撑起她所有野心的理想王国，无论他需要为之付出多少努力、背负多大风险，他都愿意为此前行，并全力以赴。

第二十四章

Chapter 24

反击

晚上十一点半，夏梵听到门铃声。正当她疑惑时，门外响起魏清的声音。

“我正想给你打电话问你回没回去呢。”她放下手机往他身后瞧去，“我哥呢？”

“我把他安排到酒店了。”他回答得极其自然，一点也没有觉得这种行为有何不妥。而让她最不能理解的是，夏河居然同意了。

这么明显的调虎离山之计，摆明了是别有用心，他就不担心独自在家的妹妹发生什么意外吗?

“过来。”魏清坐在沙发上，面无表情地向她招手，“谈谈我们的事。”

夏梵：“……”

这样的魏清她已经很久没有见过了，不由得紧张地咽了一口口水，战战兢兢地在他旁边坐下，很理智地与他保持了一臂的距离。

显然是怕他一时冲动又夹她的脖子。

“哥，你有事就说事，千万别动手啊。”她千叮咛万嘱咐。

他双眼一眯：“你见过哪个正常人会没事就夹女朋友脖子？”

她想都没想就直接用食指指向他。

魏清：“……”

空气中弥漫着令人窒息的尴尬。

她迅速将食指收回，手握成一个小拳头，眼观鼻，鼻观心，显得特别乖巧。

“夏梵，”他又气又想笑，把自己都给逗乐了，“你别气我。”

“你也别打我。”她小声嘟囔。

这话说得他已经不仅仅是不正常了，简直就是品德败坏。他深吸一口气，随即猛地翻身覆到她的身上，将她困于沙发和胸膛之间。

“别转移话题。”他俯身逼近她，“搬到我那边后家务和饭我都做，你也不需要改变什么，反正你做什么我都可以接受，哪怕是没有洗澡就睡我的床。”

夏梵不由得露出一丝诧异。按他的洁癖程度，这绝对是他能拿出的最高待遇了。

她想起以前在工作室的时候，谁无意中坐了他的椅子都会让他大发雷霆，而现在他居然愿意跟她分享自己的一切。

看这认真的态度也不像是临时起意，更像是深思熟虑后的笃定。

以前许真和蒋澄经常在背地里说，这以后也不知道谁倒了八辈子血霉才会当他的女朋友。就他那种只要没洗澡连客厅都不能进的程度，肯定会把人逼疯的。

然而，他不仅没有让她改变，甚至比大多数男人都做得好。

她太过于震惊导致大脑停止思考，不假思索道：“你居然还没感到厌倦吗？”

魏清对这个问题感到匪夷所思：“你厌倦了？”

就像是他觉得一切才刚开始，而她却在问他是不是应该结束了。夏梵自知失言，吞吞吐吐道：“我以为你……”

“费了这么多心思就为了睡你一晚是吧？”他眼里的错愕变为冷漠，显然是既失望又生气。然而他也没有因此说出任何冒失的话，更没有一走了之。

“睡你不是目的，想和你一起生活才是。”

夏梵从未见过这样的魏清。

他在跟她解释，那些她的误解、她的偏见以及她的狭隘。有句话他说得很对，她的确从未真正了解过他。

她见过他盛气凌人的一面，便以为他对任何事都这样。殊不知他也在会在爱情里退让，会在喜欢的人面前小心翼翼，卸下所有冰冷与坚硬的外壳，只留下最温暖和最柔软的胸怀。

她就这样看着自己憧憬了这么多年的男人，眼眸湿润，微咬着嘴唇。

他眼里的冷漠瞬间崩塌，流露出不知所措的惊慌。

她脑中不禁浮现他早期漫画里的男主角说过的一句话：只要她哭了，就是我错了。

转眼间她又笑了。

魏清疑惑地皱起眉头，女孩子都这么喜怒无常吗？

“魏清，”她猛地伸手搂住他的脖子，扑到他的怀里，“我突然好庆幸被你喜欢的人是我啊。”

不然她看着他在另一个人面前露出这样的表情该有多遗憾啊。

“突然觉得庆幸吗？”他刚准备伸出去回拥她的手，又因为这句话停滞在半空。

夏梵真的服了他的咬文嚼字了。

“以前很庆幸被这样的你喜欢，现在很庆幸被你喜欢的人是我。”夏梵趴在他的肩膀上解释道。

他按捺不住地勾起唇角，回拥住了她。

与此同时，冯思昭都快把乔云一的手机给打爆了，而乔云一只是中途接了一个，说让她不要管。

她怎么可能不管。

她一直知道乔云一这个人性子挺直的，却没想到能直到这种地步。一个营销号质疑他最新一部作品的框架结构和人物造型都抄袭了国外的一部小众漫画，甚至上了对比图，引发了不小的舆论争议。

这件事换作是青柠漫画的任何一个人，都知道这是一场蓄意谋划的舆论战，并不会轻举妄动。可以他的性格，遭受了这样的质疑，在没有与任何人商量的情况下，立刻就要在微博上进行反驳。无论他是对还是错，最后都只会让他和青柠漫画置身于更大的舆论风暴中。

以前夏梵就深受这种舆论和偏见之苦，也知道这是谁的惯用伎俩。可正所谓“造谣张张嘴，辟谣跑断腿”，尤其在如今这个互联网时代中，人与人之间的关系越来越近，问题也在无限放大。

没有人会耐心地看完两部作品了，但所有人却可以凭借一面之词和断章取义，给一部作品或者一个人下定论。

夏梵很清楚不要被任何道听途说来的言论所阻挡，走好脚下的路最重要，但乔云一显然不明白。

他入行这么久，虽然从未真正大火，但也没有遭受过这样的质疑和居心不良的揣测，一字一句都据理力争，连设计的作品的线稿都挂上去了。

负责宣传和营销的PR团队蒙了。操作这种舆论于他们而言最简单不过了，可乔云一这一连串的操作让他们完全不敢轻举妄动，怕两边放出来的东西不同，自己人打了自己人。

另一边的孔敏看到乔云一暴跳如雷差点笑死。仅仅两天的时间，因为上线了两本纯爱漫画，幻想漫画的APP下载率暴增，登上了App Store（APP商店）的图书分类第一名，在各大社交平台的话题热度也居高不下。

她终于感觉自己扬眉吐气了，想起夏梵时都能挺直腰杆了。而陈宇也对此大跌眼镜，他的思维还一直停留在夏梵在时的样子，对孔敏所有寻求突破的决定都持保留意见，说白了就是不看好。

可他也不知道该怎么做才能更好。

他只是喜欢那种顶着创始人的名头，在任何公共场合都被人尊敬和仰慕的感觉，就连一直看不上他的父亲也会以他为荣，在朋友面前提起他的创业故事。

他并未觉得不妥，从来没有想过这份荣誉极有可能是他偷来的。

“小敏，对不起，以后你无论做什么决定我都不会再质疑你了。”陈宇是一个非常善于说软话的人，尤其是在女生面前。除了极少数，如夏梵、冯思昭等人不吃这套以外，大多数女孩还是会喜欢他的这种小情小意。

孔敏自然是比较受用的：“看着吧，好戏还在后头。”

对陈宇而言，好戏不好戏的没关系，只要孔敏能让他的荣誉延续下去，不管多么荒唐的决定他都会睁一只眼闭一只眼的。

包括让青柠漫画的前员工入职。

殊不知，幻想漫画的编辑部已经因乔乔等人的到来而被搞得乌烟瘴气了。她们是孔敏最坚定的拥护者，支持她的每一个决定，特别是关于夏梵的。

孔敏决定将所有留有夏梵影子的经营模式全部换掉，包括独立漫画家和工作室的福利、合作机制、推荐机制等，并且修改了版权改编的分成比例，让许多创作者大跌眼镜。

出于维护公司利益的角度，陈宇非常支持这个决定。

因为这伤害不了编辑们的利益，虽然大家觉得不太好，但也不会反驳。可随后而来的各项福利机制的取消，业绩考核由作品成绩和影响力而定的决定，让编辑们压力倍增，身心疲惫。

有老编辑反驳：“一个作品的成绩不仅是由内容决定的，也需要花钱去搏。”

乔乔对此非常不屑，坐在孔敏旁边的沙发上替她反驳：“如果什么都靠花钱去营销，那还找我们这群编辑做什么啊？直接全部营销算了。”

老编辑气得摔文件夹：“假如一个作品的运营底线是五万块钱，首先要给足这五万块钱才能去搏更大的蛋糕。可如果连这个标准都没有达到，拿什么去搏？”

乔乔并不认同：“好的作品当然值得花钱，可前提是大家得签到好的作品来让Boss花钱吧。”

这句话的意思很明显了——在拐弯抹角地骂他们没能力签到好作品。

老编辑深吸一口气，强忍着暴打乔乔的冲动走出了孔敏的办公室。

其实他们这一批留在幻想漫画的老编辑，虽然认可夏梵，但并不像小七等人那样非夏梵不可。在他们看来，公司的人员流动和岗位调动是再正常不过的事情了。可乔乔等人一来，孔敏立刻露出獠牙，要将所有与夏梵有过交集的人赶尽杀绝。

他们这一群人，像是夏梵留在幻想漫画的遗物。

而在夏梵的一众“遗物”里，助理霍霍活得最风生水起。她一见风向转变，便立刻和老编辑们划清界限，站到了乔乔等人那边。

乔乔等人也颇为受用，觉得自己的价值终于慢慢地体现了，价值观也开始输出。

一切都是一个很好的开始。

乔云一一直不接电话，在微博上的回应也越来越激烈，冯思昭无奈，只能给夏梵打电话，结果夏梵的回答令她大跌眼镜。

夏梵说：“这并不完全是一件坏事。”

冯思昭特别惊讶：“为什么？”

“理应是要反击的，只是他这个反击太不成熟了。”她微微停顿，“而且你不觉得他也应该试着长大了吗？”

她说得很隐晦，但冯思昭听明白了：乔云一应该为自己的冲动和不理智付出代价。

“夏梵，”冯思昭并不认同她的观点，却又不敢贸然反驳，难免有些吞吞吐吐的，“我觉得这也是一个人蒙冤后该有的正常反应。”

夏梵没说话。

冯思昭心里七上八下的，怕自己把事情越搞越麻烦，连忙话锋一转：“不过他确实是太不成熟了。”

“思昭，”夏梵也在思考，“善良和正义是需要立场的，如果只是一味地追求对错，那么善良就会变成助纣为虐的愚昧，正义也会变成捅向别人的一把刀。就像乔云一当初联合其他人声讨我一样，他们的善良和正义，变成了陈宇捅向我的一把刀。我希望乔云一能从这件事中学会一个道理——不要被任何事物的表面所蒙蔽，要看清一件事物的本质后再做判断。”

冯思昭似懂非懂：“你的意思是……”

“乔云一这件事，表面上看是在针对他，其实本质上是在打击青柠，挑拨青柠的内部矛盾。”

冯思昭完全懂了。

“我们这个时候去劝乔云一，只会加重他的逆反心理，青柠的高层和其他团队也会觉得我们都被人摁着打了还不容许作者还手，会给大家留下没本事、没脾气的印象，指不定在公司内部就被人瞧不起呢。”

冯思昭觉得她和乔云一简直是两个极端，一个想得太多，一个又想得太少。而且话已经说到这个份上了，也没有继续下去的必要了。

挂断电话后，夏梵立刻将目光投向在一旁收拾东西准备回家的魏清。他坐在沙发的扶手上，低头刷着手机，正等着与她告别。

“你这么晚还要回去？”她眼神闪烁，一看就没安好心。

魏清防备性地抱着双臂，向后坐直身子，轻轻地点了一下头。

“不回去不行吗？”她两只手的指尖时不时戳到一起，一双眼睛睁得大大的，露出一副心无城府的单纯和无辜模样。

魏清太了解她了，喉头不自觉地滑动，随即以迅雷不及掩耳之势，抓住放在脚边的背包就往门口跑去。

夏梵一把抱住他的脖子，将他强行拉回来：“哥哥，你跑什么呀？”

“夏梵，好好说话。”他浑身的鸡皮疙瘩都起来了，将她的手强行扒开，“放开我。”

“你好坏哦，还跟人家玩这种欲擒故纵的把戏。”她趴在他的肩上，虚情假意地在他胸膛上捶了一下，“你今天晚上不回去好不好？”

“不好。”他简直在用全身的力气抗拒她。

她索性就挂在他身上，凑到他耳边肆无忌惮地撒娇。他感觉自己此刻就像旧时书里被缠上的书生，整个头皮都在发麻。

他忍了又忍，终是手臂一伸，将她提到自己身前俯视：“哄我。”

夏梵睁着一双无辜的大眼睛，从魏清的角度看去格外可爱。一见他松口，她眼睛都快笑没了，爽快地亲了他一下。

“不够。”话落，他主动搂过她的腰，加深了这个吻。

等他回神时人已经被夏梵安排到了书桌上的电脑前。她一扫之前的无辜动人，特别清醒地将电容笔塞到他手里。

魏清：“……”

他可算知道了什么叫“色字头上一把刀。”

“想让我干什么？”

她立刻将自己的作品构思和企图达到的某个目的告诉他，他听完后轻轻摇了摇头，然后按照自己的想法动笔画起来。

她坐在床头静静地看着他。

不得不说，灯光下，这样专注而认真的魏清是迷人的。哪怕他脸上没有一点表情，亦如当初那个意气风发、无所畏惧的少年。

她喜欢现在这个克制的魏清，也迷恋过那个肆意妄为的魏清。

他常说乔云一像从前的他，可她觉得并没有那么像。魏清是骄傲的，如果被人污蔑的事情发生在他身上，他绝对不会解释，也不会反驳，只会用作品说话。

在她胡思乱想的时候，他已经将初稿画完，让她验收成果。

然而仅仅是初稿，就已经惊艳到让她一把抱住了他：“哥，你快别创业了，回来继续画画吧。”

话语里全是来自一个粉丝的激动。

魏清都懒得搭理她，活动一下脖子后便筋疲力尽地趴在床上。

“哥，你为什么不画画了啊？”夏梵坐着转椅滑到床边问。

“知道什么叫江郎才尽吗？”他趴在床上，连睁眼的力气都没有，自嘲一笑，“少年成名注定让人少了一些经历，可是创作本身又需要去经历痛苦和抉择。如果可以选择的话，我真想让名气来得晚一点。不过那样的话就无法遇见你了，所以现在也挺好的。”

夏梵脸上的笑容不自觉地消失了,剩下的只有心疼。

一个被大众定义的天才，注定会背负更多的期待。而这样的期待既是动力也是压力，有多少个突破的瞬间，就有多少个压得人喘不过气的刹那。

她轻轻为他盖上棉被，转身坐回到电脑前。

周一清晨，孔敏和陈宇吃早餐时在各个社交平台刷了一遍，都没有看见青柠漫画相关人员的回应，连乔云一也沉默了，留下一句“清者自清，没有做过就是没有做过”便再也没有回复过了。

抄袭的标签会像狗皮膏药般贴在他和青柠漫画的身上，就跟当初的夏梵一样，想撕也必定要蜕一层皮。

在孔敏看来，青柠漫画已经错过在各个平台与他们博弈和反击的最佳时机了，也认定就算对方还手也搞不出更大的风浪，所有的言论已经站到了青柠漫画和乔云一的对立面。

她心里浮现四个字：大局已定。因此她的心情很好，脸上全是笑容，甚至开始了诸多不切实际的幻想。然而事实证明，她的确小看了青柠漫画。

下班前两个小时。魏清用公子清的账号发布了一条推送：我为什么要去创业？

下面是一幅漫画。以主人公的行为和少数话语回答了这个问题。

青柠漫画的诞生，不为钱也不为名，而是他们想成为国漫走向世界的一块基石。因为这个想法，他们又聚集到了许多志同道合的伙伴。

在国漫的形势如此严峻的情况下，一群仍然因为热爱而坚持创作的漫画作者们，一群曾深受国外二次元文化影响的少年们，希望有一天能在漫展上看见更多国漫的身影，于是他们创办了青柠漫画。

不是卖惨，也不是辩驳，只是平静地叙述一个事实：无论青柠漫画发生多少改变，都是为了让初心不变。

紧接着，青柠漫画的官方微博也上传了乔云一新作品与另外一本漫画的对比图，明确指出这是在断章取义，并且将骂得最凶、带头滋事的营销号通通列了出来，直言会发律师函。最后不忘表明立场：我们不容忍抄袭，也绝对不会姑息诽谤。任何在青柠漫画创作的漫画家，都将由我们来守护。辛苦了，@云一君。

孔敏不以为意。在她看来，这些只是不痛不痒的官方声明，根本无法改变舆论已经站在青柠漫画对立面的定局。

然而，这两条相继推送的消息发出不到一个小时均已转发破万，全部都是业内的知名漫画家和创始人等。支持和拥护的言论像潮水般席卷了各个平台。

孔敏开始慌了，她甚至连自己错在哪里都不知道。尤其是公子清的漫画，几乎刷爆了她的朋友圈和所知的各大公众号，她看到的全是对青柠漫画和魏清的声援。

在她看来，魏清不过是一个过气的漫画家，画不下去了才被迫创业。然而直到这一刻，她才开始了解魏清是谁。

他十年前的成名作如今依旧是国漫的里程碑，在海外那种弱肉强食的地方也仍然占有一席之地。同时，在国内的画手心中，他绝对是最没有争议的顶级大触，作品无论是画功还是剧情都非常人能及。所以他在这个行业里说的每句话，都能激起千层浪。

可谓是拥有绝对的话语权。

她低估了魏清在国漫圈的影响力，也忽视了情怀所产生的创造力。

可这远远不是结束。曾经作为新生代漫画家代表的Fairy也在社交平台上挂出了漫画内容发声，希望青柠漫画能够如它所承诺的一样，成为漫画创作的一片净土，而她本人也愿意为此献出自己的绵薄之力。紧跟着，青柠漫画的官方微博挂出了一系列即将上线和最新连载的漫画，其中除了原创作品，还有许多人气小说改编的漫画。

青柠漫画APP在各个平台的下载量接连登顶，每日活跃用户达到了百万人次。

她最在意的夏梵被彻底隐去，没有人再记得这个曾让人诟病的行业毒瘤，留下的全是青柠漫画不忘初心的余音。

陈宇给孔敏打了很多电话她都没有接。她站在办公室的落地窗前看夕阳的余晖，那余晖像是青柠漫画这只巨鳄张开的血盆大口。

第二十五章

Chapter 25

钱，还有魏清

别说孔敏了，就连夏梵和许真，甚至是已经离开的蒋澄，都被朋友圈、微博以及知乎上清一色的好评给吓到了。

知乎上有人问：如何评价公子清?

最高赞的回答是：大概就是“千帆历尽，归来仍是少年”的最真实写照。

不仅有老粉，还有看了采访后被魏清的颜值俘获的新粉，微博下面的评论全是——“哥哥为什么不出道！”“天啊，早知道哥哥这么帅我就不卸载青柠了！”“哥哥的背不是背，是保加利亚的玫瑰；哥哥的手不是手，是什刹海畔的妙柳！”

夏梵觉得再这样下去，魏清还画什么漫画、投什么广告啊，直接靠脸让青柠漫画出道就行了。

她还只是在想，而营销部门已经付诸行动。

第二天，青柠漫画APP的首页推送就是魏清的照片，旁边配了一行字：世间唯有热爱不可辜负。

夏梵在地铁上看见的时候，先是被魏清的脸惊艳了，随后又被这行配字给击中，周围隐隐有议论魏清和青柠漫画的声音。

这一刻她才真正感觉到青柠漫画火了。

以一种所有人都意想不到的方式突破次元壁，进入了更多人的视野。

然而孔敏并不认同，她花了更多的钱去签大神和作品，虽然前几部新发表的作品暂时被魏清的热度给盖住了，但刚发表时的关注度是有目共睹的。

她坚定地认为，大神可以引流，从而扶持起更多的作品，一个更好的幻想漫画会诞生的。

与之相反的是，青柠漫画的工作人员都暂时松了一口气，有种透支了的筋疲力尽。在大家计划着要不要请年假休息的时候，公司突然发了一笔巨额奖金。

最少的都有两万块。

大家顿时又被打了鸡血，感觉自己还可以再加几个班。随后魏清以个人立场在公司的公共邮箱里发送了一封感谢信，把很多人眼泪都看出来了。到晚上聚餐时，他们什么承诺都说出来了，誓要与青柠漫画共进退。

魏清只是笑，可灯光下他的眼中明明有什么东西在晃动，闪闪泛着光。

这个看似清冷的男人，其实并不像表面上那么冷漠。相反，他深知人情，容易被感动，也极为念旧。

夏梵坐在那儿都想替他哭了，一个人躲到阳台上去吹了一会儿风，才将心里受到的触动压下去，逐渐平静下来。

她抽空给乔云一打了一个电话。

乔云一声音闷闷的，似乎还在为之前的事情尴尬："有什么事吗？"

"后天我跟你们一起去漫展，有什么需要可以提前跟我说。"她回答得越是坦荡，就越是让他不安。

他沉默良久："夏梵，你没有别的话想跟我说吗？"

"有啊，但我觉得见面说更好。"她想了想，"后天我请你们喝酒吧，那边有个地下酒吧不错。"

乔云一不轻不重地应了一声，夏梵也没再多言，挂断了电话。

她转过身与正推门出来的郭伦撞了一个正着，两个人四目相对，郭伦一身酒气地向她扑来："夏梵。"

她灵敏地躲到一旁："你说。"

他靠在阳台上看了她许久，随后自顾自地笑起来："我们最近收到了很多投稿，大赛也有很多人参加。"

"我知道。"

托魏清的福，许多漫画作者对青柠漫画有了更直观地了解，试着向他们迈出第一步，主动联系青柠漫画的编辑。其中不乏一些曾经拒绝约稿的大触。

"青柠一定会越来越好的。"他说。

夏梵没有盲目乐观，理智又克制："这需要我们所有人的努力。"

郭伦被泼了冷水也不生气，笑得可爱又认真："夏梵，你来青柠真的挺好的。"

“也谢谢你没有离开青柠。”她怕他不信，又补充了一句，“真心的。”

“那我可以要一本Fairy的签名书吗？”

“我明天给你。”

他立刻双臂高举，欢呼起来：“说话算话啊，仙女是不能食言的。”

夏梵重重点了头，他才心满意足地离开。

偌大的阳台上又只剩下她一个人，几分钟后，冯思昭和小七等人推门而入。大家手握一瓶啤酒趴在阳台上，俯视着不远处的万家灯火，顿时都百感交集，却又不知如何言语。

最后还是夏梵先开口，打开他们递来的啤酒罐：“今天晚上不聊工作，好好喝吧。”

大家都认同了她这个观点，纷纷灌下一口酒。过了一会儿，小七说：“我真的小看魏清了。”

钱程非常认同：“的确。他虽不在江湖，江湖却一直有他的传说。他一回来，江湖还是他的江湖。”

“为什么我们之前都没发现魏清在业内有这么大的影响力呢？”小美问。

“因为他之前根本就没发挥他的影响力。”冯思昭答，“记得青柠漫画刚诞生时，大家都说他是明星创业者，可他自己从来没说过什么，大家自然也就忽略了他真正的实力。”

“唉——”小七由衷地感叹，“果然你大爷还是你大爷。”

“嘿。”夏梵一听他们夸魏清就忍不住笑，藏都藏不住的那种高兴，“你们知道十年前的国漫是什么样的吗？完全是神仙打架，魏清在那种情况下还能一枝独秀，凭的是什么？除了天赋，还有努力和决心。”

微风吹拂着她的头发，她眺望着前方的眼睛里是前所未有的憧憬和柔软，大家都不由得一愣。

“我在很久以前就觉得，他是那种无论做什么都会成功的人。从某种意义上来讲，我觉得不是他选择了漫画，而是漫画选择了他。”她一夸起魏清根本就停不下来，“他真的很厉害。”

话音一落，魏清推门而入。

其他人一见他立刻就躲开了，只有夏梵没有察觉，还在说个不停：“我从读书时就喜欢他的漫画，后来见到他，发现他长得居然比他的画还好看。”

她回过头，对上的正是魏清那双似笑非笑、染了酒意的眼睛。

她难免失神。

“想什么呢？”他拿手在她眼前轻轻晃了一下。

她脱口而出：“我在看哥哥的手到底是不是什刹海畔的妙柳。”

魏清失笑，眼里全是温暖的柔光。

夏梵怔怔地看着他。

晚风和煦地吹拂着，周遭的一切变得柔软起来，就连灯光都充满了诗意。

“不是妙柳，只是普通的肌肉和骨骼。”他轻声低语。

她勾起嘴唇。

“你还没正面回答我要不要搬过来住。”他偏头看她。

今晚的他穿了一件高领毛衣，柔顺的头发垂在额头，使他少了一些攻击性，有种让人疼惜的稚嫩。

于是她轻轻地点了点头。

他眼里闪过一丝惊讶，但很快又平复下来：“那明天我来帮你搬行李？”

她想了想：“行。”

他还在看她，似乎想问：为什么突然就妥协了？

“因为我还想看看哥哥的背到底是不是保加利亚的玫瑰。”

他眼底全是无奈的笑意，将所有的温柔深藏于掌心，揉了揉她的头发：“外面风大，进去吧。”

她勾了勾唇角，转身跟在他的身后。她发现他的背上没有玫瑰，只有一个男人为了热爱而前行的勇气和担当。

她真的真的很喜欢这样的魏清。

“哥，”她脚步一顿，用一种几不可闻的声音说，“我喜欢你啊。”

在她的少女时代，她无数次地在他身后说过这句话，然而她从来没有奢望过他的回应。

可此时他却转过身，直直地看着她：“我知道。”

她的眼泪瞬间就涌出来了。

强忍着在众目睽睽之下扑到他怀里的冲动，她大步地从他身边走过。而他似乎也明白她的隐忍，只是目光含笑且温柔地看着她的背影。

许真疑惑地凑近他：“你在看什么呢？”

“看我家的小姑娘。”他轻声回应。

“嗯？”许真没听清，“你说看什么？”

“你有什么事吗？”一对上许真，他眼里的温柔淡去，语气也变得清冷起来。

“我就想问你还吃不吃……”

魏清瞪了他一眼，头也不回地走掉了。

周五上午，安排好工作上的事后，夏梵提着行李与郭伦直奔机场。他们抵达的时候，其他的漫画作者已经到了，包含乔云一在内总共有五个人。

除了乔云一，其余四人见到夏梵都有些拘谨，礼貌地喊了一声“夏主编”后，便不好意思再说话了。倒是夏梵主动跟大家聊起天来，从生活方式聊到创作瓶颈，再从时代发展聊到行业困境，半个小时后，令人拘谨的“夏主编”消失了，只剩下亲切温柔的“梵姐”。

乔云一从头到尾都没有和她说过一句话，登机后更是连眼神的交流都没有，神色冷峻，不知道在生谁的气。

夏梵也没搭理他。

其他人隐约察觉到两个人之间的不对劲，联想到之前在社交平台上的事，大家也逐渐安静下来，乖乖闭上了嘴。

郭伦叹了一口气，用手肘撞了撞旁边的乔云一：“你气什么呢？”

乔云一双眸紧闭，一副睡着了的样子。

“别跟我装，我知道你没睡。”他看了眼前几排同样在假寐的夏梵，“你还在气之前网上骂你抄袭的事呢？我觉得真不怪夏梵。”

“我没怪她。”乔云一开口说了今天的第一句话，“我是在生自己的气。”

郭伦将信将疑地看着他。

“你气你自己干什么？”

“你不明白。”乔云一将身后的帽子拉起来罩在头上，“我昨天通宵赶稿，今天早上七点钟才睡，所以别跟我说话了行吗？”

睡眠不足对人的情绪影响是非常大的，尤其是负面情绪，于是郭伦乖乖闭上了嘴。

飞机抵达后，他们还没走出机场便接到了主办方的电话，通知他们接机的专车已经在停车场等候了。

除了乔云一，其他作者都是第一次参加这样的活动，一路上都特别兴奋，不停地说话。乔云一只是将帽子往下拉了拉，有种故意将自己跟大家隔绝开来的格格不入。

郭伦担忧地看着他。

怎么说呢？以前的乔云一最多让他觉得不太好亲近，现在则是完全无法靠近，从头到脚都散发着易被迁怒的危险气息。

他悄悄扯了夏梵一下：“他没事吧？”

夏梵顺着他的目光看过去，乔云一戴着耳机独自坐在最后一排，双手环胸，目不转睛地看着窗外。

她想坐过去，结果还没坐下，乔云一就将背包放在了旁边的座位上，用眼神将她劝退。

他看上去非常有事。那些莫须有的指控深深摧毁了他引以为傲的东西，对他的打击远比她想象中更为严重。

“别管了。”夏梵说完也将目光投向窗外，“我来处理。”

汽车抵达酒店门口，其他人都陆陆续续地下车。夏梵也起身下车，一直站在车门边等乔云一过来。

乔云一看了她一眼，没有说什么。他反手关上车门，率先走进酒店大厅开始签到。有相识的漫画作者想跟他打招呼，结果被他冷漠的态度给吓得收回了手，站在一旁连他的名字都不敢喊。

夏梵叹了一口气，办理好酒店的入住手续后，她将大家聚集到电梯前：“待会儿我们去外面吃饭吧，我知道这附近有一家餐厅的东西特别好吃。”

“梵姐，你经常来吗？”

夏梵点点头：“之前的几次漫展我都有代表幻想漫画过来。”

提起幻想漫画，大家的表情多多少少有些不自然，一副想问又不敢问的样子。夏梵也不想说，就假装没看出来，将话题引到了其他地方。正说着话呢，一双手突然从后面拍了拍她的肩膀：“喂！”

她被吓得不轻，一转身发现居然是恶人十八，立刻回了他一巴掌：“司空你有病是不是？”

司空是他的本名，知道的人并不多。经夏梵这么一喊，不少人露出了恍然大悟的表情。

司空撇嘴：“有事求人的时候就叫人十八，现在没事了就连名带姓地喊，语气都不软一下。我发现你这个人真是干什么什么不行，过河拆桥第一名。”

夏梵一脚踢在他的小腿上，这时电梯刚好开门，电梯里除了几个认识的漫画作者以外还有几个编辑。最要命的是，孔敏也在其中。她一瞬不瞬地盯着夏梵踢向司空的腿，白眼都快翻上天了。

司空也没好脸色，拉着夏梵直接进了另一部电梯。

夏梵用房卡刷了对应的房间楼层后，倚着扶手和司空心照不宣地笑了起来。其他人虽然好奇，却也没敢问。

电梯抵达后，夏梵跟司空挥了挥手就和大家一起走了出去：“先休息一下吧，六点钟的时候一起出去吃饭。”

“行。”大家拿着房卡相继进了自己的房间。

“乔云一你等一下，我有话跟你说。”夏梵刷卡打开自己房间的门，将行李丢进去后，立刻叫住准备关门的乔云一。

他本想拒绝的，可她的表情很严肃，让他不得不控制住情绪。他点了点头，终是让开了门。

夏梵跟着他进了房间，等关上门后直奔主题：“你还在气网上骂你抄袭的事？”

乔云一不说话，板着一张脸蹲在地上开始收拾行李。夏梵也跟着他蹲下来：“你之前不也骂我抄袭吗？”

“那不一样。”他立刻抬起头反驳。

“哪里不一样？”夏梵歪头看他。

他舔了舔嘴唇，一副欲言又止的样子。夏梵立刻心领神会：“你想说我是真的抄袭了，而你是被冤枉的？”

“不是。”虽然他心里的确这样想过，可真正说出来又是另外一回事，“我就是一时想不开。”

“你知道你为什么想不开吗？”夏梵问。

他自然不知道。

“太顺了。”夏梵直言不讳，“经不起一点质疑和议论，我觉得这样不好。尤其对于创作者来说。”

他仍然沉默。

“当你听到的都是夸赞和掌声时，人是会飘起来的，觉得自己做什么都对，会变得独断又自负，对自己缺乏一个理性的认知。”她蹲得久了腿有些麻，索性一屁股坐在地毯上，“当然也不能全听坏话，如果身边都是否定的声音，那人就废了。”

乔云一深深地看着她，很想问她这些年都是怎么熬过来的。他只是被骂了几天，结果心态都快崩溃了，而她被骂了几年，却还跟没事人一样，也不知该夸她还是该心疼她。

“别坐地上，坐床上去吧。”他从地上站了起来。

她双手撑地，结果没坐起来，乔云一下意识地抓住她的肩膀，将人扶了起来，她顺势往旁边的椅子上一坐：“坐过地上了，怎么能坐床上呢？”

乔云一：“……”

这似曾相识的洁癖，让他隐隐想起了魏清，蓦然有些出神。

“所以我一直觉得这件事对你而言并不是坏事。”她没有发现他的反常，“虽然这件事对你的影响在我的意料之外，但我觉得大可不必。因为你的优秀有目共睹，有一个人质疑你就会有九十九个人肯定你。可你为什么只看得到那一个人，而忽略了剩下的九十九个人呢？”

乔云一微微牵扯唇角，似乎有被这句话安慰到。

“以前那么多人骂我，包括我的老板，他每次喝醉了都会在背后说我能有今天，全是因为公司愿意给我平台。”她咬着嘴唇，认真地回忆起那些深埋于心底的往事，“我从幻想漫画离职的那一天，陈宇让我检讨一下自己，问我为什么要纵容作者们抄袭，让平台的口碑下滑。我当时觉得特别可笑，那些不都是他授意的吗，怎么最后就变成是我在纵容了呢？”

乔云一一愣，没想到夏梵会跟他说这些。

“可我连一个喊冤的地方都没有，只能打碎了牙往肚子里咽。”她自嘲一笑，“如果不是魏清来找我，我应该不会再待在漫画行业了。”

“不做漫画你要做什么？”

“去做点三天打鱼，两天晒网，没那么热爱的事吧。”她认真地思考，眯着眼睛回答，“当时我明知道陈宇的很多决定都是错误的，但为了所谓的理想心怀侥幸，自欺欺人。”

“你的理想是什么？”

“让属于中国的漫画在这片土地上诞生，然后走向全世界。虽然我们这辈人不知道什么时候才能看见那一天，但我们要埋下一颗种子。”她没想到时隔多年自己竟还能理直气壮地说出这句话，而且比以往的每一次都更有底气。

乔云一想起魏清说过的那句话——愿成为国漫走向世界的一块基石。

他们怀揣着巨大的热情和理想，投身于时代的浪潮中，不管最终会涌向哪里，至少他们曾拼尽全力地引导过河流的方向。

可越是这样想，他就越是对自己生气：“你知道我气什么吗？”

夏梵摇头。

“我在想，你一个姑娘被那么多人骂的时候都没像我这样一蹶不振，我这才几个人啊，就沮丧成这样。”他深呼一口气，“就是对自己太失望了。”

“那要我给你放一首《算什么男人》吗？”

乔云一瞪了她一眼，想起了很久之前的事情，脸色颇为不善。

“玩笑，玩笑。”她连忙赔笑，“任何事情只要经历得多了，自然就看淡了。别觉得这有多了不起，就是脸皮变厚了而已。”

说得轻巧。

只有经历过才知道这个过程有多难，根本不是“脸皮变厚”这四个字足以概括的：“那最开始的时候，你是怎么撑过来的？”

“钱。”她很直白。

他面露诧异，又不禁莞尔，觉得这是一个让人无法反驳的理由。毕竟没人会跟钱过不去。

“还有魏清。”比起之前的不假思索，这个回答要更温柔，也更坚定。

他想这才是她咬牙坚持下去的全部理由，不禁又想起那句话：流水的男友，铁打的清哥。

“夏梵，希望你可以如愿。”

这句话很耳熟。

夏梵鼓励似地拍了拍他的肩膀：“你也是。”

乔云一的脸色终于比之前好看了些，整个人也逐渐放松下来，露出一丝笑容：“会的。”

到了下午六点，大家再见到乔云一时，他的状态明显比之前好了很多，愿意跟其他人说话了。郭伦连连称奇，悄悄凑近夏梵：“你给他灌了什么迷魂汤？”

“只是看起来好了点而已。”夏梵深知最引以为傲的东西被否定时是什么感觉，会让人陷入一无是处的怀疑之中，严重点来说根本就是堆积质疑和绝望的深渊。

这种糟透了的感觉，根本不是旁人三言两语就能解决的。郭伦忧心忡忡地看着乔云一。

“别担心，我可以处理。”夏梵安抚般地拍了拍他的肩膀，走到乔云一身边，与其他人若无其事地聊起来。

郭伦走在人群的最后面，无声地叹了一口气。

晚上八点。

大家在附近的私房菜餐厅吃过饭，围着酒店的湖边散步时，夏梵接到了魏清的电话。她不自觉地面露温柔，往人群相反的方向走，按下通话键。

“喂？”

第二十六章

Chapter 26

答案

“在干什么？”他蹲在客厅里的一堆纸箱前，调整了一下耳边的蓝牙耳机。

“刚吃过饭，你呢？”

“在想要不要收拾你的行李。”他用食指轻抚着下嘴唇，“那边热吗？”

“挺热的。”比起在北城时穿的棉袄和毛衣，此时她只穿了一件短袖，露出白皙的小臂，“你别收拾了，等我回来自己弄。”

他应了一声：“还顺利吗？”

“目前看起来还算顺利。”

“乔云一呢？”他站起身，“还是不和其他人说话？”

“你怎么知道？”她有些诧异。

“我之前见过他，比我想象中还要沮丧。”魏清走到客厅，拿起杯子喝了一口水，“现在也是吗？”

“好些了。”她看了乔云一一眼，“在我说了自己的亲身经历后，好像暂时活过来了。”

他勾了勾嘴唇，又起身往卧室走去：“是吗？”

夏梵听到脚步声，不由得皱眉：“你又去干什么？”

“收拾行李。”他放下水杯，“后天要去参加一个会。”

他一说夏梵就隐隐猜到了是哪个会议：“在哪里？”

“没注意。”

回答倒是符合他一贯的风格。

夏梵难得深究："那什么时候回来？"

"两三天吧。"

"嗯，那你注意安全。"夏梵本想问得再细一些，却又觉得那样很像他的妈妈，"到了给我报个平安。"

他眉头微皱："就这？"

"不然？"

"再见。"魏清假意要挂断电话，夏梵忍不住笑了起来。

"夏梵，给你一个好好说话的机会。"

"要是太晚就别给我打电话了，我估计都睡了，你发个短信或者微信就行，别把我吵醒。"

魏清直接挂断了电话。

她唇角的笑意更深，对她来说，目前没有比逗魏清更好玩的事了。

她的步伐不禁轻快起来，宛如青春期的少女，在夜里的灯光下充满了美好又朦胧的雀跃。

这样偶尔不稳重的夏梵足以让所有人都停驻凝视。乔云一眼眸深邃，蓦然有些出神。同行的漫画作者见状问道："梵姐，是你男朋友吗？"

她大大方方地应了一声。

"是干什么的呀？"大家更好奇什么样的人能让她这么喜欢。

"画画的。"

众人恍然大悟，下意识脑补了恶人十八那张脸。乔云一跟他们的想法截然相反，第一反应就是魏清。

除了魏清，谁还能让她像一个情窦初开的少女一样，连眼底都藏着星光呢?

他心里说不出是什么滋味，虽有不甘，却又生出理所应当的无奈。因为他们俩跟彼此以外的任何人在一起，都可能会对别人造成某种伤害。

就好像非彼此不可。

他移开了目光，独自走在人群的最前面。其他作者都围着夏梵，趁她心情好赶紧壮着胆子开口："梵姐，我问你个事啊，恶人十八是和幻想漫画解约了吗？"

他们本来觉得这事也不大，可在得知他是夏梵的男朋友后，就觉得离开幻想漫画便是无可厚非的事："是因为你吗？"

夏梵想了想："不算吧。"

她最多就是背地里使了点坏，给恶人十八出了些馊主意，让他解约去成立自己的工作室，给孔敏添了一点小麻烦而已。

乔云一对这些事没有一点兴趣，一路上心事重重的，直到快到酒店时他才从这种情绪中短暂地抽离出来："夏梵，我们要不要再对一下明天上台发言的稿子？"

他把自己绷得很紧，就算强打起精神，眉心也始终未曾舒展。好不容易热络起来的气氛又开始变得低沉，大家面面相觑，十分尴尬。

"郭伦，你先带大家去玩吧，我和云一君待会儿就过来。"

郭伦心领神会，组织其他人到自己的房间玩纸牌游戏，夏梵和乔云一则在酒店的休息厅对稿子。

他不是第一次接受这种访谈了，虽说不上对答如流，但也算得心应手，根本不需要这么紧张。夏梵看出他焦虑的根本不是这件事，没有戳穿，对完稿子后将其卷成圆筒攥在手心："乔云一！"

他猛地回过神，一脸如梦初醒的表情。

似乎连自己正在走神都不知道。

她叹了一口气，起身将双手撑在他的椅子两侧，俯视着他的眼睛："明天有我在，你什么都不用怕。"

他怔怔地看着她。

那双近在咫尺的眼睛，明亮而坚定，仿佛承载着亿万颗星辰。

他将手肘靠在椅子的扶手上，不自然地移开头："知道了。"

"你一定会庆幸我是你的队友。"她抓住他的手腕，"走了，跟他们玩游戏去，别想那些破事了。退一万步说，就算明天有人拿矿泉水瓶砸你，那也是我先挡在你的面前。"

这句话像一记温柔的耳光，让人难堪，却又无比动容。

他想起很多年前喜欢的那个女孩在离开时说的话，她说："乔云一，你的世界太美好了，我即使用尽全力好像也还是保护不了它。"

他一直不明白这句话是褒义还是贬义，直到这一刻他突然明白了，没有褒义也没有贬义，只是在如实地陈述自己的感受罢了。

她曾经有多喜欢他对这个世界热烈而纯真的期待，后来就有多为他非黑即白的片面感而感到辛苦。尽管她拼尽全力，想要回应他对于这个世界的期待，但还是不够。

他从未理性而客观地面对过可能会遇见的灾难、失望以及质疑，只是在不断地逃避，躲进自己以为的那个理想世界里，等着别人来给他救赎。

于是时隔多年，他又从另一个女孩的口中听到了想要保护他的话，还是要为他挡矿泉水瓶的那种。

"夏梵，你再给我一点时间。"他的眼神逐渐变得坚定，从她手中抽回手，站起身将她逼退到自己的椅子前。

他一定要长成能保护别人、让人可以依赖的人。

“好。”夏梵不知他想到了什么，只觉得不同于之前流于表面的振作，而是有一些东西在他心里蓬勃而认真地生长了，“我们所有人都愿意等你。”

中国国际动漫游戏节。

这个由官方部门主办的国内首屈一指的大型漫展，地点在市中心的大型展馆里。展出一般会持续五天，除了国内的漫画公司、游戏公司以外，国外的知名“大厂”，如集英社、木棉花等都会有官方展区，以及一大片周边和同人本的贩卖摊位，简直是各个知名漫画家、游戏玩家、知名Coser以及创作团队的见面会，同时还会有Cosplay（角色扮演）大赛、指定影院的动漫电影展映、金星奖评选等超级盛典。

夏梵和郭伦在开展前就带着工作证去了青柠漫画的展区，旁边紧挨着幻想漫画。乔乔正在跟工作人员撒娇，希望能给他们一个更大的摊位来放置周边。

工作人员一脸为难，可也没拒绝，隐隐有被她说动的苗头。郭伦也有些心动，当即便提了一个不太成熟的小建议：“梵姐，要不你去试着叫声哥哥，看能不能……”

夏梵一脚踹在他的小腿上：“滚！”

乔乔听到声音，一回头脸就垮了，都懒得用正眼看他们俩，全程背对着他们。夏梵和郭伦也不在意，继续该干什么就干什么。等到了九点，展馆里的人逐渐多了起来，签售区的漫画作者也纷纷入场，远远就能看见许多拿着书正在等待的读者。

夏梵跟见面会的负责人交接完工作后便从后台走了出来，碰见了许多穿着模仿动漫人物的服装的少男少女，有日漫、漫威电影以及国内的游戏人物，而国漫人物的造型只占了极小的一部分，甚至大多数路人压根认不出来。

她穿着与此处格格不入的正装，胸前挂着一个工作牌，静静地看着从面前走过的人群。

“你站那儿干什么呢？”司空准备进候场室的时候，正巧看到她一个人站在人群里，与周围朝气蓬勃的行人相比，她像是一个忧心忡忡的家长，显得格格不入。不过他从不思考自己为什么会有这样的感觉，反正以夏梵的性格，就算真遇上了什么事也会自己解决，轮不到他来操心，“还习惯等我呢？”

他穿着黑色的工装裤，双手揣兜，显得特别吊儿郎当。夏梵一看就来气，抓住他手臂打了两下：“不争气的，还有脸给我晃？”

司空：“……”

“你以后能不能让我在漫展上看见别人Cosplay你作品里的人物啊！”夏梵语重

心长，“算了，不着急，有生之年就行了。”

“就这？”司空不以为意，“你也太杞人忧天了。”

“影响力！影响力！你懂吗？”夏梵知道说了他也不懂，也懒得多费口舌，“算了，你好好干吧，我走了。”

“这算啥影响力，能进入海外市场并占得一席之地才算呢。”

“你知道还不努力？”夏梵又来气了，咬牙切齿地握拳捶了他的胳膊两下，“加油啊！”

“说话就说话，你别打我行不行？”

“十八老师，您怎么还在这儿呢？孔总编在候场室等您呢。”霍霍匆忙跑过来，看到夏梵连忙打了一个招呼，“梵姐，您也在呢。”

“等就等着呗。”司空对孔敏厌恶至极。他的性格本就不愿受约束，除了漫画以外对别的事都不上心，通常是夏梵指哪儿打哪儿，反正基本没错。而孔敏则一刻也不让他省心，什么采访、作品宣传都让他自己应付，帮不上忙就算了，还要在漫画的创作上干涉他，凭空想象地指导他。

简直是彻头彻尾的外行指导内行。

他和夏梵搭档的时候，后者虽然也很烦，天天没事就瞎操心，可夏梵对作品提出的建议都是专业的，一看就是懂这行、有真东西的人，让他不得不服。

孔敏自是无法让他服气。

其实就算夏梵没有与他和解，他也会和幻想漫画解约成立自己的工作室，只是夏梵的认可给了他更多的勇气而已。

霍霍赔笑道：“十八老师，你就别为难我了。快过去吧，主持人都上台了。”

司空不情不愿地往候场室走去。

见面会的地点在展馆中央，夏梵看了一眼流程表，上午是幻想漫画的见面会，由超人气漫画作者恶人十八和总编孔敏代表出席，主题是——与梦想同行。

夏梵唇角勾起一丝讽刺的微笑。同时她也非常好奇，孔敏想与之同行的梦想是什么。她慢慢悠悠地走过去，观众席已经坐满了人，她和没有座位的人站在外围，饶有兴致地看着台上表现得大方得体的孔敏。

她穿着白色裙子，亚麻色的长发披在背后，用珍珠发夹夹起了一侧头发，露出白皙小巧的耳朵。她双腿交叠坐在恶人十八旁边，认真聆听着主持人的提问。

“请问孔总编，是什么促使您成为一个漫画编辑的呢？”

“当然是对漫画和二次元的热爱。”她回答得中规中矩，恶人十八都难得地看了看她，然后一个劲地跟台下的粉丝挥手互动。

比起她的认真，他实在是太漫不经心了，整张脸都写满了敷衍。

观众似乎对这些回答感到无趣，一直打哈欠，在台下交头接耳，全都在问——“这个女人是谁啊？”“什么时候结束啊，我只想要十八的签名啊！”“对啊，谁想听她说话啊，我们想听十八撩人啊！”

夏梵看了一眼时间，乔云一和青柠漫画其他漫画家的见面会也要开始准备了，于是没等到主持人采访恶人十八，她就已经离开了。

她离开不久后，主持人向恶人十八提出了一个恶意满满的问题：“那十八你觉得孔总编和前主编夏梵谁更适合你呢？”

恶人十八与粉丝齐齐抬头，目光不善地向她望去。路人一脸蒙，只觉得他的表情不太好。

“孔总编让你问的？”司空唇角一勾，同样提了一个恶意满满的问题。

主持人下意识看了孔敏一眼：“没有，我就是好奇。”

“那请问你眼中的适合是什么呢？”司空笑意盈盈，“因为每个人对适合的理解与定义都不一样。”

台下昏昏欲睡的观众都因为恶人十八的回答而变得精神抖擞，粉丝们更是紧张得不行，一个劲地示意他别说话，免得被有心之人利用。

“就是……更喜欢谁呢？”

这句话任谁看都知道是别有用心，无论回答喜欢哪一个，还是回答都喜欢或者都不喜欢，以他现在的立场和性别都不合适，很有可能会因此陷入奇怪的舆论之中。

粉丝为他暗自捏了一把汗，而路人更多的是在好奇：夏梵是谁？总觉得在哪见过这个名字，可又想不起来具体是在哪里见过。

恶人十八脸上保持着笑容，眼神却清醒冰冷：“您要说我喜欢夏梵倒也没什么，可要说孔总编呢，这还得先问问我家创始人允不允许我喜欢。”

台下一阵唏嘘。观众在笑的同时交换了一个心照不宣的眼神。

孔敏脸上青一阵红一阵的，做贼心虚地瞪了他一眼。这不明摆着说她是靠陈宇才坐上这个位置，根本就没实力跟夏梵竞争吗？

结果恶人十八看都没看她一眼。

等到发布会结束回到后台，未等孔敏冲上来跟他撒气，他就主动叫住主持人和孔敏：“姐姐们，今天弟弟这回答你们还满意吧？”

孔敏顾忌地看了一眼工作人员，强忍着才没有发作：“挺好的，司空。”

“那以后咱们都再接再厉吧。”恶人十八意味深长地拍了一下她的肩膀，然后往场外走去。与此同时，他压低声音骂了一句：“你也配。”

孔敏攥着拳头深吸了一口气：没关系，后面有办法收拾他。

主持人想安慰她："学姐，我也不知道他这么敢说。"

"没事，你已经做得很好了。"孔敏敷衍地笑了一下，"以后你来北城我请你吃饭。"

"好。"

一个小时后，青柠漫画的见面会也开始了。场地在展馆中心的左侧，座位和舞台更多也更大，只是位置较为偏僻。但因为前不久的热搜，不关注青柠漫画的人，也知道了被指控抄袭的云一君和帅到出圈的创始人魏清。

台下几百个座位座无虚席，没有座位的空地上也围满了人。

乔云一非常不自然，主持人也看出了他的窘迫，努力引导他却仍然无果后，将话题转向了其他人。然而到了读者提问环节，还是有观众直接将问题抛向了他。不等主持人点名，一个小姑娘便起身问道："云一君，青柠漫画发的关于你作品抄袭鉴定的调色盘我看了，我觉得，如果你没有抄袭的话，别人为什么要诬陷你呢？"

因为没有话筒，后排的人压根没听见，可乔云一听得清清楚楚。

夏梵一直守在舞台的侧面，看了一眼提问的小姑娘后，示意工作人员递上话筒。工作人员担忧地看着她，显然也感觉到了乔云一的状态很不好。

夏梵肯定地点点头。

工作人员这才向提问的观众递上话筒，观众接过话筒后又重复了一遍，原本闹哄哄的会场顿时安静下来。所有人都在等乔云一的回答。

夏梵不自觉地替他捏了把汗，时刻做好了上场替他圆场的准备。乔云一手握住话筒，直视着小姑娘缓缓开口："谢谢你对我的关注。我想说你这个问题跟读书时问被欺负的学生'为什么他们不欺负别人只欺负你，是不是你有问题'一样荒谬。"

他神情严肃，认真得像是在参加一场答辩。

提问的小姑娘一脸不服气地看着他。

"如果你真的在乎我是否抄袭，那就不要看调色盘，而是应该去把两部作品看完，那时你心里自会有答案。"

现场有合作的自媒体，负责写稿的编辑忍不住吐槽："避重就轻。"

似乎对他的回答极不满意。

"很久之前我也骂过别人洗稿、抄袭，然后那个作品的编辑跑来问我：你有认真地把两本书看完过吗？其实我没有看完，可我却理直气壮地站在道德的制高点上去抨击了另一个作者。"他微微一顿，将目光投向吐槽他的自媒体编辑，"因为偏见和自以为是，我变得狭隘又主观。”

这句话听着是在自省，却又像是在骂所有质疑他抄袭的人，每个字都充满了讽刺。

“还有其他问题吗？”

主持人频频回头看夏梵，他这个回答真是太直接了，就像一记耳光打得人脑袋发蒙。可夏梵知道以他的性格，这个回答已经在竭尽所能地委婉了，谈不上中规中矩，却也有理有据。

“谢谢云一君的回答，”主持人连忙打圆场，“让我们看见了一个跟他的作品一样直率且真实的云一君。那听了这个回答之后大家是否满意呢？欢迎带上话题来微博或者扫描下方的二维码与我们讨论哦。”

……

“谢谢各位老师的回答，我们的采访到这里就结束了，下面的时间暂时交给青柠漫画的总编夏梵，相信大家也有很多问题想跟她讨论吧？请等待签售的宝宝再稍等一下哦。”

“夏梵？”准备起身离开或者上台等待签售的读者齐齐一愣，一度以为自己听错了。同时，旁观的路人也终于想起夏梵是谁了。

一个屡屡被骂上热搜的漫画编辑，一个比许多漫画作者更有知名度且突破次元壁的行业毒瘤。

大家都回到了原来的位子，打开关闭的摄影机，想听听她到底想说什么，想听听她说的话会将当前的舆论推向何处。

“大家好，我是夏梵。”

她穿着黑色的薄款西装外套，袖口和里面的背心都是黑白分明的格子图案。黑色的长裙中间有一排金色的桃心纽扣，脚下是一双黑色的高跟鞋，再搭配着两个不规则的耳坠，使得她整个人看起来更加成熟，根本让人无法想到这只是一个二十六岁的姑娘。

大家不自觉地收起了对她的轻视之心。

“相信在我的身上有许多让大家好奇的争议，比如幻想漫画的抄袭和洗稿到底是不是我本人授意的？我入职青柠漫画是不是要重新颠覆国漫的格局？青柠漫画又是否会复制幻想漫画的成功模式继而成为下一个幻想漫画呢？今天，我会代表我自己和青柠漫画给大家一个答复。”

第二十七章

Chapter 27

她的千军万马

在大家全神贯注地等待夏梵回答时，一个穿着黑色西装的男人在几个工作人员的陪同下走了进来。他抱着双臂，身姿挺拔地站在门外，黑色的头发往后梳，露出了光洁饱满的额头，让他看起来更加强势和冷傲。

有眼尖的观众发现了他，连忙撞了撞旁边的朋友：“那不是魏清吗？”

“他怎么来了？”

“专门来给自己的编辑和作者撑场子的吗？他人也太好了吧！”

“魏总，您坐。”工作人员不知从哪里为他找来了一把椅子，但他摆手拒绝了，聚精会神地看着台上的夏梵。

她站在偌大的屏幕前，显得娇小而瘦弱。但她的气势很强，却没有让人反感的傲气，甚至极为真诚，让人心甘情愿地被她牵着鼻子走。

魏清的唇角勾起一抹不易察觉的笑。

“在我从业之前，一个前辈给我讲过国漫所经历的至暗时刻——在中国的第一本漫画杂志还没有诞生之时，在这颗种子尚未萌发，急需要养分破土之时，许多评论家在各个报纸和媒体上发表文章和言论，称‘中国不应该有漫画’‘漫画是青少年成长的毒瘤’‘漫画不利于孩子培养想象力’等等。那些在今天看来简直可笑的言论，在那个时代却是掷地有声的。他们的依据是从日本引进的漫画中含有色情与暴力的内容，为了青少年的身心健康，中国不应该发展自己的漫画，混淆了内容和载体。前辈跟我讲，从那时他就下定决心要做一个漫画工作者，想身体力行地去证明一件事——中国漫画，终会健康而茁壮地成长。

“在幻想漫画创立之初，前辈曾问我是否为此做好了准备。那时我不到二十三岁，满腔热血地认为我们可以改变国漫的未来。”她忍不住深吸了一口气，“虽然关于幻想漫画的内容与运营模式的争议一直存在，但不可否认的是，幻想漫画的诞生让更多的人开始关注中国漫画了。可同时也很遗憾，让大家对国漫的未来开始产生怀疑了，这对于当时担任编辑部主编的我而言，是一种失职，我很抱歉。”

她合手将话筒握于腹前，身体呈九十度鞠躬，认真地道歉。

现场一片哗然，这意味着网上那些质疑的声音，她和她的团队都是听得见的，也知道当时纵容部分作品抄袭和洗稿是错误的。可出于某种利益，他们选择了视而不见。

口口声声地说着热血和理想，结果到头来还不是为了钱？

每一个从业者和漫画爱好者，心里都涌现出不同程度的愤怒。

乔云一不禁站起身。因为比起自己，她似乎更容易被人砸矿泉水瓶子，人群中也的确有人扬起了手里的矿泉水瓶。

魏清眼眸微沉，将观众席中的反应悉数收于眼底，随后大步穿过中间的过道，一把抓住前排那只准备扔瓶子的手。

他像定海神针一样，让原本躁动的人群顷刻安静了下来。

这是魏清，是那个在国漫一蹶不振的纸媒时代扛起了半壁江山的天才漫画家魏清，对于现在的年轻从业者和读者来说都是犹如神明一般的存在。

于是，其他举起矿泉水瓶子的手也慢慢放了下来，面露惶恐。

他眼神凛冽地扫过人群，又凶又狠，众人后怕地咽了一下口水，陡然想起现在的夏梵已经不是幻想漫画专门用来背锅的小主编了，而是被以魏清为首的青柠漫画所庇护和支持的年轻总编。

大家逐渐冷静下来。

魏清这才松开手，站在舞台的最前面，神色坚定，无人可敌。他在这里，就是她的千军万马。

夏梵与他四目相对，随后将目光移开，稳住心神后进入下一个环节。

而在手机另一头看着现场直播的冯思昭和小七眼眶都红了，两个人脸上满是不服，却也极力克制着没有破口大骂。

“在幻想漫画那么久，我都不知道夏梵的权力这么大。”小七替夏梵打抱不平，比本人还委屈。

冯思昭也在指桑骂槐，冷嘲热讽道：“我也在想呢，她一个连总编都当不了的人，有什么资格出来道歉？”

钱程和小美的脸色也不好看，但他们更为冷静，全神贯注地等着夏梵后面的话。他们不相信夏梵准备了这么久，只是想替幻想漫画道一个歉。

“然而可惜的是，在我离开幻想漫画后，它并没有变得更好。”她从容不迫，将屏幕上的PPT切换到下一张，“我曾经也一度对自己产生过质疑，试图离开这个行业，但是青柠漫画和魏清老师对我的信任，给了我一个重新回到赛道的机会。在这几个月里，我们取得了一些成绩——”

屏幕上是青柠漫画签约的影视、WEB动画（网络动画）、PV、有小说版权的作品，连着几页，多达近五十本。不仅如此，他们与官方、众多头部小说都有改编合作，甚至还参与了一些大银幕动画电影的投资。

夏梵尽可能简明扼要地介绍，但还是耽误了不少时间。众人面露诧异，似乎不敢相信她在这段时间里居然做了这么多事。

“下面是青柠漫画近段时间的日活率和下载量的数据图——”

屏幕上一路走高的数据图，在近两个月更是迅猛增长，在安卓和IOS的下载系统里几度登顶，旗下的漫画作品在各个平台的热度和搜索次数，连许多老漫画平台都望尘莫及。

台下大部分原本置身事外的从业者，在看到这一系列的数据后突然压力倍增。

幻想漫画的崛起，尚可用抄袭和洗稿作为他们这些前辈的遮羞布，那青柠漫画又算怎么回事呢？他们发现，当夏梵遇上青柠漫画后，更准确地说——在遇上魏清后，完全就是如虎添翼，让人刮目相看。同时他们也更好奇，陈宇看见这一幕会怎么想，会不会有那么一点懊悔呢？而孔敏躲在角落里，看见这一幕时，气得牙齿都快咬碎了。

霍霍在旁边安慰她：“敏姐，别生气了。梵姐这么能干你又不是第一天知道，把自己气坏了多不划算。”

孔敏被堵得说不出话，良久才缓过来：“既然你这么欣赏夏梵，就去青柠漫画继续给她当助理啊。”

“她不要我啊。”霍霍脱口而出，见孔敏鼻子都快气歪了，连忙解释，“当然，她要我我也不能去啊。”

孔敏顺了顺被霍霍和夏梵气得发闷的胸口。

“话说敏姐，你为什么要来做这行啊？”霍霍一直挺好奇的，“你也不是很喜欢漫画啊。”

“嗯。”孔敏没有反驳，她的确没有那么喜欢漫画，更没有夏梵那么崇高的理想。她只是羡慕夏梵担任主编时的雷厉风行，以及发号施令时所有人对她的言听计从。就连作为老板的陈宇也会顺着她。

所以她对夏梵从憧憬到嫉妒，最后再到怨恨，天真地以为只要赶走夏梵，坐上了她的位子，就能成为和她一样的人。然而到现在她才知道，让夏梵发光的不是主编这个身份，而是她本身就在发光，所以才会让主编这个身份变得闪闪发亮。

“既然如此，当初为什么要把她赶走啊？还不如把她留在你手下，活给她做，功劳你拿。”

“你觉得夏梵能同意？”孔敏觉得霍霍不仅蠢，还挺坏的。不然她怎么能把这么不要脸的话说得如此冠冕堂皇。

“原来你也知道夏梵不会同意。”霍霍嘟囔了一声。

“你说什么？”孔敏隐约听见了什么，却又不太真切，难以置信地看着一贯捧着她的霍霍。

霍霍连忙赔笑道：“我夸您呢。”

孔敏冷哼一声：“不想干就直说。”

“哪能啊？这夏梵还没要我呢。”霍霍脱口而出。

孔敏：“嗯？”

“不是，我说自己哪能走啊，我和您在一起多快乐啊。”霍霍说。

孔敏怀疑她在说反话，但暂时找不到证据。

舞台上，夏梵的声音还在继续：“青柠漫画的每一部作品都是原创作品，我们不会容忍抄袭和洗稿的行为，也绝对不会无视诽谤，必要时将用法律手段来维护旗下漫画作者的名誉和权利。欢迎更多的原创漫画家和工作室与我们合作，一起让这个行业健康而茁壮地成长。谢谢。”

台下的掌声从寥寥几声到如潮水般响起，足足有五秒钟的时间。

“喂，她说自己离开幻想漫画，幻想漫画也还是没有变得更好，而青柠漫画在她入职后却实现了资源腾飞，这就是在变相地解释，幻想漫画变成那样跟她没关系，青柠漫画变成这样才是她的实力，对吧？”台下几个从业者一边鼓掌一边议论道，“你看人家这踩着前东家洗白自己的操作，简直就是公关营销里的王者段位啊。”

“不然人家怎么配得上‘行业毒瘤’这个称呼呢？从某种意义上来说也是行业代表了。”另一个从业者皱起眉头，“不过她和幻想漫画是不欢而散的吧？不然怎么会一点情面都不给对方留呢？甚至暗暗指出曾被逼得想转行了。”

“你也感觉到了吧？看来以后行业的风向标不是幻想漫画，而是青柠漫画了。”

夏梵走下舞台，签售会正式开始。

冯思昭等人退出直播间，并长长地舒了一口气：“我还以为她只会道歉和背锅呢。”

“都把话说到这份上了，怕是对幻想漫画之前的操作忍无可忍了。”钱程鲜有地笑道，“你说，她这番话会对幻想漫画的D轮融资产生影响吗？”

“有空担心人家的D轮，不如操心一下自家的C轮。”冯思昭叹气，“蒋老师走了，再瞅瞅魏老师那不肯为五斗米折腰的样子，未来堪忧啊。”

许真从办公室出来就听见几个人长吁短叹，觉得挺有意思，便站在旁边听了一会儿。他直到此刻才笑出声来，在冯思昭头上推了一下：“魏清不在就什么都敢说是吧？”

几个人都不怕他，还非常热情地邀请他加入群聊。

许真也难得有空闲，便没拒绝，倚着格挡板问：“你们对幻想漫画真没一点留恋吗？”

“有什么好留恋的，人都不在了，空有一个公司有什么意思。”小七不以为意。

许真觉得挺有道理的：“那你们怎么就那么喜欢夏梵呢？”

“谁喜欢她了？”小七最讨厌别人说他喜欢夏梵，“我可讨厌她了，总是一副自以为是、无所不能的样子，结果陈宇把她从公司赶出去，她连屁都不敢放一个。”

“哎，你不能这样说，”冯思昭装模作样，“指不定梵姐放了，只是你没有听到。”

一听别人黑夏梵小七就高兴，立刻和冯思昭击了一个掌。

许真：“……”

的确，这不叫喜欢，叫头号黑粉都不为过。

钱程和小美已经见怪不怪了，只是跟着笑。许真敲敲格挡板：“那你们为什么要为了夏梵来青柠漫画呢？”

“谁为了她啊！”小七习惯性地否定，但许真没有让他继续狡辩下去，小七便乖乖地闭上了嘴。

钱程淡淡一笑：“因为她的梦想也是我们的梦想。”

坐在这里的人，都是为了这个梦想而聚在这里——让中国漫画能健康茁壮地成长。

许真被这个回答打动，不禁心生感慨，使劲在小七头上揉了一把：“你瞅瞅人家，你天天口是心非的有意思吗？”

“我乐意，我高兴。”小七推开他的手。

许真：“……”

其他的都还好，小七明显是揍少了。

夏梵跟涌上舞台的人群擦肩而过，高跟鞋踩在台阶上，让她的每一步都小心翼翼，然后一只手穿过人群递到她面前，手指修长，骨节分明。她抬起头看见魏清站在台阶下，维系着一贯的清冷，从容而淡定地看着她。

然而她还是发现了他藏于这波澜不惊的表象之后的温柔。

她微微一笑，然后脚下一崴，下意识地抓住他伸过来的手，整个人摔进他怀里。

他顺势搂过她的腰，将她稳稳地揽入怀中。她眉头紧皱，倒吸了几口凉气："哥，我脚真崴了。"

魏清："……"

她从他怀中退出，扶着他的手臂一瘸一拐地往后台空出来的座位挪去："你没事长那么好看干什么？这不是害我吗？"

"夏梵。"他忍了又忍才没动手打她。

"魏总，咱们去参观下一个展馆吧。"陪同他的工作人员上来催促道。

"哥，你走吧，我等他们结束了把我扶……"

"上来。"话音未落，他已经将她脚上的高跟鞋脱下来挂在指端，然后背过身蹲在她面前。

她愣了一下。一旁的工作人员也愣住了，在他们的记忆里，这个男人一直都是盛气凌人的，对世间的情欲和世俗从来是高高在上和置身事外的漠然。

可此时，他亦不能免俗。

夏梵乖乖地趴在他背上，因为她犹豫得越久，给他造成的困扰就会越多。

"各位老师先休息一下吧，我把她送回酒店就过来。"说完，他背着她从会场离开。她将脸埋在他的背上，不敢看四周打量的目光。

"哥，谢谢你。"良久，夏梵才敢抬起头，低声向他致谢。小心翼翼的语气跟站在聚光灯下无所畏惧的夏梵简直判若两人。

他不禁莞尔："应该的。"

"不是的。"她急切地辩解，"那是我在幻想漫画犯下的错，不应该由你来承担。"

"夏梵，从你决定和我在一起时，你的过去、现在以及未来都应该由我来承担。"他把她往上提了一下，"我会让你住上大房子，会让你成为你最想成为的人，会让原生家庭给你带来的伤痛再也伤害不了你。"

她没有说话，只是紧紧地搂住他的脖子。他好像比自己还清楚她一直所追求和想摆脱的东西到底是什么。

她用脸轻轻在他背上蹭了一下。

“哥。”

“嗯？”他始终都是稀松平常的语气，倒显得她矫情了。

“没事，就叫叫你。”

“嗯。”他背着她走进酒店大厅，似乎猜到了她在想什么，又淡淡地补充道，“一直在的。”

第二十八章

Chapter 28

有幸参与

魏清将她送回房间，用酒店自备的医药箱替她处理了脚上的伤之后，嘱咐她不要乱动。她再三保证后，他才一步三回头地走出房间。

听见门锁合上的声音，她连忙下床，一瘸一拐地坐到书桌前打开电脑。

在漫展的相关话题里，关于青柠漫画的讨论占比并不大，但业内的都在讨论她见面会上的发言。

冯思昭将业内微信群的聊天截图发给她看："我还是第一次看到他们提起你的名字没有骂你。"

夏梵："……"

这要求也太低了，反而搞得她想骂人了。

"不重要，要看有多少漫画家和工作室愿意跟我们合作。"她的这番发言并非临时起意，而是蓄谋已久。除了为自己洗刷冤屈，主要是想吸引更多优秀的内容创作者。

一个网站要长久地存活下去，靠的绝不是融资和那些看似风光的褒奖，而是能产生盈利和受大众喜欢的爆款作品，其中优质内容便是第一要素。

这才是她不惜冒着被矿泉水瓶砸的风险，也要站在舞台上的原因。

"向您致敬。"冯思昭半开玩笑半认真道。

夏梵笑了一下，合上电脑重新爬回床上。她躺了一会儿便开始收拾行李，然后一瘸一拐地去了机场。魏清看见她的消息时，她已经坐在去机场的出租车上了。

"腿不想要了是吗？"果不其然，魏清的电话一打过来就是劈头盖脸地质问。

夏梵心虚，一时半会儿想不出反驳的话，直接挂断了电话，之后死活不接。等飞机降落在北城国际机场才回了一个电话过去：“我到北城了。”

魏清已经没脾气了。

他刚从酒店餐厅的包厢里出来，身上沾满了烟味和酒味。他站在阳台上解开衬衣的纽扣，等风把脑子吹清醒了才缓缓开口：“夏梵，我生气了，怎么哄都哄不好的那种，你自己看着办吧。”

“别别别，哥，我错了。”夏梵赶紧认错，“你不就是担心我的腿吗？我用实际行动告诉你了，我的腿真没事。”

“夏梵，”他声音微沉，“就这样。”

他是真生气了。

这时，包厢里的其他人也出来了，一个醉得一塌糊涂的中年人搂住他的肩膀哭道：“魏清，你说你爸怎么能抢我陆家嘴那个地皮呢？”

“叔叔，十几年前的事你还记着呢？”魏清将耳边的电话拿下来。

“搁现在值几百个亿呢大侄子！对，千万别学你爸搞什么房地产，你就搞艺术，清高。不要像你爸似的，一身铜臭。”

“行了，行了，走了。”其他人匆忙把他劝走了。

魏清微微颔首：“叔叔们慢走。”

“懂礼貌了。”等人走得差不多了，一个气质儒雅的中年男人缓缓走到他身旁，跟他并肩看着酒店灯光下幽暗的树影。

“爸，我快三十岁了。”魏清转过身，靠着扶手看向他，“如果我还不懂这些，那这个饭局我也不会来。”

中年男人低头笑了起来：“长大了，挺好的。不过我挺好奇，既然都是为了赚钱，为什么不回来呢？你做互联网我没有意见，你做内容创业也可以，但是你在中国做漫画那就是烧钱。等哪天没钱烧了，东西也就做不下去了。”

魏清一时没说话。

他直言不讳：“你以为那些投资人真看好你这个项目呢？那是因为他们知道我是你爹，就算失败了也有我给你兜底。”

“是吗？”这要是搁以前，魏清绝对会据理力争，可现在他只是淡淡一笑，双手抱拳，“那我先在此谢过了。”

中年男人一默，以前那么要脸的一个人，会因为他的一句话宁肯饿肚子也不问他要一分钱，如今却可以理直气壮地不要脸了。

果然是长大了。

还怪可爱的。

“以后做事多想想，有什么不明白的可以来问问我。”他也不再像从前那样严厉，鲜有地夸奖了他，“这些年，我一直都以你为荣。”

魏清一时没反应过来，似乎没想到这句话会从他嘴里说出来。毕竟他一直都看不上自己喜欢的东西，除了抨击就是否定。

“希望以后也能。”魏清微微一顿，“在事业上，我也一直以你为榜样。”

他淡淡一笑：“在家庭上，要做得比我更好。”

魏清点点头：“对了，我结婚了。”

夏梵在手机那头听到这句话时，跟他爸一个反应：“什么时候的事？”

“就前几个月吧。”

“怀孕了？”他爸对他的特立独行已经见怪不怪了，几乎瞬间就接受了这件事。

“没有。”

“那你这么着急干什么？”他爸又问，“跟你妈说了吗？”

“为什么要说？”他不以为意，“结婚证上是我和她的名字，跟你们有什么关系？”

他爸想了一下觉得也挺有道理，毕竟魏清从小就这样，去哪里读书、做什么工作都是自己决定的，没让他怎么操过心。

他一直都挺没参与感的。

“那她叫什么名字？”

“夏梵。”

他爸应了一声便不问了，弄得魏清反而不自在了。他轻咳一声，用挠头来掩盖不自然：“不问问其他的？”

“你以前主意就正，反正我也管不了你。你选的肯定是你最喜欢的，至于她是干什么的、哪里毕业的一点都不重要，只要别人问起我不会连自己儿媳妇的名字都说不出来就行。”他爸打了一个哈欠，“行了，明天我还要开会，先回去吧。”

魏清应了一声。等周围逐渐安静下来，夏梵试探性地喊道：“哥？”

“嗯？”魏清刚拿起手机就听见了这句话，顺口将事情的来龙去脉解释了一遍，“我爸碰巧在这边参加一个峰会，就跟他的朋友一起吃了个饭。”

夏梵一点也不关心他爸是来干什么的，她只好奇他突然提起的那句话是什么意思，不由得眉头一皱：“我什么时候跟你结婚了？”

“如果跟我爸说我有女朋友了，他肯定以为我是在征求他的意见，所以我直接取消了他那一票否决权。”

夏梵觉得他想太远了，至少现在她没有一点和他结婚的想法。但她不敢说，因为他试探得太明显了，好像只要她一松口，他明天就能拿着户口本跟她领证似的。

所以她默默地把这层捅破的窗户纸给糊上了：“那行，你早点回去，思昭和她男朋友来接我了。”

他知道她在回避什么，也深知自己有些操之过急了。可之前忍耐了太久，如今似乎一刻也不愿多等。

他垂下头深吸了一口气，逼着自己冷静下来，顺着她的话题问道：“冯思昭这么仗义呢？”

“对啊，她对我一向如此。”

他笑了一下，没有拆穿。

他太清楚夏梵是什么样的人了，这种大半夜麻烦别人的事她绝对做不出来，一看就是为了让他放心故意撒谎呢，也算用心良苦。他更不愿意因为这种事跟她生气，索性不揭穿，由着她骗：“那让她把你送上楼。”

“嗯。”夏梵以为他真相信了，长长地舒了一口气。结果电话挂断没多久，冯思昭的电话就打过来了。

“Boss给我发微信说你的腿受伤了，我和我男朋友来送你回去，你在哪儿呢？”

夏梵：“……”

敢情在这儿等着她呢。

“不用了，都这么晚了……”

“没事，老板给我转了两千块的辛苦费，所以怎样都不会晚。”她态度非常好，“发个定位过来然后在原地等我，不要让姐姐到手的两千块钱飞了哦，乖。”

夏梵哭笑不得，只好乖乖地等她，然后给魏清发了一条消息：“不愧是你。”

魏清回复：“因为是你。”

她的内心被柔软填满。这跟事业所带来的成就感完全不同，她不用披荆斩棘，不用坚不可摧，可以卸下所有的防备，在这个光怪陆离的世界里找到一个怀抱安然沉睡。

接受被爱，习惯被纵容和照顾，这是魏清教会她的第二件事。

第二天，在她连夜的舟车劳顿后，她的脚踝奇迹般地没有恶化，甚至消了些肿。于是她又开始活蹦乱跳，天还没亮就赶去了公司。

结果许真比她还早，跟她在写字楼门口四目相对：“睡不着？”

“你也是？”夏梵反问。

说起这个许真就发愁：“魏清都下海陪客去了，我还有什么资格不努力？”

“说起这个，”夏梵一把拉过他，看了一眼时间，“反正时间还早，咱们俩去附近吃个早饭呗？刚好我有事想问你。”

许真十分防备：“什么事？商业机密我可不会说啊。”

“哎呀，”夏梵将他拉走，“好事。”

两个人就近找了一家面馆，面刚端上桌，还未入口，夏梵就被许真的回答吓得直咳嗽：“你再说一次？”

“他家本来就是做房地产的啊。不只他爸，家里的叔叔伯伯也是从商的，涉及各个领域，可以说是家族企业了。”许真对她的毫不知情也挺意外的，“他这个人从小就装，不对，就是好面子。他爸跟他吵架，说了一句‘你别用我的钱我就不管你’，结果他就画漫画，还真的赚到了钱。他爸在经济上制裁不了他，加上他本身也成器，久而久之家里人也就不怎么管了，做什么全由他自己做主。”

夏梵：“……”

他不仅在中国的漫画史上是一个天才，成长经历在她有限的阅历里也能被称之为传奇。

“所以他就自由散漫惯了，想到什么便做什么，也不太能理解别人的难处，特别不擅长感同身受。可他这个人是真仗义，又重情，蒋澄到现在还说呢，魏清这个合伙人他要不起，但朋友却是一辈子的。”许真回忆起二十出头的那个意气风发的魏清，眼里仍有仰慕和憧憬，“你也知道能进我们学校的都算是尖子生了，但他在尖子生里也能拔尖，做什么都能做得很好，单独的科研立项也不在话下。我们学校的一个博导到现在还惋惜呢，那时劝他保研读博，结果他一句‘没兴趣’就给推了，导师当时都炸了，说他没兴趣都能样样做好，那要是有兴趣得多了不得啊。这要搁我们哥几个身上，听到这样的评价肯定能高兴得从原地蹦起来。结果他一点表情也没有，眼神里就透露出来八个字：那又怎样，我不喜欢。”

许真模仿得太像了，夏梵忍不住笑了起来。

“不过他也有做得不好的地方，”夏梵不忘补充，“唱歌。”

许真和她心照不宣地笑了起来。

“阿嚏——”魏清起床就打了一个喷嚏。

“他一直有点特立独行、离经叛道，跟他的个人成就与经历相比，我觉得他的家庭背景倒显得有些暗淡无光。”

“大哥，那可是家族企业。你得喝多少才能如此心平气和地说出‘暗淡无光’这四个字啊。”夏梵见他也没喝酒，怎么就醉成这样了呢。

许真把自己给逗乐了：“可能因为魏清在我心里太闪亮了吧。”

这个世界上有许多人因为他们的出身而备受关注，也因为家族赋予他们的光环而熠熠生辉。可对于魏清而言，这些大家梦寐以求的东西，反而是最不值一提的。

他有自己的王国。

“对我而言，他是太阳。”许真很少会跟别人提起这些，外面的天光也一点点地亮起来，“让我这样普通的人，也有那么一点点发光的可能性。”

“你不普通。”夏梵轻轻摇了摇头，“虽然你性格温吞，做事也不利索，但是你很敏锐，尤其在对市场的风向上。而且你的适应能力很强，不管在哪个位子都能做得很好。”

许真听着怪怪的：“你确定是在夸我？”

夏梵肯定地点点头。

许真无奈一笑，好吧，那就当是在夸他吧。

“那你是怎么看待魏清的？”许真问，“作为老板。”

夏梵认真地想了想，有些难为情地笑道：“他拯救了我穷途末路的梦想吧。”

许真笑不出来，想起魏清刚创立青柠漫画时经常站在窗边发呆，他是否从那时起就想到会有这一天呢?

夏梵也不约而同地想起他在楼道里说过的那句话：从一开始，青柠漫画就是送给她的。

许真揉了揉她的头发，深吸一口气：“吃饭，然后继续努力。”

“好，努力，奋斗。”

两个人聊得忘了时间，到公司的时候人都来得差不多了，大家都全神贯注地看着电脑，不知在看什么。

夏梵在冯思昭的椅子后面拍了一下：“看什么呢？”

冯思昭顺手递了一杯咖啡给她：“我们和幻想漫画、阿布、魔岛漫画都被提名金星奖年度最受欢迎二次元APP了，现在等着看花落谁家呢。”

屏幕上是这次颁奖大典的直播，镜头刚好转到嘉宾席，魏清和陈宇非常“有幸”地坐在一起，但都不约而同地侧过身子，背对对方。

恍惚间，像是在看两个小学生闹别扭的直播现场。

“陈宇这么幼稚我能理解，毕竟蠢。可Boss也这样就未免……”冯思昭神色复杂，“太可爱了吧。”

夏梵被送到嘴边的咖啡烫了一下。

颁奖典礼开始了，夏梵没时间跟她一起摸鱼，让她在宣布最受欢迎奖时再通知她。冯思昭也特别懂事，其他人获奖的时候只给她截了个图，包括乔云一获得年度最受欢迎漫画奖时。

夏梵：“……”

自家作者上台领奖都不通知她看一下吗?

冯思昭说：“小场面，有什么好看的。”

国内最具影响力的漫画评选之一都能被说成小场面，跟家族企业也暗淡无光简直有异曲同工之妙。

她和许真当时但凡多点几个菜，也不至于飘成这样。

夏梵将邮箱里的稿子处理了大半，这时接到青柠漫画投资的动画电影导演的电话：“梵姐，魏总和您在一起吗？他没接我电话。”

“他正在参加一个颁奖大典呢，你有什么事吗？”

“啊，那我等他回电话吧，谢谢您了。”

“你找他什么事啊？”夏梵心里生出不祥的预感。

“总编，”冯思昭推开她办公室的门，“到我们了。”

“梵姐你忙吧，我先挂了。”导演似乎怕她知道了，飞快地挂掉电话。

她也不好追问，只好跟着冯思昭先出去了。屏幕上的直播镜头已经对准了魏清和陈宇，当主持人宣布青柠漫画获得年度最受欢迎二次元APP时，魏清先是露出一抹意料之中的轻笑，随后意味深长地看了一眼旁边的陈宇，从这个拍摄角度看，简直充满了轻蔑和讽刺。

魏清整理外套走上台，气定神闲地接过奖杯：“谢谢。很感激大家对青柠漫画的喜欢和肯定，我们将继续与业内优秀的同行们一起努力，呈现出更多精良的作品。在这里，最需要感谢的除了支持我们的读者、认可我们的老师，以及愿意相信我们的漫画作者外，还有幻想漫画的创始人陈宇先生。”

“噗——”冯思昭嘴里的咖啡喷了出来，“感谢陈宇？Boss这个操作也太骚了吧！”

夏梵相当赞同。

同时镜头也对准了陈宇。只见陈宇双腿交叠，十指交叉放于大腿上，笑容温和地点了点头，示意他继续说下去。

“因为幻想漫画的诞生才让我坚定了创办青柠漫画的决心，也是因为您，我才有机会重新去弥补一个很大的遗憾，谢谢您。”

他的语气非常诚恳。

可夏梵和冯思昭都没看出感谢，明明话里话外全是讽刺。偏偏陈宇还不能发脾气，甚至得面带微笑地起身和他握手。

冯思昭都快笑吐了："夏梵，你是和Boss商量好的吧？两个人轮流来恶心孔敏和陈宇。"

"我什么时候恶心孔敏了？"

"哦，不是你恶心的，是司空恶心的。"冯思昭给她讲了幻想漫画见面会的事情，"而且我听霍霍说孔敏在酒店大骂你呢，觉得你见面会上说的话就是在影射她。"

"麻烦你转告霍霍，我不是在影射孔敏，我就是明指陈宇是个垃圾，谢谢。"

"OK。"

她回到办公室重新投入工作中，可只要想起魏清在颁奖大典上的举动就想笑，给他发了一条微信消息："这么幼稚的事以后别干了。"

"虽然幼稚，却很快乐。"他很快回复。

她不禁莞尔，随后想起那个导演："大胜的电话你回了吗？"

"正准备问，怎么了？"

夏梵犹豫了一下便说出自己的顾虑，觉得他肯定是遇上什么事了，不然不会是那种语气。

"行，我知道了。"魏清退出聊天界面，拿着手机走到外面的楼梯间打了一个电话。

导演大胜接到他的电话时声音发颤："魏、魏总。"

"嗯，你说吧。"

通话的时间并不长，但对导演大胜而言却漫长得像一个世纪。魏清短暂地沉默了几秒钟："知道了，我明天回北城，你下午来公司找我。"

一瞬间，大胜的眼泪都掉下来了。

这个星期他找了不下二十个人，魏清是唯一一个肯见他的，话里还没有任何推诿。

"谢谢，谢谢。"明知魏清看不见，大胜还是起身向他鞠躬。

魏清听出他声音里的哽咽，自己也如鲠在喉，眼眶一红，扬起了头："别放弃。"

大胜差点痛哭出声，忍了又忍才克制着坐回原位："知道了。"

第二天下午大胜就到公司找魏清。他留着一个圆寸头，穿着黑色羽绒服和牛仔裤，背一个老旧的书包，像大街上随处可见的大学生。

不知道的还以为是公司新招的实习生。

他在前台的带领下推开魏清办公室的门。魏清刚回来，衣服还没来得及换，一边让助理倒水，一边脱下笨重的外套，露出里面黑色的西装，让他看着比平时更为冷峻和强势。

大胜坐在沙发上踌躇不安地看着他。

魏清也很不自在，笑了一下想缓和气氛，结果皮笑肉不笑，让大胜更忐忑了。

“咯，”魏清不自然地咳嗽一声，在大胜旁边的独立沙发上坐下，“还差多少？”

大胜准备从包里拿电脑的手指一顿，一度以为自己听错了：“你说什么？”

“不是说之前的投资人撤资了吗？”

他当然知道魏清问的是这个意思，可一上来就问他差多少钱，还是让他有些措手不及：“不需要我再给你介绍一下吗？”

“我之前已经看过了。”魏清抿着嘴唇，难为情地抓住他的手，“你在国外获奖的动画短片我也看过不下十次了，知道你不仅是个导演，还是齐齐动画的创始人。我知道，创业和创作都很难，但坚持下去一定会看见更好的风景。”

大胜做梦都想不到会从魏清嘴里听到这些话。

这个看上去薄情又利己的男人居然在鼓励他。魏清显然不擅长说这种话，难得有些磕磕巴巴的：“你也不用这么拘束，因为对我而言自己并不是个投资人——是我有幸能参与中国动画的崛起。”

大胜看着他，眼里慢慢亮起了光。

他抓着魏清的手，抱住了他的肩膀：“谢谢你。”

不仅是因为解了资金上的燃眉之急，更重要的是，他找到了一个能跟他感同身受的朋友。

第二十九章

Chapter 29

魏知与未知

临近下班的时候，青柠漫画的高层开了一个会。整个会议室里灯火通明，持续到晚上十点。

青柠漫画将为大胜导演的神话动画电影投资四千万。

魏清说完以后，所有人都陷入了沉默之中。

四千万可不是小数目，而且电影何时上映、能否通过审查，这些都是未知数。在无法快速回本的情况下，极有可能导致青柠漫画的资金链断裂，将公司推入深渊。

可大胜的才华有目共睹，这部电影也绝对是青柠漫画创办至今接触到的最好的项目。

那一夜，知道这件事的所有人注定是无眠的。

夏梵和魏清回去后也心照不宣地没有提这件事，但躺在床上的夏梵满脑子都是这件事，一夜都辗转难眠。

魏清深知她的不安从何而来，搂着她亲吻她的头发："别怕，万事有我。"

"如果青柠的资金链断裂了怎么办？"

"那我就回去继承亿万家产来还债。"魏清笑道，"我们手里有这么多的项目，怎么可能会拉不到投资呢？"

"嗯。"夏梵知道他的烦心事已经很多了，便不想再给他添堵，抬头吻住他的嘴唇，"睡吧，晚安。"

第二天早上不到六点，忙活了一晚上没睡觉的许真给魏清打了一个电话："干吧。"

只有这两个字。

可魏清知道，这轻描淡写的两个字背后，是许真无论结果好坏都将与他共同承担的决心。

魏清忍不住笑了起来："嗯。"

许真深吸一口气："你说这算不算是青柠漫画的背水一战？"

"没这么夸张。"魏清语气淡淡的，"但也的确算是倾家荡产。"

夏梵翻了个身，假装没听见。

时间飞快进入正月。

大家手里的项目都逐渐接近尾声，也着手准备放假的事。农历十二月二十日，大家在附近的餐厅聚了个餐，第二天便通知提前放假了。

魏清的家在本地，也不着急回去。春节前一天，他送夏梵去机场后回了公司，结果一到公司发现许真也在。

魏清觉得挺奇怪的："这么久没回家，不着急吗？"

许真满面愁容地叹了一口气，将指尖的烟摁灭在烟灰缸里："不想回去。"

魏清脸上浮现一丝疑惑的表情。

"一言难尽。"许真又叹了一口气，盯着电脑随口问道，"你呢？怎么没跟夏梵一起回去？"

魏清的脸色顿时变得不太好看，半天没说话。

许真来劲了，眉毛试探性地一挑："吵架了？"

那模样颇为幸灾乐祸。

魏清本来就是暴脾气，顿时气血上涌："我见她第一面的时候连孩子的名字都想好了，结果她压根儿就没想过跟我结婚。"

"你求婚了？"

"要她给我机会求婚才行啊。"在这方面夏梵对他可谓是严防死守，但凡他表现出一点想和她结婚的苗头，她就会转移话题，眼神也会开始飘忽，生怕他将这层窗户纸捅破，破坏了现在的关系。

所以他不敢再往前一步，怕前功尽弃。

卑微，太卑微了。

许真对他的处境感到匪夷所思："夏梵为什么不愿意跟你结婚？"

魏清眼睛一瞪，显得更凶了："你是不是想在我伤口上撒盐？"

许真差点笑出声，认识魏清这么多年来还是第一次见他这么窝囊，偏偏还不能说。他也不敢笑，抿着嘴唇都快憋出内伤了："那你想好的孩子的名字叫啥？"

他一本正经道："魏知。"

神一样的魏知。

这下真成"未知"了。

许真欲言又止，魏清一脚踢在他的桌腿上："别以为你没笑出来我就不知道你在笑我，走，吃饭去。"

农历十二月二十九日，街上还开着门的饭店已经寥寥无几，魏清提了一个非常不成熟的小建议："要不买点菜去我家吃？"

"就我们俩这厨艺，是你谋杀我还是我毒杀你啊？"

于是许真给蒋澄打了电话，蒋澄一听他要来吃饭自是欢迎，却也非常"懂行"地强调，不准带上魏清。

魏清一听就炸了："谁要去啊！"

结果蒋澄开门的时候，魏清推开门就冲了进去："我就来了呢！"

"出去，赶紧给我出去。"蒋澄左手拿着锅铲，右手和右腿把他往门外挤。许真早就见怪不怪了，独自钻进厨房里，结果进去看见的第一道菜就是魏清最喜欢的糖醋排骨。

蒋澄这个人，对魏清永远都是刀子嘴豆腐心。

"一边儿去。"魏清轻轻松松将他挤开，将手里提着的酒放在客厅的茶几上，蒋澄不用猜都知道是他最喜欢的茅台。

蒋澄无奈一笑，他和魏清好像一直都是这样，对对方不服气，却又偏偏最懂对方。

他将剩下的菜炒好后端上桌，魏清也拆了酒，许真从厨房里拿了杯子出来，三个人入座，酒杯斟满，小酌了一口。

蒋澄由衷地发出一声感叹："这酒啊，还是茅台最好喝。"

搁别人身上肯定要骂他说废话，这么贵的酒能不好喝吗？可魏清从不在乎价格，一如既往地浅抿了一口："你喜欢就好。"

许真："……"

他知道魏清说这句话时一定是诚心的，可配上他那满不在乎的表情和气定神闲的语气，怎么听都很欠揍。

"没事，他又不是第一天这么欠揍。"蒋澄对魏清已经过了又爱又恨的阶段，就单纯地看他不顺眼，跷着二郎腿喝了一口酒，压根儿不拿正眼瞧他，"魏清，我又不欢迎你，你跑这儿来干什么？"

"我乐意来给你添堵，管得着吗？"魏清解开衬衣的纽扣，单手靠在椅背上，一口本地话听起来特别埋汰人。

蒋澄听不惯，随手抓起桌上的一个东西就朝他丢了过去：“魏清，你都快三十岁的人了，怎么还这么欠揍呢？”

魏清一听乐了：“彼此彼此。”

许真已见怪不怪，专心地刷着手机，偶尔吃口菜，等两个人都偃旗息鼓了才见缝插针地说上一句：“蒋澄，你的直播搞得怎么样了？”

“刚起步，没什么流量，准备砸点钱进去。”蒋澄了解许真，知道他绝不会无缘无故地提起这茬，目光便有意无意地扫过魏清，晃着腿往椅背上一靠，不加掩饰地嗤笑一声，“不过，跟青柠合作就免了。”

魏清抬起头，深邃的眼眸骤然一冷，让人不寒而栗。不过他按捺下来，只留意味深长的默然。

许真皱起眉头，也感觉到了剑拔弩张的气氛，心烦地捏了捏鼻梁，从未有一刻让他如此清晰地认识到，这两个人无论表面上如何掩饰，心里的隔阂也无法消除。

“没想过跟你合作。”许真跟他立场不同，自然不会向着他，骤然冷却的语气流露出对魏清的偏袒，“只是想起来就问你一句，你不喜欢以后就不瞎打听了。不过有需要帮忙的地方，随时都可以开口。”

蒋澄没说话，眼神回避两个人，望向桌面的一角。他神色冷漠，夹杂着一股怨气，似乎想到了颇为痛苦的事情。

许真想起蒋澄决心离开公司时跟他说的话，眼神就像此时一般令人惭愧。他说：“许真，为什么你总是站在魏清那边？”

蒋澄对他不差，甚至比魏清对他更好。可每次需要他做出抉择的时候，他总是会毫不犹豫地站在魏清那边。

蒋澄忍了又忍，才没当着魏清的面把这句话再问一遍，算是给彼此这么多年的情义最后一点体面。

许真脸上浮现一丝酸涩的笑容，自罚般地端起酒杯一饮而尽：“那说一句新年快乐吧！”

他不善喝酒，一喝就上脸，一杯酒下去，整张脸红得吓人。魏清不动声色地收起他面前的酒杯，抬起下巴直视蒋澄：“如果不是合作呢？”

蒋澄的目光落在他脸上，浮现一丝疑惑。

“青柠漫画可以免费为你的产品引流。”

蒋澄和许真眼中齐齐闪过一抹诧异，在这个流量为王的互联网时代，用户和数据就是根基，诸多头部平台为抢占用户而明争暗斗，彼此封杀都不在少数。而魏清开口就是免费，像是不知道如今的青柠漫画日活跃用户有多庞大，轻轻松松就将一块肥肉送到别人嘴边。

蒋澄的眼睛都亮了，不加掩饰地咽了一口口水。

魏清对此尽收眼底，表情却没有任何变化，气定神闲地将筷子捏在指尖转动："你要是觉得可以，等过完年就派人过来谈吧。"

蒋澄的脸色稍有缓和，端起酒杯敬魏清："好。"

魏清的唇角勾起一抹笑容，手里的动作一顿，眼神仍然深邃，让人看不透他在想什么。可此时也无人有心情揣测了，都各自怀揣着心里的不安，小心翼翼地不愿让人察觉。

从蒋澄家吃完饭出来，魏清走出电梯大厅，将羽绒服的拉链拉到下巴下面，又用围巾遮住嘴唇，再戴上一顶白色的帽子，只露出高挺的鼻梁和深邃的眼眸，抬脚往小区的庭院走去。

这一片是高档住宅区，环境幽静，楼与楼之间的距离比较宽，没有压迫感。他站在不远处的一个水池前，抬头仰望夜空。但黑色被灯光驱赶，只剩下朦胧绯红的夜色。

许真不动声色地走到魏清身边，黑色的长款羽绒服遮住大腿，只露出深蓝色的牛仔裤和高帮帆布鞋。他双手揣在兜里，像个刚毕业的大学生。

他看着池子里吐水的雕塑，思考着该如何开口，脚尖无意识地在雪地里滑动。

魏清注意到他的时候，他已经把那一片雪给踢秃了，不禁笑了起来，暴露在外的眼睛弯成月牙的形状，盛满少有的温柔："你想什么呢？"

"值得吗？"比起他眼里的温柔，许真陡然清醒的目光颇为逼人。他直直地望着魏清，像是在质问，"留不住的人为什么还要留？"

他应该比他更清楚，他们和蒋澄已经回不去了，所以为什么还要做这种费力不讨好的事情？

"你以为那样做蒋澄就会感谢我们吗？"许真直言不讳，"算了吧，大家已经产生隔阂了，做得再多都躲不过越走越远的结局，这只是早晚的问题。"

"许真，"魏清搂住他的脖子，俯身看向他，眼里有不明的笑意，"你以为可以回到最初的，是吧？至少在进门之前。"

许真没有反驳。在蒋澄明确表态不会和青柠漫画合作前，他真的以为大家还能以合作伙伴的身份相处，然而事实却是不能。离开青柠漫画仍是蒋澄心里耿耿于怀的伤疤，碰不得，也戳不得，一提就能见血。

他幽幽地叹了一口气："以后我不会再勉强你见蒋澄了。"

"你没有勉强，是我自己要见的。"魏清的手被冻得不行，松开他的肩膀重新揣回兜里，暗自甩了两下才稍微缓过劲来，“我也没想要挽留什么，只是知道蒋澄心里有道坎儿过不去，我不管是看在谁的分上，也得帮他跨过去。”

夜风从侧面的楼宇空隙中吹来，冰冷刺骨。然而许真并没有感到寒冷，反而觉得热血沸腾。

他整颗心都是滚烫的。

他轻咬着嘴唇，忍不住用尽全身力气抱住了魏清。这个看似清冷又漠然的男人，总是用温柔和炽热来回应着这个世界的质问。

他相信，蒋澄已经在魏清的回应里，得到了那个问题的答案。

为什么总是选择魏清?

因为他总是值得。

魏清被他抱得浑身不自在，频频皱眉，抖动着两边肩膀：“哥们儿，你大过年的不回去不会是因为我吧？你要是实在喜欢……我跟你回去也不是不行。”

这句话真嘴欠。

许真想都没想就给了他一脚，没等他回过神，撒手就开始跑：“清哥，你说夏梵过年不愿意带你上门是为什么啊？当然是拿不出手啊！就你这张嘴，大年三十刺大伙一下，这年还过不过了？你可长点儿心吧！”

魏清气得头顶都快冒烟了，脚下打着滑向他追去，又是滚又是摔的，满身都是雪，特别狼狈，可偏又生机勃勃：“许真，你有种就站那儿，有种打我没种让我还手是吧？站那儿！”

“就你那没轻没重的，我能让你还手？”许真被他追得直转圈，跑得上气不接下气，还不忘还嘴，“我这年还过不过了？”

两个人吵吵嚷嚷的，谁也不依着谁。时针和分针不知不觉地同时指向了十二点，大年三十到来了。

第三十章

Chapter 30

新年

夏梵回到边城谁也没通知，就近找了一家酒店住了下来。这里不是旅游城市，临近年关的酒店都特别空，就连值夜班的服务员和前台都不自觉地流露出焦躁不安的情绪，一见夏梵的身份证地址在本地，前台姑娘看向她的目光更疑惑了。

这大过年的，怎么还有回了家不进门的?

夏梵看出她的疑惑，没解释，接过她递还回来的身份证后露出一个谦和的笑容，拖着行李箱进了电梯间。

南方的冬天湿冷又阴郁，窗外雨雪不停。她在北方的暖气房里待惯了，进门第一件事就是开空调。但温度一时半会儿升不起来，她只能先去洗澡散散寒气。

她洗完澡出来，房间里暖和了一些。插在床头充电的手机屏幕上显示有一个未接来电，她一边擦着头发在床边坐下，一边解锁手机回拨过去，脸上浮现一个意料之中的笑容。她拔下充电线，魏清很快就接起了电话：“到家了？”

她每年回家都住酒店，从未觉得有任何不妥，也不介意他人的眼光。可对魏清她一个字都不敢提，拼命构建一个家庭和谐、她也过得很幸福美满的假象。因为别人大多都是事不关己，唯有他是感同身受，所以她特别心虚，底气不足地应了一声。

“我也刚到家。”他想着自己的事就没太在意，难得被她敷衍了过去。

“你去哪儿了，怎么这么晚才回去？”

“和许真去蒋澄那儿吃了顿饭。”他靠在沙发上，终于感觉到了一丝疲惫，头往后一仰，久久没有睁开眼睛。

夏梵听着他的语气，有些忐忑不安：“所以是吵架了？”

“没吵架。”他嘴唇微勾，喉结因他后仰的动作格外突出，形成一个令人遐想的弧度，“就算吵架也是奔着解决矛盾去的，绝对不是为了激化矛盾。”

说到这儿他突然笑了：“都这个年纪了，不可能动不动就跟人决裂，老死不相往来吧？”

这是二十岁的魏清绝对不会说的话，可对于二十八岁的魏清而言，不过是稀松平常的事了。一个人的成长就像一朵花的生命进程，从含苞待放到颓败凋零，都是必须遵循的自然规则。然而花有重开日，人无再少年。他不再是那个二十岁如玫瑰花般带着刺的少年，纵然有时说话仍然咄咄逼人，可底色终归是温柔的，会留有几分余地。

夏梵擦头发的手指一顿，淡淡的声音与窗外骤然绽放的烟花交织在一起：“如果是你喜欢的，我即使没有也会拼尽全力，抢也要抢来送到你手里。可如果是你不喜欢的，那么不挽留也没关系，老死不相往来也可以。”

人偶尔就是会这样矛盾，他漫不经心地游历人间时，她希望他能成熟，能站在他人的角度俯瞰人间。可当他真的如此时，她又想将少年的泾渭分明和无畏重新塞回他手中。这宽阔的世界与他相比，她总会无条件地偏向他。

“夏梵，现在这样挺好的。”他缓缓睁开眼睛，头顶的灯光如星辰映在他漆黑的眼中，“如果我还是二十三岁时的样子，那我现在一定失去你了吧？”

夏梵呼吸一滞。

他意识到自己失言了，明知她看不见，还是不禁起身喝了一口水。冰冷的水穿过喉咙，让他的五官猛地收紧，人也清醒了一些：“睡吧，晚安。”

电话挂断很久后夏梵也没回过神来，那些被她忽略的东西悉数交织在一起。在这段感情中，不是只有她惶恐不安、患得患失，骄傲如魏清，在她面前亦是卑微而不知所措的。可她无法回应，心里乱糟糟的，一晚上都在做光怪陆离的梦。她睡了不到六个小时，眼睛痛得实在是睁不开，可也睡不着了。

夏河通知她中午回家吃饭，她回了一个“OK”的表情，磨磨蹭蹭到十二点才准时到家，一分钟也不肯提前。

老城区的房子还是记忆中的样子，外墙被雨水冲刷出陈旧的斑痕，楼道狭窄逼仄，暴露在外的电线复杂地交织在一起。她没有任何期待地敲响了三楼左边的老式防盗门，然而母亲却鲜有地对她露出一个笑脸：“你这孩子怎么又不带钥匙呢？离家远就不把这里当家了是吧？”

夏梵有些诧异，但碍于客厅里有其他亲戚在便没多问，只是神色古怪地看了她一眼：“我哥和嫂子呢？”

“你嫂子还在上班，你哥去接她了。”

夏梵点点头，不再应答。她走进客厅找了一个角落坐下来，周围的亲戚自是不打算放过她，你一言我一语的，全是围绕着她的工作和婚姻情况。

她淡淡一笑："跟表哥的事业单位比不了，不过也在做自己喜欢的事。"

"喜欢的事"这四个字，对于这群在小城市里生活的中老年人而言，实在是过于抽象。他们只问自己能听懂的："挣钱吗？"

"不挣钱的。"

"一个月能有一万吗？"

夏梵笑而不语，实在没必要跟亲戚们说太多，只会徒增嫉妒而已。谁知一个和她妈走得挺近的婶婶脱口而出道："肯定有一万啊，不然哪能拿十几万给夏河买房子啊。"

"也是，十几万可不是一般人能随随便便拿出手的。"

夏梵听得云里雾里的，过了半天才缓过劲来："谁跟你们说的？"

"你妈亲口说的啊。"

"这也不是丢人的事，你怎么还怕妈说呢。"她妈从厨房里走出来，扬眉吐气地仰起头，"谁说养女儿无用？看我家梵梵多争气，从读大学起就没向家里要过一分钱，这工作了反而还往家里拿钱。"

夏梵的眼神变幻莫测："我哥跟你说的？"

夏母这才想起夏河不让她往外说，随口打了个哈哈就躲回了厨房。与此同时夏河开门，领着挺着肚子的嫂子进来了。

嫂子的肚子很大，感觉快要生了。夏梵对上嫂子那张笑盈盈的脸，什么刻薄的话都说不出来，等吃过团圆饭才悄悄地把夏河叫到一边："我什么时候给过你钱？"

夏河偏头挡风将烟点燃，一时没反应过来，咬着烟嘴口齿不清地嘟囔："什么钱？"

"我一回来，大家都说我给了你十几万块钱买房，到底怎么回事？"

夏河眼神微变，压着打火机的手指一顿，不用想就知道这件事是谁说的了，颇为恼怒："我都跟妈说了让她不要往外说，她怎么不听呢！"

夏梵眉头紧皱，心里生出一种被背叛的愤怒感："你上次来北城就是为了这件事？"

夏河眼见瞒不过了，舔着嘴唇向她解释了事情的来龙去脉。在说到魏清拿钱给他的时候，夏梵破天荒地发了脾气："你干吗要他的钱？"

"我没要。"夏河连忙解释。

"那就还给他啊。"夏梵正在气头上，一个字也不相信，音量一声比一声高。在客厅里的亲戚隐隐能听到声音，探头向他们张望。

这句话像是一阵风，刮掉了他脸上最后一块遮羞布。夏河眼神有些躲闪："我当时在车里拒绝他了，结果回来的时候却发现行李箱里多了一张卡。"

夏梵想起那个晚上魏清将夏河约出去又独自返回,估计就是为了把那张卡塞进去。

“你说得对，我应该还给他的，可是……”夏河有些难以启齿，对自己顺水推舟的侥幸心理也觉得丢脸，“你放心吧，我会把这笔钱还给他的。”

“你把卡给我，我还给他。”这笔钱对于夏梵来说也不是个小数目，却也并非拿不出来，不然她在幻想漫画忍气吞声那么多年就没有意义了。

“我还吧……”

“别废话。”夏梵心烦意乱地将额前的刘海往后捋，“嫂子马上就要生了，往后处处都是需要用钱的地方，这笔钱就当是我送给孩子的生辰礼吧。”

“那也太多了。”夏河的声音有些哽咽，不知是被烟呛的还是别的什么原因，一直在用手背抹鼻子。

“这些年我在外面也没为家里做过什么，就当是我为你分担吧。”

夏河咳嗽了两声。

这时，门外响起嫂子的声音：“夏河，夏梵，一起去医院给爸爸送饭吧。”

夏梵这才后知后觉地想起她回来这么久了还没见过她爸,惭愧地问道:“爸呢?”

“路上说吧。”夏河也没有怪她的意思，将手中的烟掐灭又重新塞回烟盒里。

夏梵上了车才知道，半年前她爸检查出尿毒症，光是检查就遭了不少罪。所幸嫂子在医院里上班，治疗和床位都安排得比较及时。

她靠在汽车后座上，偏头看着窗外不断倒退的街景，沉默了一会儿才开口：“为什么不跟我说？”

“别怪你哥。”嫂子以为她知道了是自己逼夏河去找她拿钱的，索性破罐子破摔，“本来你对家里人就不怎么关心，我们以为你不在意。”

“话不能这么讲。”夏梵早就不是当年那个沉默寡言的小姑娘了,这一抬头轻飘飘地丢出几个字来,显得气势十足,让人无从辩驳,“至少得让我知道你们有多难吧。”

至少这样的话，她就不会怪夏河了。

嫂子一默，她本就不是多心狠刻薄的人，被夏梵这么一说，顿时心里全是愧疚，之前做恶人好不容易鼓起的勇气也荡然无存：“夏梵，你别这样说，我们会觉得特别对不起你。”

当年父母是如何对待夏梵的，他们可全看在眼里。如今父母的积蓄都拿给他们买房买车了，虽没有多少，可终究是一分也没留给夏梵。要不是被逼得没办法了，自己也拉不下那个脸逼着夏河去找夏梵要钱。可如今换来的却是夏梵的体谅。她活到现在得到的好实在太少了，稍微有人对她好一点，她就会往死里记一辈子。

嫂子光是想想眼泪就掉下来了。

“没什么对不起的，我已经从另外一个人那里得到很多爱了。”

包括那些他们没能给她的。

到达医院，夏河停了车便带着夏梵去了透析室。她站在门口望了一眼，没看见她爸，也没有勇气进去，一直在门口等到结束。她爸出来的时候，身上披着一件她去年顺手买的羽绒服，人没怎么瘦，就是比之前浮肿了，跟宿醉似的，浑身没劲，也不愿意说话，就靠着夏河静静地看着她，犹如每次目送她离家时那般沉默。

她假装翻看挂在肩上的皮包，躲开父亲投来的目光，找了一个借口走到了前面。夏河独自扶着父亲下楼。

回到车里，夏梵坐在副驾驶座上，父亲独自坐在后座。夏河帮他系上安全带，他才说了如往常般的第一句话：“回来了。”

夏梵嘴唇紧抿，一瞬间眼眶通红。她扭头看向窗外，没让任何人看见她的脆弱。

她这个人从小就要强，夏河看着她的后脑勺轻叹了一口气。

这一刻，她想不起关于父亲一丝一毫的不好，只记得母亲破口大骂时，他在漫长的沉默后的那些微不足道的辩解。

他说姑娘成绩好，你就让她读吧。母亲立刻就会顶回去，说那你给她出钱啊。

这时父亲就会垂下头，隐身般地不发出一点声响。她恨过他的窝囊，也埋怨过他的没出息。尤其是在她进入社会开始工作后，对他的恨变成了看不上，对他所有默不作声的讨好也视而不见。

其实她知道每次自己要回来，他都会提前去菜市场买好排骨，替她剥下瓜子壳，只留一捧瓜仁，让她一口吃光。

“多久做一次？”夏梵低头捧着脸用力揉了两下，才重新打起精神来。

“之前一周做三次，现在一周做两次。”夏河没见过她这样，眼神有点担忧又有点心疼，“你别担心，有我陪着爸呢。”

“我知道。”她也没办法和他们吵架，用力将头发捋到耳后，直视前方拥堵的街道，“以后再遇上这种事跟我说一声，妹妹别的没有，就是有点钱。”

“你留着吧。”夏河听别人说过，在北城一个月挣一万跟在小城市一个月挣三四千没什么区别。他不知道夏梵一个月能挣多少，但估计也是省吃俭用攒下来的。上次去她家，那些家具和电视都是房东的，连个正儿八经的衣柜都没有。衣服拿一个简易衣柜装着，阳台上的洗衣机是几年前的，机身和按键早已发黄。厕所的梳妆台上也没几个瓶瓶罐罐，看起来并不富裕。再说她找的那个男朋友，一看就知道条件不差。家里已经拿不出什么嫁妆了，到时候还得靠她自己。

所以他不忍心做个吸血鬼：“哥能负担的。”

第三十一章

Chapter 31

同学聚会

夏梵一时间没说话，陪着他把父亲送上楼。母亲还在客厅里同没有离开的亲戚炫耀着，讲夏梵对她是如何如何孝顺，以后还要带她去北城享清福。

在她眼里，夏梵不是去北城漂泊的，而是去享福的，不然也不可能一口气拿出那么多钱。

夏梵都懒得搭理她，将父亲扶进卧室安置妥当后拉着夏河出了门，不想在母亲殷切的目光里多待一秒钟。

夏河当和事佬："你别怪妈，她一直都那样。"

"没怪，只是看不惯。"楼道里的一阵寒风把夏梵吹得哆嗦，她大步走下台阶，拿出手机给他转了一笔钱，"钱不够了再跟我说，我先回去了。"

"你不再多待两天吗？"夏河收到到账通知短信，心里五味杂陈，特别不是滋味。他追了两步，见她没有留下的意思便不再强求，只叮嘱她有空多联系。

她自是不留情面："没空。"话音一落，便裹紧身上的白色羽绒服消失在道路前方。

夏河轻叹了一口气。

夏梵回到酒店，本想收拾东西回北城的。可她收着收着就泄了气，眼神是前所未有的茫然和沮丧。

她不知道该如何与父母相处，哪怕是在非常担心父亲的情况下，她也无法主动搀扶起他的手臂。哪怕只是一个关切的眼神，也会让她觉得别扭和不自在。

因此只能笨拙地拿钱去模糊隔阂。

这种事她无法跟任何人说。在其他地方，她是夏梵，是无所不能的独立女性。而在这里，她只是一个吸干了父母血肉的不孝女。

于是她又待了两天，大年初三的时候高中同学聚会，她本不想去的，可闲着没事就会一直胡思乱想，所以还不如给自己找点事转移一下注意力。聚会的包厢里一共到场了二十多个人，除了她和少数几个男生没结婚以外，其他人孩子都好几岁了，最积极的连老二都有了。

夏梵一句话也插不上，因为她一开口就会被问什么时候结婚、什么时候要孩子，所以连目光都不敢投过去。

“夏梵，这些年你在北城做什么呢？”倒是一个把班上其他男生都逼得喘不过气的学霸给了她一丝喘息的机会，“很辛苦吧？”

“当编辑。”夏梵敷衍一笑，将手里的饮料放下，“你呢？”

“刚进海市的一家律所，北城那边竞争太大了，压得人头都抬不起来。海市这边好些，工资翻了一倍，态度也好些。”他半开玩笑半认真地托着脸，“是做漫画编辑吗？读书的时候就经常见你捧着一本漫画书看。”

周围迅速传来起哄声，肆无忌惮地拿他们俩开玩笑：“哎，方大律师，那你知道我高中的时候爱看什么书吗？全班那么多人，你怎么就偏偏记得夏梵的呢？”

方越连忙解释：“因为那时候我也爱看漫画啊。”

众人不信，继续起哄。他脸上浮现出无奈的笑容，自罚三杯主动求饶。等起哄声渐渐淡去，他才敢再次同夏梵确认：“你是在做漫画编辑吗？”

夏梵点了点头。

“那你有好看的漫画推荐给我吗？”他不知何时挪到了她身旁，无视众人揶揄的目光，压低声音跟她说话，形成了一个小范围的隔绝圈。

仿佛只有他们两个人。

他眼神赤忱，让她想起了从前读书时，他总是没话找话地拿着一本练习册问她那些题该如何做。

她要是说不会，他就会顺水推舟地坐到她身旁，也是如此坦诚：“那我教你吧。”

她撑着头笑了起来，那张褪去稚嫩却依然紧致的脸上透着一点成熟的妩媚。他呼吸一顿。记忆中的夏梵是内向而沉闷的，甚至有些小心翼翼。可此时的她落落大方，有一种脱胎换骨后的洒脱。

“方越，这么多年了你还是没变。”

他想起刚毕业时的一次聚会上，他好像也说了同样的话，还缠着她给自己写一个名字。那时的她是局促的，任何一个骤然提高的音量都会惊扰到她。可她还是鼓起勇气，克制着对他的恐惧坚守自己的底线：“方越，我不喜欢你们这种小男生。”

他虽然表面看着正经，背地里其实是个小流氓。尤其遇上像当时的夏梵那种唯唯诺诺的女孩，更是会刺激他分泌荷尔蒙，什么不要脸的话都说得出口，还对她动手动脚。

于是她给了他一巴掌。

那时他和大家都喝醉了，醒来也不记得这件事了。可此刻这一幕骤然浮现于脑海中，他的目光逐渐冷下来，心里生出一团火。

全是不甘心的怒火。

他在饭桌下抓住她的手腕，夏梵却连眼神也没变。她下巴微抬，从他的角度看过去，像是挑衅又像是在挑逗。

他的目光扫过她长裙下白皙修长的小腿，落在她坐着也不见臃肿的小腹上。她穿着一件米白色的兔绒毛衣，看起来比其他女生要更年轻一些。这些年他见过许多比她更漂亮、更优秀的女孩，可在与她目光相触的刹那，他又变回了从前那个没皮没脸的小男孩，嬉皮笑脸地问：“夏梵，我现在是你喜欢的那种男人吗？”

夏梵的手挣了一下，他没有松开，反而拽得更紧，将她那一片肌肤勒出了红印。她面露微笑，坦荡地迎着他充满试探性的目光：“你还是那种让我想甩耳光的男人。”

他也笑了起来，只是目光极为深邃难缠，若不是碍于这么多人在场，他极有可能对她施暴。

你看，在这里她不仅是一个不孝女，还是一个可以被肆意对待的女同学。

夏梵想都没想就扬起了手，然而未等落下，一只宽厚的手掌握住了她的手腕。她回过头，只见一个男人逆光而立，高大的身影遮住头顶的光，让他的面容变得有些冰冷。

所有人都看向了他。

这个男人实在太出众了。

一件从上裹到下的羽绒服根本遮不住他的俊朗，他的眼神锐利得像一把剑，直直地插进所有人的心脏。他看起来像二十多岁，又像三十出头，身上清冽的少年感与成熟的魅力交织在一起，如同散发着香味的陈酿一般让人迷醉。

“松手。”他松开夏梵的手，目光直直地看向坐在她身旁的方越。

不知为何，方越有点怕他，几乎下意识地松开了手。随后他觉得丢脸，后知后觉地起身反驳：“你谁啊？”

“魏清。”他一把抓住方越的衣领，转头看向一旁已经傻眼了的夏梵，气定神闲地问，“毕业时对你嘴碎的就是这家伙？”

夏梵已经想不起她什么时候跟他说过这件事了，可惶惶不安的眼神已经出卖了她，魏清心下了然，对着方越的脸便一拳打了下去。

这是夏梵第一次见魏清打架，吓得她站起了身。可偏偏魏清又一副很会打架的样子，表现出单方面碾压的气势。

她捂着嘴，想劝架又怕被误伤，蹦来蹦去的：“哥，你小心点，别让他的脸伤了你的手。”

围观群众：“……”

其他男生冒着被误伤的危险，一个抱着魏清的腰，一个拽着方越的胳膊将他拉开了。方越气得打电话报警，魏清也不服：“报，赶紧。”

半个小时后，两个人都被拉到派出所。方越去医院做了检查，被认定为软组织挫伤，脸肿了一大半。而魏清盯着他半晌，突然笑了，态度也和善起来，主动对他嘘寒问暖：“我这个人脾气一上来，手上就容易没个轻重，没伤着你的脑袋吧？”

方越因为脸疼没有还嘴，坚持要起诉他。可民警一听是他调戏人家女朋友在先，就觉得那挨顿打也在情理之中。虽然是打得狠了点，但他确实不占理。再加上魏清的认错态度极好，民警自是奋力调解，最后以赔偿方越两千块医药费和一千块精神损失费落下帷幕。

“哥们儿，”出了派出所，魏清主动叫住方越，将脱下来的羽绒服用一根手指钩着搭在肩上，抬着下巴的样子特别盛气凌人，“以你的姿色能靠脸赚三千块钱真不算亏，别气了，就当大家交个朋友。”

方越气得头顶都快冒烟了。

这厮真是太气人了，即使他受过专业训练，在他面前仍是毫无还手之力：“你见谁是这样交朋友的？”

“你不碰我女朋友，我也不会跟你这样交朋友啊！”他面带笑容，眼里却是一片冷意，彬彬有礼的样子看着特别像个斯文败类。

“你给我等着。”他不轻不重地丢下一句话，在门口拦了一辆出租车，上车的时候还被车门夹住了衣角。

魏清看乐了，这才回头看向一旁拽着他的衣袖闷闷不乐的夏梵。

他脸上的笑意更明显了：“哎哟，还跟我生气了。”

“我不是气你。”她哪有资格生他的气，就是有点委屈，不知是替他还是替自己，抬头望着他的眼睛又大又分明，“我是生我自己的气。”

“气什么？”本来他带着满腔怒气而来，可真正临近了，光是想想她，就觉得心软，脚一落在这边城的土地上，情绪骤然高涨，见谁都眉眼带笑。他压着心里的喜悦，装出余怒未消的样子，问了饭店的名字，本想给她一个惊喜，结果一上楼就看见方越抓着她的手，还一副很享受这种隐秘感的样子，明目张胆地欺负她。于是新仇旧恨全部落到了方越的脸上，不得不说，此刻他还真是浑身舒爽。

“你先把衣服穿上。”夏梵怕他着凉，一个劲地催促。

魏清拗不过她，只能乖乖把衣服披上，嬉皮笑脸地凑到她面前：“给我亲一下 。”

不知为何，同样是嬉皮笑脸，可魏清看着就特别顺眼，她想都没想就凑到他嘴边。谁知他起身躲开，表情还挺嫌弃：“现在的女孩真是太不矜持了。”

夏梵踹了他一脚。

“怎么不给你亲还急眼了呢。”魏清轻轻松松躲开，嘴上还不忘逗她，“你说你那个同学是不是眼神不太好，就你这姿色……”

夏梵从后面跳到他背上，死命地搂住他的脖子：“你再说，你再说，信不信我掐你耳朵。”

她温暖的身体隔着厚重的羽绒服压在他的背脊上，而后温暖直抵心窝。他也不逗她了，顺势搂过她的双腿，把她稳稳当当地背在背上，温柔地说：“夏梵，我饿了。”

夏梵想到他揍人还把自己给揍饿了，忍不住笑起来：“行啊，去吃饭。”

夏梵带他去了读书时最爱去的一家面馆，晚上有米线和炒饭。店铺位于街道深处，狭窄逼仄，满地都是油污，他环视一圈后说道：“就这？”

“还有吃的就不错了，别挑三拣四了。”

“那我要一份青椒肉丝炒饭。”他盯着墙上的菜单，对这里的卫生环境充满了不信任，语气有几分悲壮，“你再给我加瓶汽水。”

回到这里连魏清都变幼稚了，夏梵有些哭笑不得：“行，两瓶我都给你加，你在这儿坐好。”

夏梵静静地等着魏清吃饭，直到万籁俱寂，星辰暗淡，才一高一矮慢慢走回家。

“哥，我要是早点遇见你就好了。”她的目光落向不远处的教学楼，她整个青春期都是在那里度过的，沉闷而枯燥，有他的漫画连载的杂志是她唯一的陪伴和星光。

“好早点让我欺负吗？”

“你就不能对我好点？”夏梵咬着牙，想给他补上两拳。可不知为何，满腔的酸涩先涌了上来。

那样暗淡无光的少女时代，那些藏匿于心底的呐喊与渴望，那些写在日记本上矫情又稚嫩的文字，都促使她义无反顾地扑到他怀中。

他低下头，轻轻地吻她的头发，在她耳边低语："好，只给我一个人欺负，不给别人欺负。"

她觉得好气又好笑，不自觉地将他抱得更紧，所有的脆弱都毫无保留地呈现在他面前。那些难以启齿的事情，变成了她迫不及待想要与他分享的，最后她拽着他的衣服轻轻哭了起来。

"我不喜欢这里，在这里我好像又变成了那个一无是处、谁都可以欺负的小女孩，我不喜欢这样。"

"那就活成你喜欢的那样，别怕，我厉害着呢。"

"我还想把钱还给你呢。"

"留着吧，就当是我微不足道的一点心意。"

她还想说些什么，却被他轻轻揉着头发打断了："不准说了，再说我就要生气了。"

她哭笑不得，不得不瓮声瓮气地转移话题："你怎么那么会打架？"

"你去北城问问，谁不知道我是东区小霸王？你就是认识我认识得晚了，不然你往东区一走，谁不得叫你一声梵姐。"

"我不想别人叫我姐。"她发出尖叫声，"我最讨厌了！特别显老你知道吗？"

"行行行，那不叫姐。"他一本正经地想了想，"叫一声'嫂子'总行吧？"

夏梵一巴掌打在他的背上，一边笑一边擦掉了脸上的泪水。她好像也没自己想象中那么坚强，而他也远比自己以为的更重要。

她终于知道为什么魏清能是魏清，而别人只能是别人。他喜欢她，除了喜欢她在阳光下伸出来的枝叶和结出的果实，那些扎在黑暗的土壤深处的根须，即使丑陋又冰冷，也被他一并偏爱着。

"哥，我想跟你回家了。"

起初，她以为自己怀念的是北城，到现在才知道她怀念的是有魏清的北城。在那里，人人都有做梦的权利，没有人会嘲笑你的理想，因为大多数人都是因此而来。

她负担不起高昂的房价，可是那个城市愿意接纳一无所有的她。

就像无数次在黑暗中照亮她的魏清，只要他还在，她就不是一无所有。

"走吧，回我们的家。"

第三十二章

C h a p t e r 32

打人事件

大年初四，从边城飞往北城的飞机降落在北城国际机场。夏梵一出大门就深吸了一口气，不过几天而已，居然连北城的雾霾都变得亲切起来。

冯思昭看见她的朋友圈时有一种天涯觅知音的感觉，眼泪都掉下来了：“姐，我明天就回来，老家这群老大娘都快把我给逼疯了。我跟她聊理想，她跟我聊稳定；我跟她聊爱情，她和我聊生育。我的天呐！”

夏梵看得直乐，全然忘了自己在边城的遭遇。魏清见她生龙活虎的，也就由着她了。

距离开工还有三天，商场和景区的人都不多。两个人就近玩了几天，谁知大年初六的下午，在景区碰上了一个小姑娘。小姑娘远远地喊了一声“哥”，魏清一回头，七大姑八大姨全来了，在景区的湖边将他们俩团团包围，想跑都跑不了。

年龄最大的老太太上来就给了他一巴掌：“不孝子，一年到头就回来看我一次，你以为我这个老太婆能长命百岁呢？”

“格格您必须得长命百岁。”魏清张口就来，气得老太太又打了他手臂三下。其他的姑姑婶婶对魏清到底是喜欢，连忙帮他把老太太劝了下来。

魏清早就被骂得没皮没脸了，一脸无所谓。可夏梵还没习惯，站在人群中瑟瑟发抖。

“给格格请安。”魏清善意地提醒她，可怎么看都不像安好心。

“叫姥姥。”老太太一对上夏梵，态度立马变得和蔼可亲，“你叫什么名字啊？”

“姥姥好，我叫夏梵。”她有些不安，频频看向魏清。魏清仍是不在意，却也不喜欢他们围着夏梵问东问西，一把将她拽到了身后。

“这是我女朋友，不是本地人，准备结婚的。格格，我不喜欢人多，下次单独带她回来给您请安。”他自报家门，说完就拉着夏梵开跑。

老太太眼疾手快，往夏梵包里塞了一卷钱：“姑娘，下次要回来玩啊。”

夏梵来不及问点什么就被魏清塞进了车里，她从包里摸出一卷钱，不知该如何是好。魏清看了一眼：“收着吧，格格不差钱。”

“不是，不差钱也不能乱塞钱给我吧？”她知道媳妇上门长辈是要发红包的，可她这也不算上门啊。她有些哭笑不得，拿着一卷钱不知该放哪里。

“格格估计也不懂，又怕因为她导致我跟你错过了。所以在给与不给之间呢，给总是没错的。”

这解释得还真是一点毛病也没有，谁会和钱过不去呢？她将钱收回包里：“那你为什么叫她格格？”

“祖上正儿八经的八旗，我爸都不敢惹，我也不乐意惹。”魏清嘱咐她系上安全带后，才长长地舒了一口气，“下次单独带你去见她。等你愿意的时候。”

夏梵抿着嘴唇，心里说不出是什么滋味。有点甜，又有点发苦。平时被那样捧着的一个人，在她这儿都卑微成这样了。

“难怪。”夏梵嘟囔了一声，目光投向前方不算拥挤的车流。

魏清看了她一眼，见她有些出神便没有打扰，加速超过了前面的车。夏梵面上不动声色，内心却一直处于巨大的震惊之中，第二天一上班就先去和许真八卦了这件事。

许真同样吃了一惊。他知道魏清家里有钱，却不知道他家里还有个格格。偏偏魏清一点也不在意，从没说出来瞎嘚瑟过。两个人连连感叹，怪不得这位哥什么都看不上呢，瞅瞅这见过大世面的样子。然而这种钦佩感并没有持续多久，才到下午就被魏清全部败光了。

青柠漫画旗下的独家作品《江湖回忆录》和《整容女孩》登陆了韩国最大的收费漫画平台，而乔云一的漫画的单行本销量突破十万册，其他作者的漫画也分别冲上了新书榜预售第一和销售总榜前三十。签约的影视改编作品也即将开机，邀请魏清去参加开机仪式。而且之前举办的漫画大赛也已经评选出了获奖作品，准备在开年会时一起颁奖。

这本是好事，可按照当前公司的处境，这无疑是让本就不富裕的公司雪上加霜。

“哥啊，”魏清那份见过大世面和不把钱当回事的豁达，搁这个时候就变成了隔壁家不知柴米油盐贵的二傻子，许真不得不语重心长地啰唆起来，“现在很多项目还没回款，作者大会和年会的事最好往后延一下。而且我隐约听到一些风声，最近很多公司融资都不是很顺利，钱还是先省着用比较好。”

魏清皱起眉头，用手托着下巴，不明所以地眨巴几下眼睛：“所以呢？”

他这一问，许真反而不好回答，双手来回翻动，想表达的只可意会不可言传。

“那就先把奖金发下去吧。”魏清打了一个响指，“年会就定在国内办吧。”

许真一惊，敢情这位哥之前还想定在国外呢？自我定位也太不清晰了吧！

他在魏清对面坐下，跟他一笔一笔地算起来，光是这新年的定制礼盒和员工的年终奖金就是一笔不菲的支出。

“哥，咱们可还没拿下C轮融资。”

他觉得魏清如此不把钱当一回事，以后必然要吃钱的亏。

“好，定在理云镇吧。那边有一个高原湖，风景也挺好的。”

许真盯着他沉默三秒后，觉得自己真是皇帝不急太监急，做了个请的手势：“行，你是老板你说了算，到时候没钱了别来找我哭穷。”

魏清眉毛一挑，冲他抛了一个只可意会不可言传的媚眼。

他明白了，要是真没钱了，自己和他都跑不掉。许真连连向他竖起大拇指：“棒，还是你棒。”

许真这边还没气过，转眼又起一浪。魏清把方越给打了的事被一个马甲号挂到了网上，本来是件掀不起什么风浪的事，可托魏清前段时间“小有名气”的福，直接把他送上了热搜。就连短视频平台上也有画面片段，配上激昂的音乐，画面看着还挺唬人的。

评论也是两极分化，有人质问：有这种用暴力解决问题的创始人，青柠漫画又是否能带领国漫健康而茁壮地成长呢？

有人瞎吹捧：不行，这哥好看得让我觉得他打人都像是在拍电影。

而其中最高赞的评论是：哥哥五官正，我的三观就跟着跑。这件事一定是被打的那个人有问题！

许真一条条评论看下来，不管有多少粉丝声援，终究还是负面评论更多。他气得差点背过气去，气势汹汹地到办公室找魏清理论。结果他一推开门，只见魏清独自站在落地窗前，窗外乌云压境，对面的楼宇灯火通明，与远处连绵的街景相映成景。他的鼻梁上架着一副银色眼镜，映在玻璃上的身影看起来冷酷又无情，像一座孤立无援的岛屿。

许真有些不忍心，谁没有情绪失控的时候呢？魏清再冷静克制，终究也是肉体凡胎。他话锋一转，反而安慰起他来：“魏清，网上那些报道你都不用看，你活得率性些我也……”

魏清转过身，将衬衣的袖扣解开，慢慢挽到手肘以上，露出小臂有力且流畅的肌肉线条。他修长的手指在灯光下格外白皙，许真喉头一滑：“你的手没事吧？”

他从未见过魏清打人，大多数时候魏清给他的印象都是冷冷清清的，不动声色地游离在人群之外，目光清醒地旁观着人间的悲喜。可他现在越来越温柔了，能够理解别人的难处，身上染了人间烟火。

魏清活动着手腕，抬眼望向窗外连绵的灯光。霓虹映在他冰冷的镜片上，双眼透着一抹隐晦不明的深意："手没事，就是应该换一个大的落地窗了。"

许真的头顶缓缓升起一个问号。

"万一待会儿有什么东西从天空之城掉下来呢？"他单手环胸，咬着指甲说得一本正经，表情严肃得像是真的在思考，如果天上掉下来一个拉普达的原住民，该如何展开营救。

"哥，你想得太远了。"许真无奈地抚额，同时公关部的负责人老段也进来了，心事重重地看了许真一眼，让他也坐下。

窗外下起倾盆大雨，哗啦啦的响声仿佛要将这座城市吞噬。魏清打开旁边的落地灯，将窗帘往旁边轻轻一拉，转身走到沙发处坐下。

"我们发现有人在故意炒热度、买热搜，不排除业内同行落井下石的可能性。"

"也有可能是我打的那个律师。"魏清坐在一侧的独立沙发上，身体前倾将双手撑在分开的双膝上，"不过该认错就认错吧，人都打了，还不许别人嘴上讨点便宜的话，那也太蛮横了。"

老段人到中年，一头浓密的头发已有"地中海"之势。他虽脸泛油光，但一点都不油腻，待人彬彬有礼，中年发福的身材在灰色西装的包裹下紧绷得有些可爱。他双腿交叠，手托着头靠在沙发上，被迫压出了双下巴。脖子都被遮盖得差不多了，一颗大脑袋像直接架在胳膊上似的，让他看起来没那么精明，甚至有点和蔼可亲。

"你这个是小事情。"老段什么大风大浪没见过，跷着二郎腿都不拿正眼瞧他们，"我就怕有人在背后放冷箭你知道吗？我们在明，他们在暗，很被动的。"

"那你还想先发制人？"许真盘腿坐在沙发上，想都没想就脱口而出。

老段身板一直，竖起一根拇指，露出一脸赞许的笑容："所以有没有人选推荐？"

"除了陈宇也没谁可以推荐给你了。"

老段想想也是，顿时便觉得索然无味，一点挑战性也没有，苦着一张脸靠回沙发背："就没有多的人选？我瞅着魏总这直来直去的性格，平时应该没少跟人结仇吧？"

"我是出来创业的，又不是出来跟谁结仇的。"魏清被气得直笑，"想靠谁给你拉KPI呢？"

老段一笑，脸上的肉叠在一起，跟加菲猫似的，看着特别人畜无害："那就把幻想漫画拖出来打，他们上什么我们就打什么。之前还想跟我们打阻击战呢，我倒要让他们看看什么是狙击队队长。"

当天夜里，在青柠漫画因为魏清打人事件而陷入水深火热之际，幻想漫画宣布夏梵之前谈下来的院线改编电影将于情人节当日登陆各大影院。

这可把孔敏给得意坏了，跟着别人在全国高校跑路演、做宣传，一天要发十几条朋友圈。同时幻想漫画的内容格局也在悄然发生变化，大量高价签约的作品涌入，一发表就得到了粉丝的大力声援，比花钱营销还管用。

乔乔等人也没闲着，把老员工挨个边缘化，将大部分的推荐位给了自己从青柠漫画挖走的作者，被大家前簇后拥，就连一些工作室也忙着和她打好关系。

她找到了那种众星捧月的快乐，而这种快乐在青柠漫画从未有过，让她越发地飘起来。作为老板的陈宇也顾不上她，每天忙着在饭局上周旋，想凭借电影上映的热度，顺势拿下后面一轮的融资。尤其现在魏清被曝出了打人丑闻，这种天时地利人和的机会可谓是千载难逢。

据他所知，投资市场是将青柠漫画和幻想漫画放在一个量级上的，如果资方投了他们，那么青柠漫画的下一轮融资就会变得困难重重。所以他势在必得，一边在暗地里给魏清打人事件的热度添了把火，一边借助孔敏家里的资源在各个层面打好关系，加大下一轮融资的筹码。

与此同时，被打的律师似乎跟陈宇心有灵犀，在微博上绘声绘色地讲述了这段事情的来龙去脉："我是青年科技有限公司CEO打人事件的当事人方越。我本人是一名律师，这件事在派出所时我们双方就已经和解了，实在没必要再拿到公众面前来博眼球。那天晚上发生的事，大家也从视频里看见了，我在和老同学叙旧的过程中遭遇魏清先生单方面的施暴，其原因是我说话的方式激怒了他，认为我在戏弄他的女朋友。可真实情况是，我跟老同学只是聊起了往日的糗事，笑声多了一些，在场的同学都可以作证。事后魏清先生也向我道歉了，承认自己因一时冲动没能控制好情绪。而我也接受了他的道歉，所以希望这件事就此平息，谢谢大家的关注。"

青年科技的所有员工看到这个声明时都傻眼了。谁？谁情绪失控？大家反复看了几遍，确认上面的名字是魏清无误后，忍不住笑了，得出一个结论：魏清就是单纯地想打人了才假装情绪失控的。

万杉一语道破天机："有生之年能看到魏清冲冠一怒为红颜，真是值了。"

"等等，"课代表划了重点，吃瓜群众也抓住重点了，"这个女朋友是谁？"

"没看见啊，光拍清哥打人了。"

"那实在是可惜了。不过老板有女朋友了，夏梵怎么办啊？会不会走幻想漫画的老路啊？"

得，又操心起夏梵来了。作为当事人的夏梵丝毫不知道自己已经卷入了陈宇和孔敏的爱恨纠葛中，只一门心思找老段商量如何处理魏清的形象危机。老段受了魏清的影响，没把这件事当回事，一门心思放在幻想漫画即将上映的电影上面。但他还是积极地接待夏梵，从诗词歌赋聊到人生理想，直到许真推门而入，他才停下斟茶的手，人畜无害地望着他："许老师有事吗？"

第三十三章

Chapter 33

山穷水尽

“夏总编也在这儿呢。”许真顺势在她旁边坐下，也不会品茶，端起桌上的茶杯就灌了一口，“老段你挺有手段啊，居然能让官方亲自辟谣。”

老段茫然的样子像一只没睡醒的加菲猫：“什么？”

夏梵在这儿看了他快一个小时了，也没见他使什么手段。倒是这斟茶的技术不错，是名副其实的茶水间。

“不是你啊？”许真大失所望，叹了一口气，认真地科普起“官方亲自辟谣”是什么意思。半个小时以前，当夏梵和老段正在聊“这一生啊就是难得糊涂”的时候，边城某街道派出所的官方微博转发和评论了方越的那条声明微博：作为此案的调解员，我有义务公正地说一句，您不去碰人家女朋友的手，人家又哪能打您的脸呢？同时在此提示大家，拒绝暴力，遵纪守法，从我做起。

吃瓜网友炸了，没想到这件事成了连续剧。而青柠漫画和魏清更是因此频频出圈，让许多不了解二次元的人开始主动搜索相关词条。

魏清很早就看见这条微博了，转发和评论道：不管出于什么样的原因，都不应该用暴力解决问题。任何冲突都不可能只是某一方的过错，作为公民，应该遵纪守法，作为男人，我无法忍气吞声。但还是呼吁大家应理智对待，共同建设文明和谐的社会。

方越发那条声明本身就是出于无奈，没想到的是，魏清作为公众人物不仅没有逃避这件事，反而还摆出犯了错就认的姿态，导致他越描越黑，连在法院工作的岳父也操心起这件事，认为他不仅作风不正，还缺少为人处事的圆滑。

然而这还远远不算完，他所在的律所老板问他是否和客户发生了纠纷。他一头雾水，因为他很肯定青年科技不是他们的合作方。老板对他循循善诱：“成安集团在海市的分部是我们的大客户，而董事长也姓魏。虽然到目前为止没有人找我说过什么，但希望这件事能给你提个醒。这社会上的人际关系，都像是浮在海面上的花，看似没有关联，实则海面之下的根交错缠绕。年轻人不要冲动，也不要逞一时口舌之快，只有活下去才能把丢掉的尊严给捡起来，对吗？”

方越做梦也没想到，人生中最重要的一课居然是魏清给他上的，在此之前，他一直把魏清当作小人看待。然而魏清其实是有办法将他赶尽杀绝的，却没有动用任何社会关系，最后还向他道歉了，真可谓是君子中的君子。再回过头来看自己发的那条微博，之前的得意全无，只剩下以小人之心度君子之腹的羞愧。

于是方越删了之前的微博，并主动向魏清道歉且承认他是真君子。而负责运营派出所官博的民警先是被批评了一顿，紧接着就涨了几万粉丝，大家心里顿时有点复杂，最后领导决定让他再把监控和视频剪一剪发到短视频平台上。

同时，青柠漫画的众人也对事情的进展感到莫名其妙，尤其是坐在公关部的三个人。许真左手拿着手机，右手端着茶杯，猛地喝了一口：“老段，你坐这儿半天是在做法呢？”

老段捂着嘴，忍不住薅了一把头顶为数不多的头发：“可能是听到哥的名字就被劝退了，毕竟这江湖上还有哥的传说。”

“你的传说是啥？”

“就……”

没等他开口，紧闭的门从外推开，魏清那张清冷的脸上浮现出一丝疑惑：“你们三个人开茶话会呢？”

“我们在讨论你打人的事呢。”就连见惯了大场面的老段看到魏清也有些拘谨，不自觉地起身解释，“谁知我们还没讨论出来，对方就被您的人格魅力给征服了。”

许真和夏梵齐齐抬头，向他投去了刮目相看的目光。这马屁拍得简直行云流水，不露痕迹。

魏清显然不吃这一套，神色如常地看向夏梵：“讨论完了就出来。”

夏梵连忙放下茶杯跑了出去，跟个小姑娘似的，屁颠屁颠跟在他身后。他领着她进办公室：“把近段时间的工作进度汇报一下。”

瞧瞧这一脸公私分明的严肃，夏梵也正经起来，端正态度，不苟言笑道：“哪方面的？”

“你的。”

她的目光从他脸上移开，看了一眼天花板，开始回忆道：“明天去参加一个开机仪式，后天要交连载漫画的全稿给出版社，大后天……”

得，全部都是工作。

魏清如果不是她老板，估计能气得把她老板给砍了。他盯了她一会儿，突然逼近。她下意识避开，他一把抓住她的手腕，咬牙切齿地俯视她：“那我排在第几天？”

她后知后觉地明白过来，小脸不由得一红，故作娇羞地在他胸口捶了一下：“人家白天为你工作，晚上还给你睡……”

魏清一把捂住她的嘴，耳朵和脖子都红了，心虚地看了一眼办公室的落地窗，一本正经地开始教育她：“夏梵，好好说话。”

“不是吗？”夏梵无辜地噘嘴，一双大眼睛微微转动，从他的角度看过去特别天真无害。她伸出一根手指在他胸口轻轻戳了一下：“那你敢说晚上没跟我睡吗？”

他不敢，却不代表他允许她将这些话挂在嘴边。因为这些事在他那儿是一回事，落在别人耳朵里又是另外一回事。

任何会引起别人对她恶意揣测的事，他都不喜欢。所以明知她是在故意逗弄他，还是板着一张脸，用食指和中指轻轻捏住她的脸：“我晚上不跟你睡，还能和谁睡啊？小坏蛋。”

他微微偏头，眼里有隐藏不住的温柔，唇角不自觉泛起笑意。夏梵呼吸一滞，眼睛眨了几下，忍不住踮起脚在他嘴唇上亲了一下。魏清突然被亲，很快回过神来，一把揽过她的后脑勺，轻含住她的嘴唇，加深了这个吻。

她慌忙推了他几下：“万一待会儿有人进来……”

他在她嘴唇上恶作剧似的嘬了一下，才顺势放开她。她察觉到他的小心思，在他背上狠狠地打了一下：“你这样让我怎么出去见人？”

“那就不见了。”他作势又要亲她，她连忙推开，做了一个提醒他适可而止的手势。

他笑起来，眼睛里全是恶作剧得逞后的促狭，像一个不知愁的大男孩：“你下周一下了班要做什么？”

夏梵沉默了一下，顿时反应过来那天是情人节。而她的安排是下班以后去看电影，眼神顿时变得闪躲起来：“我想去看电影，你去吗？”

“什么电影？”魏清双手环胸，疑惑地皱起眉头。

“就是幻想漫画改编的那个电影。”

她不看他的双眼，生怕他以为自己有二心。因此没等他问，就忙不迭地开始解释：“那本漫画毕竟是我负责的，版权也是我去谈的。虽然最后的结果跟我没什么关系，但我还是想给自己一个交代。”

魏清眼眸微垂，像是在思考这其中的深意。夏梵怕他误会，又连忙解释道：“我真的没有其他意思……”

“我跟你一起去。”他抬起头，温柔的目光将她所有的胆怯和不确定都驱散了，他伸手揉了揉她的头，“买票了吗？”

“马上买。”她感觉到他指腹的温暖和手掌的厚重，恍惚有一种被庇护的感觉。他应该知道，回过头看曾经走过的一段路，对她而言并不是什么好的体验。可要想让伤口愈合，首先得正视它的崩溃与自己的失败。

她是失败的。不管她后来在青柠漫画取得了什么样的成绩，都掩盖不了她被迫从幻想漫画离职的事实。她要回头看一看这个结局，把看似痊愈实则化脓了的伤口重新撕开，让它真正痊愈。

她已经准备好面对血与痛，而他始终是一剂良药，任何时候都抛开偏见站在她的身边。每当这个时候，她都会觉得魏清是一个天使。然而天使浑然不觉，坦然地接受着她感激和仰慕的目光。

待她离开，魏清小天使才直视内心的“恶魔”，给另一个“资深大恶魔”老段发了一条语音：“算了，别搞幻想漫画要上映的那个电影了。”

老段直接回了一个电话：“魏总，我通稿都找人写好了，明天都准备发了，你怎么突然改变主意了呢？”

“人心总是善变的。”魏清走到窗边，俯瞰着白昼下的城市，自嘲般地笑了起来，“那毕竟曾是她一手打磨出来的‘孩子’，听到不好的话还是会伤心的吧？”

老段也是个人精，很快就明白了这个“她”指的是谁：“没事，这也算是咱们真枪实弹地演练了一回，下次上手就更容易了。”

魏清被这个马屁拍得猝不及防：“这种奉承话咱们就收一收。”

“您不喜欢啊？”老段也有些意外，表情浮夸地捂住嘴，“我看夏总编夸您的时候，您不是挺受用的吗？”

“那能一样吗？”

老段仔细想了想，的确不一样，而且还差得远了，非常懂事地将自己给打包带走：“打扰了魏总，您忙，下次小段会少说两句。”

就他那发型还敢自称小段，魏清气乐了，忍不住嘴碎了一句：“多关注一下自己的KPI，少关注点我行吗？”

“魏总，您这样优秀的青年才俊，我不可能看不见呀。像您这样才华横溢又相貌出众……”

得，这个张口就夸的习惯看来一时半会儿改不过来，魏清听得头皮发麻，随口搪塞了他两句便挂断电话。

夏梵一路捂着嘴回到自己的办公室，但还是被眼尖的同事给发现了，成了饭后谈资。到了晚上，就连万杉这种远离八卦核心区域的小青年都知道了，夏梵是肿着嘴从魏清办公室出来的。

万杉觉得挺正常的，谁谈恋爱还没点情难自已的时候。可在其他不知道内情的吃瓜群众看来，横看竖看都觉得夏梵和魏清不可能在谈恋爱。而其依据是——那么强势的两个人根本无法生活在一起。

偏偏方越在微博上又说他是因为魏清的女朋友才挨揍的，于是大家脑补了一出狗血大戏——魏清的女友另有其人，而夏梵和魏清也还没断干净，背地里不清不楚地纠缠着。

大家都是成年人，虽然在道德层面上对这种行为感到不耻，但都没有公然发出强烈的谴责，甚至心照不宣地守住了这个秘密。

直到情人节那天，易峰和何欢在电影院碰见一手抱着爆米花，一手牵着夏梵的魏清，顿时什么都明白了。哪有什么狗血的三角恋，从头到尾都只有她。

两个人招呼都没敢打就躲开了，魏清也不知是没看见还是没看清，事后也没格外叮嘱他们别往外传，跟什么都没发生过似的。

易峰和何欢远远地看着两个人进了由幻想漫画作品改编的那一场，易峰琢磨不透，趴在何欢肩膀上问："你说他们是去约会的还是去探测敌情的？"

"你傻啊，这本漫画之前不就是夏梵负责的吗？估计心里还放不下呢。"何欢是个明白人，推了易峰一下，"走吧，电影快开始了。"

幻想漫画的漫改电影是一部青春题材的恋爱电影，还没放到一半，魏清就靠着夏梵睡着了。其他观众也是哈欠连连，昏昏欲睡。

夏梵也没想到这部作品拍出来会这么无聊，里面的许多情节都做了改动，就连故事也产生了变化，使得一个酸甜参半的暗恋故事变得毫无新意。电影一结束，许多观众立刻起身，连彩蛋都不愿意等，骂骂咧咧地离场了。

魏清被灯光刺醒，用力闭了一下眼睛才缓缓睁开："结束了？"

夏梵心里五味杂陈，看着屏幕上滚动的幕后工作人员的名字，看见陈宇和孔敏的名字出现在联合出品人那一栏时，心脏还是被刺了一下。

魏清不动声色地看着她的反应。此时人群已走得差不多了，可她还是没有离开的意思。直到保洁阿姨开始催促清场，她才缓缓起身往外走去。

今天是情人节，到处都弥漫着甜腻又酸臭的恋爱味道。魏清揽过她的后脑勺，轻轻揉了一下。

“哥，怎么会这样呢？”她想不明白，那么多人用心准备的作品，最后呈现出来的效果怎么会是那样的？她不知道别的参与其中的工作人员在面对观众如此直观的反应时是什么样的心情，但她挺难过的，“我以为多多少少能赢得一些掌声。”

“为什么？”魏清轻佻地看了夏梵一眼，唇角泛起一丝嘲讽，“因为大家都很辛苦很努力吗？作为观众，我想看到的是一个能打动我的故事。如果我没有被打动，那么这部作品背后的所有付出对我而言便没有任何意义。创作偶尔就是这么残酷，不是你付出了多少，掌握了多少技巧就能赢得满堂叫好。不好看就是不好看，不管创作的过程多么曲折，最后的反馈就是这么简单粗暴。”

夏梵虽不甘心，却也不得不承认：“我发现漫画和影视作品还是不一样，画画大多数时候是一个人的事，而影视作品需要环环相扣，是我把事情想得太简单了。”

魏清淡淡一笑，眉眼平和。对于夏梵他总是耐心十足，从不吝啬包容。

“我突然担心起大胜的作品了。哥，那笔钱你投得还是有点冲动了。”夏梵隐隐从幻想漫画的这部改编作品上看见了青柠漫画的未来，形势一片暗淡，“能退点不？”

魏清被她抠门的表情逗乐了，一本正经地迎合她：“好像钱都在特效上花得差不多了，现在只能听天由命，等电影上映。”

夏梵一把捂住胸口，脸抽搐了一下。她似乎被这句话伤得不轻，久久没缓过神来。

第二天，关于幻想漫画电影的恶评如潮水般涌来，网上全是差评。不到一周的时间，在豆瓣上的评分就低到了六分以下，让大家对漫画作品是否适合进行真人化改编产生了怀疑。这件事也间接影响到了青柠漫画几部已经签约真人影视化的作品，除了已经开机的那本漫画，其他制作方都进入了观望状态。

青柠漫画不仅不能狙击他们，甚至还要为了自身的发展为幻想漫画控评，可谓是操碎了心。

时间一晃进入三月。

幻想漫画砸进去的钱连一个水花都没溅起来便销声匿迹，而资本投资也骤然进入寒冬期，许多红极一时的互联网产品也因为资金链断裂而被迫关闭，提前离场。就连幻想漫画那边都不断传来拿不到融资的消息。

夏梵最先是听小七说的，后来又听钱程提起。然后邮箱里收到了幻想漫画前同事投来的简历，又去霍霍那儿旁敲侧击一番才意识到事情的严重性。

孔敏花大价钱签的作品并没有达到预期的效果，不仅没有带来流量，反而导致之前的读者流失。而恶人十八与孔敏解约之后也带走了一部分漫画作者，去了其他的平台。幻想漫画的数据呈断崖式下跌。

而幻想漫画却矢口否认，认为这些都是无稽之谈。偏偏有漫画作者在微博上晒出证据质问道：“资金链没有断裂的话，那为什么作品大赛的获奖奖金迟迟不发？”

孔敏在官博下面用私人账号回复：不是没钱，是流程比较多，请大家再耐心等待一下。

不只是幻想漫画，原本一片火热的互联网投资和IP市场也骤然沉寂下来，市场上的互联网产品和影视公司死了一批又一批。这次谁也没时间看幻想漫画的笑话，反而有一种唇亡齿寒的恐惧。青柠漫画在稿费和工资上虽然没有明显的变化，却再也没有动不动就发几万的豪气了。除此之外，在耗材和公款的预算上也做了调整，有一种准备勒紧裤腰带过日子的意思。

魏清白天经常不在公司，谁也不知道他在忙什么。晚上回了家他也不和夏梵聊工作，倒是苦练厨艺，一副要做家庭妇男的样子，让夏梵不得不想入非非：“哥，你不会是在为自己失业后做准备吧？”

魏清不知是故意逗她，还是一时松懈将真实想法暴露了出来，眼神微微一闪，笑容有些僵硬：“这都被你发现了？”

“你说真的？”夏梵眼神一变，半真半假地又确认了一次。

“开玩笑的，你的百万年薪我还没兑现呢。”他伸手揉了揉她的头发，回避她灼灼的目光，“别瞎想。”

之后任她如何旁敲侧击，他都回答得滴水不漏，于是只能暂时作罢。

四月，青柠漫画的许多项目陆陆续续回款。可比起之前投资的，这根本就是杯水车薪。许真急得都上火了，满嘴都是泡，然而还是没有一本能够养活整个网站的爆红漫画产生。尽管如此，年会还是如期举办。苍山下，洱海旁，蓝天白云，在一个标间都不低于七百块钱一晚上的四星级酒店。

许真的表情很不好，其他人也隐隐察觉到什么，眼神中多了几分看最后的盛宴的悲壮。漫画作者们倒是浑然不觉，忙着拍照领奖，认为青柠漫画正在蓬勃生长，根本没人注意青柠漫画部分员工肃穆的表情，认真得像是在做告别。

从现场屋顶倾泻下来的流光和四面涌来的溢彩，精妙得像是在做一个不切实际的梦。而坐在观众席最前面的魏清，穿着妥帖的西装，用同样的眼神望着不断飘落的丝带和亮片。

他静静地看了一会儿，浑身透出与周遭的欢乐格格不入的漠然。随后没说一句话，独自起身走到门外。

在许真眼里，魏清从来都是一个优秀的伪装者，只有从他脸上不经意流露出的微表情才能稍见端倪。这对于他而言，可能也不是开始，倒像是一种结束。

活动进行到中场休息，许真躲到楼梯间抽烟，抽到一半绷不住了，蹲在地上哭了起来。其他人哪见过他这个样子，连忙打电话把夏梵请过来了。

夏梵一来，许真就跟抓住了救命稻草似的，拉着她不撒手。其他人见状都回避了，只剩下他们两个人你盯着我，我盯着你，大眼瞪小眼。

“公司没钱了，最多还能再撑一个月。如果不举办年会的话，还能多撑半个月。”许真缓过劲来后，找了一节台阶坐下，将抽了一半的烟重新点燃，“魏清没跟你说吧？”

“猜到了。”夏梵并不觉得意外，魏清不仅人能装，在掩饰情绪方面也是一点不差。可许真的反应太过明显了，坐在会场里一副半死不活的样子，稍微留心一下就能看出来。

“这一轮的融资很不顺利，谈了几个都是要干预公司内部运作的，所以魏清全给推了。”许真双眼刺痛，用力睁开又闭上，反复几次才挤出一个笑容，“我现在不考虑融资的事了，只想着真到了要走的那一天，该如何让他放手。”

“不会走到那一天的。”夏梵反而冷静下来，坐到他旁边，盯着脚下的台阶开始分析局势，“现在青柠漫画的精品率已经达到10:1，而用户也一直在增加。虽然靠用户付费的收入还不足以维持公司运作，但总归是在盈利。资方不会放弃市场，只是这个过程需要两方博弈。”

许真陷入沉默之中，而后几不可闻地叹了一口气：“我本来也不担心的，可你知道幻想漫画现在是什么情况吗？”

夏梵目光迟疑，似乎在犹豫该不该说。许真看着她点了点头，证实了她心中所想：“之前幻想漫画因为作品涉黄导致被罚款和大部分作品下架，老员工们也被排挤得差不多了，现在的新团队根本无法应付，导致这一轮融资困难。而且他们之前在作品上花了太多钱，现在资金链断裂，已经撑不住了，陈宇现在在到处筹钱。”

夏梵一愣，似乎没想到幻想漫画会走到这一步，也想象不出陈宇四处求人的样子。她脑中浮现出刚离职时陈宇来找她的身影，不知为何总是挥之不去。

她也算明白了，创业九死一生，成功还是失败从来都是瞬息万变的，上一秒可能还风头无两，下一秒便是万丈深渊，容不得有丝毫侥幸。

从楼梯间出来，邀请来的乐队刚刚结束第一轮表演，主唱阿阮在后门追上魏清：“喂，你知道外面请我们演出一场多少钱吗？姐姐自降身价给你撑场子，你就这个态度？”

第三十四章

Chapter 34

求助

魏清刚打完电话，指间还夹着一根烟，环胸俯视她的双眼，痞劲十足："我邀请的是老雷，可不是你。"

他为人淡漠，对阿阮尤其冷漠。可她就吃这一套，越是对她爱答不理，她就越惦记："那我乐意来，你管得着吗？"

魏清面无表情地抽了一口烟："我也没想管你。"

阿阮气得牙痒痒，拽着他的衣袖使劲拉扯："魏清，我听人说现在投资特别不好拿，你如果跟我好，我可以找我爸给你投钱。"

魏清顿时笑了，嘲讽之意溢于言表。他端正身子往后一退，将衣袖从她手中拉出来："你知道我需要多少钱吗？"

"几百万还是几千万都可以。"阿阮仰头，不甘示弱地盯着他。

魏清脸上的笑意更甚，不经意地转过头，看见迎面走来的许真和夏梵。他下意识将手上的烟摁灭，眼神和语气也不自觉放柔："你们俩跑哪儿去了？"

"就在楼道里聊了一会儿。"许真说。

夏梵从他和阮文静中间走过，一把拉住他的手腕往走廊深处走去。他嘴角勾起一个意味深长的笑，未等完全展开，她的脚步突然一顿，回过头气势汹汹地瞪着阮文静："你还看不出来他不喜欢你吗？"

"看得出来啊，我不在乎。"她耸耸肩，其实她早就知道魏清不可能和她在一起，只是每次看见他就觉得不甘心，非得挤对他一下才舒服。她现在说这句话，纯粹是为了刺激夏梵。

“那你在乎什么呢？”

阿阮一时答不上来。对啊，她不在乎魏清喜不喜欢她，也不在乎他要不要跟她在一起，那她现在闹得不愉快是为什么呢？

“我就是看不惯你那副德行。”阿阮抬起头，从上到下将夏梵打量了一遍，“真以为自己是仙女呢？”

“对啊。”夏梵突然一笑，踮起脚在魏清脸上亲了一下，又对阮文静做了一个鬼脸，“他的仙女。”

更可气的是，魏清居然还甜腻地笑了起来。

“啊——”阿阮气得原地跳脚，“夏梵，你不要脸！”

她一动气，夏梵心里就舒坦了，头也不回地拉着魏清往前走。魏清似笑非笑地看着她的背影：“夏梵，我以前怎么不知道你是个小流氓呢？”

“还不是因为你！”夏梵拉着他穿过长廊，走到一个白色露台上。他们身后是巍峨的苍山，不远处是泛着波浪的洱海。炽热的阳光照在头顶上，风吹起她的裙摆和散发着暗香的头发。她甩开他的手，愤怒地转身，长发在他脸上扫了一巴掌：“下次再招惹这种烂桃花，看我不把你的腿打断。”

他抿着嘴唇，不经意地扫了眼四周，突然抱着她的腰将人一把托起，仰头吻住她的嘴唇：“命都给你，更何况是腿。”

不知是不是受了老段的影响，他撩人的话张口就来。夏梵咬着嘴唇，既生气又觉得好笑，双手搂着他的脖子，静静俯视他良久：“哥，这样看你，突然觉得你也不过是一个普通人。”

魏清眉毛一挑：“当然是普通人，不然还能是什么？”

“许真说你是太阳，我偶尔觉得你是一个天使。”

魏清哑然失笑，之前萦绕在眉间的阴郁此刻消散得无影无踪：“那你还喜欢吗？”

“喜欢，你什么样我都喜欢。”她浅色的眼睛里映着他小小的缩影，似闪着光，又滚烫非凡，“所以，无论你变成什么样，我都会陪着你。”

“‘变成什么样’是什么样？”他没有听出话里的深意。

“就是你一无所有的时候，我依然是你的所有。”她终于找到了向他再迈一步的勇气，“哥，我好像有点想让你负责了。”

魏清愣住了，满脸的不敢置信，良久才回过神来：“夏梵，说出口的话就不能反悔了。”

“不反悔。”

他立刻将她放到地上，从口袋里掏出一个戒指戴在她的无名指上。戴完之后发现好像少了一步，又连忙跪下，举着一个空盒子道：“夏梵，敢反悔的话，腿给你打断。”

夏梵第一次听见这么粗暴的求婚誓言，想笑，眼泪却先一步落下来。她发现他之前的阴郁和忐忑不安可能都是来源于此。

“哥，我以为你在焦虑公司的事，才想着用这种方式来安慰你的。”

“经营公司哪有追你难。”他说的是肺腑之言，经营公司不需要在意它是否喜欢他，或者会在哪一个时间点离他而去。他能够接受创业路上的任何荆棘，却无法忍受她流露一丝不安，“快点，说一句不后悔，永远不后悔。”

夏梵被他的样子弄得哭笑不得，可又不愿他再活在患得患失的恐惧里，又努力地迈出了一步：“嗯，不后悔，永远不后悔。”

他惆怅的眉眼终于被抚平，忍不住抱着她在原地转了一圈。

夏梵从未见过如此激动甚至有些傻气的魏清，靠在他的肩膀上忍不住笑了起来。她发现，迈出这一步似乎也没有想象中那么困难。

只要站在对面的人是魏清。

许真做梦也没想到魏清能在这种情况下解决自己的终身大事，连日来因为融资困难笼罩在他头顶的乌云也被这股喜气给吹走了，整个人充满了“人逢喜事精神爽”的朝气。

许真忍不住问道：“哥，是不是你的终身大事解决了，咱们这公司就可以不做了？”

魏清眉毛一挑，嘴里口哨吹个不停，端着助理刚煮的咖啡，非常骚气地跟他碰了个杯：“做梦呢？我这不是等了很多年突然等到了，难免有点心潮澎湃……”

“你岂止是有点澎湃，你话都变多了。”许真忍无可忍地站起身，声音变得尖锐起来，“你简直就像是变了一个人！”

经他这么一说，魏清开始认真检讨自己最近不稳重的所作所为，结果这脸沉下去还没两秒钟，嘴角又忍不住勾了起来。最后他捂着眼笑得停不下来，特别像一个神经病。

许真劝不动也就由着他去了。

与此同时，夏梵接到了来自陈宇办公室的电话。她看了一眼来电显示，等到手机停止振动都没有接。无奈之下，陈宇跑来公司堵她，趁她一个人下楼买咖啡之际，抢了她的钱包，哀求她单独与自己见上一面。

那模样实在太可怜了。她从未见过陈宇如此落魄的样子，于是心生怜悯，将见面地点定在晚上七点的咖啡馆，给他三十分钟的时间。

陈宇千恩万谢，拿着一杯没喝完的咖啡往地铁口走去。

她到此时才真实地感受到了幻想漫画的艰难，以前陈宇从不会将没有喝完的咖啡带走，通常还剩三分之二就会被丢进垃圾桶。而此时的他，佝偻着背，整个人是谨小慎微的，再无从前的洒脱。

她叹了一口气，提着咖啡上了楼。冯思昭在门口等她，见她一直没上来，以为出了什么意外，正准备打电话问她是否需要帮助时，她从电梯里走了出来。

“你怎么去了这么久？”冯思昭接过她手里的咖啡分给编辑部的其他人。

青柠漫画如今已经完成作品库扩充，逐渐步入正轨。从签约到版权出售都有固定的流程，工作量也减少了，不再像之前那样疯狂地加班。而夏梵作为部门领导并没有传说中那么凶神恶煞，反而平易近人，有的编辑遇到解决不了的事，她也会主动帮忙。总之，如果在工作中能跟上进度，扛得住事，不故意找茬，那么在她手下做事会是一件非常愉快的事。

简直应验了何欢对她的那句评价——以后你们就知道有个能在老板面前吃得开的领导是多么幸福的事了。现在谁都心服口服地喊她一声梵姐。

小七等人见怪不怪，甩开膀子干，反正出了事有夏梵顶着。而青柠漫画的“原住民”编辑们，也慢慢理解了为什么小七等人会因为她一句话，就义无反顾地来到这里，从头开始。因为她的勇敢和担当，值得这人间所有的美好都为她降落。

然而这个在众人心中被美化的大姐头夏梵，在现实中仍有数不清的烦恼。比如此刻，她就很烦躁地用手拍着额头：“陈宇跑到楼下的咖啡馆来堵我了。”

冯思昭当即爆了一句粗口：“他堵你干什么？”

“让我单独跟他见一面，具体要干什么还不知道。”

“我倒要看看他敢做什么。”冯思昭解开袖扣，撸起袖子的模样像是要跟谁干架，贝齿咬着红唇，留下危险的痕迹。

“你冷静点，这么凶容易嫁不出去的。”

“姐刚分手，已经不想这事了。所以干脆把陈宇拖出来打一顿吧。”

夏梵对她分手这事已经见怪不怪，都懒得惊讶：“操心一下你自己吧，这种小事我自己解决。”

晚上七点，她准时赴约，穿过咖啡馆复古的走廊，进入室外的露台餐厅。周围都亮着灯，陈宇独自坐在一个遮阳伞下，桌上只有一杯白开水，身上穿了一件布满褶皱的衬衣，偏头凝视着城市的某一角。他被风吹乱的头发为那张满是疲倦的脸平添了几分狼狈。她在门口踯躅，没有贸然上前，等陈宇注意到她时才做出刚到的样子，缓缓走上前：“到很久了吗？”

“有一会儿了。”她拉开椅子坐下，打量着陈宇的一举一动。他的手边放着一个公文包，不知装了什么，但肯定跟约她的目的有关。

她不动声色地与他拉开一段距离。

一旁的服务员递来菜单，她点了一杯果汁后抬头问陈宇：“你要什么？”

“随便吧。”

“你吃饭了吗？”夏梵耐心地询问，陈宇不禁有些恍惚，仿佛回到了创业之初，他只需要动动嘴，她就能妥帖地安排好一切，让他不费吹灰之力活成别人羡慕的样子。

他迫不及待地推开夏梵手里的菜单，倾身扑向桌面：“夏梵，随便点些什么吧，我有话跟你说。”

服务员狐疑地看了他一眼，主动收起菜单道：“那就来两杯一样的，可以吗？”

夏梵微微一笑：“好，谢谢。”

她再次将目光投向对面的陈宇，他做得实在太明显了，就连服务员也看出了端倪，在送餐时将一张小纸条悄悄塞进她手里——女士，需要帮助时请举手示意，我们会一直在您身边。

服务员以为他们是因情感破裂而导致了财产纠纷的夫妻，看陈宇急切的样子，像是被逼得要跳脚，准备放手一搏似的，所以有些担心他会对夏梵不利。

夏梵将纸条攥于掌心，用吸管轻轻吸了一口面前的饮料：“说吧，想让我为你做什么？”

云端大厦，二十七层私人豪宅，位于北城最繁华的商业圈，背靠网红建筑和购物中心，住宅区没有丝毫的喧闹，颇有点“闹中取静，大隐隐于市”的意思。这里的每套房的市值都在一亿以上，住在这里的人非富即贵。

从客厅推开阳台门，能看见无边的观景泳池，是但凡进了这间房的姑娘必会拍照打卡的地方。

房子的主人是一位知名企业家，其名下像这样的豪宅数不胜数，所以常会被不成器的败家子用于私人聚会，邀请的要么是同样敢玩的富家子，要么就是有颜值有身材的小网红和十八线明星，纸醉金迷，各取所需。

可偶尔也会遇上一些异类。

魏清坐在价值百万的U型沙发上，神色清冷地打量着来来往往的男女，有一种与眼前的酒池肉林格格不入的清醒。可从他一身的奢侈品来看，已经是非常尊重和迎合他们了。

他虽然是富家子中的富家子，但放荡和纵欲从来与他无关。他是这个圈子里两极分化的代表，像他这样优秀的都在各自擅长的领域里发光发热，从不在女人和挥霍金钱上做文章。那些不优秀的，正如这一屋子的“纨绔”，就只能靠着金钱、女人或者玩一些作死的东西寻找刺激，以获得成就感和价值感。

尽管圈子不同，可他们一点也不讨厌魏清。他虽然看着冷淡，却并没有高高在上地蔑视他们。何况他和“纨绔”里最有话语权的宋少是从小玩到大的朋友，谁也不敢给他脸色看。

魏清索然无味地看了一会儿，走到另一边朝着商场的露天阳台，眼眸深邃地眺望着远方亮起的万家灯火，不知在想些什么。

可不管在想什么，都绝对是跟屋子里那群人想的不一样的东西。

宋之和端着一个装着红酒的高脚杯走到他身后：“今天好歹也是我的欢送会，你就不能表现得稍微合群一点吗？”

“我不喜欢。”他低头俯视着不远处商场顶楼的露天咖啡馆，半暗不明的灯光在他身后被无限拉长。他分明的脸部线条带给人一种疏离感，但不尖锐，让人有一种仿佛打开了夏日冰柜的舒服。

“那你喜欢什么？”宋之和也只有跟他待在一起才是这副人模狗样的样子，换作其他人都是说些不着调的鬼话。

“人间烟火里沸腾起来的市井气。”

宋之和以为自己的耳朵出了什么毛病。可后来一想也是，这人不都是越缺什么就越喜欢什么吗?

“你那公司怎么样了？”

“还行。你帮我看看，那边露台上是不是坐了一个长得很漂亮的女士和一个举止很猥琐的男人。”魏清没戴眼镜，眯着眼睛在那个豆大的人身上看到了夏梵的影子，只是看不真切。

“你离这么远还能看出人家长得漂不漂亮呢？”宋之和帮他找了一个望远镜过来，先看了一眼才递给他，“真别说，那气质和你以前漫画里的女主角有点像，长得还挺漂亮的。”

那就是夏梵了。

他接过望远镜看到了夏梵对面的陈宇，心里升起一股火，将望远镜塞回宋之和怀里，问道：“你知道那地方是哪儿吗？”

“知道，我发定位给你。”宋之和摸出手机给他发了一条消息，随后又抬起头来，“怎么，你看人家气质挺好就一见钟情了？这可不像是你的风格。”

魏清瞪了他一眼，特意亮了一下左手无名指上的戒指：“那这像我的风格吗？”

“你居然结婚了？！什么时候的事？！”宋之和是真的嫉妒了，哆嗦着嘴唇不敢接受现实，“你事业有成就算了，居然比我还先成家立业！魏清，你是想气死我家老头是吧？”

宋之和的少年时代一直笼罩在魏清的阴影之下——他靠着家里花钱出国混文凭，魏清却没花家里一分钱便直接保送航大。从小到大，魏清都是父母嘴里的别人家的孩子。这好不容易长到了三十岁，正想说跟魏清除了在事业上有点差距外，其他的差距也不是很大，结果没想到人家都结婚了。

“那不会是你媳妇儿吧？”宋之和气得语无伦次，“就你这个德行怎么可能找得到媳妇儿？魏清你怎么可能比我先找到媳妇儿？不公平，太不公平了！”

魏清才不管他骂什么，拿起放在桌上的墨镜就径直走了出去。

商场顶楼，露天咖啡馆。

陈宇不自觉地攥紧了旁边的公文包，目光灼灼地看着夏梵：“你愿意再回到幻想漫画吗？我可以给你百分之十的股份，让你担任公司的合伙人。然后我会给你比之前多五万的工资，我求你回来帮帮忙吧。”

“怎么帮？”夏梵的眼神没有丝毫变化，风吹过她的头发，挺得笔直的背脊在黑夜的映衬下显得威严而庄重。陈宇觉得她和以前不一样了，但又说不上来哪里不一样，只能眼巴巴地看着她。

“就让公司能尽快变现，”陈宇的喉结艰难地滑动了一下，努力睁大双眼使自己看起来更加真诚，“像你以前那样做就好了。”

夏梵不说话，只是缓缓跷起二郎腿，双眼沉静地看着他。

陈宇心虚地避开她的目光，不自然地低下头喝了一口水：“我知道自己之前让你离开公司伤害了你，可当时那只是为了顾全大局的无奈之举。”

“无奈之举？”夏梵深吸一口气，微笑着将最后四个字重复了一遍，低头将一侧垂落下来的头发捋到耳后，长吁一口气后才再次抬头看他，“当时你做出那样的决定，是因为觉得我的管理方式不对，那你现在又来找我，是因为通过孔敏的‘不懈努力’，你认同我了？”

“夏梵，没必要把什么错都怪到孔敏身上。她还很年轻，因经验不足而犯错是应该被包容的。”他虽有事求夏梵，但不乐意顺着她，眉头时不时地拧起，“你有什么不满就对我发泄，没必要牵扯到敏敏。”

夏梵忍不住笑了起来，肩膀都跟着乱颤：“喂，是我在求你吗？”

第三十五章

Chapter 35

约谈风波

“夏梵，我也是念着从前的恩情才想给彼此一个重新来过的机会。”陈宇开始打感情牌，他知道夏梵对幻想漫画的感情比他只多不少，所以他将满腔的痛苦直白地袒露在她面前，“我相信你也还记得幻想漫画刚刚成立的时候吧？于旁人而言，那只是一个阅读漫画的平台，可对我们来说，它承载的是我们所有的梦想和野心啊。尽管中途我们有过一些不愉快，但也应该殊途同归不是吗？”

他说得太好了，夏梵忍不住鼓起了掌：“既然你都说到了创业之初，那我也来聊聊吧。陈宇，你真的有一刻在乎过我们的梦想和野心吗？我们说过要让幻想漫画成为一个与众不同的原创平台，要让中国漫画在这里发扬和延续。结果你让我看到的是什么？无视编辑和作者的心血，肆意地抨击和诋毁他们的作品，说小众，说无法迎合读者，所以理直气壮地要求大家去抄，去洗，去做被人诟病的同质化内容。后来，当大家为此挨骂的时候，你把所有的过错都推到我身上，把自己撇得干干净净。”

“可我给了你钱的。”陈宇迫不及待地打断她，原形毕露地指着窗外璀璨的霓虹灯，“夏梵，除了我还会有谁给你开那么高的工资？你不要忘了自己是凭借着什么才在这座城市立足，在这个行业扎根的，做人不能这么忘恩负义。”

“忘恩负义？”夏梵反复咀嚼着这段话，笑出声来，“没有幻想漫画这个平台，我夏梵就什么也做不了了吗？而且，没有我夏梵的努力，幻想漫画就不会有今天。”

“你看你还是这么狂妄自大、目中无人！”他终于找到机会说出心中最想说的话，激动地站了起来，险些将桌上的杯子撞倒，水洒出来浸湿了半张桌面。夏梵抽纸抵住，防止水流到她这边，微微侧开双腿，以免打湿她的裙子。这个动作不知为何激怒了陈宇，他拽着夏梵的胳膊：“如果最开始没有我出资，幻想漫画会诞生吗？”

他还没想明白一个问题，作者、公司职员以及平台之间其实是相辅相成的，夏梵所带领的编辑团队和漫画作者们支撑起了没有任何名气的幻想漫画，后来借着它的名气走得更远、更好，这都是互相成就的结果。然而在此时的陈宇眼中，平台的成长跟任何人的努力都没有关系，似乎它从被创造出来就已经在国漫产品里占有一席之地，其他人没有做出任何贡献，只是沾了它的光。

所以他给夏梵扣了一顶忘恩负义的帽子。

夏梵已经不想再回忆那些硬着头皮求别人合作的日子了，只想赶紧将他甩开。她挣了一下没挣脱出来，衣领往肩侧滑了一下。

“你给我的钱都是我的劳动所得，所以我不欠你什么，你不要太把我对你的客气当作理所当然。”夏梵端起手边的水就往他脸上泼，陈宇迅速转身回避，却还是浸湿了大半衣衫。

陈宇瞪大眼睛，咬牙切齿地喘着粗气：“你这个疯女人！”

身后假装收拾的服务员察觉到不对劲，正准备上前帮忙时，一个穿着深色牛仔外套的男子大步走来。

他里面穿着一件灰蓝色的绸制衬衣，没有扣，扎进腰带里露出最里面的一件白色恤衫，黑色的休闲裤搭配一双浅色的高帮帆布鞋，脸上戴着一副茶色的墨镜，从上到下都弥漫着“除了钱一无所有”的“纨绔”气息。

他从后面扶住夏梵的肩膀，然后一把捏住陈宇拽着她的手腕：“松手。”

陈宇愣了一下才看清楚面前的人是魏清，吓得立刻收回手，先前在夏梵面前的趾高气扬顿时荡然无存。魏清打人的样子他在视频里看过，他一点也不想挑战。

魏清冷笑一声，从旁边拖过一张椅子，将衬衣的纽扣一颗颗扣好，又恢复到一贯的清冷和雅贵：“我本来不想干扰你们的私人谈话，但你是不是太过分了？”

夏梵也怕这样的魏清，可是他这样又特别好看，于是忍不住频频向他看去。魏清一点迁怒她的意思也没有，一瞬不瞬地盯着突然老实下来的陈宇：“你找她想干什么？”

陈宇没敢开口。

夏梵一把拉住魏清，将他拉到自己身后，用行动暗示他这件事让自己来处理。魏清也克制住，一言不发地坐在她身后，把自己当一个保镖。

“既然话都说到这一步，我也就直说了，你之所以要分给我股份让我回去接手幻想漫画，是因为你在和投资人的对赌协议中输了，所以想把法人的身份和公司都甩给我，让我替你去背负这笔债务。”夏梵直接撕破他虚伪的假面，“陈宇，我夏梵是不是看起来太和善可欺，才让你敢这么肆无忌惮地挖坑给我跳？”

陈宇以为她不知道，还天真地幻想过她替自己背了这笔债务后要怎样开始新的生活——首先就是去马尔代夫开一瓶香槟。

夏梵实在气不过，仗着魏清在旁边，又拿起陈宇面前的水杯泼了过去：“你真是做人有问题。”

说完，她背着包转身离去。魏清慢条斯理地起身，取下墨镜俯视他：“不是跟你说过我可以收购吗？你何必整这一出来消耗我为数不多的怜悯呢？”

他往前走了两步，又好似想起什么，突然转过身：“你让我想起了在网上看过的一句话——每当你让别人想感叹你命不好的时候，你就会用实际行动告诉大家，你真的是人不行。放心，我不会动手，我没有痛打落水狗这个习惯。”

魏清已经看见幻想漫画的未来了，面色一点一点地沉下来：“但是再有下次，不管你是什么样的处境，我都会打断你的腿。”

陈宇后怕地咽了一口口水。

魏清追上夏梵出了咖啡厅进入电梯，她手拉着背包的背带，余怒未消地看着电梯紧闭的门。他单手撑在电梯的扶手上，偏头看她。她转身回避他的视线，不想让他看出自己的难过。他在身后拉过她的包，背在自己肩上，轻轻揉了揉她的头发，顺势搂住她的肩：“别气了，吃饭了没有？”

“我当时应该拿个壶浇他的。”

“怪我反应不够快，怎么就没顺手提个壶进来呢？”说完这茬，他又想起了一件事，“你怎么没跟我说这件事呢？万一他一时冲动伤害你怎么办？”

“我自己能解决的，之前没有你的时候……”

“所以你要习惯什么都有我。”他有些忐忑地咬着自己的上嘴唇，唯恐她误会自己是要干涉她的自由，耐着性子解释，“我不是想干涉你什么，只是不想看到你被这么随意地对待，毕竟……”

他欲言又止，夏梵疑惑地看着他。

“你是我放在心头上，自己都舍不得欺负的宝贝。”

夏梵抿着嘴唇，害羞地用手挡住自己的脸。等电梯门一开，她立刻就冲了出去。这哥怎么回事啊，到底是跟谁学的，土味情话张口就来。

“这边。”见她走错，他连忙将她牵回来，往另一个靠近云端大厦的出口走去，“我有一个朋友要被派遣到非洲去了，近几年应该都不会回来，所以我去参加他的告别宴，谁知在阳台上看见了你。”

“你在云端大厦参加告别宴？”夏梵意味深长地看着他，从他的衣服一路看到鞋子，难怪这么浮夸呢。

这几年云端大厦的口碑很差，已经变成了不务正业的“纨绔子弟”玩闹的会所。

“只是刚好定在了那个地方。”尽管什么也没做，可他还是感到一阵莫名的心虚，停在路边的车也不敢去开了，唯恐惹出更多不必要的麻烦，“我露了个面就走了，毕竟我也不喜欢那样的场合。”

这倒是实话，可夏梵还是忍不住打量他一番。他身正不怕影子斜，也没有继续解释了，拦下一辆出租车便带着夏梵去吃饭。他还不忘提醒宋之和，说因为他差点导致自己爱情的小船翻船，所以他们的友情到此为止。

“宋之和，我现在单方面宣布，你已经失去我了。”魏清给他发了一条消息。

宋之和不明所以，这十几年的友情哪能说没就没，于是回了一条：“为什么？”

魏清那边的消息发过来时，宋之和差点摔了手机。这哪是要绝交啊，存心来给他添堵呢！魏清说：“毕竟我是有家室的人了，不像你，一无所有。”

这件事过后，夏梵以为和幻想漫画的所有纠葛都到此为止了，万万没想到的是，青柠漫画居然被实名举报了。

理由是青柠漫画的内容涉黄、涉暴，导致魏清被相关部门约谈，青柠漫画的编辑们也连夜再次审核内容，唯恐将这个欲加之罪坐实了。

魏清一直到后半夜才回来，夏梵和许真一直在公司等他，见他从电梯里出来，立刻迎了上去：“清哥，什么情况？”

“大家都回家吧，没事了。”魏清神态从容，心里感激着大家的担忧，流露出一丝不常有的温柔，“今天谢谢大家了。”

话虽如此，大家还是把内容审核完后才陆陆续续离开公司，谁也没提加班费和报销车费的事。就算夏梵主动问起也都说算了，只有小七心直口快，在编辑群里替大家说出不敢说的话：“别整这些有的没的了，公司先活下去才是正经事。”

随后小七又私聊她：“我希望青柠漫画能一直活下去，因为它真的有让我看见希望。所以如果公司真的没钱了，我们编辑部可以为公司捐款。”

太凄凉了。

夏梵哭笑不得，转身去看沙发上的许真和魏清。许真轻捏着鼻梁，双眼紧闭，不知在想些什么。魏清则躺在沙发上睡着了，一条腿踩在沙发上，膝盖微微弯曲，鲜有地露出一丝疲惫。

五分钟后，魏清准时醒来。他从沙发上坐起身，一扫之前的疲倦，喝了一口水：“老段已经查到是陈宇让人举报的，然后相关部门对我们做出了交三千块钱的行政处罚。”

夏梵眉头微皱，不解地靠着沙发背："我们在内容审核方面已经很小心、很注意了。"

"他有心举报，你怎么防得住呢？"魏清淡淡一笑，不想给她造成心理负担，拍了拍自己旁边的位子，示意她坐下，"也没什么大问题，你要不要先休息一下？"

许真沉默地看着他，然而魏清从头到尾都没关心过他累不累、困不困，双眼在看见夏梵后就没从她身上移开过。他也识趣，随便找个借口就出去了。

许真前脚刚走，魏清立马就卸下所有伪装，靠在了夏梵的肩头。

虽然这次被罚款的金额不大，可被相关部门约谈造成的影响巨大，极有可能导致他们无法拿到后面的融资。

本来青柠漫画的下一轮融资只需要博弈，现在连与别人谈条件的资格都没有了，能有钱就算不错了。

夏梵张了张嘴，想说些什么安慰他，魏清却突然倾身将她压在沙发上，吻住她的嘴唇，堵住了她即将脱口而出的担忧。

"这种小场面也需要严阵以待吗？"魏清歪着头，眼里温柔丛生，轻轻撩起她垂在额前的一缕头发，"夏梵，做你想做的事，别为我担心。"

"可是喜欢你，就会不自觉地担心你。"夏梵抱住他的脖子，轻轻抚着他的头发，"虽然你很厉害，但我还是会放心不下。"

魏清的脸抵着她的肩膀，头发遮住他的眼睛，唇角隐隐带着笑意："你知道我最难的时候是什么时候吗？"

她自然是不知道的："是什么时候？"

"你不在的那三年。"每当回想起那三年，他都会感觉到前所未有的落寞，犹如冷风扑面而来，"我不知道你是不好意思还是不愿意，所以我不敢见你。因为每次一碰见你，我都会认清一个事实——那个在我身边温柔到不起眼的小姑娘，已经在没有我的世界里闪闪发亮了。我坐在台下看着你的时候会反复问自己：魏清，就算她回到你身边，你有办法让她比现在更耀眼吗？答案是我不能。"

他说的不是没有办法，而是不能。

"我总想让这个世界的狂风暴雨都与你无关，你只需要在每一个天晴的日子里穿上你喜欢的碎花裙子，吹一吹温柔的风就好了。可后来我才知道，你不是温室里的花朵，你是要长成一棵树的姑娘，不需要我自以为是的庇护。"

窗外吹着温柔的晚风，掀起窗帘一角，也将他的话音徐徐送来："于是我就在想，那我留在你身边还能为你做些什么呢？

"有一天晚上我站在这儿突然就想明白了，我为什么非要去干涉她的人生呢？

就让她成为自己想成为的人不好吗？然后我又问自己，那你留在她身边还有什么意义呢？我想了想，发现这个答案不应该由我来给出，而是应该由你来告诉我。”

他将她搂得更紧，生怕这阵风会让她消失不见：“不过现在这个答案对我已经不重要了，因为哪怕没有意义，我也要留在你的身边。只要有你在，那不管发生什么事，都不值得我绝望。”

夏梵的心都快被他给焐化了，双眼也被夸红了：“哥，我这么普通的一个人，怎么被你夸得跟仙女下凡似的。”

“你一直都是我的仙女啊。”他用嘴唇碰了一下她的脸颊，“所以别担心我，你好好的比什么都强。”

她抿紧了嘴唇，双眼用力往上看，不让眼泪掉下来。

“那你也别再说自己留在我身边没有任何意义了。因为我并不是去了幻想漫画后才开始闪闪发亮的，而是因为认识了你，才有了闪闪发亮的资格。”她猛地向他扑去，将他压倒在沙发上，“哥，我真的好喜欢好喜欢好喜欢你啊！”

“那请你保持这种状态，要一直这么这么这么地喜欢我。”

第三十六章

Chapter 36

漫漫长夜，静候长星

三天后，漫画行业的所有人都知道魏清被约谈，且被罚款了。陈宇更是等着青柠漫画宣布解散，然而还未等到魏清发声，幻想漫画花就光了借来的最后一笔钱，关闭网站的同时也宣布暂停收稿。编辑部也暂时解散，有什么事直接和孔敏对接，就是坚决不承认资金链断裂和公司破产，仍在想着卖出版权后套现偿还债务。

以乔乔和霍霍为首的编辑和作者，更是在微博上挂着陈宇和孔敏，以此来讨要薪水和稿费。而对提出解约的漫画作者，幻想漫画要求人家退还稿费，在圈内引起不小的热议。尽管如此，陈宇还不忘带青柠漫画出场。在幻想漫画的作者解约以后，主动关心人家是不是要投给青柠漫画。在作者否认以后，会暗促促地说一句：“估计青柠现在也跟我们差不多，我不想你签约以后再为解约的事奔波一次。”

作者没搭理他，将聊天截图发给了夏梵，问她是不是真有其事。夏梵不想蹚浑水，不轻不重地回了一句“无稽之谈”便没有再深谈。可大家隐隐察觉到青柠漫画收稿的势头缓慢了下来，于是关于“青柠漫画真的要完”的传闻层出不穷。

就连蒋澄也来了公司两趟。夏梵一度以为他是来落井下石的，结果没想到这哥提了一袋子钱，大摇大摆地进了魏清的办公室。

“之前承了你的情，哥现在来还给你。”他将袋子打开，露出里面一捆捆红色钞票，然后准备翻转袋子往魏清桌上倒。

魏清气定神闲地看着他，手里拿着一支盖了帽还没来得及放下的钢笔：“你要是把它倒出来，咱们俩就真的完了。”

他知道魏清的脾气，最见不得谁有了钱就随意地践踏别人的尊严。所以他咧嘴一笑，及时将钱袋翻转回去：“你想得美，我哪有钱给你呢。你当初不是免费为我的平台引流了吗？现在哥的平台起来了，挪点流量给你，咱们俩就算两清了。”

“行。”魏清答应得很快，“你去跟许真谈，免得我们俩又吵起来。”

“哪有什么好吵的。”他打量着魏清的办公室，欲言又止地转过身，在心里叹了一口气：毕竟公司都快没了。

陈宇也觉得青柠漫画在苟延残喘，可让人没想到的是，青年科技不仅没有倒下，还宣布将成立动画公司。紧跟着，青柠漫画参与投资、大胜导演的动画电影登陆假期档，第一天就拿下几千万票房，随后因好口碑不断发酵，截止到下映那天，总共斩获了二十几亿的票房，成为近几年来动画电影的口碑与票房之最，电影的原创漫画也将于下半年在青柠漫画独家连载。

经过老段的一番公关和营销，青柠漫画不仅没有倒下，还一跃成为国内炙手可热的漫画平台，独家连载的漫画作品屡屡登上热搜，一举拿下两亿三千万的投资。

收到内部群发邮件的那天，青柠漫画的办公楼外正下着倾盆大雨，大家正如往常一般刷着网站和稿件，然而一封“拿下知名大厂投资两亿三千万”的邮件悄然出现在屏幕的右下角，里面的内容有些轻描淡写：“众所周知，这是一个非常艰难的时期，但我们还是拿下了一笔新的投资。前路艰难险阻，还请大家继续关照，让国漫走向更好的明天。楼下的餐厅为大家准备了点心和饮料，请尽情享用。再次谢谢大家这段时间以来的信任和努力，谢谢。”

看到这段话的时候，大家的眼睛都红了，有些甚至直接哭了。没有人比青柠漫画的内部人员更清楚这段时间到底有多艰难，虽然魏清什么都没说，也没有克扣大家的工资，但仍然能寻到一些蛛丝马迹。于是大家自愿将工资暂时减去三分之二，让青柠漫画先活下去。然而魏清没有那样做，而是抵押了名下的房产让公司继续运作。

在所有人陷入绝望的时候，终于收到了这样的一封邮件。

夏梵和许真虽然早有准备，却还是在各自的办公室里红了眼眶，捏着鼻梁立在窗前，久久不敢转身。青柠漫画押上全部身家的一战，他们有幸赌赢了。

不仅是青柠漫画，其他平台的精品漫画也层出不穷，以隋唐为背景的黑白江湖漫画故事更是名震海外，让日本大师也为之叹服。恍惚间，笼罩在国漫头顶的黑夜终于被撕开一角，那颗费尽心思埋下去的种子得以见到一抹天光。

晚上员工聚会，夏梵喝得烂醉，当着众人的面亲了魏清一下：“老公，你真的太棒了。”全场顿时鸦雀无声，心照不宣地假装没听见。

魏清哭笑不得，当初是她要瞒着大家，生怕自己跟他的办公室恋情会造成什么不好的影响。结果她这一喝醉就什么都不顾了，当着这么多人的面也敢叫他老公。

“老公，”夏梵喝醉了，站都站不稳，拉着他的衣领一直晃，“我好喜欢你啊。”

众人又是一默。

魏清为了维护她的形象，把她带到了餐厅人迹罕至的小门处，拿手指逗她：“夏梵，这是什么啊？”

她不答，踉踉跄跄地抱着他的手指就要咬。他一把抓住她的衣领，扶着她的腰，将人压在了身后的墙上。她嘴唇微嘟，脸蛋红红的，眼神迷离却又闪闪亮亮，穿着一件碎花短裙，露出白皙修长的大腿。他的目光自上而下，最后又落在她的嘴唇上。

一吻落下，炙热而绵长。

夏梵双腿发软，搂着他的脖子半挂在他身上。她好像突然想起了什么，抬起头和他的嘴唇拉开一段距离：“我想起来了，你亲过我，在学校后门的小酒馆。”

他瞳孔微颤，没想到她会在这个时候想起这茬。年代久远，他已经有些记不清了，只记得那一天她嘴唇上的香气和让人想吞入腹中的柔软。

那是他唯一一次乘人之危。

那时候他们还没吵架，大概是五年前还是六年前，她喝得酩酊大醉，连路都走不稳。虽然明知她是因为自己在场才敢喝成这样的，但他还是为此感到生气。

“夏梵，你下次再喝这么醉，我就真的不管你了。”那天下着雨，雨水不断从屋檐滴落，窗内是温暖的灯光，狭窄逼仄的甬道里，她倚着斑驳的墙壁抬头望他，露出一个特别可爱的笑容。

“哥，我真的好开心，认识你以后感觉世界都不一样了。”

“怎么就不一样了？”其他人是酒后失态，夏梵却是酒后吐真言。那些平时听不到的，套不出来的，只能这个时候问，这也导致魏清心里很矛盾复杂。

“以前我是一个特别不合群的人。”

魏清想说她现在也没有多合群，除了他，也没见她跟谁多亲近。可他没敢打断，应了一声。

她自然是来劲了，小嘴说个不停：“我班上的男生老欺负我，尤其是一个叫方越的，老让我给他讲题。我要是说不会，他就说他给我讲，一讲就来抓我的手，搂我的肩膀。我特别不喜欢这样，想找人帮忙却又不知道找谁。后来毕业吃散伙饭，他还来找我，明目张胆地骚扰我也没人帮我，还是我自己鼓起勇气甩了他一巴掌。幸好他喝醉了，不然还手打我可怎么办啊？”

魏清眼眸微沉，将她委屈的眼神和噘起的嘴唇尽收眼底。那时他还远没有现在这样的耐心，但还是放缓语气：“不怕，以后我帮你打他。”

“你说的，”她伸出小拇指，晃晃悠悠地去抓他的手，“拉钩，上吊，一辈子不许变。”

他一把摁住她的手臂，将她扶正，主动勾住她的小拇指：“嗯，不变。”

她又乐了，猛地搂着他的腰跳了起来：“果然还是你好，哥，你是我亲哥吧？”

每次听到“亲哥”这两个字，他就感觉心底蹿起一股无名火，抓着她的辫子轻轻往上一提：“谁要做你亲哥？你赶紧给我醒酒，然后我送你回家。”

她小嘴一嘟，去拉他的袖口：“你凶什么凶啊。”

魏清哑口无言，但还是忍着气，想着怎么把她扛回去。谁料她不知在他脖子上看见了什么，突然抓住他的衣领踮起脚凑近道：“哥。”

声音绵软，一股她身上特有的橘子香夹杂着酒香扑面而来，点燃了他一直克制于心底的荷尔蒙，搂着她的腰便将她压在身后的墙壁上。

她挺着鼓鼓的胸脯，茫然又无辜地看着他。他眼眸深邃，直接又危险，像是在警告着什么。而她的手指搅动着他的衣领，有意无意地拂过他颈部的肌肤，没有丝毫畏惧。

她舔了舔嘴唇。他鲜有地丧失理智，遵从本性吻住了她的嘴唇。不是轻柔抚慰，而是蛮横抢夺，舌尖每进攻一寸都彰显着他的贪婪。

他对她的喜欢，从那一刻就变得清晰而明了了。然而她在酒醒后的表现，让他没有一点办法将这句喜欢说出口，只能把这件事深藏于心。

可偏偏在这个时候，她想起来了。

魏清忍不住笑了，眼神温柔又无奈：“你这个时候想起来干吗？”

她嘟着嘴，表情还有点生气：“你亲了我，为什么不对我负责呢？”

“你给我机会负责了吗？”魏清真是服了她这倒打一耙的能力，一提起这事，他气就上来了，“你成天尽找些乱七八糟的男朋友，他们哪个能比哥强？”

他咬牙切齿地捏着她的脸：“你怎么就看不见我呢？”

“哇！”夏梵也炸了，在他胸口推了一下，“我一个凡人怎么敢妄想你啊？而且你之前还天天说，让我别妄想跟你产生雇佣关系以外的关系。”

“就说了一次。”魏清觉得挺好玩的，跟一个喝醉酒的人在这儿翻陈年旧账，“而且你不也把这句话还给我了吗？”

“我不管，”她移开视线，迷离地望向四周，“我要记你一辈子。”

“记，记，只要你记得住。”魏清托着她的脸，俯身直视她的眼睛，“说好了一辈子，少一秒都不行。”

第二天夏梵酒醒后，床头柜上多了一个礼盒，里面是一条大牌新款手链，价格不算便宜，却也在能接受的范围内。她欣然戴在手腕上，拿起手机往洗手间走去，结果收到一条打款的短信。饶是她见过大世面也被吓得双腿一软，精神恍惚。

“魏清，你给我打这么多钱干什么？”

魏清在卫生间里刮胡子，回答得简单明了：“有钱，任性。”

青柠漫画进入了平稳期，主动找来的合作越来越多，拿的奖也越来越多，可谓是拿到手软。

乔云一更是拿下了年度十大影响力动漫大V和年度漫画大使的荣誉奖项，由冯思昭和助理陪着他去领奖。

这一年的他，和去年那个在夏梵面前咄咄逼人的他简直判若两人，再也没有那股唯我独尊的劲了，眼里也容得下别人了。他上台领奖时说了这样的话：“感谢大家的认可，但我受之有愧。因为我也不过是一个普通人，恰逢时代的机遇才有幸站在这里。”

那张清秀的脸成熟了不少，隐隐有了些作为男人的硬气和担当。

夏梵在那个视频下面默默给他点了一个赞。

冯思昭看见了，给她发了一条消息：“姐，你不是在参加世界互联网大会吗？”

“正准备进场。”

青柠漫画受邀参加世界互联网大会，本应魏清上台致辞的，然而他认真地拒绝了：“夏梵，我的答卷应该在纳斯达克敲钟的时候交出，而青柠漫画的这份答卷应该由你交上去。”

青柠漫画从来不是他一个人的青柠漫画，是所有对中国漫画怀有希冀和远大理想的人共同成就的结果。

那她上台又应该说什么呢?

她穿着黑色的西装和西裤站在舞台上，扎了一个特别光滑的马尾，服帖又庄重。随后清脆的声音在偌大的会场中响起。所有人都静静地注视着她。

“大家好，我是青柠漫画的总编夏梵。尽管我们取得了一些成绩，但纵观中国漫画的发展史，我们也同样不过是沧海一粟。”她微微一顿，目光扫过穹顶，掠过众人认真的脸庞，最后落在魏清脸上，“这几十年来，国内涌现了无数优秀的大师，他们照亮了海外许多人的漫画梦，同样也在我们心中埋下了一颗种子。我们要让全世界的人都看见，中国有属于自己的漫画，无论最后我们会取得什么样的成绩，我们都愿意成为一块基石，一块让国漫健康茁壮地成长的基石。”

走下舞台，夏梵深吸了一口气。魏清双眼鼓励地看了看她，然后又看向屏幕上逐渐暗淡的“青柠漫画”，缓缓落下一句话——“漫漫长夜，静候长星。”

－ 正文完 －

番外一

魏清跟夏梵领证后才带她回父母家晃悠了一圈。夏梵长这么大还是第一次看见六层楼高的别墅，加上地下两层总共有八层。

地下两层放的全是车。

她能想到的，不能想到的，全都在这儿看见了。她看了一眼魏清，魏清读懂了她眼中的困惑，轻轻点头道："我爸的。"

"你爸还开跑车呢？"

"送我的，我没要，他就留着自己开了。"魏清的表情也不是瞧不上，仅仅是不喜欢而已。

夏梵想起许真那句"黯然失色的家族企业"，没敢搭腔。

从入户电梯进到三楼，魏清带她去了自己的房间，将近一百平方米的卧室里全是正版和绝版的手办以及漫画书。

魏清一直在旁边观察她的脸色，唯恐她将自己和那群不学无术的富二代联系在一起。而夏梵满脑子都是欲以身代之，如果她是魏清这种出身还画什么漫画啊，天天游戏人间都来不及。可仔细一想，那和云端大厦那群富二代还有什么区别?

因此她才越觉得魏清难能可贵，也明白为什么情和理想在他那里永远比钱更重要，因为这哥压根儿不差钱。

她哭了。

"你放心，我这个人洁身自好，没有你想象中的一切不良嗜好。"

岂止是没有不良嗜好，基于这种家庭条件，他的装都变得理所当然起来。

“哥，你还缺妹妹吗？我想当你妹妹。”

魏清：“……”

不是，这语气是嫌他穷？

“夏梵，我还缺个被打断腿的妹妹，你愿意吗？”

夏梵很快清醒过来：“老公我错了，老公你真棒，老公你最好。”

番外二

夏梵视角：

“主编，我们要做圣诞节的故事征集，你有吗？”

夏梵目不转睛地盯着电脑屏幕：“我哪有什么故事。”

“也对，就算有，应该也是和工作不得不说的故事。”

夏梵：“……”

其实是有故事的。

多年前的圣诞节，那时她给魏清做漫画助理，在赶完最后一个分镜后，工作室突然停电了。四周一片漆黑，她和魏清在黑暗中面面相觑。

“保存了吗？”

“嗯。”

两个人话都不多，独处时尤甚。她摸黑找手机和包，不知不觉摸到了他坐的位子：“哥，你看我的包是不是在你后面？”

她单手撑在他的办公椅的扶手上，心无城府地倾向他，借着微弱的室外光向他身后看去。

随后他身下的办公椅往后一滑，她立刻趴到了他身上。

男人的胸膛坚硬宽厚，将她稳稳地搂在怀里。椅子撞在墙壁上，发出闷响，她连忙挣脱，他的手却按在她的腰上，没有丝毫移开的意思。渐渐地，她也放弃挣扎，平静了下来。他的头枕在她的肩上，随后轻轻一偏，唇便落在了她的脖子上。

她的身体绷得紧紧的。

然而这个吻并不是无意的，是有预谋的，辗转而轻柔。

她惊慌失措，然后听见门外响起开门的声音。她猛地起身，肩膀撞到了他的鼻子，他吃痛地捂着鼻子弯下腰。

许真一脸疑惑地用手机上的手电筒灯光照着他们。

“你们俩不点蜡烛在干什么呢？”

夏梵脸红得说不出一句话。魏清起身，直接掐住了许真的脖子。

许真：“喂，我不就是没给你带晚饭吗？今天是圣诞节，别赶稿了，出去吃吧。”

魏清摔门而出。

夏梵在他的椅子上找到自己的包和手机，也低着头跑了出去：“我回家了。”

许真不明所以：“别啊，吃了饭再走啊。”

她连头都不敢回。

后来，她和魏清都没有再提过这件事。在她看来，这不过是血气方刚的男人一时被欲望驱使了而已。魏清没提，估计也是觉得丢脸。

好像也挺好笑的。

魏清视角：

“老板，我们要做一个圣诞故事专题，你有吗？”

“圣诞？”魏清微微一顿。

“啊，我知道了。”小编心领神会，“下次做与工作不得不提的故事，我再来找你。”

“站住。”魏清把小编叫回来，主动将话筒对准自己，“谁说我没有故事？”

他在黑暗中吻了心爱的女孩的脖子。然后想表白的时候，一个“二货”推开了门，说要带他出去吃饭。

小编问：“没了？”

后来女孩闭口不谈这件事，他也就不敢提。迄今为止，再也没有比那一刻更好的表白时机了。

“那老板，你现在还爱着她吗？”

魏清对这个答案显而易见的问题感到愤怒：“不然你以为，我为什么到现在还不结婚？”

“那她喜欢你吗？”

“我要是知道，我凭什么到现在还不结婚？”

许真视角：

圣诞节。

许真拿着手机，刷着公众号的圣诞节专题，眉头微皱——嗯？这个“二货”有点似曾相识啊。

番外三

魏清有儿子了，和他长得一模一样，两个人大眼瞪小眼，连脾气都硬得一模一样。可小家伙对夏梵不这样，笑眯眯的像个小天使，甜言蜜语张口就来：“妈妈是全世界最好的妈妈。”

哪怕夏梵打了他，他还是一个劲地往夏梵怀里钻。

可他和魏清不对付。

“爸爸，像你这么普通的男人是怎么追上我妈妈这么漂亮的女孩的？”

“当然是凭借爸爸的普通啊。”

小家伙愁眉苦脸道：“我怎么就一点也没有遗传到妈妈的美貌，和你长得一模一样呢？以后女朋友都不好找。”

魏清很生气，还不能表现出来。小家伙贼得很，找着机会就往妈妈怀里钻。

于是他摸着小家伙的头：“所以你要努力赚钱，毕竟靠脸不行，就只能靠钱了。”

夏梵看着花园里的一大一小，无奈地叹了一口气。

这魏家的教育怎么回事，明明可以靠脸解决的事偏要人家靠才华。

现在到她儿子这儿，就剩下钱了。

“那爸爸我要赚多少钱才能找到媳妇啊？”

“不多，就一个亿吧。”

小家伙哭了，甩了手里的铲子开始大喊妈妈：“我都丑到要一个亿才能找到媳妇了吗？”

“魏清——”

“好好好，你不丑，最多五千万就能弥补相貌上的遗憾。”

“你好好说话！”夏梵追得魏清满院子跑，小家伙也在后面追，一个劲地喊——

“妈妈，我不怪爸爸长得丑了，你别打他了——”